독도반환
청구소송

강 정 민
재 판
소 설

독도반환
청구소송

차 례

들어가는 말

2012년 8월 10일 이명박 대통령의 독도 방문으로 한일 양국이 뜨겁게 달아올랐다. 한일 간의 날선 공방을 보면서 문득 몇 가지 의문이 생겼다.

독도를 둘러싼 한일 간의 공방은 왜 아직도 계속되고 있는 것일까?

일본이 독도를 일본 땅이라고 주장하는 근거는 과연 무엇일까?

국제사법재판소에서 재판이 진행된다면 과연 어느 나라가 이길 것인가?

이러한 궁금증에 독도에 관한 책들을 구해 공부하게 되었다. 결론은 '일본이 이러는 이유가 있었구나. 정말 어떻게 될지 모르겠구나' 하는 것이었다. 그리고 문득 가상 재판을 해보자는 생각이 들었다. 가상 재판을 통해 양측의 주장을 점검해보면 어느 정도 결론이 보이지 않을까 하는 생각이 들었던 것이다. 가상 재판을 구상하면서 몇 가지 고민이 있었다.

첫 번째 고민은 장르에 대한 고민이었다. 사실 우리는 한일 간 독도분쟁이 존재한다는 사실만 피상적으로 알고 있을 뿐 왜 그러한 분쟁이 있는지는 잘 모른다. 필자 또한 마찬가지였다. 독도에 관한 서적들은 상당히 전문적이어서 투철한 애국심이나 직업적인 의무감 없이는 끝까지 읽어내기 어렵다. 어떻게 하면 쉽고 재미있게 독도에 관한 정보들을 전달할 수 있을까 고민이 필요했다. 그리고 그 결론은 소설이었다.

두 번째 고민은 '독도문제를 어떻게 국제사법재판소로 가져갈 것인가' 하는 문제였다. 대한민국정부의 입장은 독도와 관련하여 한일간의 영토분쟁은 존재하지 않으며 따라서 재판을 받을 이유가 전혀 없다는 것이기 때문이다. 여기에서 이 책의 서두에 전개되는 일본의 독도 침탈 시나리오가 생겨나게 되었다. 일본이 독도를 강제 점령한 상황에서는 어쩔 수 없이 국제사법재판소에 재판을 제기해야만 하는 상황이 연출될 수 있기 때문이다.

세 번째 고민은 '일본 측 변호사를 어떤 사람으로 설정할 것인가' 하는 문제였다. 결론은 일본 변호사 또한 독도가 일본 땅이라는 강한 확신과 최고의 능력을 갖춘 변호사여야 한다는 점이었다. 당연히 일본 측의 논리가 정연하고 탄탄하게 진행되도록 고민해야 했다. 일본 측의 기존 논리들을 찾아보고 나아가 새로운 논리들을 만들어내야 했다. 일본 측의 논리를 만들어내면서 딜레마에 빠지기도 했다. 하지만 필자가 생각해낼 수 있는 정도의 논리라면 일본사람들도 충분히 만들어낼 수 있다는 생각과, 상대가 강할수록 우리도 강해질 수 있다는 생각에 위안을 삼았음을 고백해둔다.

네 번째 고민은 '과거부터 현재까지의 쟁점들을 어떤 식으로 다룰 것인가' 하는 문제였다. 필자는 현재부터 과거로 시간을 거슬러 올라가는 방식을 택했다. 영토분쟁에 관한 국제사법재판소의 판례들 또한 과거보다는 최근의 상황에 더 큰 비중을 두고 있기 때문에 이러한 선택은 적절했던 것으로 생각된다.

마지막 고민은 구성에 대한 고민이었다. 흔히 법정소설로 알려진 소설들은 법정 추리물이 대부분이다. 반면 본 작품은 이러한 소설들과는 성격이 다르며 오히려 실제재판에 가깝다. 이름을 붙여보자면 '재판소설'이라는 새로운 장르라고 할 수 있다. 이 소설은 크게 서면과 증거설명, 본문으로 나누어진다. 소장, 답변서, 준비서면 등의 서면을 통해 양국의 핵심적인 주장들이 드러나며, 증거설명을 통하여 이러한 주장들이 뒷받침된다. 등장인물들의 논의와 고민 등이 담긴 본문은 서면상의 주장들이 도출된 이유와 재판의 진행방향을 제시하는 기능을 한다. 서면과 증거설명, 본문의 내용이 서로 중복되지 않도록 하고 상호유기적인 관련성을 갖도록 집필하는 작업이 상당히 어려웠다.

소송은 총력전이다. 원고와 피고는 가능한 모든 증거들을 자기에게 유리하게 변용하여 주장한다. 이 소설에는 독도에 관한 한일 양국의 모든 주장과 논리들이 총망라되어 담겨 있다. 독자 스스로 국제사법재판소의 재판관이 되어 양국의 주장을 비교 분석하고, 한국과 일본 중 어느 나라의 손을 들어줄 것인지 생각하며 이 글을 읽는다면 더욱 흥미로울 것이다.

제1부
◇◇◇◇◇◇

침탈

소　장

원고　　　대한민국

피고　　　일본

사건대상　독도

　　　　　일본명 다케시마

　　　　　북위 37° 14′ 26.8″, 동경 131° 52′ 10.4″

청 구 취 지

피고는 원고에게 사건대상을 반환하라
는 판결을 구합니다.

청 구 원 인

1. 2015년 8월 22일 피고는 한반도의 전시상황을 틈타 사건대
상을 무력 점령하고 주민과 경찰들을 강제 추방하였습니다. 원
고는 전시상황이 종료되자마자 즉시 피고에게 사건대상을 반
환하라고 요구하였으나 피고는 응하지 않고 있습니다.

2. 원고가 사건대상을 원고의 영토로 관리하고 있었던 사실과
피고가 사건대상을 무력 점령한 사실은 외신보도 등을 통하여
잘 알려진 사실입니다.

3. 피고의 행위는 타국의 영토를 침범하는 명백한 위법행위입니다. 사건대상을 반환하라는 판결을 통해 국제정의가 살아 있음을 보여주시기 바랍니다.

2016. 3. 1.

원고 대한민국
소송대리인 김명찬

2015년 8월 19일.

한반도의 허리를 가로지르고 있는 250킬로미터에 달하는 휴전선에 남북병력이 전진 배치되며 한반도에 전운이 감돌기 시작하였다. 2012년 12월 12일 장거리로켓을 이용한 광명성 3호 위성 발사에 성공함으로써 대륙간 탄도미사일 발사 기술을 선보인 북한은 핵탄두 소형화를 위한 핵실험에 몰두하기 시작했다. 2013년 2월 12일 3차 핵실험을 강행한 북한은 계속 핵실험을 실시하였고 대한민국을 비롯한 국제사회는 촉각을 곤두세우고 있었다.

국제사회의 경고에도 불구하고 계속되는 핵실험에 세계 각국의 우려는 더욱 커져갔고 급기야 국제연합은 북한에 대한 제재조치를 논의하기 시작하였다. 하지만 북한은 오히려 국제사회를 비난하면서 핵실험을 강행하였다.

국제연합은 총회를 개최하여 입항규제조치를 통과시키려 하고 있었다. 입항규제조치가 성사되면 지난 수년간 북한에 드나들었던 선박들은 한국과 미국, 일본, 유럽연합 국가들의 항구에 입항할 수 없게 될 것이라는 뉴스가 전 세계에 보도되었고 북한은 당장 큰 타격을 받기 시작했다. 식량과 군수물품의 북한 유입에 차질이 발생하기 시작한 것이다.

UN 총회 3일전, 북한은 은밀히 휴전선 인근으로 병력과 화포를 이동시키며 군사행동을 개시하였다. 북한의 움직임은 즉시 감지되었다. 한국은 '데프콘Ⅱ'를 발령하여 전군에 탄약을 지급하고 부대 편제인원을 100퍼센트 충원시키는 등 전방부대의 전투준비태세를 강화시켰다. 일촉즉발의 긴박한 상황에서 몇 차례 소규모 국지전이 발생하였으나 아직 전면전으로 확대되지는 않고 있었다. 그런데 뜻밖의 상황이 발생하였다.

2015년 8월 22일 새벽 5시.

남북 간에 소규모 국지전이 벌어지고 있는 사이, 놀랍게도 일본 해상자위대 제3호위대군이 독도를 점령해버렸다. 한국은 일본 해상자위대 제3호위대군이 독도를 향해 진격하고 있다는 사실을 알았지만 전투를 벌일 수는 없었다. 북한과 전면전을 치르게 될 경우 모든 면에서 측면 지원을 받아야 하는 이웃 일본을 적으로 돌릴 수 없었기 때문이다. 남북 간의 전쟁은 미국과 중국의 실력대결 양상으로 흐를 수밖에 없고, 그럴 경우 한국이 기댈 수 있는 나라는 당장 일본밖에 없다.

일본 해상자위대의 진격사실을 통보받은 독도수비대는 목숨을 걸고 독도를 사수하겠다며 비장한 결의를 밝혀왔다. 대통령은 결단을 내려야 했다. 일본과 일전을 벌여 독도를 지켜야 하는 상황이라면 응당 전투명령을 내려야 하겠지만, 응전할 수 없는 지금의 상황에서 한 명의 목숨이라도 헛되이 버릴 이유가 없었다. 대통령은 독도수비대원들에게 일체 저항하지 말고 투항하라는 엄중한 명령을 내렸다. 일본은 독도에 상륙하자마자 한국인들을 모두 체포했고 수일 뒤 부산항으로 추방해버렸다.

2015년 9월 10일.

남북 간의 전시상황은 전면적인 전투개시 없이 수차례의 국지전만으로 종결되었다. 입항규제조치 결의안 상정을 유보하는 대신 북한이 더 이상 핵실험을 하지 않기로 물밑 협상이 진행되었고 가까스로 타결되었기 때문이다.

한국은 북한과의 전시상황이 해소되자마자 즉시 해상자위대 철수와 독도 반환을 요구하였다. 그러나 일본은 2차 세계대전 이후 강제로 빼앗겼다가 어렵게 되찾은 독도를 돌려줄 수 없다며 병력을 추가 배치하였다.

한국은 외교채널을 총동원하여 반환받을 방법을 강구하였다. UN 안전보장이사회로 하여금 일본에 압박을 가하여 독도를 반환받고자 시도해보았다. 하지만 안전보장이사회 이사국들은 독도가 한국영토라는 점을 확신하지 못하였고 이 문제를 국제사법재판소(International Court of Justice, ICJ)에 제소하도록 권고하기에 이르렀다. 달리 방법을 찾을 수 없었던 한국은 2016년 3월 1일 국제사법재판소에 소장을 접수시켰다.

2015년 10월 5일 오후 3시.

김명찬 변호사(1972년생, 41회 사법고시 합격)의 자리에 놓여있는 인터폰이 울리자 김 변호사가 서류에 눈을 고정시킨 채 스피커를 누른다. 담당 비서가 외교통상부 공무원들의 긴급 면담 요청이 있다고 알려왔다. 김 변호사는 무슨 일인가 의아해하며 상담실로 걸음을 옮겼다. 기다리고 있던 외교통상부 공무원들은 간단한 인사를 나누자마자 곧바로 본론으로 들어갔다.

"정부는 독도 문제를 국제사법재판소에 제소하기로 결정했습니다. 그래서 긴급히 소송팀을 구성하고 있습니다."

"소송팀요?"

"변호사 1명, 국제법 교수 1명, 사학과 교수 1명, 주무관 1명 등 총 4명으로 구성됩니다. 변호사가 팀장을 맡고 주무관이 실무를 보조하게 됩니다."

"저는 독도 문제에 대해 깊이 생각해본 적이 없습니다. 더군다나 국제재판을 진행해본 경험도 없습니다. 독도 재판은 우리 역사상 매우 중요한 일입니다. 저 같은 사람이 맡을 일이 아닙니다."

"저희가 이미 김 변호사님께서 진행하신 사건들을 살펴보았습니다. 아주 끈질기고 깊게 파고드는 스타일이시더군요. 당국에서는 변호사님이 이번 소송에 가장 적합하신 분이라고 판단하고 있습니다. 시간이 많지 않습니다. 일주일 내로 합류 여부를 결정해주시기 바랍니다."

손님들이 돌아가고 난 뒤에도 김명찬 변호사는 어리둥절하기만 했다. 국제사건을 다루어본 경험도 없고 독도에 대해 아는 것도 없었다. 그저 대다수 국민들처럼 독도는 당연히 대한민국 영토라고 생각해왔을 뿐이다.

'내가 독도 재판을 진행한다…… 만약 잘못된다면? 일본도 만반의 준비를 하고 있을 텐데.'

그는 일주일 내내 고민해야만 했다. 소송을 맡을 때에는 이길 경우를 생각하지 말고 질 경우를 생각해보아야 한다. 그리고 승소 가능성뿐만 아니라 패소 가능성에 대해서도 냉정하게 검토해보아야 한다. 일본은 국제재판 경험도 많고 국제사법재판소 재판관도 여러 명 배출하지 않았던가. 경험 많은 일본이 아무 생각 없이 이런 일을 벌이지는 않았을 것이다. 충분히 이길 수 있다고 판단했을 것이다.

'이 소송은 내가 맡을 일이 아니다!'

2015년 10월 12일 오후 3시.

그들이 다시 찾아온 것은 정확하게 일주일 뒤의 일이었다.

"변호사님, 결정하셨습니까?"

"예. 결정했습니다. 저는 할 수 없습니다. 다른 분을 찾으셨으면 합니다."

"아니 왜요? 왜 못하시겠다는 겁니까?"

"우리나라의 국운을 건 재판입니다. 저 같은 사람이 맡을 일이 아닙니다. 만에 하나 질 경우를 생각해보십시오. 제가 대한민국에서 살아갈 수나 있겠습니까? 두고두고 역사에 기록될 일입니다. 절대 못 합니다."

"그렇습니까? 다시 한 번 생각해보실 수는 없겠습니까?"

"죄송합니다."

그러자 상대가 잠깐 멈칫거리더니 말했다.

"변호사님, 소송팀이 한 팀이 아닙니다. 기밀이라 정확하게 말씀드릴 수는 없지만, 몇 개의 소송팀 중 가장 좋은 소송 전략을 수립한 팀이 최종적으로 소송을 진행하게 됩니다. 물론 그때에는 다른 팀에서 수립한 소송 전략도 참고하게 됩니다."

'뭐! 다른 팀도 있다고?'

김 변호사는 비로소 이해할 수 있었다.

'그럼 그렇지! 이렇게 중요한 일을 그렇게 소홀하게 진행할 리가 없지. 여러 팀으로 하여금 전략을 수립하게 해서 최고의 전략을 세운 팀이 소송을 진행하게 한다는 복안이었구나!'

"아! 그런 것이었습니까? 진작 말씀해주셨으면 좋았을 걸 그랬군요. 이걸 맡아야 되나 말아야 되나 일주일 내내 고민했지 뭡니까?"

"죄송합니다. 저희로서는 정말 책임지고 최선을 다해주실 분을 찾아야 했기 때문에 말씀드릴 수 없었습니다. 그럼 맡아주시는 거죠?"

"그렇다면 맡아보겠습니다. 저희 팀이 선정되지는 않더라도 소송 전략 정도는 충분히 수립해드릴 수 있을 겁니다."

2015년 10월 20일 오후 4시.

외교부 컨퍼런스 룸에 김명찬 변호사, 강지성 교수, 한서현 교수, 그리고 이미주 사무관 등 네 사람이 모였다. 이들은 김명찬 변호사가 이끌 소송팀의 팀원들이다. 인사를 나누자마자 김명찬 변호사가 한서현 교수(여, 1973년생, S여대 사학과 교수)에게 질문을 던졌다.

"한 교수님. 교수님께서는 일본이 독도를 자기네 땅이라고 주장할 수 있는 이유가 뭐라고 생각하십니까?"

갑작스러운 질문에 한 교수가 잠시 당황하는 듯하였지만 이내 자세를 바로 잡고 차분하게 대답하기 시작한다.

"글쎄요. 여러 가지 이유가 있겠지만 가장 큰 이유는 독도가 무인도였기 때문이라고 생각합니다. 혹시 독도에 가보신 적 있으세요?"

"아니요. 못 가봤습니다."

"독도는 돌섬이기 때문에 식수를 구하기도 어렵고 식물들이 자라기도 어렵습니다. 독도는 역사적으로 무인도였습니다. 육지에서 멀리 떨어져 있는 무인도에 큰 관심이 있었을 리 없고, 당연히 독도에 대한 자료 또한 별로 없습니다. 이것이 일본이 도발할 수 있는 가장 큰 이유입니다."

"우리나라 사람들이 그 동안 독도에 거주해오지 않았나요? 우산국 이야기에도 독도에 사람이 살았다고 되어 있었던 것 같은데요?"

"물론 과거에 사람이 살았을 수도 있습니다. 하지만 그런 기록은 없습니다. 사실 독도에 사람이 산 흔적도 없고요. 우산국의 주 무대는 울릉도였으니 독도에는 사람이 살지 않았을 겁니다."

"이미주 사무관님, 독도에 우리 국민이 거주한 기록이 어떻게 되죠?"

이미주 사무관(여, 1985년생, 외교부 근무)이 능숙하게 자료를 넘겨가며 설명을 시작했다.

"최종덕 씨가 어로 활동을 해오다가, 1981년에 전입신고를 하면서 최초의 독도 주민이 되었습니다. 1987년 뇌출혈로 사망하기 전까지 23년간 거주했습니다. 그 뒤로는 김성도 씨 부부가 거주하고 있었는데, 이번에 일본군에 체포되어 강제 추방되었습니다. 최종덕 씨가 독도에 거주할 수 있었던 것은 서도에 물골샘을 파 식수를 확보할 수 있었기 때문인데, 물을 길러 가는 것도 보통 일이 아니었다고 합니다. 2012년에는 물골샘 정비사업을 시행하여 낙석과 태풍으로 훼손된 물골 주변시설을 대대적으로 보수하였습니다. 물골샘에서는 하루 평균 1,000리터의 식수가 솟아나는데, 독도가 국제법상 유인도로 인정받을 수 있는 중요한 시설입니다. 하지만 물골샘을 확보하기 전에는 사람이 상주하기 어려웠을 겁니다. 독도는 역사적으로 무인도였다고 보는 것이 맞는 것 같습니다."

이미주 사무관의 답변을 들은 김 변호사가 고개를 끄덕거리더니 이번에는 강지성 교수(남, 1963년생, S대 법대 국제법 교수)를 보고 물었다.

"강지성 교수님. 교수님께서는 일본이 독도를 도발할 수 있는 가장 큰 이유가 뭐라고 생각하십니까?"

"샌프란시스코 강화조약에 독도가 우리나라 영토로 명시되지 않은 것이 가장 큰 원인이라고 생각합니다. 독도의 소속이 불분명해져 버렸습니다. 강화조약에 독도가 명시되었더라면 일본이 도발하지 못했을 겁니다."

"샌프란시스코 강화조약이요?"

"1945년 2차 세계대전이 끝나고 6년 뒤인 1951년 9월 8일 연합국과 일본 사이에 체결된 조약입니다. 대한민국 영토에 관한 규정이 있는데 독도가 명시되어 있지 않습니다."

회의는 2시간 동안 진행되었다. 많은 이야기가 오고 갔지만 첫 모임이었기 때문에 깊이 들어가지는 않았다. 서로 얼굴을 익히고 인사를 나누는 데 의미가 있는 날이니만큼 김 변호사는 이 정도면 됐다는 생각에 회의를 마무리했다.

"앞으로 일주일에 두 번, 화요일과 금요일에 정기적으로 회의를 하겠습니다. 회의 목적은 기초 사실과 논리를 점검하고 소송 전략을 수립하는 것입니다. 우리 역량을 최대한 발휘해서 최고의 소송 전략을 수립했으면 좋겠습니다. 그때까지 최선을 다해주시기 바랍니다. 저도 열심히 하겠습니다."

그리고 이미주 사무관에게 국제사법재판소 재판부 구성 등에 대해 조사해달라고 부탁하였다. 그녀는 다음 회의 때 보고하겠다며 시원스럽게 대답했다.

"아, 그리고 한서현 교수님. 독도 문제를 이해하는 데 가장 먼저 공부해야 할 것이 무엇인가요?"

"글쎄요. 공부할 것이 워낙 많습니다만…… 안용복과 홍순칠에 대해 먼저 공부하는 것이 좋습니다. 역사는 인간의 삶에 관한 것이니만큼 독도 역사에 등장하는 두 사람에 관한 이야기는 아무리 강조해도 지나치지 않습니다. 역사적 맥락을 잘 생각하면서 연구해보면 독도 문제를 이해하는 데 큰 도움이 될 겁니다."

"그래요! 그럼, 교수님께 다음 회의 때 강의를 부탁드려도 될까요?"

"네? 아, 그럼요."

한서현 교수는 잠시 머뭇거리더니 이내 웃으며 수락하였다.

"자. 그럼 오늘 회의는 이것으로 마치겠습니다. 저녁식사를 하시면서 조금 더 편안하게 이야기 나누도록 하겠습니다. 수고하셨습니다."

이미주 사무관이 청사 근처 인사동에 있는 조그마한 한정식 집을 예약해 두었다. 한정식 집에 자리를 잡은 네 사람은 비로소 편안함을 느낄 수 있었다. 컨퍼런스 룸에서는 상당히 긴장된 분위기였다. 사안이 사안이다 보니 그럴 수밖에 없었으리라. 강지성 교수와 한서현 교수가 서로 인사를 나누었다.

"강 교수님, 이렇게 다시 뵙게 될 줄 몰랐는데 회의실에서 뵙고 얼마나 반가웠는지 몰라요. 그 동안 잘 지내셨죠?"

"네. 한 교수님도 잘 지내셨죠? 작년 가을 독도 심포지엄에서 뵙고 거의 일 년 만이지요?"

"네. 교수님께서는 더 젊어지신 것 같아요."

"아이고, 별 말씀을…… 그나저나 아직 혼자예요? 청첩장을 못 받은 것 같은데요?"

"네. 아직요. 좋은 사람 만나기가 쉽지 않네요."

"한 교수님 같은 미인을 왜 그냥 내버려두는지 모르겠네요. 교수님 눈이 너무 높으신 것 아닙니까?"

"아! 별 말씀을요…… 그런데 이 사무관님. 소송팀 운영기간이 어떻게 되나요?"

한 교수는 자신의 결혼 이야기가 나오자 민망한지 얼른 화제를 돌려버렸다.

"일단 3개월의 시간이 주어집니다. 그 동안 각 팀별로 소송 전략을 수립하게 됩니다. 가장 좋은 전략을 수립한 팀이 재판을 수행하게 됩니다. 정부에서는 내년 3월 1일을 소장 접수 예정일로 잡고 있습니다."

말하는 사이 음식이 나오기 시작했고 일행은 식사를 하면서 이야기를 나누었다. 가볍게 반주를 곁들인 식사자리는 끝도 없이 펼쳐지는 독도 이야기로 쉽게 끝나지 못했고 호프집으로 자리를 옮긴 뒤에도 밤늦게까지 토론을 벌여야 했다.

"변호사님. 소송 전략이라는 것이 그렇게 중요한가요? 소송이라는 것이 있었던 사실을 그대로 놓고 판단만 하면 되는 것 아닌가요?"

호프집에서 생맥주를 주문하고 기다리는 중에 이미주 사무관이 물었다.

"소송을 하기 전에 충분한 준비 작업이 필요합니다. 사실자료를 수집하고 어떤 법리를 적용하여 어떤 주장을 할 것인지 사전에 준비해 두어야 합니다. 수집된 사실들과 법률적인 주장들도 그 중요도에 따라 우선순위를 매겨둡니다. 이런 식으로 소송을 준비하다 보면 부족한 부분을 알 수 있습니다. 사실자료들을 더 수집해서 보강이 가능한지 살펴보고, 만일 보강이 불가능하다면 전술을 바꿔야 합니다. 이러한 과정을 거쳐 빈틈없이 준비해야만 승소할 수 있습니다."

김 변호사가 잔을 들어 한 모금 마시고 말을 잇는다.

"게다가 소송이라는 것이 상대방을 전제로 하기 때문에 상대가 어떻게 나올지 여러 방향으로 예측해보고, 상대가 이렇게 나오면 이런 식으로 대응하겠다는 구체적인 계획이 필요합니다."

실제로 변호사가 사실관계를 정확하게 파악하고, '이건 이길 수 있다'라는 확신을 가졌을 때 비로소 진심어린 호소가 가능해진다. 어떤 때는 한참 소송이 진행되고 있는데 재판을 처음부터 다시 했으면 좋겠다는 생각이 들 때도 있다. 준비가 제대로 안 된 경우의 일이다. 소송에는 흐름이 있기 때문에 중간에 논리를 바꾸는 것도 쉬운 일이 아니다. 소송에 지고 나서 '그때 이렇게 했으면 어땠을까?' 하는 생각이

드는 경우도 있지만 배 떠나고 손 흔들어봐야 아무 소용없는 일이다.

"이번 독도 재판도 마찬가지입니다. 단 한 번의 재판으로 끝나는 소송이기 때문에 더욱 세심한 준비가 필요합니다. 그런 차원에서 본다면 이렇듯 일이 벌어지고 나서야 소송 전략을 수립하는 것 자체가 늦은 감이 있습니다."

○

답 변 서

사건   독도 – 다케시마 케이스
원고   대한민국
피고   일본

위 사건에 대하여 피고는 다음과 같이 답변합니다.

다 음

1. 원고는 피고가 원고의 영토인 사건대상을 불법 침략하여 무력 점령하고 있다며 이 사건 소송을 제기하였습니다.

2. 그러나 사건대상은 피고의 영토입니다. 피고가 사건대상을 점령한 것은 빼앗겼던 영토를 수복한 행위로서 정당합니다.

3. 원고의 이 사건 청구를 기각하여 주시기 바랍니다.

일본의 답변은 정말 간단했다. 일본이 독도를 점령한 행위는 영토수복 행위로서 정당하다는 것이 전부였다. 일본의 답변서가 네덜란드 헤이그에 있는 한국대사관에 송달되자마자 긴급회의가 소집되었다.

"일본이 이처럼 간단한 내용의 답변서를 제출한 것은 우리가 어떤 식으로 공격하는지 지켜보면서 그에 따라 대응하겠다는 취지입니다. 먼저 자기네 보따리를 풀어 보이지 않겠다는 것입니다. 매우 조심스럽게 접근하고 있습니다. 우리도 한꺼번에 맹공을 퍼부을 것이 아니라 차근차근 고삐를 죄어가는 것이 좋을 것 같습니다."

김 변호사가 답변서를 분석하고 내놓은 결론이었다.

"강 교수님, 무력에 의한 영토수복 행위가 국제적으로 문제가 된 사례가 있습니까?"

"네. 1961년 12월 18일 인도의 고아 침공사건, 1982년 4월 2일 아르헨티나의 포클랜드 침공사건이 있습니다. 당시 전쟁을 일으킨 인도와 아르헨티나는 자신들의 행위가 영토수복 행위라고 주장했습니다."

"고아 침공사건이요?"

"인도가 서구 제국주의 열강들의 침략 대상이었다는 사실은 잘 알고 계실 겁니다. 인도는 일찌감치 영국과 포르투갈의 식민지가 되었습니다. 항구도시인 고아는 1510년 포르투갈의 식민지가 되었지요.

1947년 인도가 영국으로부터 독립하여 인도공화국을 수립하였지만 포르투갈은 이 땅을 반환하지 않았습니다. 고아 침공사건은 1961년 인도가 마지막 식민지인 포르투갈령 고아를 수복하겠다며 진격한 사건입니다. 이 사건으로 인도인 22명과 포르투갈인 30명이 전사했습니다.”

“그래서 어떻게 되었습니까?”

“UN 안전보장이사회가 인도의 전쟁 도발을 규탄하는 결의안 채택을 추진했지만 소련이 거부권을 행사하는 바람에 채택되지 못했습니다. 결국 인도가 이겼고 고아는 인도령으로 편입되었습니다.”

“그것으로 끝이에요? 포르투갈이 전쟁에 지고 나서 항의를 하거나 다른 조치를 취하지는 않았습니까?”

“남의 나라 땅을 돌려주지 않고 버티다가 전쟁에 졌는데 무슨 할 말이 있겠습니까? 그걸로 끝이었습니다.”

“포클랜드 침공사건은 어떤 것입니까?”

“1982년 4월 2일 아르헨티나가 포클랜드 섬을 수복하겠다며 영국에게 전쟁을 선포한 사건입니다. 포클랜드 섬은 남아메리카 대륙의 동남쪽 끝 남대서양에 있는 섬으로 남극으로 가는 통로라고 할 수 있습니다. 아르헨티나에서 약 500킬로미터 떨어져 있는데, 아르헨티나 사람들은 말비나스(Malvinas)라고 불렀습니다.”

강 교수의 설명에 따르면, 무인도였던 이 섬에 영국인 존 스트롱이 1690년 처음 상륙한 이후 프랑스인과 영국인들이 마을을 세웠다. 프랑스가 스페인에게 권리를 넘기면서 영국과 스페인 사이에 이 섬의 영유권을 놓고 전쟁이 벌어질 뻔하기도 하였지만 양국 모두 이 섬에서 철수하면서 다시 무인도가 되었다.

1816년 아르헨티나가 스페인으로부터 독립하고 이 섬에 주둔군을 파견하자 영국은 최초 상륙인이 영국인이었다는 이유로 영국 영토라고 주장하면서 1833년 군사력을 동원하여 아르헨티나 주민들과 관료들을 퇴거시킨 후 영국인들을 이주시켰다. 영국은 이 섬을 남극 진출의 교두보로 삼고 바다표범과 고래를 잡는 산업기지로 활용하였다. 약소국이었던 아르헨티나가 영국에 맞서는 것은 불가능했고 그 후 백여 년 동안 영국이 지배하게 된다.

1973년 아르헨티나가 본격적으로 영유권을 주장하기 시작하였고 유엔의 권고에 따라 영국과 아르헨티나 간의 협상이 시작되었다. 협상은 순조롭지 못했고 결국 1982년 4월 전쟁이 발발했다. 처음에는 일방적으로 아르헨티나가 우세했다. 포클랜드에 주둔하고 있던 영국군은 고작해야 영국 해병대 코만도 소속 수십 명이 전부였는데 모두 포로가 되고 말았다. 영국은 멀고 아르헨티나는 가까우니 당연한 결과였다. 아르헨티나가 전쟁을 일으킨 것도 멀리 떨어져 있는 영국이 이 섬을 포기할 것으로 예상했기 때문이었다.

"그런데 예상과 달리 영국의 엘리자베스 여왕과 대처 수상은 강력하게 반발하였습니다. 우월한 외교력을 바탕으로 세계 여러 나라들을 영국 편에 서도록 만들었습니다. 영국이 이 섬을 포기할 것이라는 예상은 완전히 빗나갔고 결국 두 달 만에 영국이 승리했습니다. 아르헨티나군 700여 명과 영국군 250여 명이 전사했고 아르헨티나의 군사정권은 몰락하고 말았습니다."

전쟁에서 승리한 영국은 1986년 '200마일 어업한계설정 선언'을 통해 어업구역을 설정하고 이 섬을 실효지배하고 있다. 아르헨티나는 계속 영유권을 주장하였고 2013년 초 주민투표까지 실시되었다. 이때 주민들 대다수가 영국을 선택했다.

"UN이 별로 한 일이 없어 보이는데요?"

"1961년과 1982년에는 UN이 큰 힘을 발휘하지 못할 때였습니다."

"이번에도 UN이 별로 한 일이 없잖아요? 일본에게 압력을 행사한 것도 아니고……"

"UN 안전보장이사회가 국제사법재판소 회부를 권고한 것은 일본이 노력한 결과입니다. 일본은 그 동안 적극적으로 독도 문제를 세계에 홍보해 왔습니다. 그 결과 세계 여론은 일본에 훨씬 더 우호적입니다. UN 안전보장이사회가 일본을 압박하지 않고 재판을 권유한 것도 우리가 그 동안 너무 소극적으로 대처했기 때문입니다."

"일본이 독도를 무력 점령한 의도가 무엇일까요?"

"글쎄요. 아마 독도 문제를 국제사법재판소로 가져갈 생각이었을 겁니다. 그 동안 일본은 재판을 받자고 주장한 반면 우리는 재판을 거부해 왔습니다."

"재판을 거부한 이유가 뭐죠?"

"우리가 독도를 점유하고 있는 상태에서 재판을 받을 이유가 없었습니다. 이겨봐야 본전이고 만에 하나 지기라도 한다면 아주 낭패잖습니까? 반대로 일본은 밑져야 본전입니다. 일본은 무력 점령 이후 전개될 상황을 모두 계산해보았을 겁니다. 아마도 UN 안보리가 재판을 권고할 것으로 예상하고 일을 벌였을 겁니다."

"그럼 일본은 재판으로 가면 무조건 이긴다고 생각하는 건가요?"

"그렇겠지요. 설마 이길 자신도 없으면서 이런 일을 벌였겠습니까?"

준 비 서 면

사건　독도 - 다케시마 케이스
원고　대한민국
피고　일본

원고는 다음과 같이 변론을 준비합니다.

다 음

1. 피고는 사건대상을 무력 점령한 것은 영토수복 행위로서 정당하다고 주장합니다. 그러나 영토수복 행위라고 하여 정당화될 수는 없습니다. 무력에 의한 영토수복 행위를 인정할 경우 전 세계는 영토수복이라는 명분하에 아비규환의 전쟁터로 변하고 말 것입니다.

2. 원고와 피고는 1965년 '대한민국과 일본국 간의 기본관계에 관한 조약'을 체결하여 국교를 맺었습니다. 위 조약은 국제연합헌장상의 원칙이 양국 국교의 지침이 됨을 선언하고 있습니다.

〈대한민국과 일본국 간의 기본관계에 관한 조약〉
제4조 ① 양국은 양국 상호 간의 관계에 있어서 국제연합헌장의 원칙을 지침으로 한다.
② 양국은 양국의 상호복지와 공동이익을 증진함에 있어 국제연합헌장의

원칙에 따라 협력한다.

〈국제연합헌장〉

제2조 이 기구 및 그 회원국은 제1조에 명시한 목적을 추구함에 있어서 다음의 원칙에 따라 행동하여야 한다.

③ 모든 회원국은 국제분쟁을 국제평화와 안전 그리고 정의를 위태롭게 하지 아니하는 방식으로 평화적으로 해결하여야 한다.

④ 모든 회원국은 다른 국가의 영토보전이나 정치적 독립에 대하여 국제연합의 목적과 양립하지 아니하는 방식으로 위협하거나 무력을 행사해서는 아니된다.

국제연합헌장은 국제분쟁의 평화적 해결원칙과 무력사용 금지원칙을 규정하고 있습니다. 따라서 원피고 양국은 한일기본조약과 UN헌장에 따라 어떠한 경우에도 무력을 사용해서는 안 됩니다. 양국 사이에 분쟁이 발생하더라도 오로지 국제평화와 안전 그리고 정의를 위태롭게 하지 아니하는 평화적 수단을 통하여 분쟁을 해결하여야 할 의무가 있는 것입니다. 피고가 사건 대상을 무력 침략하여 불법 점령한 행위는 이에 반하는 행위로서 결코 용납될 수 없습니다.

3. 국제사법재판소는 세계평화와 국제정의의 수호를 목적으로 설립되었습니다. 온 세계가 귀 재판소의 판결을 통하여 국제평화를 위협하는 어떠한 무력행위도 결코 용납될 수 없다는 점을 확인하고 나아가 귀 재판소의 존재 의의를 깨달을 수 있도록

단호한 의지를 보여주시기 바랍니다.

증 거

1. 갑제1호증　대한민국과 일본국 간의 기본관계에 관한 조약

2016. 5. 3.

원고 대한민국
소송대리인 김명찬

"한 교수님, 최근에 일본이 독도를 침략할 조짐이 있었습니까?"

"글쎄요. 2012년 8월 10일 이명박 대통령이 독도를 방문하면서 상당히 시끄러웠습니다. 아무도 예상하지 못했던 일이었으니까요. 게다가 8월 14일에는 일왕이 한국을 방문할 경우 독립운동 희생자들에게 사죄해야 한다는 말까지 했습니다. 이 일로 한일 간에 외교분쟁이 발생했습니다."

"당시 한일 간에 무슨 갈등이 있었나요? 이명박 대통령이 독도를 방문하고 그런 말을 한 이유가 있을 것 같은데요?"

"이명박 대통령은 집권 초부터 독도를 방문하겠다는 생각을 가지고 있었는데 임기 중에 다녀온 것뿐이라고 해명했습니다. 하지만 일각에서는 정권말기 국면전환용이라느니 연말에 있을 한국 대선과 일본 총선을 염두에 두고 한일 간에 짜고 친 시나리오라는 등의 말이 있었습니다. 보수층을 집결시키기 위한 연출이라는 것이죠. 특히

이 대통령의 독도방문 시점은 일본이 센카쿠열도 국유화 계획을 발표하면서 중일 간의 긴장이 한층 고조되던 시기였습니다."

어쨌든 이러한 일들이 잇달아 일어나면서 일본은 급격히 우경화되었고 2012년 12월 16일 실시된 총선에서 우익성향의 자민당과 공명당이 압승을 거두었다. 자민당의 아베 신조가 총리로 복귀하였고 국방비 증액, 평화헌법 개정, '다케시마의 날'의 국가행사화 등을 추진하겠다고 공언하였다.

그런데 정말 동북아시아의 상황이 급박하게 돌아가기 시작했다. 2013년 2월 5일 일본은 독도와 센카쿠 문제를 다루는 '영토주권대책기획조정실'이라는 국가차원의 전담부서를 신설하고 미국과 합동해상훈련을 실시하였다. 중국은 미일합동해상훈련이 중국을 겨냥한 것이라면서 센카쿠열도 주변에서 군사훈련을 실시했다. 러시아도 한몫 거들었다. 사할린 주에 있는 쿠릴열도 중 일본식 이름의 섬들을 러시아식으로 바꾸겠다고 한 것이다.

"설상가상으로 북한은 지하 갱도에서 3차 핵실험을 강행했습니다. 국제사회는 긴장했고 아베 총리는 마침 잘 되었다는 듯이 평화헌법 개정을 강력 주장하였습니다. 북한은 계속해서 장거리미사일 발사훈련과 핵실험을 반복하였고 일본은 이를 빌미로 평화헌법을 개정하고 군사력을 강화시켜 왔습니다. 아베 총리는 2006년 일본 국회에서 일본이 17세기 중반 독도 영유권을 확보했다고 연설했던 사람이지만 이런 식으로 독도를 무력 점령하리라고는 전혀 예상하지 못했습니다."

한서현 교수의 이야기를 듣고 있던 강지성 교수가 이야기를 이어나간다.

"일본은 한국, 중국, 러시아 중에 가장 만만한 우리를 상대로 일을 벌인 것입니다. 일본의 독도 점령에 긴장한 러시아는 즉시 쿠릴열도에 군사력을 보강시켰습니다. 일본이 쿠릴열도를 무력 점령할 가능성을 배제할 수 없기 때문입니다. 반면 중국인들은 센카쿠를 무력 점령해야 한다고 주장하고 있습니다. 일본이 독도를 점령한 것은 혹여 중국이 도발하더라도 막을 자신이 있다는 자신감의 표현이기도 합니다."

센카쿠와 쿠릴열도 문제로 일본과 대치하고 있는 중국과 러시아는 이번 재판을 주시하지 않을 수 없다. 남중국해에서 중국과 도서 분쟁을 벌이고 있는 베트남, 말레이시아, 필리핀도 마찬가지다. 일본으로서는 이번 재판의 논리 구성에 만전을 기할 수밖에 없다. 독도 재판에서 전개되는 논리가 추후 센카쿠와 쿠릴열도에 영향을 미치기 때문이다.

"남중국해에도 도서 분쟁이 있습니까?"

"그럼요. 한두 건이 아닙니다. 이곳은 잠재된 화약고와도 같습니다. 중국과 베트남, 필리핀, 말레이시아 사이에 긴장이 고조되고 있습니다. 동남아시아의 도서 분쟁 양상을 잘 살펴보면 독도 문제를 이해하는 데 많은 도움이 됩니다."

그날 밤 김 변호사는 강 교수의 이야기를 떠올리며 동남아 지역의 도서 분쟁에 관한 자료를 찾기 시작했다.

'독도, 센카쿠, 쿠릴열도 외에 동남아 지역에도 많은 도서 분쟁들이 있다는데, 나는 왜 몰랐을까? 내가 그렇게 세상에 무관심했나?'

김 변호사는 자료들을 찾아 분석하고 쟁점을 정리해두었다.

① 스카보로 섬을 둘러싼 중국과 필리핀 사이의 분쟁

② 스프래틀리군도를 둘러싼 중국, 베트남, 말레이시아, 필리핀 사이의 분쟁

③ 파라셀제도를 둘러싼 중국과 필리핀, 베트남 사이의 분쟁

작은 섬들이었지만 분쟁은 아주 치열했다. 섬 주변에 많은 양의 석유와 천연가스가 매장되어 있다는 점, 1977년 '200해리 배타적 경제수역'이 제도화되면서 분쟁이 본격화되었다는 점, 중국이 모든 분쟁의 당사자로 되어 있다는 점 등이 특기할 만한 사항이었다.

중국과 분쟁을 벌이고 있는 상대국들은 동남아시아국가연합(ASEAN)을 통해 대항하고 있었다. 그것뿐만이 아니었다. 이들 국가들은 하나같이 미국에 의존하고 있었다. 동남아시아 도서 분쟁지역에서 미국과 중국의 패권다툼이 이루어지고 있었던 것이다. 동남아시아 지역의 도서 분쟁은 미국이 이 지역에 개입할 수 있는 명분을 제공해주고 있었다. 미국으로서는 호재인 셈이다. 센카쿠열도를 둘러싼 중일 간의 영토분쟁이 격화되면서 미국은 오키나와 미군기지를 그대로 유지할 수 있었다. 군사력에서 중국에 밀리는 일본이 미국의 도움을 받기 위해 미군기지 이전을 유보할 수밖에 없었기 때문이다. 동중국해 이어도 주변의 제7광구 또한 마찬가지였다. 많은 양의 석유와 천연가스가 매장되어 있는 이곳에서 대한민국과 중국, 일본이 서로 대립하고 있었다.

그는 이러한 도서 분쟁들을 독도 문제와 대비시켜 보았다.

① 해당 도서 인근에 많은 양의 천연자원이 매장되어 있다. 독도 인근에는 우리 국민들이 30년간 사용할 수 있는 양의 하이드레이트가 매장되어 있고

그 밑에는 엄청난 양의 유전이 있을 것으로 추정된다.

② 독도 주변 수역은 난류와 한류가 교차하는 조경수역으로 어족 자원이 풍부하다.

③ 독도는 군사·지리적으로 중요한 요충지이다. 일본이 독도를 확보할 경우 북한과 러시아를 견제할 수 있고 한국의 태평양 진출을 막을 수 있다.

④ 1977년 배타적 경제수역 개념이 대두되면서 도서 분쟁이 본격화되었다.

⑤ 극동지역에서는 일본이 독도와 센카쿠, 쿠릴열도 도서영토분쟁을 야기하고 있고, 남중국해에서는 중국이 도서영토분쟁을 일으키고 있다. 있는 놈들이 더 한다!

준 비 서 면

사건   독도 – 다케시마 케이스
원고   대한민국
피고   일본

피고는 다음과 같이 변론을 준비합니다.

다 음

1. 원고는 피고가 사건대상을 무력 점령한 행위는 일한기본조약 및 UN헌장에 반하는 위법행위라고 주장합니다. 그러나 이는 달리 어쩔 수 없는 상황에서 이루어진 것으로 위법성이 없

습니다.

2. 피고는 2차 세계대전 직후 원고가 사건대상을 무단 점령하자 수차 반환을 요청하였습니다. 그러나 원고는 들은 척도 하지 않았습니다. 원피고는 일한기본조약 체결 당시 분쟁해결에 관하여 다음과 같이 합의하였습니다.

〈일본정부와 대한민국정부 사이의 분쟁 해결에 관한 교환 공문〉
양국 정부는 별도의 합의가 있는 경우를 제외하고 양국 간의 분쟁은 우선 외교상의 경로를 통하여 해결하고 이에 의하여 해결할 수 없을 경우에는 양국 정부가 합의하는 절차에 따라 조정에 의하여 해결을 도모한다.

보시는 바와 같이 원피고 간에 분쟁이 발생할 경우 우선 외교 교섭을 통해 분쟁을 해결할 의무가 있습니다. 원고는 사건대상을 둘러싼 원피고 간의 분쟁을 해결하기 위하여 수차 외교 교섭을 요청하였습니다. 그러나 원고는 분쟁 자체가 존재하지 않는다며 일체 응하지 않았습니다. 1996년 2월 20일 원고는 원피고 간에 사건대상을 둘러싼 어떠한 교섭도 진행되지 않을 것임을 천명하기까지 하였습니다. 당시 공노명 외무장관의 기자회견 내용입니다.

누차 밝힌 대로 독도는 역사적 국제법적으로 한국의 고유영토이며 한국 정부는 독도를 실효적으로 영유하고 있고 관할권을 행사하고 있다. 독도는 어떤 교섭의 대상도 될 수 없다.

3. 피고의 교섭 요청에도 불구하고 원고가 회피로 일관하자, 피고는 국제사법재판소에 의한 해결을 제안했습니다. UN헌장에 따라 평화적으로 문제를 해결하고자 한 것입니다. 하지만 원고는 이러한 제안에도 응하지 않았습니다.

4. 그뿐만이 아닙니다. 원피고 간의 영토분쟁이 격화될 것을 우려한 세계 다른 나라들 또한 국제사법재판소에 의한 해결을 권유했지만 원고는 역시 응하지 않았습니다. 원고가 국제재판을 거부한 것은 오로지 패소할 것을 우려했기 때문입니다.

5. 원고는 분쟁 해결을 위한 피고의 평화적인 제안을 모두 거부하였습니다. 외교교섭뿐만 아니라 국제평화와 국제정의 수호를 목적으로 설립된 귀 재판소에서의 평화적이고 합리적인 해결방법조차 거부하였습니다. 피고가 사건대상을 점령한 것은 원고의 외교교섭 불응과 국제재판 불응으로 인해 달리 어찌할 방법이 없는 상황에서 불가피하게 이루어진 행위라는 점이 고려되어야 할 것입니다.

증 거

1. 을제1호증   일본정부와 대한민국정부 간의 분쟁 해결에 관한 교환공문
1. 을제2호증의1   1954년 9월 25일자 구술서
1. 을제2호증의2   1954년 10월 28일자 구술서 회신
1. 을제3호증   1962년 3월 일한외상회담 회의록 발췌부분

1. 을제4호증   1954년 밴 플리트 미국대사 귀국보고서

2016. 5. 20.

피고 일본

소송대리인 이키 유스케

(이키 유스케 변호사가 네덜란드 헤이그 평화궁 국제사법재판소 제3호 법정에서 증거에 대해 설명하고 있다.)

'을제1호증'을 보겠습니다. 1965년 6월 22일 원피고 간에 교환각서 형태로 체결된 분쟁해결 교환공문입니다. 보시는 바와 같이 원피고 사이에 분쟁이 발생하였을 경우의 외교교섭의무에 대하여 규정하고 있습니다. 이 규정에 따라 피고는 원고에게 외교 교섭을 요청하였습니다. 그러나 원고는 분쟁이 존재하지 않는다며 교섭을 거부하였습니다.

다음은 '을제2호증의1'입니다. 피고는 영토분쟁을 평화적으로 해결하기 위하여 1954년 9월 25일 이 문제를 국제사법재판소에 회부할 것을 제안하였습니다. 그러나 '을제2호증의2' 구술서 회신에서 보는 바와 같이 원고는 이를 거부하였습니다.

분쟁을 국제사법재판소에 제소하자는 일본정부의 제안은 사법절차를 가장한 또 다른 잘못된 주장의 시도에 불과하다. 한국은 처음부터 독도에 대한 영유권을 가지고 있으며 또한 국제사법재판소를 통하여 그러한 권리를 확인해야 할 어떠한 이유도 없다. 아무런 분쟁도 없는데 유사한 영토분쟁을 조작하는 것은 바로 일본이다. 일본은 독도 문제를 국제사법재판소에 제소할 것을 주장함으로써 소위 독도영유권 분쟁에 대하여 다만 일시적이라도 일본을 한국과 동등한 입장에 놓고 독도에 대한 한국의 완전하고도 논쟁의 여지가 없는 영유권에 대하여 일본의 유사한 주장을 내세우려고 기도하고 있는 것이다.

당시 피고는 도쿄에 있는 모든 외국 공관에 국제재판 제안서를 보내고 이 문제가 평화롭게 해결될 수 있도록 원고를 설득해달라고 부탁하는 등 피고가 할 수 있는 최선의 노력을 다하였습니다.

이후에도 피고의 노력은 계속되었습니다. 1962년 3월 원피고 간에 진행된 외상회담에서 다시 한 번 동일한 제안을 했습니다. '을제3호증' 회의록을 봐주시기 바랍니다. 당시 회담 내용입니다. 고사카 젠타로 외무대신이 최덕신 외무장관에게 이 문제를 국제사법재판소에 회부하자고 제안하였지만 최덕신 외무장관이 완강하게 거부하고 있습니다.

다음은 '을제4호증'입니다. 이것은 1954년 밴 플리트 미국대사가 작성한 귀국보고서입니다.

독도는 일본해에 위치해 있고 대략 한국과 혼슈 중간에 있다. 이 섬은 사실 불모의 무인도로 바위들의 집합체일 뿐이다. 일본과의 평화조약 초안이 작성되었을 때 대한민국은 독도영유권을 주장했지만, 미국은 이 섬이 일본의 주권하에 남는다는 결론을 내렸고 이 섬은 일본이 평화조약상 포기한 섬들

중에 포함되지 않았다. 이 섬에 대한 미국의 입장은 대한민국에 비밀리에 통보되었지만 우리의 입장은 아직까지 공표되지 않았다. 미국은 이 섬을 일본 영토로 생각하지만 양국 간의 논쟁을 방해할 우려가 있다. 이 논쟁을 국제사법재판소로 회부하는 것이 바람직하다는 우리의 입장은 비공식적으로 대한민국에 전달된 바 있다.

밴 플리트 미국대사는 이 보고서에서 사건대상이 피고의 영토에 속한다는 점을 명확히 언급하고 있습니다. 또 원피고 간의 분쟁을 해결하기 위하여 원고에게 국제사법재판소 제소를 권유하였지만 원고가 이를 거부하고 있다는 취지를 기재하고 있습니다.

이상의 증거에서 살펴본 바와 같이, 원고는 평화롭고 합리적인 방법에 의하여 분쟁을 해결하고자 하는 피고의 제안에 응하지 않았을 뿐만 아니라, 국제사회의 제안에도 응하지 않았습니다. 피고가 사건대상을 무력으로 점령할 수밖에 없었던 것은 이러한 방법 이외에는 다른 해결 방법이 없었기 때문이라는 점을 감안하여 주시기 바랍니다. 이상입니다.

"변호사님, 일본이 UN헌장을 위반하여 독도를 무력 침범한 사실만으로도 국제사법재판소가 독도반환 판결을 내려야 하는 것 아닌가요?"

소송기록을 살펴보던 이미주 사무관이 물었다.

"엄격하게 말하면 그렇습니다. 그래야만 국제평화가 유지될 수 있으니까요. 하지만 이번 재판은 이런 주장 하나로 끝날 수 있는 재판이 아닙니다. UN 안전보장이사회가 국제재판을 권고한 것은 독도가 어느 나라 땅인지 판가름 내보라는 취지입니다. 우리는 독도가 고대로부터 현재까지 우리 영토였다는 사실을 입증해야만 합니다."

며칠 후 이미주 사무관이 국제사법재판소에 대하여 설명하는 시간을 가졌다.

"국제사법재판소에 대해 설명하겠습니다. 화면을 봐주시기 바랍니다. 국제사법재판소는 2차 세계대전 직후 국제연합이 만들어질 때 기존 국제연맹의 부속재판소였던 상설국제사법재판소가 개편된 것입니다. 국제사법재판소는 현재 네덜란드 헤이그 평화궁에 설치되어 있습니다. 우리나라는 1991년 9월 17일 국제연합에 가입하였고 국제사법재판소의 당연 당사국이 되었습니다. 국가 간의 분쟁에 대한 판결을 내리는 것이 재판소의 기능이기 때문에 오직 국가만이 당사자가 될 수 있습니다. 국제사법재판소는 15명의 재판관으로 구성되는데 전원 국적이 달라야 하며 총회와 안전보장이사회에서 선출됩니다. 상설중재재판소가 지명한 후보자들 중에서 선출되며 임기는 9년이고 연임할 수 있습니다. 3년마다 재판관 5명을 재선출하게 됩니다."

국제사법재판소는 헤이그에 있지만 필요한 경우 다른 곳에서도 개정할 수 있다. 아울러 휴가기간을 제외하고는 상시적으로 개정되며 최소 9명 이상의 재판관이 출석해야 한다. 소장 및 부소장을 자체 선출하고 서기를 임명하며 필요한 직원과 사무직원을 둘 수 있다. 재판소장과 서기는 의무적으로 헤이그에 거주해야 한다. 재판소의 공용어는 불어와 영어이다. 당사국은 공용어 중 어느 것이나 사용할 수 있으며 하나의 언어로 제출된 서면과 구두변론 내용은 다른 언어로 번역 통역된다. 그리고 판결과 의견은 불어와 영어 두 가지로 작성되어야 한다.

제소는 당사자 쌍방의 제소합의를 재판소에 통지하거나 당사자 일방이 단독으로 서기에게 서면신청을 함으로써 이루어진다. 국제사법재판소에서의 재판은 강제관할권이 인정되지 않는 한 양 당사국의 동의가 있어야 성립할 수 있다.

〈국제사법재판소 규정〉

제36조 ① 본 재판소의 관할은 쌍방 당사자가 재판소에 회부하는 모든 사건과 국제연합헌장 또는 조약 및 협약에서 규정한 모든 사안에 미친다.

② 재판소 규정의 당사국은 언제든지 동일한 의무를 수락하는 다른 모든 국가와의 관계에 있어서 다음 각호의 사항에 관한 법적 분쟁에 대한 본 재판소의 강제관할을 인정한다고 선언할 수 있다.

1. 조약의 해석

2. 국제법상의 문제

3. 국제의무 위반사실 존재 여부

4. 국제의무 위반에 따른 배상의 범위

③ 위 선언은 무조건으로 또는 수 개 국가 또는 일정 국가와의 상호주의 조건 또는 기간을 정하여 할 수 있다.

"보시는 바와 같이 국제연합에 가입하더라도 국제사법재판소의

강제관할권을 유보할 수 있습니다. 국제연합헌장 제정 당시 약소국
들이 강대국에 의한 내정간섭을 피하기 위해 이러한 규정을 둘 것을
요청했습니다. 우리나라는 국제연합에 가입할 때 국제사법재판소의
강제관할권을 유보하였습니다. 일본이 단독 제소하더라도 재판이 성
립될 수 없었던 이유입니다."

　국제사법재판소의 재판절차는 서면과 구두로 진행된다. 재판소는
필요한 경우 증언을 청취하고 전문가위원회를 구성하여 조사 보고
하도록 할 수 있다. 재판소의 심리는 공개로 이루어지지만 평의는 비
공개로 이루어진다. 판결은 다수결로 하며 공개 법정에서 낭독하게
된다. 판결에 대해 다른 의견을 가진 재판관은 개별의견을 제출할 수
있다. 무엇보다 국제사법재판소의 판결은 최종적이며 더 이상 상소
할 수 없다는 점이 특징이다.

　"이 정도로 브리핑을 마치겠습니다. 궁금하신 점이 있으시면 질문
하시기 바랍니다."

　"일본은 언제 당사국이 되었습니까?"

　"일본은 UN에 가입하기 전인 1954년에 당사국이 되었는데 강제
관할권을 승인했습니다."

　"현재 재판관들은 어떤 사람들입니까? 일본인도 있습니까?"

　"재판관 명단을 설명 자료에 첨부해 놓았습니다. 보시는 바와 같
이 일본인 재판관으로 오와다 히사시가 재직 중이며 임기는 2021
년까지입니다. 오와다 히사시는 일본 마사코 왕세자비의 아버지로
2003년부터 재판관으로 활동해왔고 재판소장을 역임하기도 했습니
다. 일본은 지금까지 국제사법재판소에 세 명의 재판관을 배출했습
니다. 상설국제사법재판소 시절에도 세 명의 재판관을 배출했고, 국

제해양법재판소에도 두 명의 재판관을 배출했습니다."

"그럼 우리에게 불리한 것 아닙니까? 일본인 재판관도 재판에 참여할 수 있습니까?"

"저도 이 부분이 우려됩니다. 관련 규정을 보겠습니다."

〈국제사법재판소 규정〉

제31조 ① 국적재판관은 재판소에 제기된 사건에 출석할 수 있다.

② 국적재판관이 있는 경우 타방 당사자는 재판관 1인을 선정할 수 있다. 선정재판관은 가능한 한 제4조 및 제5조 규정에 따라 후보자로 지명된 자 중에서 선정되어야 한다.

③ 국적재판관이 없는 경우 각 당사자는 전항의 규정에 따라 재판관을 선정할 수 있다.

"당사국과 동일한 국적을 가진 재판관을 국적재판관이라고 합니다. 이러한 국적재판관도 특별한 사유가 없는 한 재판에 참여할 수 있습니다. 국제사법재판소 규정은 이러한 경우 형평을 위하여 국적재판관이 없는 당사국으로 하여금 1인의 재판관을 선정할 수 있도록 보장하고 있습니다."

"그러니까 우리는 우리나라 출신 재판관이 없으니 선정재판관 1명을 선정하여 참여시킬 수 있다는 것이네요?"

"네. 그렇습니다. 현재 정부는 선정재판관을 누구로 할 것인지 검토 중입니다."

"그나마 다행이긴 한데, 일본인이 2003년부터 재판관을 해왔고 재판소장까지 했다면 그 영향력이 상당하겠는데요?"

"우리에게 불리한 것은 그것뿐만이 아닙니다. 일본은 1875년 마리아루스호 사건, 1905년 가옥세 사건, 1999년 남방참다랑어 사건 등 세 건의 국제재판을 수행한 경험이 있습니다. 일본은 이러한 경험을 통해 세계 국제법 전문가들과 상당한 친분을 유지하고 있습니다. 2010년에 타계한 영국 옥스퍼드대학의 국제공법 교수였던 이언 브라운리 교수는 오랫동안 일본 외무성 법률자문으로 있었고, 같은 대학의 보건 로 교수는 남방참다랑어 분쟁에서 일본 측 변호인으로 활동하기도 했습니다."

"최근에 국제사법재판소를 통한 분쟁해결 사례들이 많나요?"

"네. 1980년대 후반부터 국제사법재판소에 대한 신뢰도가 높아지고 위상이 제고되면서 사건이 증가하고 있는 추세입니다. 동남아시아 국가들도 국제사법재판소를 통해 분쟁을 해결하고 있습니다. 2002년 인도네시아와 말레이시아 간의 영토분쟁 판결 이후 말레이시아와 싱가폴 간의 도서영토분쟁 사건이 국제사법재판소에 계류 중입니다."

"국제사법재판소에 제소되는 사건 중에 도서영토분쟁 사례는 얼마나 됩니까?"

"20세기 이후 국제사법재판소에 제소된 도서영토분쟁 사건은 총 12건이었습니다. 그 중 1990년 이후에 회부된 것이 7건입니다. 참고로 현재 전세계의 도서영토분쟁지역은 모두 29개소로 집계되고 있습니다."

"재판 기간은 보통 얼마나 소요되죠?"

"정해진 것은 없습니다. 다만, 선례들을 보면 재판기간이 보통 2년 이상이었습니다. 3, 4년 이상 진행되는 사건들도 있었구요."

국제사법재판소 재판관 명단을 살펴보던 김명찬 변호사는 중국과 러시아 국적의 재판관을 눈여겨보았다. 중국과 러시아 외에 다른 아시아 국적의 재판관은 없었다. 그는 수첩에 떠오르는 생각들을 적어두었다.

① 청일전쟁과 러일전쟁, 중일전쟁을 부각시킬 것!
② 센카쿠 분쟁과 쿠릴열도 분쟁의 쟁점을 연결시킬 것!

한국은 일단, 일본의 독도 침탈은 국제평화에 반하는 불법적인 무력행사로서 어떠한 이유로도 용납될 수 없다며 포문을 열었다. 이러한 주장에 대해 일본은 당초 일본영토였던 독도를 반환받기 위하여 한국에 외교교섭을 요청하였으나 한국은 분쟁 자체가 존재하지 않는다는 이유로 교섭을 거부하였고, 이에 차선책으로 국제사법재판소에 제소하여 해결할 것을 요청하였으나 이 역시 거부당하는 바람에 어쩔 수 없이 무력점령하게 된 것이라고 항변하였다.

한국 소송팀은 독도 반환 청구소송이 이러한 주장 하나만으로 끝날 수 없다는 점을 알고 있었다. 그렇다면 일본의 무력침략 사실을 부각시키고 국제사법재판소의 국제평화 수호기능을 언급한 것은 재판부의 주의를 환기시키고 재판의 주도권을 잡기 위한 포석이었을까? 반면 일본은 밴 플리트 미국대사의 귀국보고서를 증거로 제출하면서 독도가 일본영토라는 점을 주장하기 시작했다.

제2부
◇◇◇◇◇◇

다케시마 밀약

2015년 8월 22일 일본은 한반도의 남북 군사대치상황을 틈타 독도를 무력 점령한다. 한국은 군사대치상황이 해소되자마자 독도 반환을 요청하지만 일본은 반환을 거부한다. 한국은 UN안전보장이사회를 통하여 방법을 모색하지만, 독도가 한국령이라는 점을 확신하지 못한 안전보장이사회 이사국들은 국제사법재판소 제소를 권고한다. 다른 방법을 찾을 수 없었던 한국은 결국 국제사법재판소에 독도 반환 청구소송을 제기하고, 이 과정에서 김명찬 변호사를 포함한 4명의 소송팀이 꾸려진다. 한국은 무력에 의한 독도 침탈은 심각한 도발행위라고 주장하지만 일본은 정당한 영토수복 행위라며 항변한다.

준 비 서 면

사건   독도 – 다케시마 케이스
원고   대한민국
피고   일본

원고는 다음과 같이 변론을 준비합니다.

다 음

1. 피고는 원고가 사건대상을 불법 점령한 채, 어떠한 방식으로도 분쟁을 해결하려고 하지 않아 어쩔 수 없이 무력 점령하게 된 것이라고 답변합니다.

2. 그러나 원고는 1945년 8월 15일 피고의 식민지배에서 벗어난 이후 2015년 8월 22일까지 무려 70년간 사건대상을 원고의 영토로 관리해 왔습니다. 이 사실만으로도 사건대상은 원고의 영토로 인정되어야 합니다.

3. 70년이 지난 지금, 사건대상이 과거 피고의 영토였다고 주장하면서 무력 침탈한 것은 어떠한 이유로도 정당화될 수 없습니다.

2016. 5. 30.

헤이그 비치사이드호텔 스카이라운지.

"한국 변호사를 절대 얕봐서는 안됩니다. 자기가 맡은 소송은 악착같이 물고 늘어지고 기발한 논리를 개발해 재판부를 설득하는 재주가 탁월한 인물입니다."

점잖아 보이는 노신사가 이키 유스케 변호사와 머리를 맞대며 이야기를 나누고 있다.

"소송 전략이 아주 좋아 보입니다. 우리 의도를 정확하게 파악하고 있습니다."

이키 유스케 변호사는 1968년생으로 영국 옥스퍼드대학에서 국제법을 전공하고 1999년 남방참다랑어 사건에도 참여했던 베테랑 변호사이다. 이키 변호사와 마주 앉아 기품 있는 자세로 차를 마시고 있는 사람은 이스미 신이치로 국장이다. 다부진 몸매와 강단 있는 얼굴의 그는 60대로 보이지만 올해 74세이다. 평생 일본 외무성에서 한국 담당관으로 일했고 은퇴한 지 10년이 넘었지만 일본 외무성은 아직도 한국 문제에 대해서만큼은 그에게 자문을 구하고 있었다. 일본에서 한국에 대해 그보다 더 정통한 사람은 없다고 해도 과언이 아니다.

일본 외무성은 UN 안전보장이사회가 국제사법재판소 제소를 권유하자마자 즉시 이키 변호사와 이스미 국장을 소송팀으로 불러들였고 이들이 소송팀을 지휘하게 되었다.

2016년 1월 28일 오후 3시 청와대 대통령 집무실.

"김 변호사님, 이번 독도 재판은 정말 중요합니다. 혼신의 노력을 다해주시기 바랍니다."

대통령이 긴장한 표정의 김 변호사에게 말을 건넨다.

"제가 정말 잘 해낼 수 있을지 모르겠습니다. 어깨가 너무 무겁습니다."

"변호사님이 수립한 소송 전략이 가장 좋은 평가를 받았다고 들었습니다. 세계적으로 유명한 전문가들을 제치고 변호사님이 가장 좋은 평가를 받았다는 보고를 듣고 무엇보다도 민족혼이 중요하다는 생각을 했습니다. 대한민국 국민으로서 우리 영토를 되찾겠다는 일념이 있었기 때문에 이런 결과가 나온 것이 아닌가 싶습니다. 변호사님이 팀원들과 밤새워 토론하여 수립한 소송 전략이라고 들었습니다. 꼭 이겨야 합니다."

김 변호사는 지금이라도 다른 사람으로 바꿔달라고 요청하고 싶었지만 대통령의 간곡한 눈빛을 보는 순간 아무 말도 할 수 없었다. 며칠 전 외교부로부터 독도 재판의 책임자로 선정되었다는 통보를 받은 그는 얼떨떨하기만 했다. 독도를 되찾는 데 조금이라도 도움이 되었으면 하는 생각으로 소송 전략을 세우고 또 세워가며 고민했지만 책임자로 선정되리라고는 꿈에도 생각하지 못했던 것이다.

대통령 접견 후 그는 두문불출하며 다른 팀에서 수립된 소송 전략을 분석하고 그가 수립했던 소송 전략을 수정 보완했다. 그 사이 소송팀 또한 통합 개편되었다. 5개 소송팀이 하나로 통합되었고 김 변호사와 한 팀을 이루었던 세 명 모두 통합된 소송팀의 주축을 이루고 있었다.

☐○ ☐ 　　　　　　준 비 서 면

사건　　독도 – 다케시마 케이스
원고　　대한민국
피고　　일본

피고는 다음과 같이 변론을 준비합니다.

다 음

1. 원고는 해방 이후 70년간 사건대상을 관리해 왔으므로 사건대상이 원고의 영토라고 주장합니다. 그러나 원고의 70년간의 점유는 불법점유일 뿐 국제법상 실효지배에 해당하지 않습니다.

2. 국제법상 실효지배가 성립하기 위해서는 ① 목적물을 평온하고 공연하게 점유하였을 것 ② 평온하고 공연한 점유가 일정 기간 계속되었을 것 ③ 본래의 권리자가 권리를 주장하지 않았을 것 등의 요건이 충족되어야만 합니다. 그러나 원고의 점유는 이러한 요건에 하나도 부합하지 않습니다.

3. 원고는 샌프란시스코 강화조약이 발효되기 100일 전인 1952년 1월 18일 〈대한민국 인접해양의 주권에 대한 대통령선언〉과 동시에 소위 '이승만라인'을 발표했습니다. 이승만라인이란 원고가 사건대상과 피고 측 오키 섬 사이에 일방적으로 그은 분계선을 말합니다. 원고는 피고와 상의도 없이 일방적으로 이승만라인을 선포하고 사건대상을 불법 점령해버렸습니다.

이승만 대통령이 이러한 선언을 한 것은, 샌프란시스코 강화조약이 발효되고 나면 미군정 치하에서 원피고 간의 어업경계선 역할을 하던 맥아더라인이 폐지되고 사건대상이 피고의 영토로 복귀되어 더 이상 사건대상을 점유할 수 없을 것으로 예상하였기 때문입니다.

특히 그는 피고가 미군정 지배하에 있어 온전한 주권을 행사할 수 없는 시점을 골라 위 선언을 하였습니다. 강화조약이 발효된 이후에는 피고의 온전한 주권행사로 사건대상을 강제 점령할 수 없을 것으로 예상하였기 때문입니다.

4. 피고는 이승만라인이 발표되자마자 즉시 반박 성명을 내고 사건대상이 피고의 영토임을 주장하는 구술서를 전달하였습니다. 하지만 원고는 사건대상을 불법 점령한 채, 피고 측 어민들이 인근해역에서 조업하는 경우 이승만라인을 침범하였다는 이유로 어선을 나포하고 어민들을 체포하는 등 무력을 행사했습니다. 이 과정에서 수차 유혈사태가 발생했습니다.

5. 국제법은 영토분쟁 발생 이후의 행위에 대해서는 실효지배

로서의 효력을 인정하지 않습니다. 따라서 1952년 1월 18일 이 승만라인 선포 이후 원고의 사건대상에 대한 실효지배 주장과 그에 관한 증거들은 본 재판에서 배제되어야 합니다.

증 거

1. 을제5호증   대한민국 인접해양의 주권에 대한
                   대통령선언
1. 을제6호증   1952년 1월 28일자 구술서
1. 을제7호증의1 내지 3   각 무력충돌 사진

2016. 6. 10.

피고 일본

소송대리인 이키 유스케

증거에 대하여 설명하겠습니다.

'을제5호증'은 1952년 1월 18일자 〈대한민국 인접해양의 주권에 대한 대통령선언〉입니다. 이 선언에 의하여 소위 이승만라인이 설정 되었습니다. 이승만 대통령은 1952년 4월 28일 샌프란시스코 강화조 약이 발효되면 더 이상 사건대상을 점유할 수 없게 된다는 점을 알 고 강화조약 발효 100일 전에 이와 같은 선언을 하고 사건대상을 불 법 점령하였습니다. '을제6호증'은 이승만라인 선포에 대한 피고 측 의 항의 구술서입니다.

'을제7호증의1 내지 3'의 사진들을 보겠습니다. 이 사진들은 이승만라인 설정 이후 발생한 원피고 간의 무력충돌 장면을 찍은 것들입니다. 먼저 1953년 7월 12일 피고 측 선박이 사건대상 인근 해역에서 원고 측 경비대로부터 총격을 받은 사진입니다. 다음은 1954년 7월 피고의 해상보안청 순시선이 불법어업에 종사하는 원고 측 어민에 대하여 사건대상 인근해역에서 철수할 것을 요구하자 피고 측 순시선을 향하여 발포한 사진입니다. 다음은 1954년 8월 23일 사건대상 주변을 항해하고 있는 피고 측 순시선이 사건대상 연안으로부터 총격을 받은 사진입니다. 이처럼 원고가 이승만라인을 선포한 이후 사건대상을 둘러싼 무력충돌이 끊임없이 계속되었습니다. 이승만라인 설정 이후 1965년 일한수교가 이루어지기 전까지 원고에 의해 나포된 피고 측 어선이 328척, 억류된 국민이 3,929명, 살상된 사람이 44명이나 됩니다. 이상입니다.

김 변호사와 강지성 교수가 결정적 기일(critical date)에 대하여 이야기하고 있다.

"영토분쟁과 관련하여 소송법상 결정적 기일의 원칙이라는 것이 있습니다."

"결정적 기일의 원칙이요?"

"결정적 기일이란 영토주권에 관한 분쟁이 처음으로 발생한 일자,

즉 분쟁이 결정화된 일자를 말합니다. 결정적 기일이 정해지면 재판부는 그 시점 이전에 발생한 상황만 가지고 판단해야 하고 그 시점 이후에 발생한 상황은 고려할 수 없습니다. 일본은 이승만라인 선언과 일본정부의 항의가 있었던 시점을 결정적 기일이라고 주장하면서 이 시점 이후의 증거들은 모두 배제되어야 한다고 주장하고 있습니다."

"그럼 이승만라인 선포 이후에 우리가 독도를 관리해온 사실들은 재판에서 전혀 고려되지 않는 건가요?"

"글쎄요. 국제사법재판소 판결 중에는 결정적 기일을 정하지 않은 경우도 있고, 결정적 기일을 정했다고 하더라도 그 이후의 사실을 고려한 경우도 있습니다. 멩끼에 에크레오 사건에서는 결정적 기일 이후의 행위라도 당사국의 법적 지위를 개선할 목적으로 이루어진 것이 아니라면 고려될 수 있다고 판결했습니다."

"결정적 기일이 설정될 수도 있고 그렇지 않을 수도 있다…… 결정적 기일이 설정되더라도 그 시점 이후의 사실들이 고려될 수도 있고 그렇지 않을 수도 있다…… 뭐 딱히 정해진 원칙이 없네요."

"국제분쟁은 사안마다 구체적 상황과 내용이 다르기 때문에 하나의 정형화된 틀이 없습니다. 모든 사안이 다 다르다고 봐도 무방합니다."

"그렇다면 소송 당사국 입장에서는 결정적 기일의 원칙에 얽매일 것이 아니라 결정적 기일 이후의 사실이라도 철저히 주장하고 입증하는 것이 바람직하지 않을까요?"

"맞습니다. 독도분쟁에 있어서 결정적 기일을 언제로 잡을 것인지도 중요하지만 결정적 기일에 관한 국제사법재판소의 법리도 자꾸

변하고 있기 때문에 주장할 수 있는 사실은 모두 주장하는 것이 좋습니다."

말을 마친 강 교수가 뭔가를 생각하는 듯 미간을 찌푸리더니 한숨을 내쉰다.

"안타까운 일입니다."

"갑자기 무슨 말씀이세요?"

"결정적 기일과 관련해서 국내 학자들 사이에 의견이 나뉘어져 있었습니다."

"의견이 나뉘다니요?"

"일본의 독도 도발에 대비하여 실효지배를 강화해야 한다는 입장과 실효지배를 강화하더라도 결정적 기일의 원칙에 의하여 증거 채택도 안 되는데 괜히 분쟁의 빌미를 제공할 필요가 없다면서 실효지배 강화를 반대하는 입장이 대립하고 있었습니다. 정부는 후자의 입장에 따라 독도를 천연기념물로 지정하여 국민들의 출입을 금지시키고 가능한 한 일본을 자극하지 않으려고 했습니다. 이것을 '조용한 외교'라고 합니다. 왜 그랬는지 이해가 안 됩니다. 차라리 독도를 개발해서 관광지로 활성화시켰더라면 이런 일은 없었을 겁니다."

일본은 일본 최남단, 최동단에 있는 섬을 관광지로 개발해 국민들의 방문을 유도하고 있다. 한국도 그랬어야 하지 않았을까? 더 많은 관광객들이 찾아오도록 만들고 더 많은 사람들이 거주할 수 있도록 했다면 일본이 이처럼 무력으로 점령하지는 못했을 것 아닌가 하는 이야기였다.

"교수님, 일본은 샌프란시스코 강화조약이 발효되기를 학수고대하고 있었던 것 같은데요?"

"맞아요. 샌프란시스코 강화조약이 발효되면 일본은 연합국의 지배로부터 벗어나고 독도 인근 해역에서도 조업할 수 있을 것으로 기대했습니다. 하지만 이런 기대는 이승만라인 선포로 물거품이 되고 말았습니다."

"이승만라인이 적법한 건가요?"

"1952년 당시는 국제법적으로 영해 3해리 시대였습니다. 영해 기선으로부터 3해리까지는 연안국이 전속적으로 주권을 행사하되 그 바깥은 공해가 되고 공해상에서는 어느 나라든지 자유롭게 이용할 수 있다는 것이 당시의 해양법 질서였습니다. 그런데 이승만라인은 해안가로부터 50해리에서 100해리까지 선을 그었습니다. 당시의 해양법 질서와는 완전히 배치되는 선언이었지요. 하지만 이승만라인은 적법한 것이었습니다."

1945년 미국의 트루먼 대통령이 이와 유사한 선언을 하였고 트루먼선언은 곧바로 중남미 국가로 확대되어 멕시코, 아르헨티나, 칠레, 페루, 코스타리카 선언으로 이어졌다. 국제법을 전공하여 국제 정세에 밝았던 이승만 대통령은 이러한 선언들을 벤치마킹하여 이른바 이승만라인을 선포했던 것이다. 주권을 가진 국가가 이러한 선언을 하는 것은 결코 국제법에 반하는 것이 아니었다.

"그렇다면 일본은 왜 이승만라인이 불법이라고 주장하는 겁니까?"

"해양주권선언 자체를 문제 삼는 것이 아니라 독도를 기점으로 했다는 점을 문제 삼는 겁니다. 일본 땅인 독도를 기점으로 주권선언을 한 것이 불법이라는 겁니다."

"일본이 별도로 실력행사를 하지는 않았나요?"

"웬걸요. 1952년 이승만라인 선포 이후 1954년 말까지 3년간 발생한 사건들이 이후 60년 동안 일어난 사건들보다 더 많을 겁니다."

"독도를 둘러싸고 치열한 신경전이 벌어졌다는 거네요?"

"신경전이 아니라 총성 없는 전쟁 수준이었습니다. 아니, 총성이 없었던 것도 아닙니다."

"만일 이승만라인이 설정되지 않았다면 어땠을까요?"

"글쎄요. 이승만라인이 없었다면…… 일본은 독도를 일본 영토라고 주장하면서 먼저 점령하려고 했겠지요. 분명히 지금과는 다른 양상으로 흘러갔을 겁니다. 독도를 둘러싼 한일 간의 분쟁이 더욱 격화되지 않았을까요? 이승만라인을 평화선이라고 불렀는데 그렇게 불릴 만한 이유가 있었던 겁니다."

 준 비 서 면

사건   독도 - 다케시마 케이스
원고   대한민국
피고   일본

원고는 다음과 같이 변론을 준비합니다.

다 음

1. 피고는 1952년 이승만라인 선포 직후 문제를 제기하였고 무

력충돌까지 있었기 때문에 이승만라인 선포 이후의 정황은 이 사건에서 고려되어서는 안 된다고 주장합니다.

2. 원고 나라에 '못 먹는 감 찔러나본다'라는 속담이 있습니다. 자기 것으로 만들지 못할 바에야 남의 것도 되지 못하게 망치려고 하는 심술궂은 마음을 일컫는 말입니다. 단순한 문제제기나 말도 안 되는 문제제기가 있다고 하여 없던 분쟁이 생겨날 수는 없습니다. 피고가 원고의 영토에 대하여 문제를 제기했다는 이유만으로 원고의 영유권과 영토관리 사실이 부정될 수는 없습니다.

3. 피고는 이승만 대통령의 '대한민국 인접해양의 주권에 관한 대통령선언'이 국제법에 반하는 불법 선언이라고 주장합니다. 그러나 위 선언은 적법한 것이었습니다. 당시 월등한 어업력을 자랑하던 피고는 원고의 바다를 침범하여 어족자원을 남획하는 등 많은 피해를 입히고 있었습니다. 이승만 대통령의 해양주권선언과 이승만라인은 이러한 침해로부터 자국의 바다를 지키기 위한 방어적 차원의 선언이었습니다.

1945년 9월 28일 미국의 트루먼 대통령은 '미국에 인접한 수역의 어업자원에 관한 선언'을 하였습니다. 이 선언은 미국의 바다를 확정하고 해역에 대한 권리를 주장하는 내용으로, 현재의 배타적 경제수역 200해리와 유사한 것이었습니다. 이러한 미국 대통령의 선언은 곧바로 중남미 국가로 확대되었습니다.

원고는 1948년 12월 12일 UN으로부터 정식 승인받은 자주

독립국가의 자격으로 위와 같은 선언을 하였습니다. 당시 연합국총사령부는 이에 대하여 아무런 문제도 제기하지 않았고, 오히려 1952년 9월 북한의 잠입을 막고 전시 밀수출입품의 해상침투를 봉쇄한다는 명분을 내세워 한반도 주변에 해상방위수역을 설정하였습니다. 소위 클라크라인이라 불리는 이 수역은 이승만라인과 거의 동일한 수역으로 되어 있었습니다. 연합국사령부가 클라크라인을 선언하여 이승만라인을 간접적으로 지지하였다는 사실은 위 선언이 국제법적으로 아무런 문제가 없다는 점을 시사하는 것입니다.

4. 피고는 이승만라인 설정 이후 사건대상을 둘러싼 무력 분쟁이 발생하였다고 주장하지만 사실이 아닙니다.

첫째, 원고는 국제법에 따라 정당하게 해양주권 선언을 하였고 이에 따라 어업관할구역을 설정하였습니다. 1952년 2월 12일 원고는 해양주권 선언의 적법성과 그 취지에 대한 상세한 설명을 담은 구술서를 전달하여 피고의 이해와 협조를 구하였습니다. 그러나 피고 측 어선들은 이승만라인을 계속 침범하여 조업하였습니다. 원고는 단지 관할구역을 침범한 타국 어선에 대하여 제재하였을 뿐입니다. 원고가 영해를 침범한 피고 측 어선들에 대하여 물리력을 행사한 것은 정당한 주권 행사로서 영토분쟁과는 무관합니다.

둘째, 피고 측의 이러한 불법 침범은 이승만라인 선포 이후에야 비로소 발생된 일이 아닙니다. 피고는 2차 세계대전 이후에도 맥아더라인을 넘어 원고의 바다에서 위법한 조업활동을 해왔습니다. 1946년 연합군 최고사령부는 훈령 제1033호를 발하여 사건대상 기점 12해리 이내에서의 피고의 조업활동을 금지하였습니다. 이것을 맥아더라인이라고 합니다. 하지만 피고 측 어민들은 맥아더라인을 넘어 원고 측 해역에서 조업하였고 어족자원의 고갈을 초래하였습니다. 이승만라인 선포 이후의 피고 측 행위는 이러한 위법행위의 연장선상에서 일어난 계속적 불법행위에 불과합니다. 위법행위가 반복적으로 이루어진다고 하여 적법행위가 될 수는 없습니다.

5. 원고가 이승만라인을 선포한 1952년 1월 18일, 당시 원고는 6.25전쟁을 치르고 있었습니다. 전쟁으로 인하여 국회를 소집할 수 없었던 원고는 이승만라인을 선포하여 임시로 원고의 바다를 수호할 수 있었습니다. 원고는 휴전협정이 체결된 뒤인 1953년 12월 12일에야 비로소 어업자원보호법을 제정·시행할 수 있었습니다.

증 거

1. 갑제2호증의1   1945년 9월 28일자 트루먼선언
1. 갑제2호증의2   1952년 2월 12일자 구술서
1. 갑제2호증의3   어업자원보호법

2016. 6. 20.

원고 대한민국
소송대리인 김명찬

"국장님, 이승만라인 선포 이후의 국내외 상황이 어땠습니까?"

이키 변호사의 질문에 이스미 국장이 수북이 쌓여 있는 자료더미를 뒤져가며 설명하기 시작한다.

"이승만라인이 발표되고 참 황당했습니다. 강화조약이 발효되기 딱 100일 전의 일이었습니다. 이승만이 허를 찌른 것입니다. 우리는 샌프란시스코 강화조약에 다케시마가 제외되자 승리감에 도취되어 있었습니다. 그런데 느닷없이 이승만라인이 선포된 것입니다. 국민들도 황당하기는 마찬가지였습니다. 분노한 국민들은 도쿄 히비야 공원, 오사카 나카노시마 공회당에 모여 한국의 불법적인 다케시마 점령을 규탄하는 시위를 벌였습니다. 1952년 1월 28일 주일한국대표부에 항의 구술서를 전달했고 어선들도 이승만라인을 넘어 조업활동을 하는 것으로 항의했습니다. 온 국민이 하나가 되어 이승만라인 설정에 항의한 것입니다. 그렇지만 아직 강화조약이 발효되기 전이라 따로 실력행사를 할 수 있는 처지는 아니었습니다. 1952년 9월 이승만은 평화선을 침범하는 우리 어선을 모조리 나포하라고 지시했습니다. 어쩔 수 없이 순시선을 출동시켰고 한국 경비정과 대치하는 상황이 벌어졌습니다."

"아니, 아무리 그래도 그렇지 살상된 사람이 44명이나 되다니 너무 심한 것 아닙니까?"

"갈등이 고조되자 극단적인 사태를 우려한 클라크 유엔군사령관이 1952년 9월 27일 '클라크라인'을 선포했습니다. 클라크라인이 선포되면서 해상 대치상황은 자연스럽게 해소되었습니다."

"미국이 한국편을 든 것 아닙니까?"

"글쎄요. 어쨌든 관계악화를 우려한 클라크 사령관이 정상회담을 주선했고, 1953년 1월 이승만이 요시다 시게루 수상과 회담하기 위해 우리나라에 왔습니다. 그런데 이승만이 얼마나 뻣뻣했는지 모릅니다. 요시다 수상이 분위기를 부드럽게 만들기 위해 '한국에 아직도 호랑이가 있습니까?' 하고 묻자 이승만이 뭐라고 했는 줄 아십니까? '한국의 호랑이는 가등청정(가토 기요마사, 임진왜란 당시 왜군의 장군)이 다 잡아버렸지만 아직 여기 한 마리 남아 있습니다'라고 하면서 자기 코를 가리킨 것입니다. 정말 무례했습니다. 이런 분위기였으니 회담이 잘 될 리가 없지요."

"회담 이후 제주도 인근 해역에서 우리 어민 1명이 피살되는 사건이 일어났지요?"

"맞아요. 가뜩이나 분위기도 안 좋은데 어땠겠습니까? 온 나라가 떠들썩했지요. 급기야 오카자키 외상이 주일한국대표부에 회담을 재개하자고 제안했고 1953년 4월 15일 도쿄에서 제2차 회담이 열렸습니다. 하지만 이것도 별 소득 없이 끝나고 말았습니다."

한국이 이승만라인 선포에 의해 다케시마를 불법 점령한 이후 다케시마의 현황을 정확하게 조사할 필요가 있었다. 이에 시마네현 지사가 5월말부터 6월말까지 몇 차례 수산시험선을 파견했다. 2차 조사 때에는 한국인 6명이 조업하고 있어 이들을 상대로 조사를 벌이기도 했다. 6월말에는 다케시마에 영토 푯말을 설치하고 한국 어민들에게 '다케시마는 일본영토이니 다시 이 섬에 침입하면 일본 경찰에 넘겨질 수 있다'고 경고했다. 그런데 이 사실을 안 한국산악회와 어민회가 성명을 발표하고 한국정부는 영토를 침범당했다며 항의를 해왔다.

"완전히 적반하장이군요."

"1953년 7월 12일에는 총을 쏘기까지 했습니다. 헤쿠라호가 다케시마에 접근하자 한국 어선들과 자동화기로 무장한 한국 경찰이 막아섰고 한국인 3명과 경찰책임자가 순시선에 올라와서 '독도는 한국 영토이니 일본 선박은 울릉도로 가서 당국에 신고하라'고 협박했습니다. 헤쿠라호가 항의 차원에서 다케시마를 일주하는데 한국 경찰이 카빈총과 경기관총 40여 발을 발사했고 그 중 2발이 순시선에 명중하는 사고가 일어났습니다."

이 일이 알려지자 〈지지신보(時事新報)〉는 자위대를 동원해야 한다고 주장했고 〈요미우리〉는 국제사법재판소에서 해결해야 한다고 주장했다. 일본쪽 여론이 심상치 않다는 것을 안 이승만 대통령은 다케시마 수역조사를 명분으로 군함을 파견하여 일본이 접근하지 못하도록 조치를 취하였다.

"1953년 10월 14일 한국산악회가 학술조사단을 구성하여 다케시마에 상륙해 우리가 세워놓은 영토 푯말을 뽑아내고 한국영토 표식을 설치했다는 소식이 들어왔습니다. 사실인지 확인하기 위하여 국회의원 쓰지를 단장으로 한 조사단이 순시선을 타고 다케시마에 갔는데 이는 사실로 확인되었습니다."

10월 18일 〈아사히〉 신문에 '세 번째 영토 푯말이 사라졌다'는 기사가 보도되었고 일본 국민들은 '왜 매번 당하고도 가만히 있느냐'며 일본정부를 비난했다. 10월 27일 해상보안청이 두 척의 순시선을 보내 한국의 영토 푯말을 전부 철거하고 일본영토 푯말을 다시 설치하였다. 이른바 푯말 전쟁이 벌어진 것이다.

상황을 지켜보던 미국의 주선으로 3차 회담이 진행되었지만 별다른 결실이 없었다. 1953년 11월 13일 오카자키 외상이 '한국이 우리 영토인 다케시마를 침범한 것은 침략으로 간주한다'는 성명을 발표했고, 1954년 2월 10일 주일한국대표부에 구술서를 전달하였다.

다케시마는 예로부터 일본인에게 알려져 왔고 일본 고유영토로 간주되어 활
용되어 왔으나 한국에는 이에 필적하는 사실이 없으며 한국은 일본의 다케
시마 소유에 대해 결코 문제 삼은 적이 없다.

"하지만 한국은 우리 입장을 수용하지 않았습니다. 일방적으로
자신들의 입장만 되풀이할 뿐 들으려고도 하지 않았습니다. 오히려
1954년 5월에는 다케시마에 한국 국기와 '대한민국 경상북도 울릉군
남면 독도'라는 표식까지 조각했습니다. 5월 23일 우리 함정이 이 사
실을 확인하고 얼마나 어이없었는지 모릅니다. 다음날 공군 비행기
한 대가 날아가 조각된 표식에 300발을 발사하였고 5월 28일에는 조
사선을 파견했습니다."

1954년 7월 한국이 다케시마에 해양경찰을 주둔시키고 시설물을
설치할 것이라는 외신 보도가 들어왔다. 사실 확인차 참의원 의원단
이 다케시마 시찰을 계획하고 있었다. 그때 한국이 '만일 일본 의원
단이 다케시마에 상륙할 경우 의법 처단하겠다'고 알려왔다. 국제적
으로 지켜보는 눈이 많았기 때문에 사태를 더 악화시킬 수 없었다.

1954년 8월 10일 한국이 300명의 해병을 투입하여 건설한 다케시
마 등대 점등식을 거행하였다. 8월 23일 사실 확인차 해상보안청 소
속 초계정을 다케시마에 파견했는데 한국이 또 다시 발포를 해왔다.
강력 대응해야 한다는 의견도 많았지만 2차 세계대전 패배로 일본에
게 불리한 국제정세 속에서 쉽사리 실력행사를 할 수는 없었다. 한국
이 이승만라인을 선포한 것부터가 이런 국제정세를 이용한 것이었다.

한국이 일체 교섭에 응하지 않자 하는 수 없이 1954년 9월 25일 구술서를 보냈다. 바로 국제사법재판소에 제소하여 판결을 받아보자는 제안이었다. 하지만 한국정부는 즉시 거부의사를 밝혀왔다.

"한국은 왜 재판을 받아보자는 제의를 거절했나요?"

"다케시마를 점령하고 있는 한국이 패할 것이 뻔한 재판을 받으려고 하겠습니까? 우리는 UN 안보리를 통해 이 문제를 국제사법재판소에 회부하려고 노력했지만 한국 눈치만 보는 미국의 소극적인 태도로 성사되지 않았습니다. 기껏 한다는 말이 나중에 국제재판으로 가게 될 때에 대비해서 자료를 축적해 놓으라는 것이었습니다. 패전으로 국력이 소진된 상태에서 우리가 할 수 있는 일이 뭐가 있었겠습니까?"

이스미 국장의 이야기를 듣는 이키 변호사의 가슴이 요동쳤다. 남의 땅을 차지해놓고도 오히려 큰소리를 치는 한국에 분노가 일었고 전쟁 패배로 이러지도 저러지도 못하는 일본의 처지가 너무나 안타까웠기 때문이다.

준 비 서 면

사건   독도 - 다케시마 케이스
원고   대한민국
피고   일본

피고는 다음과 같이 변론을 준비합니다.

다 음

1. 원고는 이승만 대통령의 해양주권선언이 적법하므로 이에
대한 문제제기는 영토분쟁이 될 수 없다고 주장합니다.

2. 그러나 이는 피고의 영토인 사건대상을 불법 점령한 것에 대
한 문제제기로 명백한 영토분쟁에 해당합니다.

3. 1952년 1월 18일 이승만라인 선포 이후 수차 총격전이 있었
고, 많은 어선들이 나포되고 선원들이 사망하는 일까지 발생하
였습니다. 이승만라인 선포로 인하여 원피고 간의 영토분쟁이
본격화되었음은 부인할 수 없는 역사적 사실입니다.

2016. 6. 30.

피고 일본
소송대리인 이키 유스케

"강 교수님. 우리는 분쟁이 존재하지 않는다고 주장하고 있는데
국제사법재판소는 어떻게 판단하게 되나요?"

이미주 사무관이 물었다. 일본은 영토분쟁이 존재한다고 주장하
는데 반해 한국은 분쟁이 존재하지 않는다고 하니 이러한 의문이 드
는 것도 당연하다.

"온두라스와 엘살바도르 간의 분쟁에서, 엘살바도르가 온두라스

의 엘띠그레섬에 대한 주장은 전혀 근거가 없기 때문에 진정한 의미의 분쟁은 존재하지 않는다고 항변한 일이 있었습니다."

"그래서요?"

"국제사법재판소는 분쟁의 존재는 주장의 객관적 타당성에 의존하는 것이 아니라고 했습니다."

"네?"

"분쟁이 존재하느냐의 여부는 그것이 구체적인 논쟁의 대상이 되는가에 따라 판단하는 것이지 주장의 객관적 타당성 여부는 따지지 않는다는 것입니다."

"그럼, 만일 일본이 제주도가 일본 땅이라고 우기면서 시비를 걸어오면 분쟁이 존재한다고 보게 되나요?"

"아닙니다. 단순히 그러한 상태에서는 아직 분쟁이 존재한다고 할 수 없습니다. 국제법적인 논쟁거리가 있어야만 합니다."

"잘 이해가 안 되는데요?"

"국제사법재판소가 말하는 분쟁은 법률적 분쟁을 말합니다. 국제법 학자들은 분쟁을 법률적 분쟁과 정치적 분쟁으로 구별하고 있습니다. 국제법적인 해석이 필요한 문제는 법률적 분쟁이지만 그러한 해석이 불필요한 문제는 정치적 분쟁에 불과하다는 것입니다. 일본은 독도 문제가 법률적 분쟁이라면서 국제사법재판소에서 재판을 통해 해결되어야 한다고 주장하는 반면 우리는 순수한 정치적 분쟁이기 때문에 재판으로 해결할 문제가 아니라는 입장입니다."

이미주 사무관이 여전히 아리송한 표정을 지으며 강 교수를 바라보았다.

"정치적 분쟁이라고 하는 입장은 '독도는 국제법적으로 한국령이 확실하고 이러한 결론은 변경될 여지가 없다. 따라서 독도 분쟁은 순수한 정치적 분쟁에 불과하다'는 것입니다."

"일본은 국제법적으로 볼 때 일본영토라고 주장하는 것이잖아요?"

"맞아요. 바로 그겁니다."

이미주 사무관이 고개를 끄덕이며 내용을 정리하더니 이윽고 결론을 내린다.

"일본이 독도에 대해 문제를 제기하고 있고 우리는 부인하는데, 이에 대해서는 국제법적인 해석이 불가피하기 때문에 국제사법재판소는 영토분쟁이 존재한다고 보겠네요! 우리가 아무리 법률적 분쟁이 존재하지 않는다고 하더라도 소용없다는 것이잖아요!"

"그렇습니다."

며칠 후 한서현 교수의 강의로 회의가 시작되었다.

"독도 문제를 이해하기 위해 홍순칠과 안용복에 대해 공부할 필요가 있다고 말씀드린 바 있습니다. 먼저 홍순칠과 독도의용수비대에 관하여 살펴보겠습니다."

홍순칠은 1929년 1월 23일 울릉도에서 태어났다. 조부 홍재현은 1883년 울릉도 개척이 시작될 때 강원도 강릉에서 이주했다. 해방 직후 국방경비대에 입대한 홍순칠은 6.25전쟁 당시 함경북도 청진까지 진격했다가 원산 근처에서 부상을 당하는 바람에 1952년 7월 전역하게 된다.

전역 후 울릉도에 돌아온 홍순칠은 경찰서 마당 한쪽에 '시마네현 오키군 다케시마'라고 쓰여 있는 표목을 보고 독도를 수호하기로 결심하게 된다. 사재를 털어 무기를 구입하고 1953년 4월 20일 청년

45명을 규합하여 독도의용수비대를 조직하였다. 독도의용수비대는 독도에 상주하며 일본 해상보안청 순시선과 여러 차례 총격전을 치러가며 독도를 지켰다. 당시 6.25전쟁으로 국군이 독도를 지킬 수 없는 상황에서 갖은 고난과 악조건을 무릅쓰고 독도를 지켜낸 독도의용수비대의 활동이 있었기에 대한민국 영토로 지켜낼 수 있었던 것이다.

정부는 그 공을 인정하여 1966년 홍순칠 대장과 수비대원들에게 5등 근무공로훈장을 수여하였다. 홍순칠 대장은 1986년 2월 7일 지병으로 사망하였고 1996년 보국훈장 삼일장에 추서되었다.

"이상으로 홍순칠과 독도의용수비대에 대한 설명을 마치겠습니다. 궁금한 사항이 있으면 질문하시기 바랍니다."

"무기를 마련하는 과정에 재미있는 일화가 있던데요?"

"네. 맞아요. 홍순칠 대장이 무기를 구하기 위해 조부로부터 300만 원을 받았는데 그 돈으로 울릉도 오징어를 샀다고 합니다. 부산에서 오징어를 팔아 600만 원을 만들었고 그렇게 불린 돈으로 더 많은 무기를 구입할 수 있었다고 합니다. 이 외에도 일본 순시선의 접근을 막기 위하여 나무로 대포 모형을 만들어 설치했더니 일본 순시선이 접근하지 못했다는 일화도 있습니다. 홍순칠 대장과 독도의용수비대원들의 기지가 발휘된 유명한 일화입니다."

"최근 중국에서 독도의용수비대가 소개된 일이 있었다고 하던데 어떤 것입니까?"

"2012년 8월경 중일 간 센카쿠열도를 둘러싼 분쟁이 고조되었을 때, 중국 언론이 독도의용수비대를 소개하여 중국 청년들을 고무시킨 일이 있었습니다."

50여 년 전, 당시 23세밖에 되지 않은 홍순칠 대장이 30여 명의 열혈 청년을 이끌고 독도 인근해역에 접근한 일본 순시선을 타격하고 독도를 지켜냈다. …… 이들은 독도에 대한 한국의 군사적 실효지배를 이끌어낸 선구자였다. …… 홍순칠과 열혈 친구들의 자발적인 행동은 한국이 독도 문제에서 확실하고 흔들림 없는 우세를 차지할 수 있는 기반을 만들었다.

　당시 중국에는 '분청(憤青)'이라는 신조어가 유행했다. 분청은 '분노한 청년들'이라는 뜻으로 애국주의를 지향하는 청년들을 가리키는 말이다.

　"독도의용수비대에 관한 이야기가 이번 재판에 도움이 될까요? 내 생각에는 한일 간에 독도를 둘러싸고 극단적인 무력충돌이 있었다는 것으로 비춰질 것 같은데요?"

　묵묵히 듣고 있던 강지성 교수가 김 변호사에게 걱정스러운 목소리로 물었다.

　"네. 저도 같은 생각입니다. 독도를 둘러싸고 한일 간에 치열한 분쟁이 있었다는 사실을 부각시킬 필요는 없을 것 같습니다. 그런데 한 교수님, 독도의용수비대 이야기가 독도분쟁과 관련하여 어떤 중요성이 있는 겁니까?"

　"독도를 둘러싸고 전투가 벌어졌다는 부분만 생각해서는 안 됩니다. 홍순칠의 할아버지는 울릉도에 이주한 울릉도 1세대이고, 홍순칠은 울릉도에서 나고 자란 3세대입니다. 그가 목숨을 걸고 독도를 지킨 이유가 무엇일까요? 그들은 어려서부터 독도를 보고 자랐습니다. 일본이 독도를 일본 땅이라고 우기는 이유를 도저히 이해할 수 없었기 때문에 목숨을 걸고 독도를 지킨 것입니다."

준 비 서 면

사건   독도 - 다케시마 케이스
원고   대한민국
피고   일본

원고는 다음과 같이 변론을 준비합니다.

다 음

1. 피고는 이승만라인 선포 이후 영토분쟁이 계속되었다고 주장하나 이러한 상황은 결코 오래가지 않았습니다.

2. 1954년 원고가 국제재판을 거부한 이후 피고는 더 이상 문제를 제기하지 않았습니다. 피고가 더 이상 문제를 제기하지 않았다는 것은 원고의 영토관리를 묵인하였다는 것을 의미합니다.

3. 이뿐만이 아닙니다. 피고는 원고의 영토관리를 묵인하는 것에 그치지 않고 1965년 6월 22일 한일기본조약 체결 당시 적극적으로 승인하였습니다. 이러한 사실은 한일기본조약에 부수하여 체결된 분쟁해결 교환공문과 어업협정을 통해 확인할 수 있습니다.

4. '대한민국정부와 일본국 정부 간의 분쟁해결에 관한 교환공문'은 원고의 실효지배를 승인하였다는 유력한 증거입니다.

〈대한민국정부와 일본국 정부 간의 분쟁해결에 관한 교환공문〉
양국 정부는 별도의 합의가 있는 경우를 제외하고는 양국 간의 분쟁은
우선 외교상의 경로를 통하여 해결하고 이에 의하여 해결할 수 없을 경
우에는 양국 정부가 합의하는 절차에 따라 조정에 의하여 해결을 도모
한다.

위 교환공문상의 합의 내용은 피고가 독도에 대한 영유권 주
장을 사실상 포기하고 원고의 실효지배를 승인하였다는 것을
의미합니다. 그 이유는 다음과 같습니다.

첫째, 영토분쟁이 존재한다는 이유로 교섭을 요청하더라도
원고는 교섭을 거절할 수 있습니다. 원고에게 교섭의무가 있다
고 하나 이는 결코 강제적인 것이 아니기 때문입니다. 또한 원
고가 교섭에 응한다 하더라도 교섭의 특성상 얼마든지 결렬될
수 있습니다.

둘째, 피고가 교섭불응 또는 교섭결렬을 이유로 조정에 의한
분쟁해결을 요구하더라도 원고는 조정 자체를 거부할 수 있습
니다. 분쟁해결 교환공문은 합의에 의한 임의조정 절차만 규정
하고 있을 뿐 강제조정 절차는 규정하고 있지 않기 때문입니다.

셋째, 설사 양국 합의에 의하여 조정절차가 진행되더라도 조
정은 얼마든지 결렬될 수 있습니다. 분쟁해결 교환공문은 '해결
을 도모'하는 것으로 규정할 뿐 '해결한다'고 규정하고 있지 않
기 때문입니다.

결론적으로, 피고는 강제적인 해결을 배제한 분쟁해결방식에
합의함으로써 사실상 원고의 실효지배를 승인한 것입니다.

5. 피고가 실효지배를 승인한 사실은 한일어업협정에서도 확인됩니다. 어업협정에서 원고와 피고는 영해기선으로부터 12해리까지를 어업전관수역으로 설정하여 연안국의 독점적인 어업권을 인정하고 그 바깥지역은 공동수역으로 설정하여 공해 자유의 원칙에 따라 이용할 수 있도록 합의하였습니다. 당시 피고는 사건대상과 그 주변 12해리가 원고의 어업전관수역임을 인정하였고 2015년까지 60년 동안 이 상태가 유지되었습니다. 이러한 사실은 원고의 실효지배를 적극적으로 승인하였다는 것을 의미합니다.

6. 요컨대 피고는 이승만라인 선포 이후 일시적으로 문제를 제기하였지만 이내 원고의 실효지배를 묵인하였고 나아가 1965년 분쟁해결 교환공문에 합의하고 어업협정을 체결함으로써 원고의 실효지배를 적극적으로 승인하였습니다. 이러한 역사적 사실에 비추어 볼 때 적어도 1965년 6월 22일경에는 사건대상에 대한 원고의 영유권이 확립되었다고 보아야 할 것입니다.

증 거

1. 갑제3호증   1965년 한일어업협정

2016. 7. 12.

원고 대한민국
소송대리인 김명찬

"이키 변호사, 여기 묵인과 승인이 무슨 말입니까? 그 말이 그 말 같은데……."

"묵인은 소극적으로, 승인은 적극적으로 인정하는 것이라고 생각하시면 됩니다. 한국은 1954년 이후 일본이 특별히 문제제기를 하지 않고 가만히 있었던 것은 한국의 다케시마 지배를 묵인한 것이고, 1965년 한일수교시에는 한국의 다케시마 지배를 적극적으로 승인하였다고 주장하는 것입니다."

"그런 말도 안 되는 주장을! 한일수교 때 다케시마 때문에 얼마나 말이 많았는데……."

준 비 서 면

사건   독도 - 다케시마 케이스
원고   대한민국
피고   일본

피고는 다음과 같이 변론을 준비합니다.

다 음

1. 원고는 분쟁해결에 관한 교환공문과 어업협정 체결을 통해 피고가 원고의 실효지배를 승인하였다고 주장합니다. 그러나 이는 결코 사실이 아닙니다.

2. 오히려 원고는 회담과정에서 사건대상이 영토분쟁지역이라는 사실을 인정하였습니다.

첫째, 회담 중이던 1962년 11월 12일 오히라 외상이 이 문제를 어떻게 해결할 것이냐고 묻자, 원고 측 김종필 부장이 제3국의 조정에 맡기는 방법을 제안하였고 이에 오히라 외상이 제3국으로 미국을 염두에 두고 연구해보자고 하였습니다. 이러한 대화는 사건대상이 영토분쟁지역이라는 것을 전제로 할 때에만 가능한 것입니다.

둘째, 분쟁해결 교환공문 체결 직전인 1965년 6월 17일 피고는 '분쟁해결에 관한 의정서안'을 제시하였습니다. 동 의정서안 제1조는 다음과 같습니다.

양국 간의 모든 분쟁은, 당일 서명된 모든 조약 및 협정에 대한 해석 또는 실시에 관한 분쟁 및 다케시마(독도)에 대한 주권분쟁을 포함하여, 먼저 외교상의 경로를 통해 해결을 도모하기로 한다.

피고가 제시한 의정서 안에는 '다케시마에 대한 주권분쟁을 포함하여'라는 표현이 들어 있었습니다. 이에 대해 원고는 단순히 '조약체결 이후의 분쟁'에 국한되어야 한다고 주장하여 사건대상에 대한 영토분쟁을 배제시키고자 하였습니다. 원피고 간에 치열한 논쟁이 진행되었고 상호 양보 하에 '양국 간의 분쟁'이라는 문구로 최종 합의되었습니다.

'양국 간의 분쟁'에는 사건대상을 둘러싼 영토분쟁이 당연히 포함됩니다. 이 문구에는 분쟁 또는 분쟁원인 사실의 발생 시기에 제한이 없으므로 여기에는 장래 발생할 분쟁뿐만 아니라 과거에 발생했으나 미해결 상태로 남아 있는 분쟁도 모두 포함되기 때문입니다. 이처럼 분쟁해결 교환공문 합의 당시 원피고 모두 사건대상이 영토분쟁 지역임을 인식하고 있었다는 것은 분명한 역사적 사실입니다.

3. 사실이 이러함에도 불구하고 원고는 분쟁해결 교환공문이나 어업협정의 체결이 실효지배를 승인한 것이라는 왜곡된 주장을 하고 있습니다. 피고는 결코 원고의 실효지배를 승인한 사실이 없습니다.

증 거

1. 을제8호증의1   1962년 11월 12일 오히라·김종필 회담일지
1. 을제8호증의2   1965년 6월 17일자 분쟁해결에 관한 의정서안
1. 을제8호증의3   1965년 6월 22일자 회담일지

2016. 7. 26.

피고 일본

소송대리인 이키 유스케

"김종필 씨가 제3국 조정안을 언급한 것이 사실인가요? 도대체 왜 그런 겁니까?"

김명찬 변호사가 한서현 교수에게 따지듯이 물었다.

"1962년 11월 12일 미국 방문 후에 도쿄에 들른 김종필 부장과 오히라 외상 간에 2차 회담이 진행되었습니다. 2차 회담의 주요 현안은 배상금 문제였습니다. 이 회담에서 '무상공여 3억 달러, 유상원조 3억 달러, 자금협력 1억 플러스 알파'라는 잠정적 결론이 도출되었습니다."

"배상금 문제라뇨?"

"일본이 40여 년간 조선을 식민통치하면서 끼친 인적 물적 모든 피해를 배상하는 금원을 말합니다. 1960년 4.19혁명으로 이승만 대통령이 물러나고 제2대 장면 대통령 취임 이후 한일수교 협상이 시작되었고 배상금 문제가 논의되기 시작했는데 이 시점에 이르러 어느 정도 합의안이 도출된 것입니다."

배상금 문제를 주요 의제로 회담을 진행하던 중에 오히라 외상이 갑자기 독도 문제를 꺼냈다. 김종필 부장은 독도 문제는 한일회담의 현안 문제가 아니고 한국민의 감정만 악화시킬 뿐이라고 지적했다. 오히라 외상이 해결방법이 없겠느냐고 물었고 김종필 부장은 일단 화제를 돌리고 보자는 취지에서 제3국의 조정에 맡기는 방안을 언급했던 것인데 오히라 외상은 기다렸다는 듯이 '제3국으로 미국을 염두에 두고 연구해보자'고 말했다. 당시 김종필 부장은 미국 방문 전 1차 회담에서 독도에 대한 논의가 끝난 것으로 생각하고 있었다.

"오히라 외상이 국제사법재판소에 제소할 테니 응소해달라고 했는데, 독도 문제는 국교정상화 후 시간을 가지고 검토할 문제라고 대답하여 마무리된 일이 있었습니다. 얘기가 다 끝난 줄 알았는데 2차 회담에서 또 다시 문제가 제기되자 상당한 스트레스를 느끼면서 그런 대답을 한 것으로 보입니다."

김종필 부장의 제3국 조정안 언급에 대해서는 한국 땅인 독도를 제3국이 조정해야 할 분쟁지역으로 만들었고 협상의 현안 문제가 아님에도 양국이 처리해야 할 가장 주요한 현안으로 만들어버렸다는 평가가 있었다.

　"김종필 부장의 독도폭파 발언은 뭔가요?"

　"2차 회담 다음날 하네다 공항에서 기자들의 질문이 계속되자 김종필 부장이 '독도에서 금이 나오는 것도 아니고 갈매기 똥도 없으니 폭파해버리자고 말한 일이 있다'고 했어요. 이것이 보도되면서 김종필 부장이 망발을 했다고 하여 한동안 도마에 올랐던 일을 말합니다. 나중에 회담록이 공개되면서 독도 폭파발언은 김종필 부장이 먼저 한 말이 아니라 일본 외무성의 이세키 유지로 아시아국장이 한 말이었다는 사실이 밝혀지면서 오명을 벗을 수 있었습니다."

　"이세키 국장이 뭐라고 했는데요?"

　"사실상 독도는 무가치한 섬이다. 크기는 히비야 공원 정도인데 폭파라도 해서 없애버리면 문제가 없어질 것이다'라고 했답니다."

　"국정을 논하는 사람들이 그런 식으로 막말을 해도 되는 겁니까?"

　"당시 이들에게 독도는 계륵(鷄肋)과도 같은 것이었습니다. 지금이야 독도 주변에 지하자원이 어마어마하게 묻혀 있고 어장으로서 엄청난 가치가 있다는 것을 알고 있지만 당시에는 이런 사실을 몰랐을 때였습니다. 사람도 살 수 없는 조그마한 돌섬이 국민 감정과 연결되어 한일수교를 가로막는 골치 아픈 존재였던 겁니다. 먹자니 먹을 것도 없고 버리자니 아깝고 뭐 그런 거였지요. 그러니 이세키 국장이 농담 삼아 그렇게 말했을 것이고 김종필 부장도 맞장구를 쳤을 것입니다."

"박정희 대통령도 그런 말을 한 적이 있나요?"

"한일수교 한 달쯤 전인 1965년 5월 16일부터 27일까지 박정희 대통령이 미국을 방문했습니다. 일정 중에 딘 러스크 국무장관을 만났는데 대화 내용이 미국 측 비망록 형태로 남아 있었습니다."

비망록에는 박정희 대통령이 '수교 협상에서 비록 작은 것이지만 화나게 하는 문제 가운데 하나가 독도 문제이다. 그 문제를 해결하기 위해 독도를 폭파시켜 없애버리고 싶은 심정이다'고 말한 것으로 기록되어 있다.

"이세키 국장이나 김종필 부장과 같은 마음에서 한 말인 것 같습니다. 2012년 대선 때 박근혜 대통령이 후보로 나서자 야권에서 이 일을 들어 비난했던 일이 있었습니다."

"박정희 대통령의 대일정책과 이승만 대통령의 대일정책은 성격이 많이 다른 것 같아요."

"이승만 대통령의 대일정책은 아주 강경했습니다. 이 시절에는 한일회담이 영어로 이루어졌다고 합니다. 이승만 대통령은 일본인들이 영어에 핸디캡이 있다는 사실을 알고 일부러도 영어를 쓰라고 지시했다고 합니다."

반면에 박정희 대통령 때에는 회담이 일본어로 진행되었다. 조속히 회담을 마무리짓고자 하는 다급한 마음에 일본어로 협상이 진행되었다는 것이다. 이에 대해서는 경제발전을 위해 어쩔 수 없었다는 의견도 있지만 굴욕 외교였다는 비판도 있다.

"어쨌든 박정희 대통령의 대일 외교는 상당히 신축적으로 운영되었습니다. 물론 고민이 많았을 겁니다. 외교상의 명분을 유지하면서 동시에 자금도 유치해야 했으니까요."

준 비 서 면

사건　독도 – 다케시마 케이스
원고　대한민국
피고　일본

원고는 다음과 같이 변론을 준비합니다.

다 음

1. 피고는 한일기본조약 체결 당시 원피고 모두 영토분쟁이 존재한다는 사실을 인식하고 있었으므로 한일어업협정과 분쟁해결 교환공문이 실효지배를 승인한 것으로 볼 수 없다고 합니다.

2. 분쟁해결 교환공문 체결 당시 피고가 사건대상에 대한 분쟁을 명시하자고 주장한 것은 사실입니다. 그러나 원고는 사건대상은 명실상부한 원고의 영토로서 분쟁이 존재하지 않으므로 이를 명시할 수 없다고 분명히 반박하였고 결론적으로 피고는 이에 동의하였습니다. 회담 진행과정에 많은 주장이 오갈 수 있습니다. 하지만 중요한 것은 결론이며 이러한 결론은 조약상의 문언으로 표현됩니다. 더군다나 이 결정은 회담일지에서 보는 것처럼 피고 측 사토 총리에 의하여 직접 이루어졌습니다. 일국의 최고지도자인 수상에 의하여 이루어진 결정을 번복할 수는 없습니다.

3. 나아가 분쟁해결 교환공문과 한일어업협정은 모두 피고 국회에서 비준되었습니다. 일본 국회는 분쟁해결 교환공문과 한일어업협정을 비준할 것인지 치열하게 논쟁하였습니다. 그러던 중 사건대상에 대한 분쟁이 배제된 사실을 확인하고 심각한 문제가 발생하였습니다. 하지만 일본 국회는 위 조약들을 비준하였습니다. 당시 상황이 1965년 6월 27일자 〈요미우리〉신문과 1965년 10월 28일자 〈아사히〉신문에 상세히 기록되어 있습니다.

4. 요컨대 분쟁해결 교환공문상 강제조정이나 국제재판 등의 절차가 배제되었다는 점, 어업협정에서 사건대상과 그 주변 12해리가 원고의 어업전관수역으로 인정되고 60년간 이러한 상태가 유지되었다는 점, 이러한 조약 내용을 명확히 인식하였음에도 불구하고 일본 국회가 위 조약들을 비준하였다는 점 등은 피고가 사건대상에 대한 문제제기를 사실상 포기하고 원고의 사건대상에 대한 실효지배를 승인하였다는 것을 의미합니다.

증 거

1. 갑제4호증   1965년 6월 22일자 회담록 발췌부분
1. 갑제5호증의1   1965년 6월 27일자 〈요미우리〉신문 관련기사
1. 갑제5호증의2   1965년 10월 28일자 〈아사히〉신문 관련기사

2016. 8. 3.

원고 대한민국

소송대리인 김명찬

"이건 좀 문제가 되겠는데요. 국회에서 비준되었다는 주장을 하리라고는 예상하지 못했습니다."

이키 변호사가 준비서면을 보면서 걱정스러운 얼굴로 이스미 국장에게 말했다.

"걱정할 거 뭐 있습니까? 우리에겐 비장의 카드가 있잖습니까?"

이스미 국장이 별일도 아니라는 듯 심드렁한 표정으로 말하며 이키 변호사를 바라보자 이키 변호사가 고개를 끄덕인다.

준 비 서 면

사건   독도 – 다케시마 케이스
원고   대한민국
피고   일본

피고는 다음과 같이 변론을 준비합니다.

다 음

1. 원고는 1965년 피고가 원고의 실효지배를 승인하였다고 주

장합니다. 그러나 사건대상이 분쟁지역이라는 사실은 1999년 체결된 신어업협정에서 재확인되었습니다.

2. 신어업협정과 그 체결과정에 나타난 제반 사실들이 이를 증명하고 있습니다. 첫째, 배타적 경제수역의 기점과 관련하여 피고는 사건대상을 기점으로 삼은 반면 원고는 사건대상이 아닌 울릉도를 기점으로 삼았습니다. 둘째, 그 결과 사건대상과 그 주변수역은 잠정수역에 편입되었습니다. 만일 원고가 사건대상이 원고의 영토라고 확신하고 있었다면 일고의 여지없이 사건대상을 배타적 경제수역의 기점으로 삼았을 것이고 그 결과 사건대상 주변이 잠정수역에 편입되는 일은 없었을 것입니다.

3. 신어업협정 체결 이후 전개된 일련의 상황 역시 사건대상이 영토분쟁지역이라는 사실을 증명하고 있습니다. 신어업협정 체결 이후 피고는 사건대상 주변에 상시적으로 순시선을 배치하여 해양경찰권을 행사하였는데 원고는 어떠한 문제도 제기하지 않았습니다. 반면 피고는 2006년 7월 5일 원고 소속 해양 2000호가 사건대상 인근 해역에서 해양조사를 실시했을 때, 피고의 동의 없이 행해지는 해양조사 행위가 위법하다는 점을 분명히 경고하는 등 적극적으로 문제를 제기하였습니다. 원고는 피고의 경고에도 불구하고 해류조사를 강행했습니다. 피고가 조사선을 나포하지 않은 것은 순전히 정부 선박은 나포할 수 없다는 국제법 규정을 준수하였기 때문입니다.

4. 고로 1965년 당시 피고가 원고의 사건대상에 대한 실효지배를 승인하였다는 주장은 부당합니다.

증 거

1. 을제9호증　　　　1999년 신어업협정

2016. 8. 17.

피고 일본
소송대리인 이키 유스케

　신어업협정은 한국 소송팀에서 집중적으로 논의된 주제였다. 먼저 강지성 교수가 팀원들에게 신어업협정에 대하여 설명했다.

　"신어업협정이란 1998년 11월 28일 체결되어 1999년 1월 22일 발효된 한일 간의 어업협정을 말합니다. 어업협정이란 국가 간 협의에 의하여 국가별, 어종별 어업구간 또는 어획량 등에 관하여 체결한 조약을 말합니다. 어업과 관련하여 동해를 어떻게 구분하여 이용할 것인지에 대해서는 그 동안 몇 차례 변화가 있었습니다."

　2차 세계대전 직후 미군정 치하에서는 맥아더라인에 의하여 동해가 구분되었고 1952년 이후에는 이승만라인에 의하여 구분되었다. 맥아더라인이나 이승만라인은 독도와 오키도 사이에 선을 긋고 이 선을 넘어오면 안 된다는 것이었다. 맥아더라인이나 이승만라인은 합의에 의해 성립된 것이 아니라 일방적으로 선언된 것이었기 때문에 양국 간 어업분쟁이 끊이지 않은 것이 사실이었다.

그러다가 1965년 어업협정을 체결함으로써 비로소 양국 합의에 의하여 동해바다를 구분하여 이용하게 된다. 당시에는 바다를 영해와 공해로 이분하던 시절이었기 때문에 복잡할 것이 없었다. 연안으로부터 12해리까지는 전관수역으로 삼아 연안국이 독자적으로 이용하고, 전관수역 바깥쪽은 공동규제수역으로 삼아 협의내용에 따라 이용하면 그만이었다.

〈대한민국과 일본국 간의 어업에 관한 협정(발효일 1965. 12. 18)〉
제1조 ① 양 체약국은 자국 연안 기선으로부터 12해리까지의 수역을 어업에 관하여 배타적 관할권을 행사하는 수역으로 설정하는 권리를 인정한다.
② 양 체약국은 일방 체약국이 자국의 어업에 관한 수역에서 타방 체약국의 어선이 어업에 종사하는 것을 배제하는 데 대하여 상호 이의를 제기하지 아니한다.

그런데 1977년 세계 각국이 배타적 경제수역 200해리를 선언하기 시작하고 1982년 UN 해양법협약이 배타적 경제수역 개념을 인정하고, 급기야 1994년 UN총회에서 '200해리 배타적 경제수역안'이 통과되면서 문제가 현실화되었다. 1995년 일본, 1996년 중국이 배타적 경제수역을 선포하기로 하자, 한국도 1996년 2월 28일 UN 해양법협약을 비준하고 같은 해 8월 '배타적 경제수역법'과 '배타적 경제수역에서의 외국인어업 등에 대한 주권적 권리의 행사에 관한 법률'을 제정하여 배타적 경제수역제도를 도입하였다.

"한반도 주변해역은 상대국과의 거리가 400해리를 넘는 곳이 거의 없기 때문에 필연적으로 중첩되는 구역이 발생하게 됩니다. 이러한 이유로 한중일 3국 간에 배타적 경제수역의 경계획정문제가 발생할 수밖에 없습니다."

배타적 경제수역 안에서는 천연자원에 대한 개발·보존과 같은 경제활동 및 해양환경의 보전, 해양과학조사 등에 대한 주권적 권리 및 관할권이 인정된다. 배타적 경제수역의 개념에는 어업, 광업 등 경제와 관련된 모든 것들이 포괄적으로 포함되어 있기 때문에 다양한 측면의 종합적인 검토가 필요하다. 이러한 이유로 배타적 경제수역의 경계획정에는 상당히 많은 시간이 소요될 수밖에 없다. 반면에 어업협정은 어업분야 하나만 놓고 협정을 하기 때문에 상대적으로 수월하다. 배타적 경제수역의 경계획정문제에 앞서 어업분야에 대해서만 먼저 결론을 도출할 것인지에 관하여 한일 간 의견이 대립하였다.

"한국은 배타적 경제수역의 경계획정과 동시에 어업협정을 체결하자는 입장이었던 반면 일본은 어업협정을 먼저 처리해두자는 입장이었습니다. 논의가 복잡해지고 시간이 지체되자 자연스럽게 어업협정을 먼저 처리하는 쪽으로 흘러가게 되었습니다. 어업협정을 체결하는 과정에 두 가지 중요한 고려사항이 있었습니다."

첫째는 변화된 어업구조에 대한 고려였다. 원래 한국의 어업은 일본에 비해 많이 뒤처져 있었지만 비약적인 어업기술 발달과 어선 증가로 일본을 능가하게 되었고 공해 자유의 원칙에 의해 일본 영해 밖에서 자유롭게 조업하며 많은 어자원을 획득할 수 있었다. 한국 어선들은 일본 어선들에게는 금지된 트롤(저인망어업)이나 선망(두릿그물)에 의한 조업이 가능했기 때문에 공해상의 어자원 고갈을 초래하였고 일본 어민들이 피해를 입기도 했다. 둘째는 어업협정문제가 한

일 간에 국한된 문제가 아니라는 점이었다. 중국과도 동일한 문제가 있기 때문에 3국 간의 균형을 위하여 중일어업협정의 내용을 고려하지 않을 수 없었다.

1996년부터 어업협정 체결을 위한 실무자회담이 시작되었지만 협상은 지지부진했다. 한국은 어업전관수역의 범위를 줄이고 공해를 넓게 책정하려는 입장임에 반해 일본은 연근해어업 보호를 위해 100해리 가까이 어업전관수역의 범위를 넓히려는 입장이었다.

"1997년 일본은 중일어업협정을 체결하고 압박하기 시작했습니다. 급기야 1998년 1월 23일 제10조 제2항에 근거하여 구어업협정의 종료를 통보해 왔습니다."

〈대한민국과 일본국 간의 어업에 관한 협정(발효일 1965. 12. 18)〉
제10조 ① 본 협정은 비준되어야 한다. 비준서는 가능한 한 조속히 서울에서 교환한다. 본 협정은 비준서가 교환된 날로부터 효력이 발생한다.
② 본 협정은 5년간 효력을 가지며 그 후에는 어느 일방 체약국이 타방 체약국에 본 협정을 종결시킬 의사를 통고하는 날로부터 1년간 효력을 가진다.

한국도 1980년 11월부터 실시해오던 한일 간의 조업자율규제조치를 즉각 해지하는 것으로 맞대응했다. 파국을 피하려는 양국의 노력이 진행되었고 1998년 9월 마침내 합의안이 도출되었다. 이것이 바로 '신한일어업협정'이다.

"신한일어업협정의 가장 큰 특징은 경계획정에 대한 양국의 입장 차이를 감안하여 일부 지역에 경계획정을 유보한 특정수역을 설정하기로 한 것입니다. 협정에서는 동해와 제주도 남부 두 곳에 이러한 해역을 설정하였습니다. 이러한 해역을 우리는 중간수역이라고 하고 일본은 잠정수역이라고 부릅니다. 자, 그럼 이 정도로 설명을 마치겠습니다. 궁금한 점이 있으면 질문하시기 바랍니다."

"독도와 그 주변 해역의 취급과 관련하여 신·구 어업협정이 어떻게 다른가요?"

"구어업협정에서는 독도 연안 12해리까지는 어업전관수역으로, 그 바깥쪽은 공동규제수역으로 설정하였습니다. 신어업협정에서는 독도연안 12해리까지는 영해로, 그 바깥쪽은 중간수역으로 설정하였습니다. 독도연안 12해리까지는 배타적으로 어업관할권을 행사한다는 점에서 신·구 어업협정이 동일합니다. 다만 12해리 바깥쪽이 공동규제수역이냐 중간수역이냐에 차이가 있을 뿐입니다."

"그럼 독도 바깥 수역이 공동규제수역인 것과 중간수역인 것은 어떻게 다릅니까?"

"이들 어업협정에는 협정과 불가분의 일체를 이루는 부속서가 첨부되어 있습니다. 각 수역에 적용되는 내용을 따로 정리한 것인데 그 내용에 차이가 있습니다. 신어업협정상 동해 중간수역과 제주남부 중간수역에 적용되는 부속서의 내용도 다릅니다."

〈대한민국과 일본국 간의 어업에 관한 협정(발효일 1999. 1. 22)〉

제9조 ① 다음 각목의 점을 순차적으로 직선으로 연결하는 선에 의하여 둘러싸이는 수역에 있어서는 부속서 I 의 제2항의 규정을 적용한다.

② 다음 각목의 선에 의하여 둘러싸이는 수역 중 대한민국의 배타적 경제수역의 최남단의 위도선 이북의 수역에 있어서는 부속서 I 의 제3항의 규정을 적용한다.

"구어업협정에 의해 독도의 영유권이 침해되었다는 주장이 있던 데 맞는 말인가요?"

"구어업협정이 체결되기 전에는 동해가 이승만라인에 의하여 구분됐습니다. 이승만라인 안쪽은 한국이 바깥쪽은 일본이 전속적으로 이용하기로 한 것입니다. 이때에는 우리나라의 어업이 일본에 비해 상당히 열악한 상태였기 때문에 우리 어업을 보호하기 위해서라도 이러한 구분이 필요했습니다."

이에 비해 구어업협정은 독도와 독도주변 12해리까지는 전관수역으로 한국이 전속적으로 이용하고, 그 바깥쪽은 공동규제수역이라고 하여 양국이 공동으로 이용할 수 있도록 했다. 이러한 구분은 영해와 공해로 이원화되어 있던 당시 국제해양법 질서에 부합하는 조치였지만 기존의 이승만라인보다는 후퇴한 것임이 틀림없다.

"구어업협정을 비판하는 견해는 기존의 이승만라인에 비해 후퇴한 내용의 어업협정을 체결했다는 점을 겨냥한 것입니다. 하지만 당시 해양법 질서에 의할 때 어쩔 수 없는 일이었습니다."

"구어업협정에 공동자원조사수역이 있던데 어떤 것인가요?"

〈대한민국과 일본국 사이의 어업에 관한 협정(발효일 1965. 12. 18)〉

제5조 공동규제수역의 외측에 공동자원조사수역이 설정된다. 수역의 범위 및 동 수역 안에서 행해지는 조사에 대하여는 제6조에 규정되는 어업공동위원회가 행할 권고에 의거하여 양 체약국 간의 협의에 따라 결정된다.

"당시 국내에서는 박정희 대통령이 일본으로부터 배상금을 받고 이승만라인을 포기하려고 한다는 시각이 많았습니다. 이러한 비판을 무마하기 위해 만들어진 것이 바로 공동자원조사수역입니다. 기존의 이승만라인에서 공동규제수역까지의 공간을 공동자원조사수역으로 설정해둠으로써 한국은 이승만라인이 여전히 존재한다고 말할 수 있고, 일본은 이승만라인이 폐지되었다고 말할 수 있다는 발상에서 만들어진 것입니다."

"그럼 국민을 기만하려고 그런 것을 만들었다는 건가요?"

"독도 문제의 경우 한일 양국 국민들이 너무 감정에 치우치는 경향이 있습니다. 사안의 본질을 보려고 하지 않고 결과만 가지고 평가하기 때문에 궁여지책으로 그런 발상을 했던 것 같습니다."

김 변호사가 무언가 생각하더니 다시 물었다.

"신한일어업협정 체결과정에서 배타적 경제수역의 기점과 관련하여 한국이 독도를 기점으로 삼지 않고 울릉도를 기점으로 삼았다는 말을 들었습니다. 이것은 무슨 말입니까?"

"신어업협정에서 우리나라가 울릉도를 기점으로 삼았다는 말은 맞는 말이 아닙니다. 왜곡된 말이지요. 우리나라도 당연히 독도를 기점으로 주장했습니다. 그런데 일본도 독도가 일본 땅이라면서 독도를 기점으로 주장했습니다. 한일 양국 모두 독도를 기점으로 삼을 경우 서로의 주장이 평행선을 긋기 때문에 어업협정체결은 불가능했습니다. 여기서 묘책이 나왔습니다. 국제해양법상 사람이 거주할 수 없는 섬이나 암초는 배타적 경제수역의 기점으로 삼을 수 없다는 규정에 착안한 것이었습니다."

〈해양법에 관한 국제연합 협약(발효일 1994. 11. 16)〉
제121조 ③ 인간이 거주할 수 없거나 독자적인 경제활동을 유지할 수 없는 암석은 배타적 경제수역이나 대륙붕을 갖지 아니한다.

"우리는 이 규정에 착안하여, 독도를 사람이 거주할 수 없는 섬이나 암초로 처리하는 방안을 강구했습니다. 일본이 동의하면 울릉도와 오키 섬 사이의 중간선을 배타적 경제수역의 경계선으로 삼게 되고 당연히 독도는 우리 측 경제수역 안에 들어온다는 계산이었습니다. 우리는 일본이 당연히 이 제안을 받아들일 것이라고 생각했는데 일언지하에 거절해 버렸습니다."

"아니 왜요?"

"일본 동경에서 1,700킬로미터 떨어져 있는 태평양에 높이 70센티미터, 넓이 3.3평방미터도 안 되는 산호초가 하나 있습니다. 일본은 1931년 오키노도리시마라고 부르는 이 산호초를 영토로 편입시켰는데, 이를 섬이라고 주장하며 배타적 경제수역을 선포한 상태였습니다. 만약 독도를 암초로 간주하게 되면 이 산호초도 당연히 암초로 봐야 되고, 그렇게 되면 엄청난 해양영토를 포기해야 하기 때문입니다."

"얼마나 손해를 보는데요?"

"1987년 일본은 이 암초에 콘크리트를 들이 부어 받침벽을 만들었습니다. 3년이라는 시간과 3,000억 원이 넘는 비용이 투입되었는데, 모두 배타적 경제수역의 기점으로 삼기 위해서였습니다. 배타적 경제수역이 인정된다고 할 때, 이 암초를 기점으로 40만 평방킬로미터의 해양영토를 확보하게 됩니다. 일본 본토가 38만 평방킬로미터입니다. 만일 이것을 암초로 인정할 경우 40만 평방킬로미터의 해양 영토를 잃게 됩니다. 일본이 독도를 암초로 볼 수 없는 이유를 이해하시겠습니까?”

“일본이 그런 이유로 독도를 기점으로 삼겠다고 주장했다면 우리도 물러설 수 없었겠네요? 우리도 독도를 기점으로 삼겠다고 주장했나요?”

“당연하죠. 결국 한일 양국 모두 독도를 기점으로 삼겠다고 주장하게 되었습니다. 다시 원점으로 돌아간 것입니다. 그래서 나온 방안이 중간수역을 설정하는 것이었습니다. 양국 모두 독도를 기점으로 삼았을 때를 가정하여 중첩되는 부분은 중간수역으로 보류해두기로 한 겁니다.”

“보류한다는 것은 무슨 말인가요?”

“배타적 경제수역의 경계획정 문제가 해결될 때까지 이 문제를 유보하고 공동으로 관리한다는 뜻입니다.”

“그럼, 일본은 독도를 기점으로 했고 우리는 울릉도를 기점으로 했다는 말은 틀린 말이네요?”

“그렇습니다.”

“독도를 중간수역에 포함시킨 것은 독도가 분쟁지역임을 인정한 것이라는 주장이 국내에도 있던데요?”

“맞습니다. 신한일어업협정이 독도영유권을 약화시킨 것인가에 대하여 상반된 입장이 존재합니다. 하지만 독도 영유권이 확고하게 보존되어야 한다는 점에서는 모두 같은 입장입니다.”

“일본이 독도 영해 12해리 내에 순시선을 파견하는 것이 가능한 일인가요?”

"우리 영해 내에서는 절대적으로 우리나라의 주권이 인정됩니다. 이것을 영토고권이라고 합니다. 일본이 우리 영해인 독도 인근 12해리 이내로 순시선을 보내는 것은 우리나라의 영토고권을 침해하는 것으로, 한일 간에 전쟁이 발생한 상태가 됩니다."

"설명을 들어도 너무 어렵습니다. 공부를 더 해야 할 것 같은데, 도움이 될 만한 것이 없을까요?"

"신한일어업협정과 관련하여 헌법재판소에서 세 건의 결정이 있었습니다. 신어업협정과 관련해서 그만큼 논란이 많았다는 이야기인데, 결정문을 살펴보면 도움이 될 겁니다."

강 교수의 설명을 들어도 어업협정과 관련된 쟁점을 이해하는 것은 쉬운 일이 아니었다. 배타적 경제수역, 중간수역, 좌표들…… 생소한 개념들로 인해 머릿속이 복잡했다.

김 변호사는 헌법재판소 결정문을 살펴보았다. '99헌라2' 권한쟁의 사건, '99헌마139' 헌법소원 사건, '2007헌바35' 위헌소원 사건 등 세 건이었다. 가장 먼저 권한쟁의 사건의 결정문을 살펴보았다. 당시의 시대상황과 분위기를 파악하는 데 많은 도움이 되었는데, 헌법재판소가 파악한 사건경과는 이러했다.

① 1998. 12. 31. 국회에서 생긴 이른바 '529호실 사건'(한나라당 측이 국회에 상주하는 국가정보원 직원이 정치사찰을 했다고 주장하면서 그 직원이 사용 중인 529호실 문을 부수고 내각제와 정기국회 상황파악계획서 등의 문건을 열람 복사한 사건)으로 인하여 여야는 급기야 대치상태로 들어갔다. 이러한 상황에서도 야당의원 모두가 불참한 가운데 여당의원 154명만으로

열린 1999. 1. 5. 제5차 본회의에서 68건의 법률안을 처리하였다.

② 한편 상임위원회에서 심의하여 여야가 의결 통과시킨 총 77건의 법률안들이 체계와 자구심사를 위하여 법제사법위원회에 계류 중이었다. 국회는 회기 안에 체계와 자구심사를 하지 못할 염려가 있는 이 사건 어업협정안이 포함된 법률안에 대해서, 국회법 제85조에 따라 1999. 1. 6.까지 본회의에 부의하도록 심사기간을 지정하여 통보하였다. 지정된 기간이 지나자 국회는 직권으로 이를 본회의에 회부하였고, 1999. 1. 6. 14:00에 제6차 본회의가 열리기로 되어 있었다.

③ '529호실 사건'을 계기로 당론을 바꾼 한나라당 의원들은 본회의에서 이 사건 동의안의 통과를 힘으로 막으려고, 같은 날 13시경부터 의장실, 김봉호 부의장실 및 본회의장 등의 출입구 모두를 봉쇄하였다. 그러나 새정치국민회의와 자유민주연합 소속의원 150여 명이 14시경부터 한나라당 의원들의 봉쇄를 뚫고 들어갔고, 한나라당 소속의원 7, 80명도 본회의장에 같이 있었다. 14시 34분경 국회로부터 사회권을 지정받은 김봉호 국회부의장은 사회자석에서 의사정족수(국회의원 236명 출석)를 확인하고 개의를 선언한 다음, 의사일정 제2항부터 제66항인 법률안 등과 이 사건 어업협정안을 상정하였다. 사회자는 제66항인 이 사건 어업협정안에 대하여 "이의 없으십니까?"라고 이의 유무를 물어 "없습니다"라고 하는 의원이 있자, 이 안건을 이의가 없다고 인정하여 가결 선포하였다.

④ 이에 대하여 야당인 한나라당 의원들이 '이의 있습니다'라고 반대의사를 명확하게 표명했음에도 국회부의장이 이를 무시하고 만장일치 가결임을 선포하였는 바, 이것은 반대 의견을 가진 국회의원들의 심의표결권을 침해한 것이라며 헌법재판소에 권한쟁의 심판을 청구하였다.

이 사건의 쟁점은 '이의 있습니까?'라고 물었을 때 이의가 있었는지의 여부였다. 9명의 헌법재판관 중 2명은 각하, 4명은 기각, 3명은 인용 의견이었다.

기각 의견은, 이의가 있었는지의 여부는 국회의사록에 의하여 판단하여야 하는데 의사록에 '장내소란'이라고만 기재되어 있을 뿐 이의가 제기되었다는 기록이 없으므로 이의제기가 없었다고 봐야 한다는 것이었다. 반면 인용 의견은, 이의 유무는 당시 정황을 살펴 판단해야 하는데 정황상 이의제기가 있었다고 봐야 한다는 것이었다.

어느 정도 상황을 이해하게 된 김 변호사는 바로 이어 1999년 헌법소원 사건과 2007년 위헌소원 사건을 살펴보았다. 1999년 사건에 대해서는 2명 각하, 7명 기각 의견으로 사실상 전원 합헌 의견이었고, 2007년 사건에 대해서는 7명 합헌, 2명 위헌 의견이었다. 김 변호사는 먼저 위헌 의견을 살펴보았다.

독도도 대한민국 영토인 이상, 독도에 대해서 영토로서의 지위와 성격을 부정해서는 안 된다. 따라서 배타적 경제수역을 설정함에 있어서도 당연히 독도를 기점으로 해야지 울릉도를 기점으로 하고 독도를 공동어업구역에 넣어서는 안 된다. 이 사건 협정은 대한민국의 영토인 독도를 기점으로 하여 배타적 경제수역을 설정하지 아니하고 독도와 그 인근수역을 중간수역에 들어가게 함으로써, 우리의 영토권을 불안정하게 하고 독도와 인근수역을 포함한 대한민국 영토의 일부를 보전하는 데 있어서 불리한 상황을 초래했다. 따라서 이 사건 협정은 헌법 제3조의 영토조항에 위반된다.

반대 의견을 읽고 난 김 변호사는 쟁점이 명확해지는 것을 느꼈다.

신어업협정에서 문제가 되는 것은 독도를 기점으로 배타적 경제수역이 설정되지 않은 것이 헌법 제3조 영토조항에 위반되는지의 여부였다. 위헌 의견의 결론은 독도가 대한민국 영토라면 당연히 독도를 기점으로 배타적 경제수역이 설정되어야 하는데, 신한일어업협정은 그렇게 하지 않았으므로 위헌이라는 것이었다. 그렇다면 합헌 의견은?

먼저 이 사건 협정과 배타적 경제수역과의 관계를 살펴보면, 이 사건 협정의 명칭과 본문 및 부속서 각 조항의 내용으로부터 알 수 있듯이 이 사건 협정은 '어업에 관한' 협정이라는 점이다. 어업협정은 배타적 경제수역의 경계획정 문제와는 직접적인 관련을 가지지 아니하며, 이 점은 부속서 I 제1항이 '양 체약국은 배타적 경제수역의 조속한 경계획정을 위하여 성의를 가지고 계속 교섭한다'고 규정하고 있는 점에서도 확인할 수 있다.

또한 이 사건 협정이 채택하는 배타적 경제수역으로 간주되는 수역과 중간수역과의 구별은, 전자가 연안국에 인접해 있고 200해리 배타적 경제수역을 채택한다 하더라도 한일 양국 간에 문제가 발생할 여지가 없는 수역을 정하여 그 수역에서는 연안국이 어업에 관한 주권적 권리를 행사하는 배타적 경제수역으로 간주한다는 것이며(제7조 제1항 참조), 후자는 한일 양국의 200해리 배타적 경제수역의 외측 한계선이 서로 중첩되거나 200해리 측정을 위한 영해기선을 정하는 것이 용이하지 아니해서 일정한 수역을 정하여 일단 어업에 관해서는 양국의 국민과 어선들이 그곳에서 조업 가능하도록 타방 체약국의 국민 및 어선에 대하여 어업에 관한 자국의 관계법령을 적용하지 아니하도록 한 것이다(부속서 I 제2항 가호 참조).

이러한 중간수역은 동해와 제주도 남부 동중국해 일대의 2개소에 걸쳐 존재한다(제9조 참조). 이들 중간수역은 한일 양국이 배타적 경제수역에 관한 합의가 없으면 각기 채택하도록 되어 있는 각자의 중간선보다 양국이 각각 자국측 배타적 경제수역 쪽으로 서로 양보하여 설정한 것으로, 어느 일국의 일방적인 양보로는 보이지 않고 또한 상호 간에 현저히 균형을 잃은 설정으로는 보이지 않는다.

다음으로 이 사건 협정과 영해와의 관계를 살펴보면, 해양법협약에서는 배타적 경제수역을 영해 밖에 인접한 수역으로서 영해기선으로부터 200해리를 넘을 수 없도록 규정하고 있고, 이에 따라서 한일 양국의 국내법에서도 동일한 취지의 규정을 두고 있다. 따라서 이 사건 협정은 배타적 경제수역을 직접 규정한 것이 아닐 뿐만 아니라 배타적 경제수역이 설정된다 하더라도 영해를 제외한 수역을 의미하며, 이러한 점들은 이 사건 협정에서의 이른바 중간수역에 대해서도 동일하다고 할 것이다. 그러므로 독도가 중간수역에 속해 있다 할지라도 독도의 영유권 문제나 영해 문제와는 직접적인 관련을 가지지 아니한 것임은 명백하다.

합헌 의견에는 배타적 경제수역의 기점에 관한 언급이 없었다. 위헌 의견에는 분명 배타적 경제수역의 기점을 울릉도로 삼은 것에 대한 문제제기가 있었다.

김 변호사는 고민스러웠다. 반대 의견이 타당해 보였기 때문이다. 하지만 일본과의 소송에서 반대 의견을 피력할 수는 없었다. 김 변호사는 강지성 교수에게 전화를 걸었다.

"교수님 주무시는데 깨운 건 아닌지 모르겠습니다."

"이 시간에 무슨 일입니까?"

"헌법재판소 결정을 살펴보았습니다. 궁금한 게 있는데 도저히 내일까지 기다릴 수 없어서 실례를 무릅쓰고 전화했습니다."

"그래요. 무엇이 그리 궁금하신가요?"

"합헌 의견은 독도를 배타적 경제수역의 기점으로 삼지 않은 것에 대해 전혀 언급하지 않았습니다. 반면 위헌 의견은 독도를 기점으로 삼지 않은 것이 잘못되었다고 하고 있습니다. 저는 솔직히 위헌 의견이 더 타당해 보입니다. 뭔가 제가 모르는 논리가 있는 것 같은데…… 뭔지 알 수가 없습니다."

"합헌 의견에 보면 어업협정은 어업에 관한 협정이고 배타적 경제수역의 경계획정 문제와는 직접적인 관련이 없다는 말이 나오죠. 이 부분을 잘 생각해보아야 합니다."

"교수님도 분명 어업협정을 체결하게 된 것은 배타적 경제수역 때문이라고 말씀하셨잖아요?"

"그랬지요. 국제적으로 200해리 배타적 경제수역이 인정되고 한일 모두 200해리 배타적 경제수역법을 제정 시행함으로써 문제가 시작된 것은 분명합니다. 하지만 어업협정은 배타적 경제수역의 경계를 정한 것이 아닙니다. 배타적 경제수역의 경계를 획정하기 어렵기 때문에 당장 시급한 어업협정만 체결한 것입니다. 이 부분을 잘 이해해야 합니다. 논문 몇 개 보내드릴 테니 읽어보세요. 그걸 읽어보면 이해가 될 겁니다."

김 변호사는 전화를 끊고 메일을 기다리며 한일어업협정문을 다시 읽어보았다.

〈대한민국과 일본국 간의 어업에 관한 협정(발효일 1999. 1. 22)〉
제1조 이 협정은 대한민국의 배타적 경제수역과 일본국의 배타적 경제수역에 적용한다.

'분명히 배타적 경제수역에 적용한다고 되어 있지 않은가?'

준 비 서 면

사건   독도 - 다케시마 케이스
원고   대한민국
피고   일본

원고는 다음과 같이 변론을 준비합니다.

다 음

1. 피고는 신한일어업협정을 증거로 제시하면서, 이것이야말로 사건대상이 영토분쟁지역임을 인정한 유력한 증거라고 주장합니다.

2. 오늘날 바다를 사이에 둔 대향국 사이에는 도서영토분쟁 이외에도 배타적 경제수역, 대륙붕, 어업관할수역 등 다양한 분쟁이 존재합니다. 이러한 분쟁들은 상호밀접한 연관성이 있는 반면에 또한 엄연히 다른 차원의 분쟁이라는 속성을 가지고 있습니다. 이에 오늘날 세계 각국은 이러한 분쟁들을 분리하여 고찰하는 추세입니다. 귀 재판소 또한 이러한 추세에 따라 이들 문제를 분리하여 고찰하고 있습니다.

3. 원피고 사이의 바다는 400해리가 넘지 않기 때문에 배타적 경제수역의 경계획정 문제가 발생할 수밖에 없습니다. 배타적 경제수역의 경계획정 문제는 다양한 이해관계가 복잡하게 얽혀 있기 때문에, 원피고는 배타적 경제수역의 경계획정 문제는 일단 보류하고 시급한 어업관할 문제만 먼저 해결하기로 하였습니다.

4. 원피고는 이러한 합의에 기초하여 어업관할을 획정하면서 배타적 경제수역과 관련하여 양국 간에 이견이 없는 구역과 이견이 있는 구역을 구분하였습니다. 먼저 이견이 없는 구역은 각국의 배타적 경제수역으로 인정하고, 이견이 있는 구역은 추후 배타적 경제수역이 획정될 때까지 중간수역(잠정수역)으로 설정하여 공동이용하기로 하였습니다.

1999년의 신어업협정은 이러한 합의내용을 담은 것으로 사건대상에 대한 영유권 문제와는 무관합니다. 위 협정은 이를 명시하고 있습니다.

〈신어업협정〉
제15조 이 협정의 어떠한 규정도 어업에 관한 사항 외의 국제법상 문제에 관한 각 체약국의 입장을 해하는 것으로 간주되어서는 아니된다.
부속서 I ① 양 체약국은 배타적 경제수역의 조속한 경계획정을 위하여 성의를 가지고 계속 교섭한다.

아울러 신어업협정 제9조는 동해 중간수역과 제주도남부 중간수역 두 군데를 중간수역으로 설정하여 중간수역이 영유권

문제와 무관하다는 점을 보여주고 있습니다.

5. 피고는 1999년 어업협정 체결과정에서 원고가 사건대상이 아닌 울릉도를 배타적 경제수역의 기점으로 삼음으로써 사건대상이 영토분쟁지역이라는 점을 스스로 인정하였다고 주장합니다. 그러나 원고는 울릉도를 배타적 경제수역의 기점으로 삼지 않았습니다.

원고는 어업협정을 체결하면서 사건대상을 기점으로 삼는 경우와 울릉도를 기점으로 삼는 경우를 가정하여 그 결과를 비교 검토해 보았습니다. 피고 또한 사건대상을 기점으로 삼는 경우와 오키섬을 기점으로 삼는 경우를 가정하여 그 결과를 따져보았을 것입니다. 양국 모두 사건대상을 기점으로 삼았을 때 자국에 유리하다는 사실을 확인하고 사건대상을 기점으로 주장하였습니다.

6. 또한 사건대상이 중간수역 내지 잠정수역에 포함되어 있다고 하여 사건대상이 원고의 영토라는 사실이 부인되는 것도 아닙니다. 사건대상과 그 주변 12해리는 원고의 영해로서 원고가 영유권을 행사하고 있습니다. 단지 사건대상이 발양하는 배타적 경제수역이 미정상태로 유보되어 있을 뿐입니다. 피고가 순시선을 배치한 지역이나 해류조사시 경고한 지역도 모두 사건대상 12해리 바깥구역에서의 일에 불과합니다.

7. 이상 살펴본 바와 같이 원피고 간에 체결된 1999년의 신어

업협정은 세계해양법질서의 변화에 따라 새로 어업관할구역을 획정한 것으로 사건대상의 영유권과는 무관합니다. 따라서 원고가 신한일어업협정을 체결함으로써 사건대상을 영토분쟁지역으로 인정하였다는 피고의 주장은 부당합니다.

8. 피고는 1997년 중국과 어업협정을 체결하였습니다. 중일어업협정에는 북위 27도 이남에 잠정수역과 유사한 성격을 가진 특수수역이 설정되어 있습니다. 이 수역 내에 피고와 중국 간의 영토분쟁이 벌어지고 있는 센카쿠열도가 존재합니다. 피고에게 묻습니다.

피고가 중국과 어업협정을 체결하면서 위와 같은 특수수역을 설정한 것은 센카쿠열도에 대한 피고의 영유권이 불완전하다는 것을 인정한 것입니까?

9. 1965년 피고가 원고의 실효지배를 승인한 이후 원피고 사이에 더 이상의 분쟁은 없었습니다. 그러던 피고가 느닷없이 문제를 제기한 것은 12년 뒤인 1977년의 일이었습니다. 구보다 총리가 별안간 '다케시마는 일본영토이며 한국이 불법적으로 다케시마를 점거하고 있다'고 발언한 것입니다.

　발언 시점에 주목할 필요가 있습니다. 1977년은 세계해양법질서상 중대한 변화가 일어난 해입니다. 바로 세계 각국이 200해리 배타적 경제수역법을 제정한 해입니다. 피고 또한 1977년에 200해리 배타적 경제수역법을 제정하였습니다.

피고가 동경에서 1,700킬로미터 떨어져 있는 태평양 상의 높이 70센티미터, 넓이 3.3평방미터도 안 되는 산호초 오키노도리시마를 섬이라고 주장하며 배타적 경제수역을 선포하여 권리를 주장하고 있다는 사실을 잘 아실 것입니다. 피고가 사건대상을 피고의 영토라고 주장하는 것 또한 같은 맥락입니다.

1994년 UN총회에서 200해리 배타적 경제수역안이 통과되자, 피고는 본격적으로 문제를 제기하기 시작하였습니다. 피고가 200해리 배타적 경제수역에 따른 경제적 이익을 목적으로 사건대상에 대한 야욕을 드러낸 것을 두고 영토분쟁이라고 할 수는 없을 것입니다.

2016. 8. 26.

원고 대한민국
소송대리인 김명찬

김 변호사는 수차례의 검토 끝에 결론을 얻을 수 있었다. 과거에는 바다를 사이에 두고 있는 대향국 사이에 분쟁거리가 별로 없었다. 기껏해야 어업관할 문제와 도서영토분쟁 정도였다. 1960년대까지의 바다는 그랬다.

그런데 과학기술이 발전하고 바다에 대한 지배가능성이 확대되면서 각국은 더 넓은 바다를 지배하고자 했고 대향국 사이의 분쟁거리가 늘어나게 되었다. 배타적 경제수역의 경계획정 문제와 대륙붕 경계설정 문제, 바다환경보존 문제 등이 추가된 것이다.

대향국 사이에 이러한 문제를 한꺼번에 해결한다는 것은 매우 어려운 일이 되었고 당장 급한 문제들을 먼저 해결하기 위해 문제를 구분하기 시작했다. 즉 다른 문제들은 제쳐놓고 당장 문제되는 사안에 대해서만 합의점을 도출해내는 방식을 찾게 된 것이다. 이러한 방식은 분쟁해결에 많은 도움을 주었다.

해결방법은 이것뿐만이 아니었다. 양국 간에 이견이 존재하는 구역과 그렇지 않은 구역을 구분하여 취급하는 방법도 개발되었다. 배타적 경제수역이나 대륙붕 한계설정, 어업관할구역은 모두 공간적 개념으로 분할할 수 있기 때문에 가능한 방법이었다.

복잡한 문제들을 질적 양적으로 분할하여 해결하는 방법은 단편적이고 잠정적이었지만 대향국 간의 극단적인 실력대결을 피하고 평화적인 문제해결을 가능하게 해주었다.

신한일어업협정도 이러한 방법에 입각한 것이었다. 먼저 배타적 경제수역의 경계획정 문제와 어업관할 경계획정 문제를 질적으로 구분하여 협상의 대상을 어업관할 문제로 한정하고, 이견이 없는 구역과 있는 구역을 양적으로 구분하여 달리 취급한 것이다.

신한일어업협정 때문에 독도가 대한민국의 영토가 아닌 것이 되거나 일본이 독도를 이용하게 된 것은 아니었다. 하지만 대한민국이 많은 손해를 보고 있다는 점은 부인할 수 없었다. 일본은 독도를 일본영토라고 주장함으로써 큰 이득을 얻고 있었다.

"김 변호사, 고생 많았어요. 참 대단해요. 그 어려운 내용을 척척 이해하시고."

김 변호사가 강지성 교수에게 저녁식사를 대접하는 자리에서 강 교수가 먼저 운을 떼웠다.

"죄송합니다. 밤늦게 전화드리면 안 되는데 너무 머리가 복잡해서 저도 모르게 전화기를 누르고 말았습니다. 사죄하는 의미에서 모시는 것이니 너그럽게 용서해 주십시오."

"별 말씀을 다 하십니다. 그 때문에 우리를 한 팀으로 묶어놓은 것 아닙니까? 예비서면을 보니 핵심을 이해하기 쉽게 잘 정리해 놓으셨더군요."

"교수님께서 방향을 잘 잡아주셔서 그렇지요. 제가 한잔 올리겠습니다."

김 변호사가 강 교수의 잔을 채우자 강 교수가 잔을 들어 건배를 청했다. 하늘에는 폭풍우라도 오려는 듯 짙은 먹구름이 드리워져 있었다.

준 비 서 면

사건   독도 – 다케시마 케이스
원고   대한민국
피고   일본

피고는 다음과 같이 변론을 준비합니다.

다 음

1. 원고는 1965년 한일기본조약 체결 시 피고가 사건대상에 대한 원고의 실효지배를 승인하였다고 주장하나 결코 그렇지 않

습니다. 1965년 1월 11일 원피고 간에 체결된 다케시마 밀약을 증거로 제출합니다. 밀약은 총 4개 조로 되어 있습니다.

제1조 다케시마는 앞으로 양국 모두 자국의 영토라고 주장하는 것을 인정하고 동시에 이에 반론하는 것에 이의를 제기하지 않는다.

제2조 장래에 어업구역을 설정하는 경우 양국이 다케시마를 자국 영토로 하는 선을 획정하고 두 선이 중복되는 부분은 공동수역으로 한다.

제3조 현재 한국이 점거한 현상을 유지한다. 그러나 경비원을 증강하거나 새로운 시설의 건축이나 증축은 하지 않는다.

제4조 양국은 이 합의를 계속하여 지켜나간다.

2. 다케시마 밀약은 사건대상이 영토분쟁지역이라는 확실한 증거입니다. 양국 모두 자국 영토라고 주장하는 것을 인정한다는 것은 사건대상에 대한 영유권이 확립되지 않았다는 점을 전제로 할 때에만 가능하기 때문입니다.

3. 원고 측 대통령들은 그 동안 밀약을 잘 지켜왔습니다. 박정희 대통령은 어업협정을 체결하면서 제2조에 따라 이승만라인을 포기하고 독도 인근해역을 공동관리수역으로 지정하였습니다. 전두환 대통령은 1982년 11월 16일 사건대상을 천연기념물로 지정하여 밀약 제3조를 지킬 수 있는 법적 근거를 마련하였습니다. 김영삼 대통령도 제2조에 따라 신한일어업협정 회담과정에서 사건대상 주변수역을 잠정수역에 편입시키기로 합의하였고, 김대중 대통령은 이에 따라 신어업협정을 체결하였습니다.

노무현 대통령은 2004년 7월 21일 제주도에서 열린 한일정상회담 직후 공동기자회견 도중 사건대상을 가리켜 '다케시마'라고 칭하였고, 이명박 대통령은 2008년 7월 9일 홋카이도 도야코에서 열린 G8 정상회담 일정 중에 후쿠다 총리가 중학교 사회교과서에 다케시마를 일본령으로 기재하지 않을 수 없다고 이야기하자 '지금은 곤란하다. 기다려달라'고 요청한 바 있습니다.

4. 사건대상이 피고의 영토라는 점은 세계 다른 나라들도 일반적으로 인정하는 사실입니다. 이와 관련하여 영국과 프랑스의 해도를 증거로 제출합니다. 두 나라의 해도 모두 원피고 사이의 바다를 '일본해'로, 사건대상을 '다케시마'로 표기하고 있습니다.

5. 미국 지명위원회는 1977년 이후 사건대상을 '독도'라고 표기하지 않고 '리앙쿠르락'이라고 표기하여 중립적인 입장을 취하고 있으며, 2008년에는 사건대상의 소속국을 원고에서 미지정으로 개정한 바 있습니다. 원고 측의 로비와 압력으로 다시 원상복귀되고 말았지만 미국 지명위원회 역시 사건대상이 원피고 간 분쟁지역이라는 사실을 인정하고 있습니다.

증 거

1. 을제10호증   다케시마 밀약
1. 을제11호증의1   영국 해도

2016. 9. 9.

피고 일본

소송대리인 이키 유스케

일본 측의 갑작스런 독도밀약 공개는 한국 소송팀을 큰 충격에 빠뜨렸다.

"도대체 독도밀약이라는 것이 뭔가요?"

김명찬 변호사가 황당하다는 표정으로 묻자 한서현 교수 역시 침통한 얼굴로 대답한다.

"독도밀약이 정말 있었네요. 2007년에 노 다니엘 교수가 〈월간중앙〉에 독도밀약이 존재한다는 주장을 했어요. 하지만 당시 일본 총리였던 아베 신조는 영유권과 관련하여 밀약은 있을 수 없다고 부인했어요. 한일협약에 서명한 이동원 외무장관도 1965년 6월 24일 〈동아일보〉와의 인터뷰에서 '독도 문제에 대한 정부의 태도는 시종일관하다. 명백히 외상회담의 의제로도 하지 않았으며 앞으로 어떻게 하겠다는 묵계도 없다. 발표된 이외의 비밀은 이번 조약 또는 협정에 하나도 없다'고 했어요. 그래서 독도밀약 이야기는 허구라고 생각해 왔는데……."

1964년 박정희 대통령은 한일수교를 성사시키기 위해 외무장관에 이동원,

주일대사에 김동조를 새로 임명하고 전열을 재정비하였다. 문제는 독도였는데, 이 문제를 해결하기 위해 당시 한일은행 상무로 있던 김종필의 친형 김종락을 밀사로 파견하였다. 김종락은 일본으로 건너가 차기 수상감으로 지명되고 있던 고노 이치로를 만나 협의하였고, 드디어 1965년 1월 11일, 성북동 범양상선 박건성 회장 자택에서 정일권 총리와 우노 소스케 자민당 의원 사이에 독도밀약이 체결되었다. 다음날 박정희 대통령의 재가가 있었고, 관련 문서들은 전두환 대통령 시절에 모두 소각되었다.

"그러니까 독도밀약이 속설로 전해지고 있었는데, 이번에 독도밀약이 실재하는 것으로 확인되었다…… 그리고 그 동안 독도밀약 같은 것은 있을 수도 없다고 한 일본이 독도밀약을 공개했다…… 이런 내용이네요?"

김 변호사가 잠시 숨을 돌리고 생각을 정리했다.

"우리가 독도를 실효지배하고 있을 때에는 독도밀약이 일본에게 불리한 것이었지만, 일본이 독도를 점령하고 있는 현재 상황에서는 오히려 유리한 증거가 된 겁니다."

"그게 무슨 말이죠?"

"한국이 독도를 점유하고 있을 때 독도밀약이 체결되었습니다. 제1조는 '양국 모두 독도를 자국 영토라고 주장하는 것을 인정한다'는 것인데, 이 말은 결국 일본이 한국의 영유권을 인정한다는 것입니다. 그런데 일본이 독도를 점령하고 보니 입장이 완전히 바뀌어버린 겁니다. 일본으로서는 독도가 분쟁지역이었다는 증거가 필요한데, 이보다 좋은 증거는 없는 셈입니다."

"이명박 대통령 이야기는 뭐죠?"

이미주 사무관이 한서현 교수에게 물었다.

"2008년 7월 15일 〈요미우리〉 신문에 이런 기사가 실렸어요."

이 대통령은 홋카이도의 도야코 정상회담이 열리는 호텔에서 후쿠다 수상과 서서 이야기할 때 우려하는 바를 표명했다. 관계자에 의하면 수상이 '다케시마를 쓰지 않을 수 없다'고 알리자 이 대통령은 '지금은 곤란하다. 기다려달라'고 요청했다고 한다.

"다케시마를 쓰지 않을 수 없다는 것이 무슨 말이죠?"

"2008년 5월 19일 〈요미우리〉 신문이 중학교 사회교과서의 학습지도요령 해설서에 '다케시마는 일본 고유영토'라고 명시할 것이라고 보도한 일이 있었습니다. 이 보도를 접한 이명박 대통령은 '진상을 확인하고 사실이라면 강력히 시정을 요구하라'고 지시했습니다. 2008년 2월 대통령에 취임하여 '대일 프렌들리 외교정책'을 표명하고, 4월 일본을 방문해 화기애애한 분위기에서 정상회담을 마치고 돌아온 직후에 이런 보도를 접했으니 신경이 많이 쓰였을 겁니다. 때마침 7월 홋카이도 도야코에서 G8 정상회담이 열렸습니다. 일본에 간 이명박 대통령은 7월 9일 후쿠다 총리를 만나 교과서 해설서 문제에 대해 신중하게 대처해 달라고 요청했습니다. 그런데 며칠 뒤 후쿠다 총리가 이명박 대통령에게 요청을 받아들일 수 없다고 대답한 것입니다."

"이명박 대통령이 정말 '지금은 곤란하다. 기다려달라'는 말을 한 건가요?"

"청와대에서는 사실무근이라며 대통령이 그런 발언을 한 사실이 없다고 해명했습니다. 하지만 청와대가 〈요미우리〉 신문을 상대로 아무런 조치도 취하지 않자 일이 커졌습니다. 사실이 아니라면 당장 신문사를 상대로 정정보도를 요청하는 등 조치를 취해야 하는데 왜 가만히 있느냐는 것이었습니다."

"그러게요. 허위보도라면 가만히 있어서는 안 되죠? 시정을 요구하는 것이 당연한 것 아닌가요?"

"그렇죠. 청와대가 아무런 조치도 취하지 않고 가만히 있는 것은 실제로 그런 말을 했기 때문 아니냐…… 이명박 대통령이 그런 말을 한 것이 사실이라면 탄핵되어야 한다…… 사실 여부를 명확하게 알 수 있도록 정상회담 회의록을 공개하라는 등의 말들이 나왔습니다. 급기야 민주당 부대변인이었던 이재명 변호사가 국민소송인단 1,886명을 모집해 〈요미우리〉 신문을 상대로 4억여 원의 손해배상 청구소송을 제기했습니다."

"소송은 어떻게 되었습니까?"

"패소했습니다. 서울중앙지방법원 민사14부는 〈요미우리〉 신문이 위와 같은 보도를 하였다고 하더라도 원고들은 이러한 보도로 인한 직접적인 피해자가 아니기 때문에 원고의 청구를 받아들일 수 없다고 판결했습니다."

김 변호사는 즉시 판결문을 조회해 보았다. 한 교수의 이야기는 모두 사실이었다. 당시 시민소송단 1,886명은 〈요미우리〉 신문의 허위보도가 대한민국의 영토에 대한 지배권과 주권을 침해하는 행위이고 원고들의 명예를 훼손하는 것이라며 손해배상과 정정보도를 요구하는 소송을 제기하였고, 피고 〈요미우리〉 신문은 이 대통령이

후쿠다 총리에게 '기다려달라'고 말했다는 보도는 허위사실이 아니라고 답변했다.

첫 번째 쟁점은 과연 이명박 대통령이 이러한 발언을 했는지의 여부였다. 법원은 청와대 대통령실장에게 사실조회를 했고, 대통령실장은 대통령이 그런 말을 한 사실이 없다고 회신하였다. 또한 일본 외무성은 공보관 성명을 통해 한일정상이 독도 관련 대화를 나눈 적이 없다고 발표하였다. 법원은 사실조회 회신 결과와 일본 외무성 성명을 근거로 이명박 대통령이 이러한 발언을 한 사실이 없다고 결론 내렸다. 결국 〈요미우리〉가 허위보도를 한 것으로 본 것이다.

다음 쟁점은 〈요미우리〉 측이 허위보도를 하였으므로 손해배상이나 정정보도를 명하여야 하는가의 문제였다. 법원은 소송단이 〈요미우리〉의 허위보도에 대한 직접 피해자에 해당되는지의 여부를 쟁점으로 검토하였다. 재판부는 명예훼손의 피해자가 되려면 기사에 직접 지명되거나 그로 인해 인격적 침해를 당해야 한다면서, 소송단은 해당 보도로 명예와 자긍심이 훼손되었다고 주장하지만 직접 피해자가 아닌 2차적 또는 간접 피해자에 불과하고 명예훼손의 직접 피해자로 볼 수 없다고 결론 내렸다. 재판부는 기사와 직접 관련이 없는 자까지 피해자로 판단한다면 언론의 기능을 극도로 위축시키고, 언론사가 예상치 못한 법적 책임까지 부담하게 되는 등 법적 안정성을 현저히 해할 우려가 있다는 점 등을 고려하여 원고들의 청구를 기각한다고 덧붙였다. 원고 측이 항소했지만 기각되고 말았다.

문제는 재판에서 일본이 이러한 주장을 하고 나온 것이다. 일본은 준비서면에 그러한 일이 있었다고 주장만 했을 뿐 증거자료는 내놓지 않고 있었다. 이키 변호사의 고도의 심리전이었다. 증거를 바로 제시하지 않고 주장만 해두었다가 상대가 반박하고 나오면 비로소 증거를 제출함으로써 재판관들로 하여금 해당 증거에 대한 강한 인상을 갖도록 하는 기법을 구사한 것이다.

'그렇다면 이명박 대통령이 이러한 발언을 한 것이 사실이란 말인가?'

앞으로의 진행을 위해서라도 이 사실을 꼭 확인할 필요가 있었다. 정상회담 회의록을 열람하여 정말 그런 발언이 있었는지 확인하고 그런 사실이 없다면 반박해야만 한다. 김 변호사는 고민스러웠다. 우리측 회의록에 그런 내용이 없을 경우 일본에게 증거를 제출하라고 요청해야 하는데, 만약 정말로 그러한 내용이 나오면 낭패이기 때문이다. 게다가 독도밀약이 증거로 제출되면서 이번 단계에서의 소송 전략은 거의 실패한 것이나 마찬가지였다.

당초 소송 전략은 해방 이후 70년 동안의 영토관리에 방점을 찍어 유리한 고지를 선점하려고 했던 것이다. 국제사법재판소는 과거보다는 최근의 일들에 더 큰 비중을 부여하기 때문이다. 사실 독도 재판에서 가장 중요한 쟁점은 샌프란시스코 강화조약의 해석문제와 1905년 일본의 독도 영토편입 부분이다. 지금까지는 전략대로 잘 흘러오고 있었다. 그런데 전혀 예기치 못한 독도밀약이 튀어나온 것이다.

'이번 단계는 그만 접어야 할 것인가?'

며칠 후 강지성 교수와 만난 자리에서 김 변호사는 결심을 굳힌 듯 말을 꺼냈다.

"교수님께서 우리 정부의 조용한 외교가 이해하기 어렵다고 하셨
는데 이제 그 이유를 알 것 같습니다. 문서제출명령신청은 포기하는
것이 좋겠습니다."

"문서제출명령신청을 포기하다니요?"

갑작스런 김 변호사의 말에 강 교수가 되물었다.

"2008년 일본이 공개한 한일협정 비밀문서 중에 먹지로 가려놓고
공개하지 않은 부분들이 있습니다. 당초 소송을 준비하면서 때가 되
면 이 부분을 공개하라고 일본을 압박할 계획이었습니다. 그런데 아
무래도 이 가려진 부분이 독도밀약과 관련되는 것이 아닌가 싶습니
다. 괜히 문서제출명령을 신청했다가 독도밀약과 관련되는 내용이
라도 드러나면 불리해질 수 있습니다. 일본은 1965년 한일어업협정
에서 이승만라인이 철폐된 일, 1982년 전두환 대통령이 독도를 천연
기념물로 지정한 일, 신어업협정에서 독도가 공동관리수역에 들어간
일들이 모두 독도밀약의 연장선상에서 이루어진 것이라고 주장하고
있습니다. 재판부도 그렇게 생각할 가능성이 높습니다."

"그럼, 우리나라 역대 대통령들이 독도밀약의 존재를 알고 있었
고, 이 밀약을 지키는 과정에서 그러한 일련의 일들이 벌어졌다 그런
말입니까?"

"독도밀약을 염두에 두고 생각해보면 모든 일들이 딱딱 맞아 떨어
집니다. 일본에게 독도 문제는 손에 든 조커와 같은 것입니다. 한일
외교관계에서 독도는 히든카드로서 충분한 역할을 해왔습니다. 중요
한 일이 있을 때마다 일본은 이 카드를 꺼내 한국으로 하여금 물러
서게 만들었습니다. 두 차례에 걸친 어업협정이 대표적입니다. 일본
은 독도 카드를 들고 우리 측 협상 대표들을 위협했고 적당히 물러

서는 척하면서 다른 것들을 얻어냈습니다. 일본이 독도 카드를 반복해서 사용하는 것은 역대 정권들의 책임이 매우 큽니다."

김 변호사는 최고 통치자들이 '당장 현 정권에서 책임질 일을 만들지 말자…… 잘못하다가 정권이 붕괴될 수도 있고 자칫 후세에까지 독도를 가지고 도박을 하다가 일본에 빼앗겼다는 오명을 뒤집어쓸 수도 있다…… 이번에는 이렇게 적당히 넘어가고 다음 정권에서 해결하도록 미뤄두자……'는 식으로 조금씩 물러서다 보니 일본이 계속 독도 카드를 써먹게 되는 것이라고 생각했다. 신어업협정을 체결하면서 일본이 독도를 기점으로 주장했을 때 끝장을 봤어야 했다. 하지만 당시 정권은 그렇게 하지 않았다. 경계획정 문제와 영토 문제는 별개라는 논리를 내세워 분쟁을 회피해버린 것이다. 이러한 것들이 나중에 후손들에게 족쇄가 될 수 있다는 생각을 했는지 어쨌는지는 모르지만 당장은 피하고 만 것이다.

그날 밤. 김 변호사가 컴퓨터 앞에 앉아 있다. 한참을 우두커니 앉아 있더니 정신을 차린 듯 모니터를 응시한다. 화면에는 문서제출명령 신청서가 띄워져 있다. 서면을 다 읽고 난 김 변호사는 힘없이 삭제버튼을 눌렀다.

'어쩔 수 없다. 이번 단계는 이 정도로 접고 다음 단계에서 승부를 보자.'

제3부
◇◇◇◇◇◇

러스크 서한

한국은 1945년 해방 이후 독도를 영토로서 관리해 왔으므로 독도는 명실상부한 한국영토라고 주장한다. 일본은 1952년 한국이 이승만라인을 선포하여 독도를 불법 점령하자마자 즉시 문제를 제기하고 반환을 요청한 이상 이승만라인 선포 이후 한국의 독도 지배를 근거로 독도가 한국영토로 인정되어서는 안 된다고 항변한다. 이에 한국은 일본이 1955년 이후 독도 지배를 묵인하였고 더 나아가 1965년 이를 승인하였다고 주장한다. 그러나 일본은 묵인하거나 승인한 적이 없다고 반박하며 한일어업협정 등을 증거로 제출한다. 한국이 어업협정 등은 영토문제와는 무관한 것이라고 반박하자, 일본은 독도밀약을 증거로 제시하며 한국 소송팀을 충격에 빠뜨린다.

준 비 서 면

사건   독도 – 다케시마 케이스
원고   대한민국
피고   일본

원고는 다음과 같이 변론을 준비합니다.

다 음

1. 1945년 8월 15일부터 2015년 8월 22일까지 약 70년 동안 사건대상이 원고의 영토로서 관리되어 온 사실에 대해 살펴보았습니다. 지금부터는 1945년 해방 이전에도 사건대상이 원고의 영토였다는 점에 대해 살펴보고자 합니다.

2. 1937년 7월 7일 피고는 중국을 침략하여 난징에서 수십만의 무고한 중국인들을 무자비하게 겁탈, 방화, 학살하였습니다. 이렇게 2차 세계대전이 시작되었고 이후 8년 동안 연합국과 피고 사이에 전 세계적인 전투가 계속되었습니다.

   전쟁 중이던 1943년 12월 1일 미국, 중국, 영국의 행정수반들은 이집트 카이로에 모여 전쟁 원흉인 피고를 응징하기로 결의하였고, 1945년 7월 26일 포츠담에서 결의를 재확인하였습니다. 1945년 8월 6일과 9일 히로시마와 나가사키에 원자폭탄이 투하되자, 피고는 8월 14일 연합국에 항복할 것을 통보하고 다음날 항복을 선언하였습니다. 그리고 1945년 9월 2일 연합국 9개 국과 항복문서에 조인(調印)하였습니다. 피고의 항복문서 조인 과 동시에 피고의 폭력과 탐욕에 의해 강탈되었던 사건대상을 포함한 원고의 모든 영토는 원고에게 자동 환원되었습니다.

3. 연합국은 일본을 점령 통치하기 위하여 1945년 10월 2일 도 쿄 히비야에 '연합군 최고사령부(Supreme Commander for the Allied Powers, SCAP)'를 설치하고 더글라스 맥아더를 최고사령관으로 임명하였습니다. 그리고 1945년 12월 16일 모스크바에서 미영 소 3국 외상회의를 개최하여 일본의 점령 통치에 관한 최고의 사결정기관으로 극동위원회(Far Eastern Commission)를 설치 운영 하기로 결의하고, 한국은 38선을 기준으로 미국과 소련이 각 신 탁통치하기로 하였습니다.

4. 극동위원회는 1946년 2월 26일 워싱턴에 본부를 설치하고 미국, 영국, 중국, 소련, 프랑스, 인도, 네덜란드, 캐나다, 오스트 레일리아, 뉴질랜드, 필리핀 등 11개국으로 발족하였고, 1949 년 11월 미얀마, 파키스탄이 추가되어 13개국으로 운영되었습 니다.

5. 연합군 최고사령부는 1946년 1월 29일 훈령 제677호를 발 하여 사건대상을 피고의 통치 및 행정 범위에서 제외시켰고, 1946년 6월 22일에는 훈령 제1033호를 발하여 사건대상 12마 일 이내로의 피고 측 접근을 금지시켰습니다. 그리고 1948년 8

월 5일 원고가 대한민국정부를 수립하자 미군정 당국의 사건 대상을 포함한 모든 통치권을 원고에게 넘겨주었습니다. 연합군 최고사령부의 이러한 일련의 조치들은 사건대상이 카이로선언, 포츠담선언, 피고의 항복선언에 의하여 원고의 영토로 환원되었다는 사실을 확인한 것이었습니다. 사건대상에 대한 원고의 영유권은 1951년 9월 7일 샌프란시스코 강화조약에서 최종 확인되었습니다.

6. 이상 살펴본 바와 같이, 원고의 사건대상에 대한 영유권은 2차 세계대전 이후 연합국에 의하여 국제적으로 확인된 사실로서 사건대상은 명백한 원고의 영토입니다.

증 거

1. 갑제6호증의1   1943년 12월 1일 카이로선언
1. 갑제6호증의2   1945년 7월 26일 포츠담선언
1. 갑제6호증의3   1945년 9월 2일 일본의 항복문서
1. 갑제7호증의1   1946년 1월 29일 연합군 최고사령부 훈령
            제677호
1. 갑제7호증의2   연합군 최고사령부 관할지도
1. 갑제7호증의3   1946년 6월 22일 연합군 최고사령부 훈령
            제1033호
1. 갑제8호증   1948년 8월 11일 교환각서
1. 갑제9호증   1951년 9월 8일 샌프란시스코 강화조약

증거를 보겠습니다. 먼저 '갑제6호증의1' 카이로선언입니다. 제2차 세계대전 중이던 1943년 12월 1일 루즈벨트 미국대통령, 장개석 중국총통, 처칠 영국수상은 카이로에 모여 일본을 끝까지 응징하고 한국을 독립시키겠다는 결의를 채택하였습니다.

연합국의 목적은 일본으로부터 1914년 제1차 세계대전 개시 이후에 일본이 탈취 또는 점령한 태평양의 도서 일체를 박탈하고, 만주, 대만, 펑후도와 같이 일본이 중국으로부터 도취한 지역 일체를 중화민국에 반환함에 있다. 또한 일본은 폭력과 탐욕에 의하여 강탈한 다른 일체의 지역으로부터 축출될 것이다. 전기 3대국은 한국인의 노예 상태에 유의하여 적절한 절차를 거쳐 한국을 자주독립시킬 것을 결의한다. 이러한 목적들을 달성하기 위하여 3대 연합국은 일본과 교전 중인 연합국과 함께 일본의 무조건 항복을 획득하는 데 필요한 중대하고 장기적인 작전을 지속할 것이다.

(김 변호사가 스크린에서 중국인 재판관 왕쩌산에게 시선을 옮기고 그를 응시하며 설명을 이어간다.)

카이로선언에 명시된 '폭력과 탐욕에 의하여 강탈한 다른 일체의 지역(all other territories which she has taken by violence and greed)'이란 피고 일

126

본의 고유영토 외에 피고가 제국주의적 무력침략에 의하여 다른 나라로부터 강탈한 모든 지역을 가리키는 것입니다. 사건대상은 바로 피고가 폭력과 탐욕에 의하여 강탈한 지역에 해당합니다.

다음은 '갑제6호증의2' 1945년 7월 26일자 포츠담선언입니다. 카이로선언을 채택한 3개국 정상은 포츠담에 모여 다시 한 번 결의를 다졌습니다.

제2조 서방 각국의 육군 및 공군에 의해 수차 보강되어진 미국, 영국 및 중국의 육해공군은 일본에 최후의 타격을 가할 태세를 정비한다. 이 군사력은 일본이 저항을 멈출 때까지 일본에 대항하여 전쟁을 수행하는 모든 연합국의 결의에 의해 지지되고 고무될 것이다.

제8조 카이로선언의 모든 조항은 이행되어야 하며 일본의 주권은 혼슈, 홋카이도, 큐슈, 시코쿠와 연합국이 결정하는 작은 섬들에 국한될 것이다.

포츠담선언은 피고가 저항을 멈출 때까지 결전을 벌일 것이라는 점을 선언하고 나아가 카이로선언의 모든 조항이 이행될 것이라는 점, 피고의 주권이 일본 본토 4대 섬과 연합국이 결정하는 작은 섬들에 국한될 것이라는 점을 선언하였습니다. '연합국이 결정하는 작은 섬들(such minor islands as we determine)'이란 피고의 고유영토에 해당하는 섬들 중에 전쟁도발에 대한 징벌적 차원에서 다른 나라에 할양하기로 결정되는 섬들을 제외한 나머지를 의미합니다.

다음은 '갑제6호증의3' 피고의 항복문서입니다. 피고는 전함 미주리호에서 미국, 중국, 영국, 소련, 호주, 캐나다, 프랑스, 네덜란드, 뉴질랜드 등 9개 연합국과 항복문서에 서명하였습니다. 항복문서는 피고와 연합국 사이에 체결된 국제조약에 해당합니다.

우리는 미합중국, 중화민국 및 영국의 정부 수반이 1945년 7월 26일 포츠담에서 발하고 소비에트사회주의공화국연방이 참가한 선언의 조항을 일본황제, 일본정부 및 일본제국 총사령부의 명에 의해 수락한다. …… 우리는 일본제국 총사령부와 모든 일본 군대 및 일본의 지배하에 있는 모든 군대의 연합국에 대한 무조건 항복을 포고한다. …… 연합국 최고사령관이 본 항복실시를 위해 적절하다고 인정하여 직접 발하거나 그 위임에 따라 발하는 일체의 포고, 명령 및 지시를 준수하고 또한 이를 시행할 것을 명함과 아울러 …… 우리는 황제, 일본정부 및 그 후계자가 포츠담선언의 조항을 성실히 이행할 것과 그 선언을 실행하기 위해 연합국 최고사령관 또는 다른 지정된 연합국 대표자가 요구하는 일체의 명령을 발하고 일체의 조치를 취할 것을 약속한다.

피고는 이 항복문서에서 포츠담선언을 수락하고 성실히 이행할 것임을 약속하였습니다. 포츠담선언은 카이로선언의 정신을 계승한 것으로, 피고가 항복문서에 조인하였다는 것은 피고의 폭력과 탐욕에 의하여 강탈되었던 사건대상이 카이로선언에 의하여 원고의 영토로 자동 환원되었다는 사실을 인정한다는 의미입니다.

피고는 위 항복문서에서 연합군 최고사령관이 발하는 일체의 포고, 명령 및 지시를 준수하고 시행할 것이라고 약속하였습니다. 피고가 준수하고 시행하기로 약속한 연합국의 포고, 명령 등에 관하여 살펴보겠습니다. 먼저 '갑제7호증의1' 연합군 최고사령부 훈령 제677

호입니다. 1946년 1월 29일에 발령된 이 훈령은 피고 일본으로부터 제외되는 섬으로 리앙쿠르락을 명시하고 있습니다. 리앙쿠르락이 바로 사건대상입니다.

〈일본으로부터 특정외곽지역의 통치권적 행정적 분리〉
제3조 본 훈령의 목적을 위하여 일본은 일본의 4개 본도와 약 1,000개의 작은 인접 섬들을 포함하는 것으로 정의되며, 포함되는 것은 대마도 및 북위 30도 이북의 류큐제도이고, 제외되는 것은 ⓐ 울릉도, 리앙쿠르락, 제주도 ⓑ 북위 30도 이남의 류큐제도, 이즈, 남포, 보닌 및 화산군도와 다이토군도, 파레세 베라, 마르쿠스, 갠지스를 포함한 태평양 바깥쪽의 모든 섬들 ⓒ 쿠릴열도, 하보마이군도, 시코탄 섬이다.

다음은 '갑제7호증의2' 연합군 최고사령부 관할지도입니다. 이 관할지도는 훈령 제677호에 첨부되어 있는 것입니다. 사건대상은 일본의 통치대상에서 제외되었습니다. 제외된 사건대상은 어떻게 되었을까요? 그 답이 바로 이 관할지도에 있습니다. 당시 원고는 미군정 직접통치방식에 의하여 하지 중장의 통치하에 있었고 피고는 미군정 간접통치방식에 의하여 맥아더 장군의 통치하에 있었습니다. 화면을 보시지요. 이 관할지도는 간접통치대상이 되는 피고의 영토와 직접통치대상이 되는 원고의 영토를 구분해놓고 있습니다. 즉 하지 중장이 통치하는 지역과 맥아더 장군이 통치하는 지역이 이 지도에 의하여 명확하게 구분되어져 있는 것입니다. 연합군 최고사령부는 사건대상을 울릉도와 함께 하지 중장의 통치관할에 포함시켰습니다. 원고의 영토에 포함시킨 것입니다. 이 관할지도는 사건대상이 원고의 영토라는 점을 시각적으로 명확하게 보여주는 것입니다.

　다음은 '갑제7호증의3' 연합군 최고사령부 훈령 제1033호입니다. 이 훈령은 피고 일본을 둘러싼 바다의 각 지점을 연결하여 원을 긋고 그 안쪽을 피고 측 어업관할구역으로 설정하였습니다. 물론 이 원 바깥 바다 중 동해는 원고 측 어업관할구역입니다. 이 원을 소위 '맥아더라인'이라고 합니다. 이 훈령은 피고 측 선박이나 선원들이 사건대상 12마일 이내로 접근하거나 접촉하는 것을 금지하고 있습니다.

〈일본 어업 및 포경업 승인지역〉

제2조 금일자로 유효하고 또 추후 통지가 있을 때까지 유효한 일본의 어업 및 포경업과 유사업종의 운영은 다음 한계구역 내에서 승인된다.

노사푸 미사키와 가이가라 지마 사이에 있는 중간지점으로부터 ⋯⋯다시 노사푸 미사키와 가이가라 지마 사이의 중간에 있는 처음 시작한 지점까지.

제3조 ⓑ 일본 선박이나 선원들은 다케시마(북위 37도 15분, 동경 131도 53분)에 12마일 이내로 접근하거나 동 도서에 접촉해서는 안 된다.

　다음은 '갑제8호증' 교환각서입니다. 이것은 1948년 8월 11일 원고의 초대 대통령인 이승만 대통령과 주한미군 총사령관인 하지 중장 사이에 체결된 국제조약입니다. 정식명칭은 '대한민국정부와 아메리카합중국정부 간의 대한민국정부에의 통치권 이양 및 미국점령군대의 철수에 관한 협정'입니다. 이 교환각서에 의하여 하지 중장이 통치하고 있던 관할지역이 전부 원고에게 이관되었습니다. 하지 중장이 사건대상을 포함한 남한 전부를 통치하고 있었다는 사실은 조금 전 관할지도에서 확인했습니다. 이 교환각서에 의하여 사건대상을 포함한 한국에 대한 모든 통치권이 원고에게 이양되었고 원고는 사건대상에 대해 국제법적으로도 완전한 실효지배를 하게 되었습니다.

연합국은 이러한 조치들을 통해 사건대상이 원고의 영토로 환원되었다는 사실을 확인하였습니다. 이상의 조치들이 피고가 항복선언에서 준수하기로 약속한 포고·명령에 해당한다는 점에 대해서는 이견이 없을 것입니다.

마지막으로 '갑제9호증' 샌프란시스코 강화조약입니다. 1951년 9월 8일 피고와 연합국 48개국 간에 체결된 국제조약입니다.

제2조 ⓐ 일본은 한국의 독립을 승인하고, 제주도, 거문도, 울릉도를 포함한 한국에 대한 모든 권리, 권원, 그리고 청구권을 포기한다.

보시는 바와 같이 피고는 샌프란시스코 강화조약에 조인함으로써 원고에 대한 모든 권리를 포기하였습니다. 이상입니다.

드디어 해방 직후 독도영유권에 대한 공방이 시작되었다.

독도밀약에 의하여 독도가 일본영토라고 확인된 것은 아니었다. 단지 이승만라인 선포 이후 한국의 영토관리가 재판상 실효지배의 증거로 채택될 수 없다는 것에 불과하다. 한일 양국은 이승만라인 선포 이전에 독도영유권이 어느 나라에 있었는지에 대하여 공방을 벌여야만 한다. 지금까지가 오프닝 매치였다면 드디어 메인 게임이 시작된 것이다.

"강 교수님, 교수님께서는 일본이 독도를 도발하는 이유가 샌프란시스코 강화조약에 독도가 명시되지 않았기 때문이라고 말씀하셨는데, 설명을 부탁드려도 되겠습니까?"

"샌프란시코스 강화조약 제2조를 보셨습니까?"

"네."

"1945년 해방이 되자 일본인들은 부랴부랴 일본으로 돌아갔습니다. 당연히 울릉도에 있던 일본인들도 모두 일본으로 돌아갔지요. 독도야 원래 무인도였으니 당연히 비어 있었고, 우리는 독도가 우리 영토로 환원되었다고 생각했습니다. 연합군 최고사령부도 독도를 일본의 통치범위에서 제외시켰고, 맥아더라인도 독도를 한국쪽 수역에 편입시켰으니 더 이상 문제될 것이 없다고 생각하고 있었습니다."

6.25전쟁을 치르고 있는 동안 연합국은 샌프란시스코 강화조약 초안을 작성하고 있었다. 그러다 어느 날 한국쪽으로 송부된 초안을 보니 독도가 빠져 있는 게 아닌가. 한국정부는 강화조약에 독도가 명시되어야 추후 영토분쟁이 발생하지 않을 것이라는 생각에 독도를 명시해달라고 요청했다. 하지만 일본의 공작으로 독도가 명시되지 않았고 일본은 강화조약에 독도가 명시되지 않은 것은 독도가 일본영토로 결정되었기 때문이라고 주장했다.

일본 입장에서 볼 때 샌프란시스코 강화조약은 독도로 통하는 창구와 같다. 일본은 독도가 일본영토로 인정된 것은 1910년 합일합방

전인 1905년 '무주지선점' 법리에 의해 일본영토로 편입되었기 때문이라고 주장했고 더 나아가 원래 고유영토였던 것이 1905년 공식 확인된 것뿐이라고 주장하고 있다.

"전에 이야기했던 것처럼 샌프란시스코 강화조약에 독도가 명시되었다면 일본이 이런 주장을 하지는 못했을 겁니다. 우리는 독도가 명시되지 않은 것이 일본영토로 인정되었기 때문이 아니라는 점을 논증해야 합니다. 우리가 이것만 논증할 수 있다면 역사적으로 독도가 어느 나라 영토였는지 증명할 필요도 없이 재판에 이길 수 있습니다."

"샌프란시스코 강화조약 같은 국제조약은 재판에서 어느 정도의 효력이 있습니까?"

"좋은 질문입니다. 국제사법재판소 규정 제38조를 보시죠."

〈국제사법재판소 규정〉

제38조 ① 재판소는 재판소에 회부된 분쟁을 국제법에 따라 재판하는 것을 임무로 하며 다음을 적용한다.

1. 분쟁국에 의하여 명백히 인정된 규칙을 확립하고 있는 일반적인 또는 특별한 국제협약

2. 법으로 수락된 일반관행으로서의 국제관습

3. 문명국에 의하여 인정된 법의 일반원칙

4. 법칙결정의 보조수단으로서의 사법판결 및 가장 우수한 국제법 학자의 학설

"보시는 바와 같이 무엇보다도 국제협약에 가장 우선적인 효력을 부여하고 있습니다."

"국제협약이요?"

"국제협약이 바로 조약입니다. 조약법에 관한 비엔나협약에 조약에 대한 정의 규정이 있습니다. 이 협약은 2차 세계대전 이후 체결된 조약들의 해석과 관련하여 많은 논란이 발생하자 이를 해결하기 위해 1969년에 만들어진 것입니다. 우리나라와 일본 모두 이 협약에 가입되어 있습니다."

〈조약법에 관한 비엔나협약(발효일 1980. 1. 27)〉
제2조 ① (a) 조약이라 함은 하나 또는 그 이상의 문서에 구현되고 있는가에 관계없이, 그 특정의 명칭에 상관없이, 서면 형식으로 국가 간에 체결되고 국제법에 의하여 규율되는 국제적 합의를 의미한다.

"보시는 바와 같이 조약, 협약, 협정, 의정서, 교환각서 등 명칭에 상관없이 국가 간에 서면 형식으로 체결된 모든 국제적 합의들은 전부 조약에 해당합니다. 실제 재판에서도 조약은 최고의 효력을 인정받고 있습니다. 국제사법재판소는 신생 독립국가들 간의 영토 및 경계획정과 관련된 사례에서 제국주의 국가 간에 체결된 협약에 고도의 증명력을 부여한 바 있습니다."

국제사법재판소는 2001년 카타르와 바레인 간에 진행된 도서 분쟁사건에서, 다른 논리들은 다 배제하고 1913년 영국-오토만 협약과 1939년 영국의 결정에 입각하여 판결했다. 영국-오토만 협약은 서명만 되고 비준되지 않았음에도 불구하고 서명 당시 양국의 이해관계가 가장 정확하게 반영된 것이라고 하여 그 효력을 인정하였고, 1939년 영국의 결정에 대해서도 이것이 비록 중재판결은 아니지만 카타

르와 바레인 양국이 영국의 결정에 동의함으로써 결과적으로 두 나라에 구속력이 있다고 보았다. ICJ는 단순히 그 효력을 인정하는 것에 그치지 않고 조약에 최고의 효력을 부여하였다. 조약에 근거하여 판결하기 때문에 당사국이 주장하는 원시적 권원, 실효성, 현상승인의 원칙 등에 대해서는 별도로 판단할 필요가 없다고 판시한 것이다.

또 카메룬과 나이지리아 사이의 바카시반도 사건에서도 1913년 3월 11일에 체결된 영독협정이 이 사건에 전적으로 적용된다고 판시하였다.

"이런 맥락에서 볼 때 샌프란시스코 강화조약은 정말 중요합니다. 독도가 명시되지 않은 것이 과연 어떤 의미인지가 이 사건 최대의 쟁점입니다. 일본도 이 부분에 총력을 다할 것입니다."

"카이로선언이나 포츠담선언도 조약에 해당합니까?"

"아닙니다. 카이로선언이나 포츠담선언은 말 그대로 선언에 불과합니다. 반면 일본의 항복문서는 일본과 연합국 간에 체결된 조약에 해당합니다. 항복문서에 포츠담선언을 수락하기로 되어 있고 포츠담선언이 카이로선언의 정신을 계승하는 것으로 되어 있기 때문에 이러한 선언들이 구속력을 가지는 것입니다. 대한민국정부가 미군정당국으로부터 통치권을 이양받은 교환각서도 조약에 해당합니다."

"그럼 2차 세계대전 직후 독도와 관련된 조약은 항복문서, 통치권이양 교환각서, 샌프란시스코 강화조약 세 가지라고 봐야겠네요?"

"그렇습니다. 세 개 조약 상호 간의 효력관계를 잘 살펴봐야 합니다. 통치권이양 교환각서는 우리가 체약국으로 되어 있지만 항복문서나 강화조약의 경우에는 체약국이 아닌 제3국의 지위에 있습니다."

"독도와 관련해서 우리나라와 일본 간에 체결된 조약이 또 있습니까?"

"한일기본조약과 그에 부수하여 체결된 분쟁해결 교환공문, 신·구 어업협정들이 독도와 관련된 조약들입니다. 강화도조약이나 을사조약도 관련이 있고, 안용복 사건을 계기로 조선과 일본 사이에 오간 서계(書契)들도 교환각서의 형식을 갖춘 것은 조약에 해당합니다."

준 비 서 면

사건　독도 - 다케시마 케이스
원고　대한민국
피고　일본

피고는 다음과 같이 변론을 준비합니다.

다 음

1. 원고는 카이로선언, 포츠담선언, 항복선언, 연합군 최고사령부 훈령 제677호 및 첨부된 관할지도, 연합군 최고사령부 훈령 제1033호, 샌프란시스코 강화조약에 의하여 사건대상이 원고의 영토라는 점이 확인되었다고 주장합니다.

2. 연합군 최고사령부 훈령 제677호는 다음과 같이 규정하고 있습니다.

제6조 이 훈령 가운데 어떠한 규정도 포츠담선언 제8조에 기술된 작은 섬들의 최종적 결정에 관한 연합국의 정책을 나타내는 것으로 해석되어서는 아니 된다.

즉 훈령 제677호는 확정적인 것이 아니라 잠정적인 규정으로 사건대상의 영유권을 결정하는 최종적인 기준이 될 수 없습니다. 연합군 최고사령부 훈령 제1033호 또한 마찬가지입니다.

제5조 이 허가는 해당 구역 또는 그 외의 어떠한 구역에 관해서도 국가통치권, 국경선 또는 어업권에 대한 연합국의 최종적인 정책의 표명이 아니다.

3. 이처럼 연합군 최고사령부 훈령들은 사건대상의 영유권을 결정하는 최종적인 기준이 아닙니다. 그렇다면 사건대상의 영유권을 결정하는 최종적인 기준은 무엇일까요? 그것은 바로 샌프란시스코 강화조약입니다.

제2조 ⓐ 일본은 한국의 독립을 승인하고, 제주도, 거문도, 울릉도를 포함한 한국에 대한 모든 권리, 권원, 그리고 청구권을 포기한다.

강화조약의 영토조항에는 사건대상이 제외되어 있습니다. 이는 연합국이 최종적으로 사건대상을 원고의 영토가 아닌 피고의 영토로 결정했다는 것을 의미합니다.

2016. 10. 11.

피고 일본

소송대리인 이키 유스케

일본은 한국 소송팀이 예상했던 대로 샌프란시스코 강화조약 제2조 제a항을 들어 반박해왔다. 게다가 연합군 최고사령부 훈령상 일본의 정의규정이나 맥아더라인은 잠정적 성격의 규정으로 얼마든지 변경될 수 있다는 점을 주장하였다. 일본이 지적한 것처럼 위 규정들은 자체 내에 잠정적 규정임을 명시하고 있다. 한국 소송팀은 이 문제에 대한 대처방안을 마련하고 있는 것일까?

                준 비 서 면

사건   독도 - 다케시마 케이스

원고   대한민국

피고   일본

원고는 다음과 같이 변론을 준비합니다.

다 음

1. 피고는 연합군 최고사령부 훈령 제677호 내지 제1033호는 잠정적인 규정으로, 사건대상의 영유권에 관한 최종적인 결정

이 아니라고 주장합니다.

2. 위 훈령이 잠정적이라는 피고의 지적은 타당합니다. 하지만
그 정확한 의미는 피고의 주장과 다릅니다.

첫째, 위 규정은 업무집행기관에 불과한 연합군 최고사령부
가 극동위원회의 최고의사결정 권한을 기속하지 않는다는 점
을 주의적으로 규정한 것입니다. 위 훈령은 연합군 최고사령부
가 발한 것입니다. 연합군 최고사령부는 업무집행기관에 불과
하고 연합국의 의사결정은 극동위원회에서 이루어지게 되어
있습니다. 위 규정은 업무집행기관의 훈령이 연합국의 최종적
인 결정을 기속할 수 없다는 취지를 명시한 것뿐입니다.

둘째, 위 규정은 피고에 대한 징벌적 차원에서의 영토할양 결
정이 추후 변경될 수 있다는 취지입니다. 즉 훈령 제677호에 표
출된 영토할양에 대한 결정은 아직 확정된 것이 아니라는 것입
니다. 실제 훈령 제677호에서 할양하기로 결정되었다가 이후
강화조약에서 제외된 섬들이 있는데, 피고의 북방영토 중 하보
마이군도와 시코탄 섬이 이에 해당합니다. 하보마이군도와 시
코탄 섬은 훈령 제677호에서 소비에트연방공화국에 할양하기
로 결정되었다가 강화조약 체결 시에는 할양하지 않기로 번복
되었습니다.

셋째, 연합군 최고사령부 훈령 제1033호상의 문구는 훈령 제
1033호가 일본 어업 및 포경업 승인지역에 관한 것, 즉 어업관
할구역의 경계획정에 관한 것으로 영토문제에 대한 것과는 구
별되어야 한다는 취지입니다. 즉 한일어업협정과 같이 이 규정

이 어업관할구역에 한정된다는 표현인 것입니다.

3. 요컨대, 연합군 최고사령부 훈령 제677호와 제1033호가 잠정적이라는 규정은 업무집행기관에 불과한 연합군 최고사령부가 의사결정기관인 극동위원회를 기속할 수 없다는 점을 주의적으로 선언한 것이라는 점, 훈령 제677호의 잠정규정은 연합국의 할양 결정이 추후 변경될 수 있는 여지를 남겨둔 것이라는 점, 훈령 제1033호의 잠정규정은 동 훈령이 어업관할에 관한 것으로 영유권과는 무관하다는 것을 표명한 것이라는 점에 주목하여야 할 것입니다.

2016. 10. 21.

원고 대한민국

소송대리인 김명찬

"강 교수님, 연합국이 일본영토 중에 할양하기로 결정한 섬은 어떤 것들입니까?"

"우리가 영토분쟁지로 잘 알고 있는 센카쿠열도나 쿠릴열도, 사할린 섬이 모두 할양하기로 결정된 섬들입니다. 센카쿠열도는 류큐제도에 포함되어 미국에 할양되었다가 다시 일본에 반환되었고 쿠릴열도와 사할린 섬은 소련에 할양되었습니다."

"센카쿠열도의 역사는 어떻습니까?"

"센카쿠열도는 청일전쟁 중이던 1895년 일본 내각의 결정을 통해 오키나와현 관할로 편입되었습니다. 일본이 우세한 상황을 이용하여 편입시켜 버린거죠. 센카쿠도 독도처럼 무주지선점 방식에 의하여 편입되었습니다."

센카쿠열도는 2차대전 후 오키나와에 포함되어 미국에 할양되었다가 1972년에 반환되었는데, 1969년 주변 해역에 석유가 매장되어 있다는 사실이 알려지면서 중일 간 분쟁이 더욱 치열해졌다.

"연합국이 구체적으로 어떤 조치를 취했습니까?"

"훈령 제677호에 의하여 북위 30도 이남의 난세이(류큐)제도가 일본에서 제외되었습니다. 센카쿠는 난세이제도에 포함되어 있었습니다. 강화조약에서는 북위 29도 이남의 난세이제도가 미국의 신탁통치하에 들어갔습니다. 신탁통치에 들어간 것도 할양에 해당합니다."

"강화조약 체결 당시 중국이 가만히 있었나요? 중국도 연합국의 주요 일원이었잖아요?"

"1911년 신해혁명에 의하여 수립된 중화민국은 공산당과의 내전에서 패하여 대만으로 쫓겨나고 본토에는 1949년 중화인민공화국이 수립되었습니다. 이러한 상황 때문에 중국은 강화조약 체결 시 연합국에 포함되지 않았습니다."

"중국 측 영유권주장의 핵심은 무엇인가요?"

"1895년 일본이 센카쿠열도를 편입시켰을 때, 이 섬들이 중국 영토였기 때문에 일본의 편입조치 자체가 무효라는 것입니다."

"우리와 비슷하네요."

"그렇습니다. 단 차이점이라면 독도는 2차 세계대전 이후 한국의 실효지배를 받아온 반면 센카쿠는 미국의 신탁통치하에 있다가 반환되어 일본의 실효지배하에 있다는 점입니다. 일본 입장에서 센카쿠는 일본의 고유영토로 미국에 할양되었다가 반환된 것이라고 주장하는 것이 가장 유리합니다. 반면 중국은 센카쿠는 일본의 탐욕과 폭력에 의하여 강탈된 지역이라고 주장해야 하는 입장입니다."

"중국도 우리처럼 센카쿠열도는 중국의 고유영토이기 때문에 연합국이 할양을 결정할 권한이 없다고 주장할 수 있겠네요?"

"그렇습니다."

"쿠릴열도의 영토분쟁 내역은 어떻습니까?"

"일본은 쿠릴열도라는 표현보다는 북방영토라는 표현을 사용하고 있습니다. 일본과 러시아 사이에 문제가 되고 있는 것은 홋카이도 동쪽 오호츠크 해에 있는 하보마이군도, 시코탄, 쿠나시리, 에토로후 등 4개 섬입니다. 이 섬들은 19세기 중반 이래 일본령이었지만, 2차 대전 이후 소련에 할양되어 지금은 러시아가 통치하고 있습니다. 일본정부는 이들 북방 4개 도서의 반환을 요구하고 있습니다."

"홋카이도 위쪽으로 사할린과 쿠릴열도들이 인접해 있던데요?"

"맞아요. 사할린도 관련이 있습니다. 17세기말부터 남하정책을 펼치던 러시아는 캄차카반도를 거쳐 쿠릴열도에서, 홋카이도를 거쳐 북진하는 일본과 마주치게 됩니다. 당연히 양국 간 분쟁이 발생했고 1855년 사할린과 쿠릴열도의 영유권을 분명히 하기 위해 화친조약을 체결합니다. 이 조약에 의해 쿠릴열도 3분의 2 정도 남쪽에 있는 우르프 섬 이북은 러시아에, 그 이남은 일본에 귀속시키기로 했습니다. 사할린에 대해서는 일단 경계를 정하지 않았습니다."

1875년 일본이 사할린을 러시아에게 넘겨주고 대신 쿠릴열도 18개 섬을 갖기로 하는 교환조약이 체결되었다. 이 교환조약으로 사할린은 전부 러시아의 영토가 되고, 쿠릴열도는 전부 일본영토가 되었다. 그런데 1904년 러일전쟁이 발생했고 다음해 전쟁에서 승리한 일본이 포츠머스조약에 의해 북위 50도 이남의 남부 사할린을 일본령으로 할양받게 된다. 이렇게 해서 일본은 쿠릴열도 전부와 남부 사할린을 차지할 수 있었다.

그러다가 2차 세계대전이 일어났고, 1945년 8월 연합국에 가담한 소련이 일본에 선전포고를 하고 사할린과 쿠릴열도로 진격하였다. 소련은 일본이 항복문서에 조인하기 하루 전날인 1945년 9월 1일 사할린 남부와 쿠릴열도 전부를 점령해 버렸고, 일본은 강화조약으로 사할린과 쿠릴열도 전부를 소련에게 할양하게 되었다. 일본은 이때 소련에게 뺏긴 영토 중 쿠릴열도 4개 섬을 돌려달라고 주장하고 있는 것이다.

"4개 섬에 대하여 연합국은 어떤 조치를 취했습니까?"

"훈령 제677호 제3조는 쿠릴열도와 하보마이군도, 시코탄 섬을 일본에서 제외하였습니다. 북방영토 4개 섬 모두 할양대상이 된 겁니다. 그런데 강화조약에는 하보마이군도와 시코탄 섬은 언급되지 않고 단순히 쿠릴열도라고만 기재되었습니다."

"그럼 일본은 할양대상에 대한 연합국의 최종 결정에서 하보마이군도와 시코탄 섬이 빠졌다고 주장하겠네요?"

"그렇지요. 하보마이군도와 시코탄 섬은 홋카이도에 부속한 섬으로 쿠릴열도에 해당하지 않으며 샌프란시스코 강화조약에서 제외되었으므로 여전히 일본 영토라고 주장하고 있습니다. 실제 역사를 보면 두 섬은 쿠릴열도와는 별개로 홋카이도에 부속한 섬으로 볼 수도 있습니다."

"그래서 일본이 북방영토라는 표현을 쓰는 것이군요. 위 두 개의 섬은 쿠릴열도에 포함되지 않는다는 점을 강조하기 위해서요."

"맞아요. 일본은 한걸음 더 나아가 쿠나시리와 에토로후도 쿠릴열도에 포함되지 않는다고 주장하고 있습니다. 이 두 섬도 홋카이도에 부속한 섬이라는 것입니다. 하지만 이 주장은 다소 무리가 있어 보입니다. 어찌되었건 하보마이군도와 시코탄 섬은 쿠릴열도에 포함되지 않고 강화조약상 할양대상에서 제외되었으므로 반환받아야 한다고 주장할 수밖에 없습니다."

사실 러시아도 하보마이군도와 시코탄 섬은 돌려주려고 했었다. 그런데 2001년 고이즈미 총리 때 '북방영토 4개 섬 일괄수복'으로 국책이 정해지면서 상황이 꼬여버렸다. 러시아는 일본이 이러한 정책을 채택하자 그나마 2개 섬도 돌려줄 수 없다는 입장으로 선회해 버렸다. 현재 일본 분위기상 '2개 섬 우선수복'을 주장했다가는 매국노로 몰리는 상황이다.

"쿠나시리와 에토로후에 대한 다른 논리는 없습니까?"

"쿠릴열도는 일본이 폭력과 탐욕에 의해 강탈한 지역에 해당하지 않기 때문에 북방영토는 일본이 포기한 것이 아니라는 논리가 있습니다. 하지만 쿠릴열도는 카이로선언에 의해 소련으로 자동 귀속된 섬이 아니라 연합국의 결정에 의해 할양된 섬이라는 사실을 뒤집을 수는 없습니다. 일본이 북방영토 문제를 국제사법재판소로 가져가지 못하는 결정적인 이유입니다. 일본은 북방영토에 대해서는 사법적 해결방법이 아닌 정치적 해결방법을 도모하고 있습니다."

"남부 사할린은 어떻게 처리되었습니까?"

"샌프란시스코 강화조약 제2조 제c항에 의해 소련에 할양되는 것으로 결정되었습니다."

일본은 쿠릴열도와 1905년 9월 5일 포츠머스조약에 의해 주권을 획득한 사
할린 일부와 인접 도서에 대한 모든 권리, 소유권, 청구권을 포기한다.

"그럼 소련은 강화조약 체결 시 연합국의 일원으로 참여한 것인가
요?"

"아닙니다. 하지만 당초 소련은 사할린과 쿠릴열도를 할양받는 조
건으로 연합군에 가담했기 때문에 이 섬들을 할양받을 수 있었습니
다."

"일본 입장을 정리하면 하보마이군도와 시코탄 섬은 할양대상에
서 제외되었기 때문에 재판을 해서라도 찾아올 수 있지만, 이렇게 할
경우 쿠나시리와 에토로후는 찾아올 수 없으니 4개 섬을 모두 찾아
오기 위해서 재판보다는 정치적인 해결을 도모한다는 것이네요."

◯	준 비 서 면

사건   독도 - 다케시마 케이스
원고   대한민국
피고   일본

피고는 다음과 같이 변론을 준비합니다.

다음

1. 원고는 포츠담선언 제8조의 '연합국이 결정하는 작은 섬들'의 의미를 징벌적 할양대상에 한정하는 오류를 범하고 있습니다.

2. 동조의 '연합국이 결정하는 작은 섬들'에는 징벌적 할양대상으로서의 작은 섬들뿐만 아니라 카이로선언상의 '폭력과 탐욕에 의하여 강탈한 다른 일체의 지역으로서의 작은 섬들'도 포함됩니다. 즉 연합국은 특정 어느 섬이 '일본의 폭력과 탐욕에 의하여 강탈된 것인지'에 관한 결정권한도 가지고 있는 것입니다.

3. 샌프란시스코 강화조약의 영토조항에 사건대상이 제외된 것은 사건대상이 피고의 고유영토로서 피고가 폭력과 탐욕에 의하여 강탈한 작은 섬들에 해당하지 않는다고 결정하였기 때문입니다.

2016. 10. 31.

피고 일본
소송대리인 이키 유스케

준 비 서 면

사건　독도 - 다케시마 케이스
원고　대한민국
피고　일본

원고는 다음과 같이 변론을 준비합니다.

다 음

1. 피고는 연합국이 카이로선언상의 폭력과 탐욕에 의하여 강탈한 지역에 대한 결정권한도 가지고 있다고 주장합니다. 그러나 이는 부당합니다.

2. 누구도 자신이 가진 것 이상은 줄 수 없습니다. 2차 세계대전의 승전국인 연합국은 오로지 패전국인 피고 일본의 영토에 대해서만 처분권한을 가질 수 있습니다. 사건대상은 원고의 고유영토로서 연합국이 처분할 수 있는 대상이 아닙니다.

3. 더군다나 1945년 10월 24일 국제연합이 출범하였고 상설부속기관으로 국제사법재판소가 운영되기 시작하였습니다. 사건대상이 피고의 폭력과 탐욕에 의하여 강탈된 섬에 해당하는지에 관해서는 국제사법재판소라면 몰라도 연합국이 결정할 수 있는 사항이 아닙니다. 피고의 주장은 부당합니다.

원고 대한민국

소송대리인 김명찬

"변호사님, 일본이 만약 독도가 한국에 할양되기로 결정되었다가 철회된 것이라고 주장하면 어쩌죠?"

작성된 준비서면을 읽고 난 이미주 사무관이 김 변호사에게 물었다.

"일본이 그런 주장을 하지는 못할 겁니다."

"왜요? 연합국이 처음에는 독도를 한국에 할양하기로 했다가 나중에 제외시켰다고 주장할 수도 있잖아요? 하보마이군도나 시코탄 섬도 처음에는 할양하기로 결정되었다가 강화조약에서 빠졌잖아요?"

"무엇보다도 할양이라는 것은 승전국에게 전승에 대한 보답으로 주어지는 것입니다. 우리는 2차 세계대전 당시 연합군에 가담하지 못했습니다. 승전국도 아닌 한국에게 독도가 할양되었다는 것은 앞뒤가 맞지 않습니다."

김 변호사의 설명을 들은 이 사무관이 안심이 되는 듯한 표정으로 고개를 끄덕인다.

이키 변호사는 이스미 국장을 만나 간단한 인사를 건네자마자 강화조약 체결과정에 대해 물었다.

"샌프란시스코 강화조약은 우리 일본의 위대한 외교적 승리였습니다. 1947년 3월 19일에 작성된 강화조약 1차 초안에는 제주도, 거문도, 울릉도 다음에 다케시마가 명시되어 있었습니다. 현지 실정을 모르던 연합국들이 다케시마를 한국영토로 간주한 것입니다. 5차 초안까지도 마찬가지였습니다. 하지만 1949년 12월 8일에 작성된 6차 초안에 드디어 다케시마가 한국영토에서 제외되고 우리 영토로 기재되었습니다."

"아니 어떻게요?"

"많은 노력이 필요했습니다. 정말 쉽지 않았습니다. 1949년 11월 14일 윌리엄 J. 시볼드가 미 국무장관에게 전문을 보냅니다."

제6조 리앙쿠르락(다케시마)에 대한 재고를 건의함. 이 섬에 대한 일본의 주장은 오래되고 타당한 것으로 보임. 이 섬에 기상관측소와 레이더기지를 설치하는 안보적 고려가 바람직함.

"그리고 5일 뒤 미 국무장관에게 정식으로 의견서를 보냈습니다."

한국 방향에서 이전에 일본에 속했던 섬들의 처리와 관련하여, 리앙쿠르락(다케시마)은 초안 제3조에 일본에 속하는 것으로 처리할 것을 제안합니다. 이 섬에 대한 일본의 주장은 오래되고 타당한 것으로 보이며 이 섬을 한국 근해의 섬으로 간주하기는 어렵다고 생각합니다. 사람이 살지 않는 다케시마의 두 섬은 일본해에서 일본과 한국 사이에 거의 등거리에 위치하고 있어 1905년 일본이 자신의 영토로 편입할 때 한국으로부터 아무런 항의도 받지 않고 시마네현 오키군청 관할하에 두었습니다. 이 섬은 강치의 서식지로, 오랫동안 일본 어부들이 특정 계절에 그곳에 건너가 활동했다는 기록들이 있습니다. 서쪽으로 가까운 거리에 위치한 울릉도와 달리 다케시마에는 한국 이름도 없고 한국영토로 주장된 적도 없는 것으로 보입니다. 이 섬은 점령기간 중 미공군의 폭격 연습장으로 사용되어 왔고 기상 또는 레이더기지로 활용될 수 있습니다.

"1949년 12월 8일 6차 초안에는 '일본영토는 혼슈, 큐슈, 시코쿠, 홋카이도의 4대섬과 대마도, 다케시마……를 포함하는 모든 인접 군소 섬들로 이루어질 것'이라고 규정되었습니다. 6차 초안을 보면서 얼마나 기뻤는지 모릅니다. 지금도 그때의 감격이 되살아나는 것 같군요."

"7차 초안에는 다케시마가 다시 한국령으로 들어가 있는데요?"

"다른 연합국들이 문제를 제기하는 바람에 그렇게 되었습니다. 어쩔 수 없었지요. 다시 시볼드가 전문을 보냈고 8차, 9차 초안에는 다케시마가 다시 우리 영토로 기재되었습니다. 하지만 논란은 계속되었습니다. 10차 초안에는 아예 섬들의 명칭을 명시하지 않는 방법이 강구되기도 했습니다. 11차 초안도 마찬가지였구요."

"미국 이외의 연합국들은 우리에게 별로 우호적이지 않았던 것 같네요?"

"맞아요. 영국은 추후 영토분쟁을 막아야 한다면서 경도와 위도에 따라 다케시마와 오키 섬 사이에 선을 그어 다케시마를 한국영토에 부속시키기도 했습니다. 1951년 3월의 영국 초안은 이러한 입장이 반영된 것입니다. 영국은 1951년 4월 7일 최종안을 만들고 지도까지 첨부하여 미국무부로 보냈습니다. 여기에는 다케시마가 한국령으로 되어 있었습니다."

"1951년 6월 14일자 영미합동개정초안에는 다케시마가 빠져 있는데요?"

"미국이 영국을 비롯한 다른 연합국들을 강하게 압박했습니다. 우리 뜻이 관철된 것이지요. 게다가 마침 한국이 좋은 실수를 해주었습니다."

"네?"

"당시 우리는《일본해의 작은 섬들》이라는 제목으로 총 일곱 권에 달하는 방대한 논문과 증거자료를 책자로 만들어 제출했습니다. 미국관리들은 그 자료를 보면서 경탄을 금치 못했습니다. 반면에 한국은 조잡하기 짝이 없는 청원서니 의견서라는 것을 제출했습니다. 게다가 터무니없이 대마도와 파랑도를 한국영토로 명시해달라고 요청했습니다. 미국관리들은 명확한 근거와 논리를 갖추고 있는 우리 논문을 신뢰했고 대마도와 파랑도를 한국영토라고 주장하는 한국정부를 불신했습니다. 결국 미국은 우리 손을 들어주었습니다."

이스미 국장이 당시를 회상하는 듯 말을 멈추더니 잠시 후 다시 이야기한다.

"이러한 노력의 결정체는 러스크 차관보가 미 국무장관의 이름으로 한국에 보낸 '러스크 서한'입니다. 이 서한에 적힌 다케시마 관련 부분은 우리가 제출한 논문에 기재된 내용을 어순까지 그대로 인용하고 있습니다. 러스크는 다케시마가 한국영토라고 볼 수 없다면서 한마디 덧붙이는 것도 잊지 않았습니다."

강화조약에서 파랑도가 일본이 방기할 섬들에 포함되어야 한다는 한국정부의 요구는 철회된 것으로 이해하고 있습니다.

"파랑도를 한국영토로 인정해 달라는 터무니없는 주장을 한 한국

정부가 달리 무슨 할 말이 있느냐는 일침이었습니다. 우리는 비록 전쟁에는 졌지만 외교에서는 값진 승리를 거둔 것입니다."

이스미 국장의 이야기를 주의 깊게 듣고 있던 이키 변호사가 물었다.

"다케시마가 우리 일본영토로 명시되었다면 분쟁의 여지가 없었을텐데, 그렇게 할 수는 없었나요?"

"다른 나라들이 반대하는 바람에 이 정도로 절충할 수밖에 없었습니다."

시볼드는 미국 해군사관학교 졸업 후 주일 미대사관 무관으로 근무했다. 그 후 풍운의 뜻을 품고 메릴랜드 법대에 들어가 변호사가 된 뒤 도쿄에서 법률사무소를 열고 활동했다. 일본 문화에 심취했고 일본어 실력이 뛰어나 1934년에는 일본 민법을 영역하여 출간하기도 했다. 제2차 세계대전 중에는 미해군 전투정보국 태평양지부장으로 활동했고 전쟁이 끝난 후에는 맥아더사령부 정치고문실에 지원해 다시 일본으로 돌아와 1947년 8월 맥아더사령부의 외교국장이 되었다. 대일이사회 대표와 미 국무장관 주일정치고문도 겸하였다.

"상당히 화려한 경력을 가진 사람이네요?"

"그뿐만이 아닙니다. 그의 장모가 바로 일본인이었던 터라 그는 우리 일본에 아주 호의적이었습니다. 반면 한국에 대해서는 별로 좋은 인상을 받지 못했나 봅니다. 그가 쓴 글에 이런 내용이 있습니다."

1930년대부터 나는 한국에 여섯 번이나 건너가 보았지만 한국에 대해 받은 인상은 슬프고 억압받고 불행하며 가난하고 말이 없으며 음울한 민족이라는 것이었다.

"그를 움직일 수 있었던 명분은 무엇이었습니까?"

"다케시마에 기상관측소와 레이더국을 설치할 수 있다는 것이었지요. 1949년 소련이 원자폭탄을 소유했다고 발표했고 중화인민공화국이 수립되었습니다. 공산주의 세력이 극동아시아를 거의 장악한 상황이었지요. 우리는 미국이 물을 수밖에 없는 미끼를 던졌을 뿐입니다."

시볼드의 활약은 이후에도 계속되었다. 특기할 만한 것은 덜레스 미국특사와 요시다 총리의 회담을 주선한 것이다. 1951년 4월 7일 영국 3차 초안에는 다케시마가 한국영토로 명시되고 지도까지 첨부되어 있었다. 4월 23일 시볼드의 집무실에서 요시다 총리와 덜레스 미국특사 사이에 특별회담이 진행되었다. 그 자리에서 일본은 덜레스의 마음을 돌릴 수 있었다.

준 비 서 면

사건   독도 – 다케시마 케이스
원고   대한민국
피고   일본

피고는 다음과 같이 변론을 준비합니다.

다 음

1. 원고는 피고의 항복선언으로 사건대상을 포함한 고유영토를

모두 회복하였고 이러한 사실이 연합국에 의하여 확인되었다고 주장합니다. 그러나 이는 현지 사정을 잘 모르는 연합국의 일시적인 조치에 불과했습니다. 피고는 즉시 시정을 요구했습니다.

2. 피고의 요구로 사건대상이 어느 나라 영토인지가 중요한 쟁점이 되었고, 강화조약 6차 초안부터 사건대상이 피고의 영토로 인식되기 시작하였습니다. 피고의 시정요구는 1951년 강화조약 체결 직전 연합국에 의하여 타당한 것으로 받아들여졌고, 그 결과 강화조약에는 사건대상이 제외되었습니다. 샌프란시스코 강화조약은 사건대상이 피고의 영토임을 확인한 연합국의 최종 결정입니다.

<h2 style="text-align:center">증 거</h2>

1. 을제12호증의1   1947년 3월 19일 강화조약 1차 초안
1. 을제12호증의2   1947년 8월 5일 강화조약 2차 초안
1. 을제12호증의3   1948년 1월 2일 강화조약 3차 초안
1. 을제12호증의4   1949년 10월 13일 강화조약 4차 초안
1. 을제12호증의5   1949년 11월 2일 강화조약 5차 초안
1. 을제12호증의6   1949년 12월 8일 강화조약 6차 초안
1. 을제12호증의7   1949년 12월 19일 강화조약 7차 초안
1. 을제12호증의8   1949년 12월 29일 강화조약 8차 초안
1. 을제12호증의9   1950년 1월 3일 강화조약 9차 초안
1. 을제12호증의10   1950년 8월 7일 강화조약 10차 초안

1. 을제12호증의11	1950년 9월 11일 강화조약 11차 초안
1. 을제13호증의1	1951년 2월 28일 영국 1차 초안
1. 을제13호증의2	1951년 3월 영국 2차 초안
1. 을제13호증의3	1951년 4월 7일 영국 3차 초안
1. 을제14호증의1	1951년 5월 3일 1차 영미합동초안
1. 을제14호증의2	1951년 6월 14일 2차 영미합동초한

2016. 11. 10.

피고 일본

소송대리인 이키 유스케

증거에 대하여 설명하겠습니다. '을제12호증의1 내지 11'은 강화조약 1차 초안부터 11차 초안의 영토조항들입니다. 5차 초안까지는 사건대상이 원고의 영토로 명시되어 있었습니다.

일본은 한국의 본토와 제주도, 거문도, 울릉도, 리앙쿠르락 등을 포함한 한국의 모든 해안 도서들에 대한 권리와 권원을 포기한다.

그러나 강화조약 6차 초안에는 사건대상이 피고의 영토로 명시되었습니다. 6차 초안이 발표되자 연합국 내 일부 국가들이 문제를 제기하였고 7차 초안에는 사건대상이 다시 원고의 영토로 표기되었습니다. 그러나 8차 초안과 9차 초안에는 사건대상이 다시 피고의 영토로 기재되었습니다. 치열한 논쟁이 계속되자 10차 초안에서는 아예 영토를 명시하지 않는 방법이 강구되기도 하였습니다. 11차 초안도 마찬가지였습니다.

　　일본과 한국과의 관계는 1948년 12월 유엔총회에서 채택된 결의에 의거한다.

　　이러한 일련의 과정은 사건대상의 영유권과 관련하여 연합국 내부적으로 치열한 논쟁이 있었음을 보여주는 것입니다.

　　다음은 '을제13호증의1 내지 3'을 보겠습니다. 이것은 당시 영국이 제출한 강화조약 초안들입니다. 영국은 '영연방 일본강화조약실무반'을 편성하여 강화조약 문구작성업무를 전담하도록 했습니다. 1차 초안에는 사건대상뿐만 아니라 울릉도도 피고의 영토로 기재되어 있습니다. 그런데 무슨 이유에서인지 2차, 3차 초안에는 사건대상이 원고의 영토로 표기되었습니다.

　　이와 같이 연합국 간의 의견이 분분해지자 미국과 영국은 7차에 걸쳐 합동토론을 진행하였습니다. 그 토론의 결과물이 바로 '을제14호증의1 내지 2'의 영미합동초안입니다. 자, 보시지요. 사건대상이 제외되어 있습니다. 이 초안이 최종적으로 강화조약에 반영되었습니다. 요컨대 강화조약 체결과정 중 연합국 간에 사건대상을 둘러싼 치열한 논쟁이 있었고 그 결과 사건대상은 피고의 영토로 결론지어진 것입니다. 이상입니다.

일본은 '연합국이 결정하는 작은 섬들'의 의미에 대한 논쟁을 접어두고 샌프란시스코 강화조약으로 쟁점을 옮겨갔다. 연합국이 결정하는 작은 섬들의 의미에 대해서는 ICJ의 판단에 맡기기로 한 것이다. 일본의 준비서면을 보고 바람을 쐬러 나온 김 변호사와 강 교수가 벤치에 자리를 잡고 앉았다.

"2차 세계대전에서 승리하고 난 직후와 강화조약체결 단계에서의 미국의 입장이 매우 다른 것 같아요."

"무슨 말이죠?"

김 변호사가 중얼거리듯 말하자 강 교수가 묻는다.

"미국이 일본을 대하는 태도 말이에요. 일본에 매우 호의적인 것 같더라구요."

"트루먼 대통령의 대일정책이 변경되었기 때문입니다."

당초 미국은 한국을 공산세력에 대한 최종 방어선으로 생각하고 패전국인 일본을 강하게 응징하겠다는 취지에서 강화조약 초안을 논의하기 시작했다. 그런데 소련이 원자폭탄을 보유했다고 발표했고 중국이 공산화되었다. 한국은 남북으로 분단되어 불안한 상황이 계속되고 있었다. 예기치 못한 상황들이 잇달아 일어나자 미국은 일본을 동맹국으로 삼아 협력해야 하는 입장이 되었다. 그리고 한반도를 포기해야 하는 최악의 경우를 생각하지 않을 수 없었다.

"남한까지 모두 공산화될 경우 독도는 군사적 지리적으로 매우 중요한 거점이 됩니다. 미국은 만일의 경우에 대비하여 독도를 일본에 유보시켜두는 것이 바람직할 수 있다는 생각을 하게 됩니다. 일본은 이러한 점을 파고들었습니다. 강화조약 체결과정에 나타나는 미국의 입장변화는 대일정책 기조가 변경되었음을 보여주는 것입니다."

1950년 1월 미 국무장관 애치슨이 발표한 태평양 방위선에는 한국이 제외되었고 이후 6.25전쟁이 발발했다. 북한은 순식간에 부산을 제외한 남한 전체를 점령해버렸다. 인천상륙작전으로 서울을 탈환하고 원산까지 진격했지만 중공군의 개입으로 다시 후퇴하게 된다. 이러한 상황에서 1951년 9월 8일 샌프란시스코 강화조약이 체결되었다. 어찌보면 미국은 당시 상황에서 최선의 선택을 했던 것이다.

하지만 전세는 더 이상 악화되지 않았고 남한은 건재하게 살아남았다. 독도를 일본에 부속시킬 필요가 없어진 것이다. 그러자 미국은 독도를 둘러싼 한일 간의 영토분쟁에 제3국이 개입할 수 없다며 발을 빼버린다.

"6.25는 일본에게 완벽한 기회였습니다. 6.25전쟁 덕분에 패전국으로서 부담해야 하는 책임과 의무를 상당 부분 탕감받을 수 있었고 순식간에 경제대국으로 성장할 수 있었습니다."

사건   독도 – 다케시마 케이스
원고   대한민국
피고   일본

원고는 다음과 같이 변론을 준비합니다.

다 음

1. 피고는 샌프란시스코 강화조약 제2조 제a항에 사건대상이 명시되지 않은 것은 사건대상이 피고의 영토로 인정받았기 때문이라고 주장합니다.

2. 그러나 강화조약 제2조 제a항에 사건대상이 기재되지 않았다고 하여 사건대상이 피고의 영토라고 보는 것은 비약에 불과합니다. 하늘이 구름에 가렸다고 하여 하늘이 없어진 것은 아닙니다.

   첫째, 한반도에는 3,000여 개의 부속도서가 있습니다. 피고의 주장에 따를 경우 한반도에 속해 있는 3,000여 개의 부속도서 중 강화조약에 명시된 제주도, 거문도, 울릉도만 원고의 영토가 되고, 사건대상을 포함한 나머지 2,997여 개의 도서는 피고의 영토가 된다는 엉뚱한 결론에 도달하게 됩니다.

   둘째, 조약을 해석할 때에는 조약 전체를 유기적 포괄적으로 고려하여야 합니다. 강화조약에는 영토조항만 있는 것이 아닙니다. 피고는 강화조약을 체결함으로써 사건대상에 대한 통치권이 원고에게 귀속되었음을 승인하였습니다.

〈샌프란시스코 강화조약〉
제19조 (d) 일본은 점령기간 중 점령 당국의 지령 및 그 결과로써 이루어진 모든 작위 또는 부작위의 효력을 인정하며 연합국 국민들에게 그러한 작위 또는 부작위로부터 발생하는 민형사상의 책임을 묻지 않기로 한다.

피고는 강화조약을 체결함으로써 점령 당국의 지령 및 그 결과로써 이루어진 모든 작위의 효력을 승인하였습니다. 연합군 최고사령부 훈령 제677호는 사건대상을 피고의 통치범위에서 제외하여 하지 중장의 통치관할에 포함시켰고, 하지 중장의 통치권은 1948년 8월 11일 교환각서에 의하여 원고에게 이관되었습니다. 피고가 승인한 점령 당국의 지령 및 그 결과에 이러한 조치들이 포함된다는 점에는 이론의 여지가 없을 것입니다.

3. 위와 같이 강화조약의 문언적 해석에 의할 때 사건대상은 원고의 영토임이 분명합니다. 따라서 위 조약에 의하여 사건대상이 피고의 영토로 잔존하게 된 것이라는 피고의 주장은 부당합니다. 피고가 강화조약의 체결과정을 들어 영토조항의 의미를 추론하는 것은 조약의 보충적 해석방법에 해당합니다. 피고는 문언적 해석에 의하여 피고에게 불리한 결과가 도출되자 보충적 해석방법을 원용하고 있습니다. 그러나 조약은 최우선적으

로 문언적 의미에 충실하게 해석되어야 합니다. 조약의 해석에 관한 비엔나협약은 문언적 해석방법을 제1의 해석방법으로 채택하고 있습니다.

2016. 11. 18.

원고 대한민국
소송대리인 김명찬

"이키 변호사. 한국 측 변호사가 하는 말이 맞습니까? 우리가 주장하는 것이 보충적 해석에 해당하고, 문언적 해석이 더 우선하기 때문에 우리 주장은 배제되어야 한다는 것이잖아요?"

한국 측 준비서면을 보고 흥분한 이스미 신이치로 국장이 이키 변호사에게 물었다.

"이것을 한번 보십시오. 조약법에 관한 비엔나협약 제31조입니다."

제31조 (해석의 일반규칙) ① 조약은 조약문의 문맥 및 조약의 대상과 목적으로 보아 그 조약의 문면에 부여되는 통상적 의미에 따라 해석되어야 한다.

② 조약문의 문맥에는 조약문에 추가하여 조약의 전문 및 부속서와 함께 다음의 것들이 포함된다.

1. 조약체결과 관련하여 모든 당사국 간에 이루어진 당해 조약에 관한 합의

2. 조약체결과 관련하여 하나 또는 그 이상의 당사국이 작성하고 또한 다른 당사국이 당해 조약에 관련되는 문서로서 수락한 문서

③ 조약문의 문맥 외에 다음의 것이 참작되어야 한다.

1. 조약의 해석 또는 그 조약규정의 적용에 관한 당사국 간의 추후 합의

2. 조약의 해석에 관한 당사국의 합의를 확정하는 당해 조약 적용에 관한 추후의 관행

3. 당사국 간의 관계에 적용될 수 있는 국제법의 관련 규칙

비엔나협약은 조약의 해석에 있어 문언적 해석이 가장 우선한다는 원칙을 선언하고 문언적 해석의 기준과 방법에 관하여 규정하고 있다. 하지만 문언적 해석에 의하더라도 의미가 모호한 경우가 많은데 이러한 경우에는 보충적 해석이 필요하다.

제32조 (해석의 보충적 수단) 제31조의 적용으로부터 나오는 의미를 확인하기 위하여 또는 제31조에 따라 해석하면 다음과 같이 되는 경우에 그 의미를 결정하기 위하여, 조약의 교섭 기록 및 그 체결 시의 사정을 포함한 해석의 보충적 수단에 의존할 수 있다.

1. 의미가 모호해지거나 또는 애매하게 되는 경우

2. 명백히 불투명하거나 또는 불합리한 결과를 초래하는 경우

"보시는 것처럼 교섭기록이나 그 체결 시의 사정을 참작하는 것은 보충적 해석에 해당합니다. 강화조약 초안들은 이러한 교섭기록에 해당한다고 볼 수 있고 영국이나 미국이 다케시마의 소속에 대하여 혼선을 빚은 것은 체결 시의 사정에 해당한다고 볼 수 있습니다. 한국 측의 주장이 틀린 말은 아닙니다."

"그러면 우리 주장이 잘못된 것이라는 말입니까?"

"꼭 그런 것도 아닙니다."

"……이해가 잘 안 되는군요."

준 비 서 면

사건   독도 – 다케시마 케이스
원고   대한민국
피고   일본

피고는 다음과 같이 변론을 준비합니다.

다 음

1. 원고는 문언적 해석에 의할 경우 사건대상은 명확하게 원고의 영토로 해석된다고 주장합니다. 그러나 이는 원고의 주관적인 견해에 불과합니다. 강화조약의 문언적 해석에 의할 경우 사건대상의 귀속이 불분명해진다는 점은 다수 전문가들이 인정하는 사실입니다. 이처럼 강화조약 제2조 제a항에 대한 문언적 해석만으로는 사건대상의 영유권을 명확하게 판단하기 어렵기 때문에 보충적 해석이 필요한 것입니다.

2. 샌프란시스코 강화조약에서 사건대상이 제외된 것은 이를 피고의 영토로 인정하였기 때문이라는 명백한 증거가 있습니다. 주일 미군이 사건대상을 폭격연습장으로 지정하고 해제할 때 나타난 일련의 정황이 바로 그것입니다. 이것은 조약법에 관한 비엔나협약 제31조 제3항 제1호 '조약규정의 적용에 관한 당사국 간의 추후 합의'에 해당하는 것으로, 이는 문언적 해석

에 의하더라도 사건대상이 피고의 영토로 해석된다는 명백한
증거입니다.

3. 강화조약 발효 직후 주일 미군은 사건대상을 주일 미군의 폭
격연습장으로 사용하고자 희망하였습니다. 당시 주일 미군은
이 문제를 원고가 아닌 피고와 협의하였습니다. 해제할 때도 마
찬가지였습니다. 주일 미군이 사건대상을 폭격연습장으로 지정
하고 해제할 때 피고와 협의하였다는 사실은 강화조약에 의하
여 사건대상이 피고의 영토로 귀속되었다는 것을 의미하는 것
입니다. 고로 샌프란시스코 강화조약에 의하여 사건대상이 원
고의 영토로 인정받았다는 원고의 주장은 부당합니다.

증 거

1. 을제15호증의1   1951년 7월 연합군 최고사령부 훈령 제
　　　　　　　　　 2160호
1. 을제15호증의2   1952년 7월 26일자 일미합동위원회 회의록
1. 을제15호증의3   1953년 3월 일미합동위원회 회의록
1. 을제15호증의4   1947년 9월 16일자 연합군 최고사령부 훈령
　　　　　　　　　 제1778호

2016. 11. 28.

피고 일본

소송대리인 이키 유스케

증거를 보겠습니다. 먼저 '을제15호증의1' 연합군 최고사령부 훈령 제2160호입니다. 피고가 아직 연합국의 점령하에 있을 때인 1951년 7월 연합군 총사령부는 훈령 제2160호를 발하여 사건대상을 미군의 해상 폭격훈련구역으로 지정한 바 있습니다.

주일 미군은 샌프란시스코 강화조약 발효 후인 1952년 7월 다시 사건대상을 해상 폭격훈련구역으로 사용하고자 했습니다. 당시 주일 미군은 일미합동위원회 회의를 거쳐 폭격연습장으로 지정하였습니다. '을제15호증의2'는 당시 회의록입니다.

폭격연습장 지정 후 강치 포획 및 전복과 미역 등 해산물 채취를 원하는 지역주민들의 해제 요청이 있었습니다. 주민들의 요청에 따라 해제할 때에도 역시 일미합동위원회에서 회의가 이루어졌습니다. '을제15호증의3'은 1953년 3월 일미합동위원회에서 사건대상을 폭격연습장에서 해제했던 회의록입니다.

주일 미군은 사건대상을 폭격연습장으로 지정하고 해제하면서 피고와 협의하였습니다. 왜 그랬을까요?

일미합동위원회는 일본 국내 시설 및 구역을 결정하는 협의기관으로서의 임무를 수행한다.

주일 미군이 일미합동위원회에서 이 문제를 논의하였다는 것은 사건대상이 '일본 국내 시설 및 구역'에 해당하기 때문입니다. 즉 샌프란시스코 강화조약에 의하여 사건대상은 피고의 영토로 확정 귀속되었던 것입니다.

연합국이 사건대상을 피고의 영토로 간주했다는 증거를 하나 더 보겠습니다. '을제15호증의4' 연합군 최고사령부 1947년 9월 16일자 훈령 제1778호입니다. 사건대상을 극동 공군의 폭격연습장으로 지정한 훈령입니다. 이 부분입니다.

극동 공군이 폭격연습을 할 경우에는 오키 섬과 혼슈 서북부 지역 항구의 주민들에게 통고하여야 한다.

이것은 연합군 최고사령부가 1947년경에도 사건대상을 피고의 영토로 인식하고 있었다는 유력한 증거입니다. 이상입니다.

"솔로몬 왕의 재판이 떠오르네요."

이키 변호사의 변론을 지켜보던 이 사무관이 중얼거렸다. 옆에 있던 한 교수가 물었다.

"솔로몬 왕의 재판이라뇨?"

"아이의 어머니를 정하는 재판요. 솔로몬 왕이 서로 자기 아이라고 주장하는 두 여인에게 아이를 반으로 나누어 가지라고 하자, 한 여인은 좋다고 했고 한 여인은 아이가 죽게 된다면서 차라리 다른 여인에게 주라고 했습니다. 솔로몬 왕은 나중의 여인을 아이의 어머니라고 판결하잖아요."

준 비 서 면

사건   독도 – 다케시마 케이스
원고   대한민국
피고   일본

원고는 다음과 같이 변론을 준비합니다.

다 음

1. 피고는 강화조약 체결 직후 주일 미공군이 사건대상을 폭격연습장으로 지정하고 해제할 때 미일행정위원회에서 협의하였는 바, 이는 사건대상이 피고의 영토로 귀속된 유력한 증거라고 주장합니다.

2. 주일 미공군이 사건대상을 폭격연습장으로 지정한 것은 피고의 계략에 의한 것이었고 폭격연습장에서 해제된 것은 원고의 항의와 노력에 의한 것이었습니다. 단순히 주일 미군이 미일행정위원회에서 협의하였다는 점만을 근거로 한 피고의 주장은 부당합니다.

3. 미국 역시 같은 입장입니다. 1954년 8월 26일자 미국무부 내부보고서에 이에 관한 언급이 있습니다.

미국이 독도를 일본의 '시설과 구역'으로 인정했다고 하지만 한국정부가 폭탄 투하에 대해 항의한 뒤에 더 이상 폭격연습장으로 사용하지 않겠다고 한국정부에 통보한 사실로 미루어 볼 때 일본이 독도를 보유했다고 미국이 인정했다고 하더라도 그다지 의미 있어 보이지는 않는다.

4. 샌프란시스코 강화조약에 의하여 사건대상이 피고의 영토로 존속되었다는 주장은 한참 뒤에야 만들어진 사후 논리에 불과합니다. 강화조약 체결 당시 피고는 사건대상이 원고의 영토로 귀속되었다는 사실을 인정하고 있었습니다. 이러한 사실은 〈마이니치〉 신문사의 강화조약 해설서에 첨부된 '일본영역도'에 잘 나타나 있습니다.

증 거

1. 갑제10호증의1　1952년 5월 23일자 일본 중의원 외무위원회 회의록
1. 갑제10호증의2　1952년 7월 26일자 일본 외무성 고시 제34호
1. 갑제10호증의3　1952년 11월 10일자 항의각서
1. 갑제10호증의4　1948년 6월 11일자 〈조선일보〉 기사
1. 갑제10호증의5　1953년 1월 20일자 토마스 W. 헤란 장군 서신
1. 갑제11호증　1952년 5월 25일 〈마이니치〉 신문사 일본 영역도

2016. 12. 9.

증거를 보겠습니다. 먼저 '갑제10호증의1' 1952년 5월 23일자 일본 중의원 외무위원회 회의록입니다.

야마모토 위원 : 일본에 주둔하는 군대의 연습장을 선정할 때 다케시마 주변이 연습장으로 지정되면 영유권이 일본 것이라는 점을 쉽게 확인할 수 있다는 생각으로 연습장 지정을 외무성이 오히려 바라고 있습니까?
이시하라 정부 위원 : 대략 그런 생각으로 여러 가지 업무를 진행하고 있는 것 같습니다.

이 대화를 통하여 우리는 사건대상이 주일 미공군의 폭격연습장으로 지정된 경위를 엿볼 수 있습니다. 그것은 바로 사건대상을 폭격연습장으로 빌려주는 형식을 취해두면 추후 영유권 주장 근거로 활용할 수 있다는 얄팍한 계산이었습니다.

다음은 '갑제10호증의2' 1952년 7월 26일자 피고 외무성 고시 제34호입니다. 이것은 같은 날 미일합동위원회 회의에서 사건대상이 폭격훈련구역으로 지정된 사실을 고시한 것입니다. 미일합동위원회 회의에서 결정이 나자마자 즉시 고시가 이루어졌습니다. 마치 기다리고 있었다는 듯이 아주 신속한 행정이 이루어졌습니다. 이렇게 신속한 행정이 이루어진 이유가 과연 무엇일까요?

다음은 '갑제10호증의3' 1952년 11월 10일자 항의각서입니다. 이것은 사건대상을 폭격연습장으로 지정하여 폭격훈련을 한 주일 미공군에 대한 원고의 항의공문입니다. 보시는 바와 같이 원고는 원고의 영토인 사건대상에서의 폭격사건에 대한 상세한 정보를 요구하고, 이러한 사건이 재발하지 않도록 필요한 조치를 취해달라고 강력하게 요청하였습니다.

원고는 미공군의 연습 폭격으로 많은 국민들이 살상된 비극적인 경험이 있습니다. 1948년 6월 8일 오키나와 가데나 공군기지를 출발한 미공군 제93폭격대대 소속 편대 21기가 사건대상 인근에 1,000파운드짜리 범용폭탄 76발을 떨어뜨리고 기관총 소사까지 했던 일이 있었습니다. '갑제10호증의4' 1948년 6월 11일자 〈조선일보〉 기사입니다.

8일 오전 11시 반경 울릉도 동방 39해리에 국적불명 비행기 수 기가 출현하여 폭탄을 투하한 후 기관총 소사까지 행하고 사라졌는데 그곳에 고기잡이와 미역을 따러 갔던 울릉도와 강원도의 20여 척 어선이 파괴되고 어부 16명이 즉사하고 10명이 중상을 입었다. 이 급보를 받은 울릉도 당국에서는 구조선 2척을 9일 저녁 현장에 급파하였다.

이런 참사를 겪은 지 얼마 되지도 않았는데 또 다시 1952년 9월 15일과 9월 22일에 미공군이 폭격훈련을 한 것입니다. 원고가 얼마나 황급한 마음이었을지 헤아려보시기 바랍니다.

다음은 '갑제10호증의5' 1953년 1월 20일자 토마스 W. 혜란 장군의 서신입니다. 미국이 사건대상에 대한 폭격연습장 사용을 중지하였음을 통지한 것입니다.

(김 변호사가 잠시 좌중을 둘러본 뒤 판사들을 바라보며 발언을 계속한다.)

피고는 사건대상을 폭격연습장으로 제공하는 일을 하였고, 원고는 해제시키는 일을 하였습니다. 사건대상이 과연 누구의 영토이겠습니까?

다음은 '갑제11호증' 1952년 5월 25일자 〈마이니치〉 신문사 강화조약 해설서에 첨부된 '일본영역도'입니다. 〈마이니치〉는 피고 일본의 대표적인 신문사로 일본정부의 입장을 대변하는 역할도 하고 있습니다. 자, 보시지요. 〈마이니치〉 신문사가 강화조약 체결 후 8개월 만에 편찬한 강화조약 해설서에 첨부된 일본영역도에는 사건대상이 다케시마로 표기되어 있고 원고의 영토로 표시되어 있습니다. 더군다나 이 시점은 1952년 1월 18일 이승만라인이 선포된 지 불과 4개월밖에 안 된 시점입니다. 피고 일본의 대표적인 신문사가 강화조약 해설서에 사건대상을 원고의 영토로 표시한 이유가 과연 무엇이겠습니까? 이상입니다.

"현상 승인의 원칙(uti possidetis juris)이라는 것이 있습니다."
강지성 교수의 말에 김 변호사가 처음 듣는다는 듯 되물었다.
"현상 승인의 원칙이라뇨?"
"국제사법재판소는 탈식민지와 관련된 경우 현상 승인의 원칙은 국제법상 확고한 원칙이라고 판결한 바 있습니다. 식민지 상태에서 독립한 신생국가들의 경우 독립 당시의 행정구역이 그대로 국경선으로 확정된다는 것입니다."

"샌프란시스코 강화조약이 현상 승인의 원칙과 관련이 있나요?"

"2차 세계대전 이후 한국은 미군정 직접지배를 받았고 일본은 미군정 간접지배를 받았습니다. 미군정 지배를 식민지 지배라고 할 수는 없지만 어쨌든 미군정에 의하여 남한과 일본이 통치된 것은 명백한 역사적 사실입니다. 그러다가 남한은 대한민국정부가 수립되면서 미군정으로부터 벗어났고 일본은 샌프란시스코 강화조약이 발효되면서 미군정 간접통치로부터 벗어나 주권을 회복했습니다."

"아! 미군정이라는 같은 통치국에 의하여 식민지배를 받은 것과 유사하므로 미군정에서 벗어난 한국과 일본은 미군정 당시의 행정구역선에 의하여 국경이 확정되어야 한다는 말씀이시군요. 미군정 당시 독도는 남한에 속해 있었고요."

"바로 그겁니다."

        준 비 서 면

사건   독도 - 다케시마 케이스
원고   대한민국
피고   일본

원고는 다음과 같이 변론을 준비합니다.

다 음

1. 2차 세계대전 이후 사건대상의 영유권 귀속과 관련하여 논쟁이 진행되고 있습니다. 이와 관련하여 '현상 승인의 원칙'을 적용해 보겠습니다.

2. 2차 세계대전 직후 원고와 피고는 모두 미군정 지배하에 들어갔습니다. 그러다가 원고는 1948년 8월 5일 대한민국정부를 수립하면서, 피고는 1952년 4월 28일 샌프란시스코 강화조약이 발효되면서 각 미군정 지배에서 벗어났습니다.

미군정 지배하에서 사건대상은 원고의 영토에 속해 있었습니다. 연합군 사령부 훈령 제677호와 첨부된 관할지도를 통해 사건대상이 하지 중장의 통치관할에 속해 있었던 사실, 1948년 대한민국정부 수립 직후 미군정 당국이 사건대상을 포함한 모든 통치권을 이양한 사실은 이미 살펴본 바 있습니다.

3. 위와 같은 사실들을 현상 승인의 원칙에 적용할 경우, 사건대상은 1948년 원고가 미군정 당국으로부터 통치권을 이양받아 자주국가의 면모를 갖추었을 때 원고의 영토로 확정되었다고 보아야 할 것입니다.

2016. 12. 20.

원고 대한민국
소송대리인 김명찬

"한국 측 변호사가 준비를 많이 한 것 같습니다. 현상 승인의 원칙까지 주장하고 나올 줄은 몰랐는데요. 비상수단을 쓰는 수밖에 없을 것 같습니다."

이키 변호사는 회심의 일타를 준비하고 있었다.

'지난번에는 다케시마 밀약으로 완전히 눌러버릴 수 있었다. 이번에는 이걸로 충분히 역전시킬 수 있을 것이다.'

준 비 서 면

사건   독도 - 다케시마 케이스
원고   대한민국
피고   일본

피고는 다음과 같이 변론을 준비합니다.

다 음

1. 피고는 샌프란시스코 강화조약에 사건대상이 명기되지 않은 것은 연합국이 사건대상을 피고의 영토로 간주하였기 때문이라고 주장하고 있는 반면 원고는 이를 부인하고 있습니다. 하지만 원고는 강화조약 체결 당시 사건대상이 피고의 영토로 결론지어졌다는 사실을 너무나도 잘 알고 있었습니다.

2. 사건대상이 제외된 1951년 7월 3일자 강화조약 초안이 원고에게 통보되자 원고는 7월 19일 미국무성에 사건대상을 명시하여 달라는 서한을 전달하였고 8월 10일 답신을 받았습니다. 원고는 답신을 통해 사건대상이 제외된 이유를 확실히 알게 되었습니다. 그럼에도 불구하고 원고는 마치 그 이유를 모르는 척 억지 논리를 만들어 사실을 왜곡하고 있습니다.

증 거

1. 을제16호증의1   1951년 7월 19일자 양유찬 서한
1. 을제16호증의2   1951년 8월 10일자 러스크 서한

2016. 12. 22.

피고 일본

소송대리인 이키 유스케

증거를 보겠습니다. '을제16호증의1'은 1951년 7월 19일 원고가 주미대사 양유찬의 이름으로 미국무성 고문 존 포스터 덜레스 대사에게 전달한 서한입니다.

한국정부는 제2조 제a항의 '포기한다'를 '1945년 8월 9일 한국 및 제주도, 거문도, 울릉도, 독도 그리고 파랑도를 포함한 일본의 한국 병합 이전에 한국의 일부였던 도서들에 대한 모든 권리, 권원 그리고 청구권을 포기하였음

을 확인한다'로 수정할 것을 요청합니다.

이에 대한 미국의 답변이 바로 '을제16호증의2' 1951년 8월 10일자 러스크 서한입니다.

귀하가 보내신 일본과의 평화조약 초안에 관하여 미국정부의 재고를 요청하는 1951년 7월 19일 및 8월 2일자 문서를 확실히 수령하였음을 알려드립니다. …… 유감스럽지만 미국정부는 그 제안에 동의할 수 없습니다. …… 독도 또는 다케시마 내지 리앙쿠르락으로 알려진 섬에 관해서는, 통상 무인인 이 바위섬은 우리들의 정보에 의하면 조선의 일부로 취급된 적이 결코 없으며 1905년경부터 일본의 시마네현 오키 섬 관할하에 있었습니다. 이 섬은 일찍이 조선에 의해 영유권 주장이 이루어졌다고 볼 수 없습니다.

이 서한에서 보는 것처럼 샌프란시스코 강화조약의 영토조항에 사건대상이 제외된 이유는 다름 아닌 사건대상이 피고의 영토로 판명되었기 때문입니다. 원고는 러스크 서한을 통하여 이러한 사실을 잘 알게 되었습니다. 그럼에도 불구하고 샌프란시스코 강화조약에 의하여 사건대상이 원고의 영토로 확인되었다고 주장하고 있는 것입니다. 이상입니다.

"강화조약 체결과정에 안타까운 일이 있었습니다."

한서현 교수가 김 변호사에게 샌프란시스코 강화조약 체결과정에 대해 설명하고 있다.

"안타까운 일이라뇨?"

"우리가 제대로 대처하지 못하는 바람에 빌미를 제공하게 되었습니다. 일본은 강화조약 체결과정에서 독도를 일본 땅으로 만들기 위해 철저히 준비하고 적극적으로 활동했습니다. 반면에 우리는 전혀 준비가 없었고 이 때문에 치명적인 실수가 나타났습니다. 준비 없이 주먹구구식으로 대처한 것이 두고두고 화근이 되고 말았습니다."

"대체 무슨 일이 있었던 겁니까?"

"대마도와 파랑도를 우리 영토로 귀속시켜 달라고 청원한 일을 말하는 겁니다."

"대마도와 파랑도요? 대마도는 이승만 대통령이 우리 영토로 편입시키려고 했던 것으로 아는데요?"

"맞아요. 이승만 대통령은 대마도를 반환받고자 하는 강한 의지를 갖고 있었습니다. 하지만 미국은 그렇지 않았습니다. 대마도를 일본령으로 인식하고 있었고 그 태도 또한 강경했습니다. 대마도가 왜 한국 땅인지 그 근거가 무엇이냐고 따져 묻는 태도였습니다. 이러한 미국의 완강한 입장을 확인한 정부는 대마도 명시 요구를 철회할 수밖에 없었습니다."

"파랑도는 뭐죠?"

"파랑도는 우리가 흔히 말하는 이어도를 말합니다. 이어도는 들어 보셨지요?"

"예. 〈7광구〉라는 영화에 나오는 암초로 우리가 지하자원을 개발하기 위하여 탐사를 벌이고 있는 지역이잖아요."

"맞아요. 이어도는 제주도 남단 마라도에서 남서쪽으로 149킬로미터 떨어진 지점에 있는 암초예요. 1900년 영국 상선 쇼코트라호에 의해 발견된 이래 서양에서는 쇼코트라 암초라고 불렀습니다. 우리는 주로 이어도라고 부르는데 이것의 다른 이름이 바로 파랑도예요."

"이것도 섬에 해당하나요?"

"섬은 아니고 암초에 불과합니다."

"무슨 일이 있었던 건가요?"

"1948년 8월 5일 우국노인회라는 시민단체가 맥아더 사령관 앞으로 청원서를 보냈습니다. 그리고 3년 뒤에 양유찬 주미대사가 미국 무성에 우리 정부의 의견서를 보냅니다. 청원서는 시민단체가 보낸 것이라 그렇다 쳐도 의견서는 우리 정부의 공식적인 입장이라 문제가 됩니다. 우국노인회 청원서에는 독도, 울릉도, 대마도, 파랑도 등 네 섬의 역사적 배경과 현황, 그리고 이 섬들을 대한민국의 영토로 명시해 달라는 요구 등이 적혀 있었습니다. 대한민국정부의 의견서에도 대마도와 파랑도, 독도를 한국영토로 명시해 달라는 의견이 기재되어 있었습니다."

"의견서는 양유찬 대사가 작성한 것인가요?"

"아닙니다. 장면 국무총리가 당시 전시연합대학교 유진오 총장에게 부탁하여 작성된 것입니다."

"대한민국 헌법을 기초하고 초대 법제처장으로 대일 배상청구조서를 작성했던 그 유진오 박사요?"

"네, 맞아요. 유진오 박사는 의견서 작성을 부탁받고 당시 부산 동래에 피난 와 있던 육당 최남선 선생에게 자문을 구했다고 합니다. 육당은 독도 외에 목포와 일본의 나가사키, 중국의 상해를 연결하는 삼각형의 중심쯤 되는 곳에 파랑도라는 섬이 있는데 표면이 대단히 얕아서 물결 속에 묻혔다 드러났다 하지만 이번 기회에 우리나라 영토로 확실히 못 박아두는 것이 좋겠다는 의견을 제시했다고 합니다. 유진오 박사는 해가 될 것은 없겠다는 생각에 독도와 함께 의견서에 기재했다고 하구요."

"그래서요?"

"유진오 박사가 작성한 의견서는 수정을 거쳐 미국에 전달되었습니다. 1951년 4월 27일 1차로 전달된 의견서에는 영토문제와 관련해서 대마도를 한국령으로 해야 한다는 주장이 담겨 있었습니다."

미국의 반대에 부딪치자 7월 17일 변영태 외무장관이 대마도 반환 요구를 취하하는 성명을 발표했다. 반면 독도와 파랑도 문제는 강하게 제기하라는 훈령이 주미대사관에 내려졌고 7월 19일 양유찬 대사의 이름으로 서한이 전달되었다. 미국은 파랑도가 뭐냐고 물었다. 그러나 양유찬 대사 일행은 제대로 대답하지 못했고, 정부는 파랑도의 실체를 확인하기 위해 한국산악회 홍종인을 단장으로 한 조사단을 파견했지만 끝내 발견하지 못하였다.

"그래서요?"

"결국 파랑도에 대한 명시 요구를 철회할 수밖에 없었습니다."

"대마도, 파랑도, 독도 중에 대마도와 파랑도를 철회했다는 것이네요. 미국 입장에서는 독도에 대해서도 의구심이 들었을 것 같은데요?"

"결코 긍정적으로 작용한 것 같지는 않아요. 이에 관해 미국에서 평한 것이 있습니다."

〈파랑도 피아스코(Parangdo fiasco)〉
대마도와 파랑도에 대한 이승만 정부의 비현실적 요구와 독도영유권 사례에 대한 증거자료 미비가 미국의 결정에 많은 영향을 미쳤고 이 때문에 강화조약에 독도가 누락되었다.

"파랑도 피아스코는 무슨 말입니까?"
"파랑도 대실패라는 뜻입니다."

일본이 러스크 서한을 가지고 공격해올 것이라는 것은 예상했던 일이었다. 일본 외무성 다케시마 홍보 사이트에 러스크 서한이 근거로 제시되어 있기 때문이다.

김 변호사가 이끄는 소송팀은 일본이 러스크 서한을 들고 나올 경우의 대처방안에 대해 많은 시간을 할애했었다. 며칠씩 밤을 새워가며 자료를 정리하고 토론했던 것이다.

"러스크 서한이 꼭 우리에게 불리한 것만은 아닌 것 같은데요. 러스크는 1905년 이전에 독도가 조선의 일부로 취급된 사실이 증명되지 않았다고 기록하고 있습니다. 만일 1905년 이전에 조선이 독도를 영유한 사실이 밝혀진다면 러스크의 견해는 얼마든지 변경될 수 있는 여지가 있는 것 아닌가요?"

"맞아요. 2008년도에 김채형 교수가 미국 국립문서보관소에서 〈독도의 영유권에 대한 한일 간의 상반된 주장들〉이라는 제목의 미국무부 내부보고서를 발견했는데 그 보고서에도 그렇게 기록되어 있었어요."

한 교수가 제시하는 자료를 읽어본 김 변호사가 말을 보탠다.

"러스크는 일본이 제공해주는 자료만 봤을 뿐 한국이 제시하는 자료는 전혀 보지 못했습니다. 러스크가 접한 한국 측 자료는 고작해야 의견서나 청원서 따위가 전부였죠. 어떻게 보면 러스크가 이런 판단을 한 것도 무리는 아닙니다."

며칠 뒤 김명찬 변호사가 강지성 교수를 찾았다.

"교수님, 영국은 미국과는 달리 끝까지 독도를 한국영토로 처리하려고 했던 것 같은데 영국 입장에 관한 자료들을 구할 수 있습니까?"

"영국은 당시 강화조약 실무반을 운영했습니다. 실무반 운영과 관련된 자료를 연구해보면 뭔가 우리에게 유리한 자료들이 나올 것 같은데 아직 이에 관한 연구보고는 없습니다. 영미합동토론에 관한 자료도 도움이 될 것 같은데 아직 자료도 확보하지 못한 상태입니다."

 준 비 서 면

사건   독도 – 다케시마 케이스
원고   대한민국
피고   일본

원고는 다음과 같이 변론을 준비합니다.

다 음

1. 피고는 러스크 서한을 증거로 제시하면서, 사건대상이 강화조약에 명기되지 않은 이유를 원고가 잘 알고 있었다고 주장합니다.

2. 그러나 러스크 서한에 관한 피고의 주장에는 결정적인 오류들이 있습니다.

　첫째, 러스크 서한에 표출된 러스크의 견해는 연합국의 공식적인 입장이 아닙니다. 피고는 샌프란시스코 강화조약의 체약국이 48개국이나 됨에도 불구하고 오로지 미국의 입장만을 근거로 주장하고 있습니다. 미국은 다른 연합국들에게 원고의 의견서가 제출된 사실도 알리지 않은 채 오로지 미국만의 의견을 전해 왔습니다. 즉 러스크의 견해는 연합국의 공식적인 입장이 아닌 미국의 독자적인 견해에 불과합니다. 또한 러스크 서한은 극비리에 오로지 원고에게만 전달되었습니다. 미국은 러스크 서한이 전달된 사실을 피고는 물론 다른 연합국에도 전혀 알리지 않았고 그후로도 상당 기간 비밀로 하였습니다. 이것은 러스크 서한상의 견해가 미국의 독자적인 견해에 불과하다는 것을 의미합니다.

　둘째, 러스크의 견해는 연합국의 공식적인 입장과 상충되는 것으로 결코 연합국의 보편적인 의견으로 취급될 수 없습니다. 연합국은 극동위원회에서 연합국의 공식적인 입장을 도출한 바 있습니다. 즉 연합국의 최고의사결정기관이었던 극동위원회는 포츠담선언을 재확인하여 피고의 영토가 4대 본토와 연합국이 결정하는 작은 섬들에 국한될 것이라고 결정하였습니다. 극동위원회의 결정과 상충되는 러스크의 견해가 강화조약의 해석 기준이 될 수는 없습니다.

셋째, 러스크 서한이 미국의 공식적인 입장인지조차 불분명합니다. 당시 미국무성 내부뿐만 아니라 주한미대사관이나 주일미대사관도 러스크 서한이 전달된 사실을 모르고 있었고 러스크와 다른 견해를 가진 사람들도 많았습니다. 특히 현지 사정에 가장 밝은 주한미대사관과 주일미대사관 근무자들은 사건 대상을 원고의 영토로 취급하고 있었습니다.

러스크 서한이 미국무성 내부에서조차 비밀이었다는 사실과 러스크와 다른 견해를 가진 사람들이 많았다는 사실은 러스크의 견해가 과연 미국의 공식 입장이었는지에 대한 강한 의구심을 품게 합니다.

넷째, 러스크의 견해는 확정적인 것이 아니라 얼마든지 변경될 수 있는 것이었습니다. 러스크는 우리들의 정보에 의하면 사건대상이 조선의 일부로 취급된 적이 결코 없다는 점, 사건대상은 1905년경부터 피고의 관할하에 있었다는 점, 이 섬은 일찍이 조선에 의해 영유권 주장이 이루어졌다고 볼 수 없다는 점 등을 근거로 결론을 내렸습니다.

이러한 러스크의 결론은 그 전제가 달라질 경우 얼마든지 변경될 수 있는 것으로, 미국무성 또한 러스크의 견해가 다른 정보에 의하여 상반되는 결론에 도달할 수 있다는 점을 인정하고 있습니다.

다섯째, 러스크의 견해는 피고에 의하여 제공된 제한되고 왜곡된 정보에 기초하여 이루어진 왜곡된 결론이었습니다. 러스크는 그가 내린 결론이 '우리들의 정보'에 기초하여 이루어진 것이라고 하였는데 이러한 정보는 주로 피고가 제공한 제한되고 왜곡된 정보들이었습니다. 강화조약 체결 직전까지 미국무성은 사건대상 독도가 리앙쿠르락이라는 사실을 모르고 있었습니다. 그 이유는 바로 피고가 제공한 정보에 사건대상에 대한 한국 명칭은 없다고 기술되어 있었기 때문입니다. 러스크의 견해는 이러한 피고의 기망에 의하여 형성되었습니다. 미국의 견해는 피고의 기망을 이유로 얼마든지 취소될 수 있는 것입니다.

〈조약법에 관한 비엔나협약〉
제49조 국가가 다른 교섭국의 기망적 행위에 의하여 조약을 체결하도록 유인된 경우에 그 국가는 조약에 대한 자신의 기속적 동의를 부적법화하는 것으로 그 기망을 원용할 수 있다.

여섯째, 결정적으로 원고는 러스크의 견해를 수용하지 않았습니다. 원고가 러스크 서한을 받은 지 채 한 달도 지나지 않아 강화조약이 체결되었습니다. 원고가 달리 조치를 취할 시간도 없었습니다. 하지만 원고는 강화조약이 발효되기 전인 1952년 1월 18일 이승만라인을 선포함으로써 사건대상이 원고의 영토임을 만천하에 천명하였습니다. 이는 러스크의 견해를 수용할 수 없다는 단호한 의사표시였습니다.

증 거

1. 갑제12호증의1 1951년 8월 3일자 미국무성 독도관련 메모
1. 갑제12호증의2 1951년 8월 7일자 애치슨 미 국무장관 서한
1. 갑제12호증의3 1951년 8월 7일자 극동위원회 회의록
1. 갑제13호증 일본 외무성,《일본 본토에 근접한 작은 섬
들》제4권 관련부분
1. 갑제14호증 1947년 6월 19일자 극동위원회 회의록
1. 갑제15호증의1 1952년 12월 4일자 앨런 라이트너 주한미국
임시대사 서한
1. 갑제15호증의2 1953년 7월 22일자 버매스터 각서
1. 갑제16호증의1 1952년 2월 4일자 미국무성 존스 과장 서한
1. 갑제16호증의2 1951년 7월 16일자 미국무성 지리학자 보
그스 서한
1. 갑제17호증 1952년 10월 3일자 스티브스 서한
1. 갑제18호증 1954년 8월 26일자 미국무부 내부 보고서

2016. 12. 30.

원고 대한민국
소송대리인 김명찬

증거에 대해 설명하겠습니다. 강화조약 체결 직전까지도 미국무성
은 사건대상 독도가 리앙쿠르락이라는 사실조차 모르고 있었습니다.

증거를 보겠습니다. 먼저 '갑제12호증의1' 1951년 8월 3일자 미국무성 메모입니다. 강화조약 체결일이 9월 8일이니 불과 한 달 전의 일입니다.

유럽명	-	일본명	-	한국명
리앙쿠르락	-	다케시마	-	(none)
?	-	?	-	독도

리앙쿠르락의 한국명은 없는 것으로 되어 있고, 한국명 독도에 대응하는 유럽명이나 일본명 부분은 모두 물음표로 처리되어 있습니다. 미국무성은 원고가 말하는 독도가 리앙쿠르락이라는 사실조차 모르고 있었습니다. 아니, 오히려 독도와 리앙쿠르락이 다른 섬이라고 생각하고 있었습니다. 이러한 상태에서 이루어진 미국의 결정이 과연 올바른 것이었을까요?

다음은 '갑제12호증의2' 1951년 8월 7일 애치슨 미 국무장관이 덜레스 주한미국대사에게 보낸 서한입니다.

지리학자뿐만 아니라 한국대사관에서도 아직 독도와 파랑도의 위치를 확인시켜주지 못하고 있습니다. 우리가 즉시 이 섬들에 대한 정보를 듣지 못한다면 이 섬들에 대한 한국의 주권을 확인해 달라는 한국의 요청을 받아들이기 어렵습니다.

이 서한은 미국무성의 애치슨 국무장관이 같은 날 열리기로 되어 있는 극동위원회 회의에서 강화조약 초안에 대해 설명해야 하는 상황에서 급하게 보낸 것입니다. 강화조약 체결 불과 한 달 전임에도 미 국무장관은 독도가 리앙쿠르락이라는 사실조차 모르고 있는 것입니다. 이런 상황에서 극동위원회 회의가 제대로 진행될 수 있었을까요? 다음은 '갑제12호증의3' 극동위원회 회의록입니다.

독도와 파랑도에 대해서는 무쵸(John J. Muccio)에게 정보를 보내도록 연락했다.

애치슨 국무장관은 독도가 리앙쿠르락이라는 사실을 모른 채 극동위원회 회의에 참석했고, 회의가 끝나자마자 위와 같은 조치를 취했습니다. 무쵸는 당시 주한미국대사입니다. 자, 그렇다면 미국은 사건대상 독도가 리앙쿠르락 내지는 다케시마라는 사실을 왜 모르고 있었을까요? '갑제13호증'을 보겠습니다. 이것은 《일본 본토에 근접한 작은 섬들》 제4권입니다. 이 소책자는 일본 외무성이 1947년 6월에 발간한 것입니다.

리앙쿠르락은 북위 37도 9분, 동경 131도 56분에 위치하며 시마네현의 오키 섬으로부터 86마일 떨어져 있다. …… 다줄렛(울릉도의 유럽명)에 대해서는 한국명이 있지만 리앙쿠르락에 대해서는 한국명이 없으며 한국에서 제작된 지도에도 나타나지 않는다는 점에 주목해야 한다. 1905년 2월 22일 시마네현 지사는 리앙쿠르락을 시마네현 오키도사 소관으로 정한다는 현 포고를 공포했다.

바로 이 책에 '리앙쿠르락에 대해서는 한국명이 없다'고 기재되어 있습니다. 피고가 기망한 것입니다. 이것뿐만이 아닙니다. 이 책자에는 '한국에서 제작된 지도에는 리앙쿠르락이 나타나지 않는다'는 거짓말도 같이 기재되어 있습니다. 리앙쿠르락의 한국명은 바로 독도이며 조선시대에 제작된 많은 지도에 독도가 우산도로 명기되어 있습니다.

(김 변호사는 말을 마치고 좌중을 둘러보며 주의를 환기시켰다.)

미국무성은 1951년 8월 7일까지 독도가 리앙쿠르락이라는 사실을 모르고 있었습니다. 특히 미국무성 최고책임자인 애치슨 국무장관은 확실히 이러한 사실을 몰랐습니다. 그런데 사흘 뒤인 1951년 8월 10일 미국무성 극동담당 국무차관보 러스크가 보낸 서한에는 '독도 또는 다케시마 내지 리앙쿠르락으로 알려진 섬에 관해서는'이라고 기재되어 독도가 리앙쿠르락이라는 사실을 알고 있는 것으로 되어 있습니다. 여기서 두 가지 의문이 발생합니다.

첫째, 과연 애치슨 국무장관도 8월 10일에는 독도가 리앙쿠르락이라는 사실을 알고 있었던 것일까? 둘째, 독도가 리앙쿠르락이라는 사실을 알았다면 한국의 요청에 대해 극동위원회에서 다시 논의하였을까? 중요한 영토문제에 대하여 불과 3일 만에 답서가 작성되었기 때문에 드는 의문입니다.

첫 번째 의문과 관련하여, 만일 애치슨 국무장관이 독도가 리앙쿠르락의 한국명이라는 사실을 모르고 있었다면 미국무성 극동담당 국무차관보 딘 러스크는 최고책임자인 애치슨 국무장관 몰래 서한을 보낸 것이 됩니다. 이 경우 러스크 서한은 러스크 개인의 견해일 뿐 미국의 공식적인 견해조차 아니라는 결론에 도달하게 됩니다.

　반면 애치슨 국무장관이 독도가 리앙쿠르락을 가리킨다는 사실을 알았다고 할 경우에는 두 번째 의문을 해결해야만 합니다. 과연 애치슨 국무장관은 독도가 리앙쿠르락이라는 사실을 극동위원회에 알리고 한국의 요구사항에 대하여 재검토하였을까요?

　불행하게도 1951년 8월 7일 이후에 극동위원회가 개최되었다는 기록은 없습니다. 애치슨 국무장관은 극동위원회에 독도가 리앙쿠르락이라는 사실도 알리지 않은 채 불과 3일 만에 러스크를 통해 서한을 보낸 것이 됩니다. 이 경우 러스크 서한은 미국의 견해라고 할 수는 있어도 도저히 연합국의 견해라고는 할 수 없습니다. 어느 경우이든 러스크 서한이 연합국의 입장이 아니라는 사실에는 변함이 없습니다.

　이것만이 아닙니다. 러스크의 견해는 연합국의 입장과 상반되는 것이었습니다. 러스크의 견해가 연합국의 입장과 상반되는 것이라는 증거는 바로 러스크 서한 자체에 있습니다.

　미국정부는 일본이 1945년 8월 9일자로 포츠담선언을 받아들였지만 그 선언에 포함된 지역에 대해 일본이 공식적이고 최종적으로 주권을 포기했다는 논리를 이 평화조약에 적용해야 한다고 생각하지 않는다.

　연합국은 1947년 6월 19일 극동위원회에서 포츠담선언 제8조 '일본의 주권은 혼슈, 홋카이도, 큐슈, 시코쿠와 연합국이 결정하는 작은 섬들에 국한될 것이다'는 원칙을 재확인하였습니다. '갑제13호증' 극동위원회 회의록이 바로 그것입니다. 러스크의 견해는 이러한 연합국의 공식적인 입장과 정면으로 배치됩니다. 요컨대 연합국의 입장과 상반되는 입장에 서 있는 러스크의 견해는 결코 강화조약 해석의 기준이 될 수 없습니다.

혹시 이 자리에 계신 분들 중에 '그래도 미국이 당시 가장 힘이 강했고 주도적으로 일을 관장했기 때문에 미국의 입장이 연합국의 입장보다 우선해야 하는 것 아니냐'고 생각하시는 분이 계실지도 모르겠습니다. 극동위원회는 13개국 대표로 구성되어 있었습니다. 어떠한 논리에 의하더라도 동등한 주권을 가진 국가들의 구성체인 극동위원회를 미국이 임의로 대변할 수는 없을 것입니다.

(김 변호사는 다시 한번 좌중을 훑어 보았다. 변론이 길어지고 있었지만 모두 김 변호사를 뚫어지게 바라보고 있었다.)

다음은 러스크 서한이 극비 서한이라는 점, 그래서 피고나 연합국들은 이에 관하여 일체 모르고 있었다는 점에 대한 증거를 보겠습니다. 먼저 '갑제15호증의1' 1952년 12월 4일 앨런 라이트너 주한미국 임시대사가 미국무성 동북아과장 케네스 영에게 보낸 서한입니다.

우리는 미국무성이 이 문제에 관해 명백한 입장을 취한 러스크 서한을 한국 대사 앞으로 보냈다는 이야기를 들은 적이 없습니다. 우리는 그 입장이 한국의 영토 주장을 부인하는 것이었다는 사실을 전혀 알지 못했습니다. 이제 우리는 그것을 알았고 우리가 오랫동안 틀린 가정하에 활동해온 것을 생각할 때 이러한 정보를 얻은 것을 매우 기쁘게 생각합니다.

한국에 주재하고 있던 미국대사조차 러스크 서한이 전달된 사실을 모르고 있었습니다. 게다가 그는 러스크와 반대로 사건대상이 원고의 영토라고 생각하며 활동하고 있었습니다.

그렇다면 일본에서는 러스크 서한이 전달된 사실을 알고 있었을까요? '갑제15호증의2' 1953년 7월 22일자 버매스터 각서를 보겠습니다.

> 누가 리앙쿠르락에 대한 주권을 갖느냐의 문제에 대해서는 1951년 8월 10일 한국대사 앞으로 전달된 통첩에 있는 미국의 입장을 상기시키는 것이 유익하다. …… 이 입장은 지금까지 한 번도 일본정부에게 정식으로 전달된 적이 없으나 이 분쟁이 중재, 조정, 중재재판 또는 사법적 재판에 회부되면 밝혀지게 될 것이다.

버매스터는 러스크 서한이 피고 일본에 대해서도 극비사항이었다는 점을 밝히고 있으며 재판 등에 회부되지 않는 한 앞으로도 비밀이 유지될 것이라 하고 있습니다. 피고가 '을제4호증'으로 제출한 바 있는 밴 플리트의 귀국보고서에도 이에 관한 언급이 있습니다.

> 이 섬에 대한 미국의 입장은 대한민국에 비밀리에 통보되었지만 우리의 입장은 아직 공표된 바가 없다.

살펴본 바와 같이 러스크 서한은 일본과 연합국 모르게 원고에게만 극비리에 전달된 비밀 서한이었습니다. 이러한 비밀 서한상의 견해를 강화조약 해석의 기준으로 삼을 수는 없습니다.

다음은 러스크의 견해가 피고가 제공한 제한되고 왜곡된 정보에 근거하여 형성된 잘못된 견해라는 점에 관한 증거를 보겠습니다. '갑제16호증의1' 1952년 2월 4일자 존스 서한입니다. 이 문서는 미국무성 존스 과장이 주일미국대사 제럴드 워너에게 보낸 것입니다.

〈리앙쿠르락스를 둘러싼 한일논쟁〉
1947년 6월 일본 외무성은《일본 본토에 근접한 작은 섬들》제4권을 발행했습니다. 이 연구는 일본인들이 전통적으로 마쓰시마라는 섬에 대해 알고 있었다는 사실을 언급하고 있습니다. 마쓰시마는 현재의 다케시마이고 그들은 1667년의 공문서를 인용하고 있습니다. 이 연구는 한국인들이 그 섬보다 북서쪽 가까운 거리에 있는 울릉도에는 한국명을 붙였지만 그 섬에 대해서는 명칭을 붙이지 않았다고 주장하고 있습니다. 이 섬은 1905년 2월 22일에 일본 시마네현 오키 섬 지청 관할하에 들어갔습니다. 1904년 오키 섬의 어부들이 이 섬에 임시 오두막을 설치해 울릉도를 기점으로 강치 사냥을 시작할 때까지 이 섬에는 거주자가 없었습니다. 1912년에 출판된《일본백과대사전》제6권 880면에 보다 상세하게 기록되어 있습니다. 일본의 어부 나카이는 1904년 이 섬에 일본 깃발을 세웠습니다.

미국무성 존스 과장은 1947년 6월 피고가 출간한《일본 본토에 근접한 작은 섬들》제4권과 1912년에 출판된《일본백과대사전》제6권 880면의 내용을 근거로 사건대상이 피고의 영토라고 쓰고 있습니다. 오로지 피고가 만들어놓은 자료만을 근거로 위와 같은 결론을 내린 것입니다.

이것뿐만이 아닙니다. '갑제16호증의2' 보그스 서한을 보겠습니다. 이 서한은 미국무부 직원 피어리가 질의서를 보내자 지리학자 새 뮤얼 보그스가 1951년 7월 16일자로 보낸 답신입니다. 보그스 서한 에 기술된 내용 역시 위 책자에 기재된 문장을 인용하고 축약한 것 에 불과합니다. 서한이 작성된 날짜에 유의해주시기 바랍니다. 바로 양유찬 서한이 전달되기 이틀 전입니다. 이때까지도 미국무성은 사 건대상에 대하여 피고가 제공한 제한되고 왜곡된 정보 이외에는 전 혀 아는 바가 없었습니다.

다음은 미국정부 내부에서조차 러스크와 다른 견해가 존재하고 있 었다는 사실에 관하여 살펴보겠습니다. '갑제17호증' 스티브스 서한 입니다. 이것은 1952년 10월 3일 주일미대사관 스티브스 일등서기관 이 로버트 머피 주일대사의 이름으로 미국무성에 보낸 서한입니다.

〈리앙쿠르락스의 한국인〉
이 암석들의 역사는 한 번 이상 국무부가 검토한 것이기에 여기서 장황하게 재론할 필요는 없을 것입니다. 강치의 좋은 서식지가 된 이 바위는 한때 조 선왕조의 일부였습니다. 물론 그 바위는 일본이 제국주의 세력을 한국까지 확장했던 시기에 한국의 다른 영토와 함께 일본에 병합되었습니다. 게다가 제국 통치과정에서 일본정부는 공식적으로 이 영토를 일본에 귀속시켜 현의 행정관할하에 놓았습니다. 평화조약의 작성자는 일본이 제주도, 거제도 및 울릉도를 포함한 한국에 대한 모든 권리, 권한 및 청구권을 포기한다고 규정 한 평화조약 제2조에 이 바위를 일본이 포기한 섬들 속에 명시하지 않았습 니다. 이러한 이유로 일본은 자국의 주권이 이 섬에 미치고 있다고 추정하고 있습니다. 물론 한국은 이러한 추정에 대해 충분한 이유를 들어 이의를 제기하고 있습니다.

스티브스 일등서기관은 사건대상이 원고의 고유영토였다는 점, 피고가 제국 통치과정에서 사건대상을 피고의 영토로 편입시켰다는 점, 강화조약의 작성자가 이 섬을 강화조약에 명시하지 않았다는 점, 강화조약에 명시되지 않았다는 이유로 피고 일본이 사건대상에 대한 영유권 주장을 하게 되었다는 점, 하지만 원고 대한민국이 충분한 근거를 제시하여 반박하고 있다는 점을 기술하고 있습니다.

보시는 바와 같이 스티브스 일등서기관은 러스크와는 완전히 다른 입장을 취하고 있습니다. 그는 주일미국대사관에 근무하고 있어 미국무성에 근무하는 러스크보다 현지 사정에 훨씬 밝았을 것입니다.

마지막으로 미국정부 또한 러스크의 견해가 변경될 수 있다는 점을 인정하고 있다는 점에 관하여 살펴보겠습니다. '갑제18호증' 1954년 8월 26일자 미국무부 내부보고서입니다.

〈독도의 영유권에 대한 한일 간의 상반된 주장들〉
러스크 서한은 독도가 시마네현 관할에 들어간 1905년 이전에 독도가 한국의 일부분으로 취급됐다는 사실을 한국이 증명하도록 하는 여지를 남겨두고 있다. 한국이 이런 사실을 증명할 수 있다면 독도가 한국에 포함된다는 점을 법적으로 확립할 수 있게 된다.

이상입니다.

"변호사님 정말 잘하셨어요."

김 변호사가 변론을 마치고 법정 밖으로 나오자 기다리고 있던 한 교수가 말을 건넨다. 김 변호사는 한 교수를 바라보았다. 한 교수의 눈시울이 한껏 붉어져 있었다.

"교수님께서 준비해주신 자료들 덕분입니다. 그렇게 준비해주신 자료를 가지고 이 정도도 못한다면 오히려 제가 죄송하지요."

한편 일본 소송팀은 굳은 표정으로 법정을 나왔다. 이스미 국장이 앞장서서 걸어가고 있는 이키 변호사를 따라잡으며 걱정스러운 듯 입을 열었다.

"이키 변호사, 어떻게 되어가는 겁니까? 한국이 매우 강하게 몰아붙인 것 같은데, 우리가 불리한 것 아닙니까? 샌프란시스코 강화조약이 다케시마를 한국령으로 인정한 것이라면 더 해볼 것도 없는 것 아닌가요?"

"글쎄요. 한국이 제대로 짚은 것은 맞습니다. 하지만 아직 러스크의 견해가 잘못된 것인지에 관한 논증이 남아 있습니다. 한국은 러스크의 견해가 잘못된 것이라는 점을 입증해야만 합니다. 러스크의 견해가 부당하지 않다는 결론만 이끌어낼 수 있다면 여전히 우리가 우세합니다."

이키 변호사는 내심 당황스러웠다. 러스크 서한으로 충분히 이길 수 있다고 생각했는데 한국이 논리정연하게 반박해버렸기 때문이다.

단계를 넘어갈수록 싸움이 더욱 치열해지고 있었다.

'이키 유스케, 절대 방심하지 마라.'

이키 변호사는 심호흡을 하며 마음을 가다듬었다.

제4부
◇◇◇◇◇◇

석 도

한국은 2차 세계대전 직후 독도가 한국령으로 자동 환원되었고, 이러한 사실이 연합국의 여러 가지 조치를 통해 수차 확인되었다고 주장한다. 그러나 일본은 연합국이 현지 상황을 잘 몰라 한국령으로 취급하였지만 이후 일본령임을 인정하였고, 그 결과 샌프란시스코 강화조약에서 제외된 것이라고 항변한다. 일본은 이와 관련하여 러스크 서한을 증거로 제시한다. 한국은 러스크의 견해는 일본이 제공한 왜곡된 정보에 기초하여 이루어진 것으로 연합국의 견해가 아닌 미국의 독자적인 견해에 불과하고, 미국 내부에서조차 러스크의 견해가 변경될 수 있다는 점을 인정하고 있다고 반박한다.

준 비 서 면

사건   독도 – 다케시마 케이스
원고   대한민국
피고   일본

원고는 다음과 같이 변론을 준비합니다.

다 음

1. 피고는 강화조약에 사건대상이 명시되지 않은 것은 사건대상이 피고의 영토로 판단되었기 때문이라며 러스크 서한을 그 증거로 제시하였습니다. 러스크는 사건대상이 조선의 영토로 취급된 적이 없고, 1905년 시마네현 오키 섬 관할에 편입된 이후 피고 일본에 의하여 지배되고 있었다는 이유로 사건대상이 피고의 영토라고 판단했습니다. 원고는 러스크의 결론이 피고가 제공한 왜곡되고 제한된 정보에 의하여 이루어진 잘못된 결론이라고 반박한 바 있습니다. 이에 1905년에 이루어진 피고의 영토편입행위가 무효라는 점에 관하여 먼저 논증하고자 합니다.

2. 피고는 1905년 1월 28일 내각 각료회의에서 사건대상을 시마네현에 편입시키기로 결정하고, 1905년 2월 22일 시마네현 지사로 하여금 이를 고시하게 하였습니다. 피고의 영토편입은 무주지선점 법리에 의한 것이었습니다. 그러나 이는 위법한 것

이었습니다.

첫째, 사건대상 독도는 무주지가 아니었습니다. 사건대상은 울릉도에 부속한 섬으로서 대한제국의 영토였고 대한제국 국민들에 의하여 이용되고 있었습니다. 대한제국은 1900년 10월 25일 칙령 제41호로 사건대상을 울도군 소속으로 공포하여 사건대상이 원고의 영토라는 점을 공표한 바 있습니다. 피고는 1905년 영토편입 당시 이러한 사실을 잘 알고 있음에도 불구하고 사건대상을 주인 없는 섬, 무주지로 둔갑시켜 영토에 편입시켰습니다.

둘째, 사건대상은 피고가 1905년 경 새로 발견한 섬이 아닙니다. 피고는 이미 오래전부터 그 존재를 알고 있었고 '마쓰시마(松島, 송도)'라고 불러왔습니다. 그럼에도 불구하고 피고는 마치 과거에는 전혀 모르고 있던 새로운 섬을 발견한 듯한 외양을 갖추고 '다케시마(竹島, 죽도)'라는 새로운 이름까지 붙여 영토에 편입시켰습니다.

셋째, 피고는 국가차원의 영토편입 고시절차를 밟지 않았습니다. 피고의 사건대상에 대한 영토편입 사실은 국가원수나 정부수석 등 국가의 대표기관이 아닌 시마네현 지사에 의하여 지방관보에 고시되었습니다. 이러한 고시는 국가 간의 행위가 아니라 내국인에게 알리는 내부적 행정행위에 불과한 것으로 국제법상 무주지선점 요건인 공표로 볼 수 없습니다. 더군다나 시마네현 지사의 고시가 진정 고시인지도 의심스럽습니다. 위 고시문에는 '회람'이라는 붉은 도장이 찍혀 있습니다.

넷째, 피고는 원고에게 영토편입 사실을 통고하지 않았습니다. 1855년 베를린 의정서는 무주지선점의 경우 관계국에 대한 통고를 그 요건으로 하고 있습니다. 그러나 피고는 이러한 통고 절차를 거치지 않았습니다. 피고의 표현에 의하면 사건대상은 원고와 피고 본토 사이 중간지점에 위치하고 있습니다. 피고가 사건대상을 무주지선점 법리에 의해 영토로 편입시키고자 했다면 당연히 원고에게 그 소속 여하에 대해 조회했어야 할 것입니다.

3. 이상 살펴본 바와 같이 1905년 피고의 영토편입 조치는 무주지선점 요건을 하나도 충족하지 못하여 무효입니다. 러스크는 피고의 영토편입이 적법 유효한 것을 전제로 사건대상이 피고의 영토라고 결론 내렸습니다. 만일 그가 이 사실을 알았다면 정반대의 결론에 도달하였을 것이 분명합니다. 러스크의 견해는 샌프란시스코 강화조약 해석의 근거가 될 수 없습니다.

증 거

1. 갑제19호증의1   1905년 1월 28일 각료회의 자료
1. 갑제19호증의2   1905년 2월 22일 시마네현 고시 제40호
1. 갑제20호증   1900년 10월 25일 대한제국 칙령 제41호

2017. 1. 10.

원고 대한민국

소송대리인 김명찬

증거를 보겠습니다. '갑제19호증의1'은 1905년 1월 28일 피고 내각 각료회의에서 사건대상을 시마네현에 편입시키기로 결정한 회의 자료입니다.

별지 내무대신이 청의한 무인도 소속에 관한 건. 북위 37도 9분 30초, 동경 131도 55분, 오키도에서 서북쪽으로 85리에 있는 이 무인도는 타국에서 이를 점령했다고 인정할 만한 형적이 없고, 메이지 36년(1903년) 본방인 나카이 요자부로란 자가 어사를 만들고 인부를 데리고 가 엽구를 갖추어 바다사자 잡이에 착수하고 이번에 영토편입 및 임대원을 제출하였는 바, 차제에 소속 및 도명을 확정할 필요가 있어 이 섬을 다케시마라고 명명하고, 지금부터 시마네현 소속 오키도사의 소관으로 하고자 한다는 것이다. 이에 심사한 바, 메이지 36년 이래 나카이 요자부로란 자가 이 섬에 이주하여 어업에 종사한 것은 관계서류에 의하여 밝혀지며, 이는 국제법상 점령의 사실이 있는 것이라고 인정하여 이를 본방 소속으로 하고 시마네현 소속 오키도사의 소관으로 하는 데 문제가 없다고 판단하여 청의대로 각의 결정함을 인정한다.

보시는 바와 같이 피고는 사건대상을 '타국에서 이를 점령하였다고 인정할 만한 형적이 없다'고 하여 무주지로 만들고, '1903년 나카이 요자부로가 사건대상에 어사를 만들고 어렵에 종사한 것'을 선점 행위로 보아 무주지선점 요건에 부합한다고 판단하였습니다. 다음 '갑제19호증의2'는 1905년 2월 22일자 시마네현 고시 제40호입니다.

오키 섬 서북쪽으로 85해리 떨어져 있는 섬을 다케시마라고 부르고 이제부터는 본현 소속 오키도사의 소관으로 정한다.

피고는 지방도시인 시마네현 관보에 고시하였습니다. 피고의 인접국인 원고는 물론 일본에 공사관을 설치하고 있는 다른 어느 나라도 이러한 고시가 있었다는 사실을 알지 못하였습니다.

이 부분을 잘 보시기 바랍니다. 이 고시문에는 '회람'이라는 붉은 도장이 찍혀 있습니다. 시마네현 고시는 고시라기보다는 내부관계자끼리 돌려보는 회람용 문서에 불과한 것이 아니었나 하는 강한 의구심을 갖게 합니다.

피고는 사건대상에 대하여 타국이 이를 점령하였다고 인정할 만한 형적이 없다고 하였습니다. 그러나 당시 사건대상은 명백한 원고의 영토였습니다. '갑제20호증' 1900년 10월 25일자 대한제국 칙령 제41호를 보겠습니다.

〈울릉도를 울도로 개칭하고 도감을 군수로 개정한 건〉
제1조 울릉도를 울도라 개칭하여 강원도에 부속시키고 도감을 군수로 개정하여 관제 중에 편입하고 군등은 5등으로 한다.
제2조 군청 위치는 태하동으로 정하고 구역은 울릉전도(全島)와 죽도(竹島), 석도(石島)를 관할한다.

여기의 죽도는 울릉도 동북쪽 2킬로미터 지점에 있는 댓섬, 대나무 섬을 가리키고, 석도는 돌섬 혹은 독도로서 사건대상을 가리키는 것입니다. 이처럼 사건대상은 당시 명백한 원고의 영토였습니다. 이를 무주지로 둔갑시켜 영토에 편입시킨 피고의 조치는 당연히 무효입니다. 이상입니다.

"무주지선점에 의한 영토편입에 대하여 설명하겠습니다."

강지성 교수가 일본의 독도편입에 대하여 설명하고 있다.

"일본은 1905년 무주지선점에 의하여 독도를 영토로 편입시켰습니다. 과연 일본의 독도편입이 적법할까요?"

무주지선점이란 다른 국가의 주권이 미치지 않는 무주지에 대하여 주권을 취득하기 위한 국가행위를 말한다. 무주지선점에 의한 영토편입요건은 크게 네 가지이다.

첫째, 무주지여야 한다. 무주지라는 것은 어떤 나라의 주권도 미치지 않는 지역이라는 의미로, 사람이 살지 않는 지역뿐만 아니라 사람이 살고 있더라도 정치적 사회적으로 특정국가의 주권이 미치지 않는 경우는 선점의 대상이 될 수 있다. 반대로 사람이 살지 않더라도 특정국가의 주권이 미치고 있는 경우에는 무주지로 볼 수 없다. 한국에는 3,000여 개의 섬이 있고 무인도도 많다. 하지만 무인도라고 해서 다른 나라가 들어와 선점할 수는 없다. 이러한 무인도에도 한국의 주권이 미치고 있기 때문이다. 일본은 독도가 사람이 살지 않는 무인도였을 뿐만 아니라 어떤 나라의 주권도 미치지 않는 무주지였기 때문에 이를 선점하여 영토에 편입시킨 것이라고 주장하고 있다.

둘째, 무주지의 발견 내지 이에 상응하는 상징적 행위, 즉 선점행위가 있어야 한다. 일본은 1897년 일본어선의 표류에 의하여 무주지인 독도를 처음 발견하였고, 1903년 나카이 요자부로가 어사를 짓고 인부를 투입하여 강치를 잡았다는 것을 선점행위라고 주장하고 있다.

셋째, 무주지를 영토로 편입시킨다는 영유의 의사표시가 필요하다. 이와 관련되는 것이 바로 영토편입의 공포이다. 일본은 시마네현 고시에 의하여 영토편입을 공포하였다고 하는데 국가차원이 아닌 지방도시의 고시에 의하여 한 국가의 영유의사가 표시된 것으로 볼 수 있는가 하는 문제가 있다.

넷째, 실효적 점유요건을 갖추어야 한다. 실효지배라고도 하는데 이 개념을 둘러싼 많은 논의가 있다. 간단히 말하자면 무주지에 대해서 명실상부한 영토주권의 행사가 이루어졌다고 평가할 만한 지배 사실이 있는가의 문제이다. 이러한 실효지배에서 중요하게 고려되는 것이 바로 인접국의 태도이다. 즉 선점에 의한 영토편입에 대하여 문제를 제기하였는지, 묵인하였는지, 적극적으로 승인하였는지 등의 인접국의 태도가 실효적 지배 요건을 판단하는 데에 매우 중요하다. 일본은 한국이 1905년 독도 영토편입에 대하여 어떠한 문제도 제기하지 않았다고, 즉 묵인하였다고 주장하고 있다.

"무주지선점 요건과 일본의 주장 내용에 대해 간단히 설명드렸습니다. 끝으로 무주지선점과 관련된 국제사법재판소의 판례를 하나 보면서 설명을 마치겠습니다."

〈멩구에라 섬 사건(엘살바도르 vs. 온두라스)〉
국제사법재판소는 엘살바도르 정부가 1856년 관보에 멩구에라 섬을 상 미구엘 주에 속한다고 공포하고 후속조치들을 취했다는 점, 그리고 이에 대한 온두라스 측의 항의가 없었다는 점 등을 근거로 엘살바도르의 멩구에라 섬에 대한 영유권을 인정하였다. 엘살바도르 정부는 19세기 후반부터 멩구에라 섬에 대하여 다양한 행정권을 행사하였다. 예컨대 군사, 선거, 세금, 인허가, 출생 또는 사망신고, 민형사 관할권, 우편, 위생보건 등에 관한 행정관리 업무를 강화했던 것이다. 그리고 온두라스는 이러한 엘살바도르 정부의 강화된 행정권 행사에도 불구하고 어떠한 항의도 하지 않았다.

"다케시마는 원래 무인도로 주인 없는 섬이었습니다. 이것을 우리 대일본제국이 영토로 편입시킨 것입니다."

이스미 국장이 이키 변호사에게 1905년 다케시마 영토편입에 대하여 설명하고 있다.

"다케시마를 편입시키게 된 계기가 무엇이지요?"

"1897년 시마네현 오키 섬에 사는 어부들이 울릉도 근해로 고기잡이를 나갔다가 조난을 당해 다케시마에 표류하게 되었는데, 그곳에서 많은 바다사자를 발견하고 이를 잡아 오키 섬으로 되돌아온 일이 있었습니다. 바다사자 가죽이 좋은 가격에 잘 팔리자 어부들은 바다사자를 잡으러 다케시마로 출항하게 됩니다."

마침 오키 섬에 나카이 요자부로라는 수산업자가 있었는데 바다사자를 포획하여 판매하는 일에 수익이 많이 나자 어업독점권 확보 방법을 강구하게 된다. 그러다가 1904년 9월 29일 이 섬을 일본영토로 편입시키고 자기에게 독점권을 달라는 청원서를 제출했다. 청원서를 검토한 일본정부는 이 섬을 다케시마라고 명명하고 시마네현 오키도사 소속으로 정하였다. 이후 나카이 요자부로는 '다케시마어업합자회사'를 설립하고 본격적으로 바다사자를 잡기 시작했다.

"다케시마가 무주지였던 것은 확실한가요? 한국영토는 아니었습니까?"

"한국은 다케시마에 대해 별 관심이 없었습니다. 다케시마뿐만 아니라 울릉도에 대해서도 마찬가지였습니다. 조선왕조 500년 동안 울릉도를 비워둔 채 관리하지 않았습니다. 울릉도에서 다케시마까지 90킬로미터나 되는데 울릉도도 관리하지 않은 조선이 다케시마를 관리했겠습니까? 다케시마는 한국영토가 아니었습니다."

"한국에서 대한제국 칙령 제41호를 근거로 다케시마가 울도군 소속이었다고 주장하고 있는데 이건 어떻게 대처해야 되죠?"

"지난번에 논의한 대로 밀고 나가면 됩니다. 칙령에 다케시마가 어디 있습니까? 그 석도라는 것이 울릉도 주변의 바위섬들을 의미하는 것이잖습니까?"

○

준 비 서 면

사건 독도 - 다케시마 케이스
원고 대한민국
피고 일본

피고는 다음과 같이 변론을 준비합니다.

다 음

1. 원고는 피고가 원고의 영토를 불법 편입시켰다고 주장합니다. 원고는 그 증거로 대한제국 칙령 제41호를 제시하면서 칙령에 기재된 석도가 바로 사건대상을 가리킨다고 주장합니다.

2. 원고는 사건대상을 독도라고 부릅니다. 한문으로 '獨島'라고 쓰는데, '홀로 독(獨)' 자에 '섬 도(島)' 자입니다. '돌 석(石)' 자에 '섬 도(島)' 자의 '석도(石島)'가 독도를 가리킨다는 것은 말이 안 됩니다. 위 칙령은 결코 증거가 될 수 없습니다.

2017. 1. 20.

피고 일본
소송대리인 이키 유스케

일본은 가장 먼저 대한제국 칙령 제41호를 문제삼고 나왔다. 칙령 상의 석도는 독도를 가리키는 것이 아니기 때문에 당시 독도는 무주 지가 맞다는 주장으로 '무주지선점에 의한 영토편입' 첫 번째, 두 번째 요건과 관련된 것이었다.

"독도라는 명칭이 언제부터 사용되었습니까?"

김 변호사가 한서현 교수에게 물었다.

"독도라는 명칭이 처음 나타난 것은 니이타카(新高)호 행동일지입니다."

"니이타카호 행동일지요?"

"예. 니이타카호는 일본 해군전함 이름입니다. 행동일지는 이 전함의 활동 상황을 기록한 것인데 1904년 9월 25일자에 독도에 관한 기록이 나옵니다."

마쓰시마에서 리앙코르도암을 실제 가본 사람들로부터 들은 정보. 리앙코르도암. 한인은 이를 독도(獨島)라고 쓰고, 본국 어부들은 줄여서 량코도라고 호칭했다.

"마쓰시마는 울릉도를, 리앙코르도암은 독도를 가리킵니다. 현대식으로 표현하면 이렇습니다."

울릉도에서 독도를 실제 가본 사람들로부터 들은 정보에 의하면 한국 사람들은 이를 독도라고 쓰고 일본 어부들은 리앙코르도암을 줄여서 량코도라고 부르고 있다.

"쓰는 것은 뭐고 부른다는 것은 뭐죠?"

"쓰는 것은 글로 표현하는 것이고 부른다는 것은 입으로 발음하는 것입니다. 당시 울릉도 사람들은 독도를 돌섬 또는 독섬이라고 불렀습니다. 이를 한문으로 옮겨 쓰면서 뜻을 취하면 석도(石島)가 되고 음을 취하면 독도(獨島)가 됩니다."

"독섬요?"

"전라도 사람들은 돌을 독이라고 발음합니다. 당시 울릉도에 거주하는 주민들 중에 전라도 사람들이 많았는데 돌섬을 독섬이라고 불렀습니다."

"그러니까 독섬이라는 말이 한문으로 표기되면서 독도가 되었다는 말이네요?"

"네, 그리고 독도를 일본어로 발음하면 '도쿠시마'가 됩니다. 독섬과 유사한 발음이지요. 우리나라에는 3,000여 개의 부속 도서가 있습니다. 이 섬들 중에는 독섬이나 돌섬이라고 불리는 섬들이 많습니다. 이 섬들을 행정구역으로 편입시키기 위하여 한문으로 전환하면서 석도나 독도로 표기된 예가 많습니다."

"독도라는 표현이 다시 나타난 것은 언제죠?"

"1906년 울도군 군수 심흥택이 강원도 관찰사 서리 이명래에게 올린 긴급보고서에 독도라는 표현이 나옵니다."

1906년 3월 28일 일본 시마네현 제3부장 진자이 요시타로가 울릉도 군청을 찾아왔던 일을 군수 심흥택이 긴급보고서로 작성하였는데 여기에 '본군 소속 독도'라는 표현이 나온다. 그는 독도라는 표현을 쓰면서 '본군 소속'이라고 하여 독도가 한국 영토임을 명확하게 표현하였는데 여기에 나타난 독도가 한국 문헌에 나타나는 첫 번째 표현이다.

본군 소속 독도(獨島)가 바깥 바다 100여 리 밖에 있는데, 3월 28일 8시쯤 기선 1척이 군 내 도동항에 기항하여 일본관리 일행이 관사로 와서 이르기를 '독도가 이제 일본영토가 되었기에 시찰차 왔다'고 하옵는 바……

"이 보고서를 접한 강원도 관찰사 서리 이명래는 서둘러 중앙정부에 보고했고, 보고서를 받은 참정대신 박제순과 내부대신 이지용은 각각 지령을 내렸습니다."

보고 내용을 살펴본 바, 독도의 일본영토설은 전혀 사실무근이니 해당 섬의 형편과 일본인의 행동 여하를 살펴 다시 보고하라.

유람하는 길에 땅의 경계나 인구를 적어가는 것은 혹 괴이쩍지 않으나 독도를 가리켜 일본 속지라 했다니 전혀 그럴 리가 없는데 이번에 받은 보고는 심히 의아하다.

당시 이 일을 기사화한 〈대한매일신보〉나 〈황성신문〉 기사에도 독도라는 명칭이 그대로 사용되었고, 이 일을 계기로 독도라는 명칭이 일반화되었다.

"심흥택, 이명래, 박제순, 이지용 모두 아무렇지도 않게 독도라는 명칭을 사용했고 당시 신문들도 독도라는 명칭을 그대로 사용했네요. 이것은 독도라는 표현이 전혀 어색하지 않았고 자연스럽게 독섬을 가리키는 말로 이해했다는 것이잖아요? 독도라는 명칭이 생소하고 어색했다면 독도가 어떤 섬인지 확인했을 것 같은데 그런 기록은 없나요? 독도가 석도라든가, 독도가 돌섬이라고 기록된 것 말입니다."

"예. 그런 기록은 전혀 발견되지 않고 있습니다. 식민지 시절에 일본이 많은 자료를 소각시키고 가져가버렸는데 그때 없어진 것이 아닌가 싶습니다. 칙령상의 석도가 독도를 가리킨다는 자료만 찾아내면 독도를 둘러싼 일본과의 영토분쟁을 끝낼 수 있는데……."

"아니, 오히려 그런 기록이 발견되지 않는 것이 당연한 것 아닙니까? 말씀하신 대로 석도나 독도나 돌섬이나 다 같은 말이잖아요? 독도가 석도라는 사실을 별도로 기록할 필요가 없었겠지요."

다음날 김 변호사는 한 교수가 출근하자마자 방으로 찾아갔다. 독도 명칭과 관련해서 자료들을 살펴보았지만 궁금한 점이 많았던 것이다.

"변호사님. 이렇게 일찍 웬일이세요?"

"어제 주신 자료들을 살펴보았는데 궁금한 것들이 많아서요."

"어제 드린 자료들을 벌써 다 보셨어요?"

"네. 잠도 안 오고 해서 보다보니 날이 새버렸습니다."

"아니, 그렇게 하시면 사모님이 싫어하시지 않나요?"

"아! 네, 뭐 그렇지요…… 고종이 독도를 석도라고 한 이유도 명확하지 않은 것 같고 석도 이전의 독도 명칭도 이것저것 여러 가지라 정리가 잘 안 되던데요. 독도라고 불리기 전에는 어떻게 불린 건가요?"

김 변호사는 한 교수가 아내 이야기를 하자 얼버무리고 얼른 화제를 돌려버렸다.

"독도의 명칭에 대해 논란이 많아요. 독도는 역사적으로 우산도(于山島)라고 불려오다가 고종의 개척정책 이후 돌섬, 독섬, 석도, 독도로 불렸어요. 그러다가 1906년 이후에 독도로 일원화되었지요. 우산도라고 불리던 시절에 '우(于)' 자를 잘못 읽어 간산도(干山島), 천산도(天山島), 자산도(子山島)라고 기록한 문헌도 있지만 많지는 않아요. 또 강치가 많다고 해서 가제도, 가지도라고 부른 기록도 있습니다. 하지만 주류는 우산도에서 돌섬으로 그리고 독도로 정착되었다고 보는 것이 맞습니다."

"칙령에서는 왜 전통적 명칭인 우산도 대신 석도라고 한 건가요?"

"그게 명확하지 않습니다. 다만 추측은 가능합니다. 고종은 독도의 명칭과 관련해서 혼란이 있는 것을 바로잡고 싶어 하셨습니다. 〈고종실록〉 고종19년 1882년 4월 7일자 기록입니다."

한 교수가 출력된 내용을 김 변호사에게 건네주었다. 한 교수가 어제 준 자료에도 들어 있던 내용이다.

검찰사 이규원을 소견하였다. 하직인사를 올린다고 하였기 때문이다. 임금이 '울릉도에는 근래에 다른 나라 사람들이 아무 때나 왕래하면서 제멋대로 편리를 도모하는 폐단이 있다고 한다. 그리고 송죽도와 우산도는 울릉도의 곁에 있는데 서로 떨어져 있는 거리가 얼마나 되는지, 또 무슨 물건이 나는지 자세히 알 수 없다. 이번에 그대가 가게 된 것은 특별히 가려 임명한 것이니 각별히 검찰하라. 그리고 앞으로 읍을 세울 생각이니 반드시 지도와 함께 별단에 자세히 적어 보고하라'고 하교하였다. 이규원이 '우산도는 바로 울릉도이며 우산이란 바로 옛날 우산국의 국도 이름입니다. 송죽도는 하나의 작은 섬인데 울릉도와 떨어진 거리는 3수십 리쯤 됩니다. 여기서 나는 물건은 단향과 간죽이라고 합니다'라고 아뢰었다. 임금이 '우산도라고도 하고 송죽도라고도 하는데, 다 〈동국여지승람〉에 실려 있다. 그리고 또 송도, 죽도라고도 하는데 우산도와 함께 이 세 섬을 통칭 울릉도라고 하였다. 그 형세에 대하여 함께 알아보도록 하라'고 하셨다. 이규원이 '삼가 깊이 들어가 살펴보겠습니다. 어떤 사람들은 송도와 죽도는 울릉도의 동쪽에 있다고 하지만 송죽도 밖에 따로 송도와 죽도가 있는 것은 아닙니다'고 아뢰었다.

"다 읽으셨으면 무슨 내용인지 설명해 주시겠어요?"

김 변호사가 다 읽은 것을 확인한 한 교수가 느닷없이 그 내용을 설명해달라고 한다. 김 변호사는 무슨 일인가 싶었지만 나름 설명하기 시작했다.

"네? 아…… 그러니까, 고종이 먼저 송죽도와 우산도, 울릉도의 세 섬을 언급하면서 상호 간의 거리와 산물을 정확하게 조사하라고 명했습니다. 그러자 이규원이 우산도와 울릉도는 같은 섬으로 별개의 섬이 아니고, 3수십 리 떨어져 있는 송죽도만 별개의 섬이라고 주장합니다. 그러자 고종이 우산도, 송죽도, 송도, 죽도…… 어허, 이것 참, 설명하기가 어렵네요."

김 변호사가 설명하는 것을 귀 기울여 듣고 있던 한 교수가 웃으면서 이야기를 이어간다.

"김 변호사님도 막힐 때가 있으시네요. 사실 저도 무슨 말인지 잘 모르겠어요. 섬 이름이 완전 뒤죽박죽이거든요. 고종과 이규원도 서로 동문서답하는 양상입니다. 고종은 이것이 싫었던 겁니다. 섬은 달랑 세 개인데 이름은 여러 개로 서로 헷갈리거든요."

한 교수가 실록상의 내용을 가리키며 설명한다.

"고종은 섬이 세 개라는 사실을 분명히 인식하고 있었습니다. 처음에는 '울릉도 - 송죽도 - 우산도'로 이야기하다가, 나중에 '송도 - 죽도 - 우산도'라고 하고 '이 세 섬을 통칭하여 울릉도라고 하였다'고 말씀하셨어요. 울릉도가 세 개의 섬으로 이루어져 있다는 사실을 정확하게 꿰뚫고 있었습니다. 지금으로 치면 '울릉도 - 죽도 - 독도' 이렇게 세 개의 섬인 것이죠. 하지만 당시에는 조선에서 부르던 이름과 일본에서 부르던 이름이 마구 섞여 혼란을 일으키고 있었습니다. 이규원 역시 마찬가지구요."

이규원은 울릉도로 떠나기 전 하직인사를 드리기 위해 고종을 찾았다. 당연히 울릉도에 대해 많은 공부를 했을텐데도 헷갈리고 있었다. 고종은 이처럼 울릉도와 독도가 여러 가지 명칭으로 불려 혼선이 초래되는 상황을 정리하기 위해 우산도를 석도로, 울릉도를 울도로 개칭하였다는 것이다. 김 변호사는 한 교수의 설명에 푹 빠져들었다. 책으로 읽어서는 쉽게 이해할 수 없었던 내용이었다. 이야기는 계속 되었다.

"울릉도와 독도의 명칭에 관하여 혼란을 겪은 것은 우리뿐만이 아닙니다. 일본도 마찬가지였습니다. 일본은 전통적으로 울릉도를 다케시마(竹島, 죽도), 독도를 마쓰시마(松島, 송도)라고 불렀습니다."

"독도가 다케시마잖아요?"

"맞아요. 하지만 처음에는 울릉도가 다케시마였습니다. 울릉도에 대나무가 많이 난다고 해서 다케시마라고 부른 것입니다."

"그럼 독도를 마쓰시마라고 부른 것은 소나무가 많이 나기 때문인가요?"

"아닙니다. 독도는 돌섬이라 나무가 자랄 수 없습니다. 지금 있는 나무들은 근래에 심은 것이고 독도에는 원래 나무가 자랄 수 없습니다."

"그런데 왜 마쓰시마라고 부른 거죠?"

"울릉도를 다케시마라고 불렀잖아요. 다케시마라는 이름에 맞춰서 마쓰시마라고 부른 겁니다. 일본에서는 소나무와 대나무를 쌍으로 취급하거든요."

"울릉도가 대나무 섬이니 독도를 소나무 섬이라고 부른 것이다…… 이런 말이네요?"

"네. 그러다가 세월이 흘러 독도를 마쓰시마라고 부르는 것조차 잊혀집니다. 오랫동안 가지 않았기 때문이죠. 일본 어민들은 1696년 에도막부가 도해금지령을 내린 이후로 19세기 말까지 200년 동안 울릉도와 독도에 갈 수 없었습니다. 그 사이 서양인들이 독도를 발견하여 리앙쿠르락이라고 해도에 표시했고, 몰래 울릉도에 도항하던 일본 어부들이 독도를 리앙쿠르도라고 불렀습니다. 나중에는 줄여서 량코도라고 불렀구요. 마쓰시마라는 원래 이름은 잊혀졌습니다. 그러던 것이 1905년 독도를 영토로 편입시키면서 다케시마라고 이름

붙여진 것입니다."

"다케시마는 울릉도를 가리키는 명칭이었잖아요?"

"맞아요. 과거 울릉도를 가리키던 다케시마가 이제는 독도를 가리키는 명칭이 된 것이죠. 일본도 명칭에 혼란을 일으킨 겁니다."

1904년 11월 15일 시마네현 내무부장 호리 신지가 오키도사 아즈마 후미수케에게, 리앙쿠르도암을 시마네현에 편입시키기 위해 이름을 붙여야 하는데 어떤 이름으로 하면 좋을지 물었다. 그러자 아즈마 후미수케 오키도사가 다케시마라고 명명하는 것이 타당하다고 답변했고 독도는 다케시마가 되었다고 한다. 한 교수의 설명은 명쾌했다. 김 변호사는 머릿속이 맑아지는 느낌이었다.

"설명을 염두에 두고 다시 한 번 자료들을 검토해 보겠습니다. 정말 고맙습니다."

김 변호사는 한 교수에게 감사를 표하고 방을 나섰다. 마침 이미주 사무관이 한 교수가 요청한 자료를 들고 오고 있었다. 이미주 사무관이 김 변호사의 손에 들린 자료들을 보고 반갑게 인사한다.

"안녕하세요, 변호사님. 여기 계셨군요. 말씀하신 자료는 방에 가져다 놓았습니다."

"아, 이 사무관. 좋은 아침입니다. 한 교수님께 자료 갖다드리려고 오셨군요."

"네."

"그럼 수고해요."

김 변호사가 자기 방으로 향하자 이 사무관이 한 교수의 방으로 들어선다.

"교수님, 안녕하세요. 요청하신 자료 가져왔습니다."

216

"아. 고마워요."

한 교수가 반갑게 맞이하며 자리에서 일어나 자료를 받아든다.

"사무관님. 저기…… 김 변호사님 가족이 어떻게 되나요? 애들도 있는 것으로 알고 있는데……."

"네. 아들만 둘이라고 하시네요. …… 사모님은 몇 년 전에 세상을 떠나셨대요. 둘째 아이를 낳고 얼마 안 되어 그런 일이 있었다고 들었습니다. 그런데 왜요?"

"난 그것도 모르고…… 아닙니다. 자료는 다 있던가요? 혹시 빠진 것은 없나요?"

김명찬 변호사는 그 뒤로도 며칠간 독도의 명칭에 대해 파고들었다. 관련 자료도 찾아보고 한서현 교수에게 수시로 전화하여 궁금한 것들을 묻곤 했다.

"일본이 독도를 다케시마라고 명명한 저의가 있지 않을까요? 과거의 불리한 역사기록을 희석시킨다든가 혼란을 초래한다든가, 뭐 그런 속셈 같은 거요?"

"글쎄요. 만약 그러려고 했다면 완전히 새로운 이름을 쓰지 않았을까요? 다케시마라는 이름으로는 오히려 일본에 불리한 기록들이 더 많거든요. 어쨌든 저번에 말씀드린 것 외에 독도가 다케시마라고 이름 붙여진 경위에 관한 다른 기록은 없어요."

"그렇습니까? 그런데 왜 자꾸 이상한 생각이 드는지 모르겠습니다. 일본 사람들처럼 꼼꼼한 사람들이 너무 허술하게 이름을 붙인 것 같다는 생각이 머릿속을 떠나지 않습니다."

"글쎄요. 저도 한번 생각해 보겠습니다."

준비서면

사건   독도 – 다케시마 케이스
원고   대한민국
피고   일본

원고는 다음과 같이 변론을 준비합니다.

다 음

1. 피고는 칙령상의 석도가 사건대상을 가리키는 것이 아니라고 하나 석도는 사건대상을 가리키는 것이 분명합니다.

2. 칙령을 공포한 고종황제는 울릉도와 독도를 둘러싼 명칭상의 혼란을 바로잡고자 울릉도를 울도로 개칭하고 돌섬 내지 독섬이라 불리던 사건대상을 석도라고 명명하였습니다. 돌섬이나 독섬을 한자로 표기하면 석도(石島)가 되기 때문입니다. 사건대상을 가리키는 영문 명칭 '리앙쿠르락(Liancourt Rocks)'의 'Rocks'을 한문으로 옮기면 '석(石)'이 됩니다.

3. 육지에서 멀리 떨어져 있는 섬의 명칭을 명확하게 인식하기는 쉽지 않습니다. 특히 울릉도와 사건대상의 명칭에 대해서는 혼란이 많았습니다. 피고 또한 사건대상을 처음에는 '마쓰시마'라고 부르다가 '량코도'라고 불렀고, 1905년에는 과거 울릉도의

일본명칭 '다케시마'라고 이름 붙이는 등 혼선을 겪었습니다.

4. 피고는 원고의 국민들이 사건대상을 독도라고는 불러도 석도라고는 부르지 않는다며, 칙령상의 석도는 사건대상을 가리키는 것이 아니라고 주장합니다. 하지만 석도는 독도와 같은 의미로 원고의 국민들은 석도 또는 독도를 같은 의미로 혼용하고 있습니다. 또한 일본인들은 독섬을 '도쿠소무'라고 발음합니다. 이 도쿠소무를 한문으로 옮겨 쓰면 독도가 됩니다.

5. 이상 살펴본 바와 같이 칙령 제41호의 석도는 바로 사건대상을 가리키는 것이 분명합니다. 고로 원고의 영토인 사건대상을 무주지라고 하여 영토로 편입시킨 피고의 행위는 무효입니다.

증 거

1. 갑제21호증의1 내지 3   각 사진 및 행정구역표
1. 갑제21호증의4   니이타카호 1904년 9월 25일자 행
            동일지
1. 갑제21호증의5   1899년 〈조선수로지〉 제2판 소안
            항(所安港) 조

2017. 1. 30.

원고 대한민국

소송대리인 김명찬

증거를 보겠습니다. '갑제21호증의1 내지 3'은 한국에 소재한 제3의 독도와 석도의 사진 및 행정구역표입니다. 한국에는 3,000여 개의 섬이 있습니다. 동일한 속성을 가진 섬에는 필연적으로 동일한 이름이 부여될 수밖에 없습니다. 한국에는 독도라는 섬이 여러 개 있습니다. 마치 일본에 다케시마라는 섬이 다수 존재하는 것과 같은 이치입니다. 사진을 보면서 설명드리겠습니다.

먼저 전남 신안군 비금면 수치리에 있는 상독도와 하독도의 사진입니다. 다음은 전남 완도군 노화읍 충도리에 있는 석도의 사진입니다. 다음은 전남 고흥군 금산면 오천리에 있는 독도의 사진입니다. 이 섬들은 모두 바위로 이루어져 있습니다. 이러한 이유로 현지인들은 이 섬들을 모두 돌섬 또는 독섬이라고 부르고 있습니다. 돌섬 또는 독섬을 한문으로 전환하면서 음을 취하면 독도, 뜻을 취하면 석도가 되는 것입니다.

다음은 '갑제21호증의4' 니이타카호 행동일지입니다. 보시는 바와 같이 '한인은 사건대상을 독도라고 쓴다'고 되어 있습니다. 이것은 독섬을 한문으로 옮겨 쓰면 독도가 된다는 것을 나타낸 것입니다.

다음은 '갑제21호증의5' 1899년 〈조선수로지〉 제2판 소안항(所安港) 조입니다. 조금 전에 보았던 전남 완도군 노화읍 충도리 석도가 표시되어 있습니다. 석도라는 이름 옆에 일본어 가타카나가 적혀 있습니다. 확대해서 보겠습니다. 바로 이 부분입니다. 어떻습니까? 일본어로 '도쿠소무'라고 쓰여 있습니다. 석도가 바로 도쿠소무이고, 도쿠소무가 독도인 것입니다. 이상입니다.

"국장님, 한국 측 주장이 상당히 설득력 있어 보이는데요?"

이키 변호사가 사뭇 낮아진 목소리로 입을 열었다.

"네? 어느 부분이 그렇죠?"

"명칭상의 혼란을 바로잡기 위하여 석도라고 개칭했다는 부분 말입니다. 한국 측 서적에 지금까지 이런 주장은 없었던 것 같은데요. 새로운 주장입니다."

그러자 잠시 침묵하던 이스미 국장이 고개를 가로저으며 입을 열었다.

"글쎄요. 하지만 고종이 다케시마의 존재를 실제로 알았을 가능성은 매우 희박합니다. 고종은 칙령을 반포하기 전에 울릉도의 현황을 조사하기 위하여 관리들을 파견했습니다. 1882년에는 이규원, 1900년에는 우용정을 파견했습니다. 하지만 이들의 보고서에는 다케시마에 대한 이야기가 전혀 없었습니다. 다케시마가 있는지조차 모르는 고종이 어떻게 이름을 개칭할 수 있었을까요?"

"이규원이나 우용정의 보고서에 정말 다케시마에 대한 언급이 전혀 없습니까?"

"네. 전혀 없습니다. 오히려 이규원의 보고서에는 울릉도 근처에 관음도나 죽도 외에 다른 섬은 없다고 기술되어 있습니다. 고종은 이규원을 파견하기 전에 이규원을 불러 울릉도에 부속한 섬들에 관하여 자세히 알아보라고 특별 지시까지 했습니다. 이규원은 지시에 따라 성인봉에 올라 울릉도 주변을 살펴보았고 다른 섬은 찾지 못했다며 기록으로 남겼습니다."

우용정의 보고서 또한 마찬가지였다. 다케시마에 관한 이야기는 단 한 마디도 없었다. 결국 대한제국은 독도의 존재를 아예 모르고 있던 것이 틀림없다.

"말씀하신 자료들은 다 가지고 계시죠?"

이키 변호사의 눈이 빛나고 있었다.

"그럼요."

◯   준 비 서 면

사건   독도 – 다케시마 케이스

원고   대한민국

피고   일본

피고는 다음과 같이 변론을 준비합니다.

다 음

1. 원고는 대한제국 칙령 제41호의 석도가 바로 사건대상을 가리키는 것이라고 주장하지만 석도는 사건대상을 가리키는 것이 아닙니다.

첫째, 위 칙령을 반포한 고종은 울릉도의 현황을 조사하기 위하여 1882년 4월 이규원을, 1900년 5월 우용정을 각 파견했습니다. 하지만 이들의 보고서에는 사건대상에 대한 언급이 전혀 없습니다. 특히 이규원이 제작한 〈울릉도외도〉라는 지도에는 사건대상이 전혀 나타나 있지 않습니다. 울릉도를 현지 조사한 조사관들의 보고서에도 없는 사건대상을 어떻게 칙령에 포함시킬 수 있다는 것인지 이해할 수 없습니다.

둘째, 그 명칭도 의문입니다. 칙령 반포 1년 전, 원고 측 〈황성신문〉에 '울릉도사황'이라는 제목의 기사가 실렸습니다. 그런데 이 기사에는 석도라는 명칭이 전혀 나타나 있지 않습니다. 원고는 울릉도 거주민들이 사건대상을 돌섬 내지 독섬이라 불렀다고 하지만 그런 명칭도 없습니다.

셋째, 1906년 〈황성신문〉 기사에는 울도군의 관할에 대하여 기술하고 있는데 사건대상이 포함되어 있지 않습니다.

넷째, 칙령 반포 후 불과 7년 뒤에 발간된 장지연의 《대한신지지》에는 독도 내지 석도에 관한 언급이 전혀 없습니다. 단지 울릉도의 속도로 우산도가 있다는 기재가 있을 뿐입니다. 이 책에 첨부되어 있는 〈대한전도〉에는 아예 사건대상이 표시되어 있지도 않습니다. 또한 해방 직후 1946년에 발간된 최남선의 《조선상식문답》은 조선의 영토에 대해 기술하고 있는데, 조선의 동쪽 끝이 울릉도로 되어 있고 사건대상은 아예 포함되어 있지 않습니다.

2. 이상 살펴본 바와 같이 칙령 반포 전에 울릉도 현황을 조사하기 위해 파견된 관리들이 사건대상에 대하여 전혀 보고하지 않았다는 점, 〈황성신문〉에 돌섬 내지 석도라는 표현이 없다는

점, 칙령 반포 이후의 여러 서적에도 석도 내지 독도에 대한 기술이 없다는 점 등을 종합해 볼 때, 위 칙령상의 석도는 사건대상을 지칭하는 것이 아닙니다.

3. 정황에 비추어 볼 때 칙령상의 석도는 울릉도에 부속해 있는 관음도 또는 울릉도 주변에 분포되어 있는 바위섬들을 총칭하여 가리키는 것으로 보입니다. 그럼에도 불구하고 원고는 석도가 사건대상을 가리키는 것이라며 억지로 끼워 맞추고 있는 것입니다.

증 거

1. 을제17호증의1   이규원의 〈울릉도검찰일기〉
1. 을제17호증의2   이규원의 〈울릉도외도〉
1. 을제17호증의3   우용정의 〈울도기(鬱島記)〉
1. 을제18호증의1   1899년 9월 23일자 〈황성신문〉 기사
1. 을제18호증의2   1906년 7월 13일자 〈황성신문〉 기사
1. 을제19호증의1   장지연의 《대한신지지》
1. 을제19호증의2   〈대한전도〉
1. 을제20호증   1946년 최남선의 《조선상식문답》

2017. 2. 10.

피고 일본

소송대리인 이키 유스케

증거를 보겠습니다. '을제17호증의1 내지 3'은 고종이 울릉도에 파견한 관리들이 제출한 보고서들입니다. 하지만 여기에는 사건대상에 대한 언급이 전혀 없습니다. 오히려 이규원의 보고서에는 관음도와 2킬로미터 거리에 있는 죽도에 대해서는 기술되어 있지만 사건대상에 대해서는 전혀 기술되어 있지 않고, 오히려 성인봉에 올라 사방을 둘러보며 다른 섬이 있는지 찾아보았지만 찾지 못했다고 기록하고 있습니다.

사방을 둘러보았지만 바다에는 한 점의 도서도 없었다.

현지에 파견된 관리들조차 알 수 없었던 사건대상을 구중궁궐에 있는 고종이 어떻게 알 수 있었겠습니까? 다음은 '을제18호증의1' 1899년 9월 23일자 〈황성신문〉 기사내용입니다. 여기에 석도라는 명칭이 나와 있는지 보겠습니다.

〈울릉도사황〉

울진의 동해에 한 섬이 있어 울릉이라 하는데, 그 부속한 6개 섬들 가운데 가장 현저한 것이 우산도, 죽도이니 《대한지지》에 이르기를 울릉도는 옛날 우산국이라, 지방이 100리요…….

칙령 반포 불과 1년 전의 기사임에도 불구하고 석도라는 명칭은 전혀 찾을 수 없습니다. 돌섬이나 독섬이라는 명칭도 역시 보이지 않습니다. 다음은 '을제18호증의2' 1906년 7월 13일자 〈황성신문〉 기사내용입니다. 울도군의 관할에 대한 기사입니다.

〈울도군의 배치 전말〉

통감부에서 내부에, 강원도 삼척군 관하 소재 울릉도에 속하는 도서와 군청이 처음 설치된 연월을 자세히 알리라하여 답하되, 광무 2년 1898년 5월 20일 울릉도감으로 설립하였다가, 광무 4년 1900년 10월 25일에 정부회의를 거쳐 군수를 배치하였으니, 군청은 태하동에 두고, 이 군이 관할하는 섬은 죽도와 석도요. 동서가 60리, 남북이 40리, 합 200여 리라고 하였다더라.

우선 이 기사의 내용을 보면 울도군이 관할하는 섬에 석도가 포함되어 있음을 알 수 있습니다. 주목할 부분은 동서가 60리라고 한 부분입니다. 울도군의 관할범위가 동서로 60리라는 것인데, 한국에서 1리는 0.4킬로미터이므로 60리는 24킬로미터에 해당합니다. 울릉도에서 사건대상까지가 90여 킬로미터이니 동서 24킬로미터에 불과한 울도군에는 당연히 사건대상이 포함될 수 없습니다. 〈황성신문〉 기사내용에 의할 때 24킬로미터 범위 내에 속한 석도는 사건대상을 가리키는 것이 아닙니다. 칙령상의 석도는 아마도 울릉도 바로 옆에 있는 관음도나 울릉도 주변의 바위섬들을 가리키는 표현일 것입니다.

'을제19호증의1 내지 2'는 1907년 한국의 유명한 학자인 장지연이 펴낸 《대한신지지》와 〈대한전도〉입니다. 《대한신지지》에는 우산도라는 표현만 있을 뿐 석도라는 명칭은 전혀 나타나지 않습니다. 심지어 독도라는 명칭도 없습니다. 칙령이 반포된 뒤임에도 불구하고 석도나 독도라는 명칭이 없다는 것은 원고가 전통적으로 사건대상을 인식하지 못하고 있었다는 증거입니다. 이 책에 부도로 삽입된 〈대한전도〉를 보겠습니다. 아예 사건대상을 그려 넣지도 않았습니다.

다음 '을제20호증'은 1946년 한국의 유명한 학자 최남선이 펴낸

《조선상식문답》으로, 이 책은 조선의 영토에 대하여 기술하고 있습니다. 조선의 동쪽 부분에 대한 기록입니다.

조선의 동쪽 끝은 동경 130도 56분 23초의 경상북도 울릉군 죽도

여기의 죽도는 울릉도에서 2킬로미터 거리에 있는 죽섬을 말합니다. 최남선은 경도까지 정확하게 표시하여 논란의 여지가 없게끔 명확하게 표시하고 있습니다. 동경 131도 52분 10.4초에 위치한 사건 대상은 아예 조선의 영토에 포함되어 있지도 않습니다. 이상입니다.

"이규원과 우용정의 보고서에 독도에 관한 언급이 전혀 없습니까?"

일본 측의 준비서면을 살펴본 김 변호사가 한 교수에게 물었다.

"네. 없어요."

"고종과 이규원의 대화를 다시 볼 수 있을까요?"

"잠깐만요. 여기 있네요."

김 변호사가 실록을 살펴보면서 한참 생각하더니 고개를 끄덕이며 말한다.

"이규원은 독도에 대해 큰 관심이 없었던 것 같습니다. 그의 주 임무는 울릉도에 촌락을 조성할 수 있는지 조사하는 것이었습니다. 고

종은 울릉도에 읍을 세울 생각이니 반드시 지도와 함께 별도로 자세히 보고하라고 강조했습니다. 이규원은 울릉도만 조사하는 데에도 많은 노력을 기울여야 하는 처지였습니다. 독도에 대해 이규원이 할 수 있는 최선의 조사는 보고서에 기록된 대로 맑은 날 성인봉에 올라 다른 섬이 있는지 살펴보는 정도였을 겁니다. 마침 독도는 보이지 않았고 더 이상 조사할 필요성을 느끼지 못했을 겁니다."

김 변호사가 실록을 가리키며 말을 잇는다.

"여기 실록을 보면 이규원은 우산도의 실체에 대해서 회의적입니다. '우산도는 울릉도이고 우산이란 옛날 우산국의 국도 이름입니다'라고 하고 '어떤 사람들은 송도와 죽도는 울릉도의 동쪽에 있다고 하지만 송죽도 밖에 따로 송도와 죽도가 있는 것은 아닙니다'라고 말하고 있습니다. 그는 울릉도를 3군도가 아닌 2군도로 생각한 것입니다. 울릉도와 송죽도, 두 개의 섬으로 구성되어 있다고 본 겁니다. 고종의 3군도와는 완전히 다릅니다. 그는 울릉도에 가서 2킬로미터 거리에 있는 죽도를 보았고 죽도가 바로 송죽도라고 생각했을 겁니다. 성인봉에 올라 살펴보니 마침 다른 섬은 보이지 않았고 자신의 견해를 더욱 확신하게 되어 더 이상 조사할 이유가 없었을 겁니다."

한 교수는 내심 놀라고 있었다. 이 부분을 수없이 읽어봤지만 한 번도 그런 생각을 해본 적이 없었기 때문이다.

"이규원이 울릉도에 머물렀던 기간이 얼마나 되죠?"

"잠깐만요. 확인해볼게요. 울릉도에 도착한 날이 1882년 4월 30일이고 울릉도를 떠난 날이 5월 6일입니다. 그러니까 6박8일이 되네요. 도보 조사가 5박6일, 선박 조사가 1박2일이었습니다."

"당시 차가 있었던 것도 아니고 결코 긴 시간이 아닙니다. 기간 내에 울릉도를 다 돌아보기도 빠듯한데 독도까지 신경 쓸 여유가 없었을 겁니다."

김 변호사는 잠시 숨을 골랐다. 한 교수의 눈에 비친 김 변호사는 처음 만났을 때보다 수척해져 있었다. 숨 가쁘게 이어지는 조사와 변론으로 인해 그 누구라도 지치고 수척해지지 않을 수 없을 것이다.

"1900년에 일본인들이 독도에서 조업활동을 한 기록이 있습니까?"

쉬는 것도 잠시, 이내 질문이 이어졌다.

"거의 없어요. 전복을 채취했다는 정도의 기록만 있습니다. 아직 강치잡이를 시작할 때는 아니었으니까요."

김 변호사는 재빨리 말을 받았다.

"우용정도 마찬가지입니다. 우용정의 임무는 일본인들이 울릉도에서 저지르고 있는 자원수탈 상황을 조사하는 것이었습니다. 당시 일본인들은 독도에서까지 자원을 수탈하고 있지는 않았습니다. 울릉도와 죽도에서 목재를 베고 수산물을 채취하는 것이 주를 이루고 있었으니까요. 당연히 독도는 관심대상이 아니었을 것이고 독도에 관해 기록할 이유가 없었을 겁니다."

한 교수는 고개를 끄덕이며 듣고 있었다. 타당한 추론이었다.

"우용정이 이끈 조사단의 성격을 살펴볼 필요가 있을 것 같아요. 이 조사단은 한국, 일본, 영국의 3국 합동조사단이었습니다. 대한제국 측에서는 1899년 10월에 시찰위원으로 임명된 우용정이 대표를 맡았고, 일본 측에서는 재부산일본부영사관보 아카쓰카 쇼스케가 대표를 맡았습니다. 그리고 부산해관 세무사인 영국인 라포트(E. Raporte, 羅保得)가 포함되었습니다. 일본 측에서는 밀입국자 처리를 위해 경찰까지 동행시켰습니다."

"조사는 언제 이루어졌습니까?"

"1900년 6월 1일부터 5일까지였습니다."

"겨우 5일요? 조사 후엔 어떻게 됐죠?"

"우용정뿐만 아니라 영국인 세무사 라포트도 보고서를 제출했습니다. 우용정은 울릉도 도감이 서기나 사환도 없이 일본인과 도민들의 불법행위를 지휘 통제할 수 없다고 생각하고 관제개편을 건의했습니다."

머릿속에 무언가 희미하게 그려져가는 것을 느낀 김 변호사의 말에 힘이 들어갔다. 그의 질문이 계속되었다.

"1900년을 전후해서 고종의 거처가 어떻게 되죠? 당시 영국, 프랑스, 러시아, 일본 등이 조선을 먼저 강점하려고 난리였고 아관파천 같은 일도 있었잖아요?"

"아관파천은 고종이 경복궁에서 러시아공사관으로 거처를 옮긴 1896년 2월 11일부터 1897년 2월 20일까지 꼭 1년 동안의 기간을 말합니다. 이 기간 동안 고종은 러시아공사관에서 정무를 보다가 경운궁(덕수궁)으로 환궁했습니다."

"러시아공사관에서 고종은 어떤 대접을 받았나요?"

"러시아로서는 일본을 견제할 수 있는 좋은 기회였습니다. 당연히 최고의 대우를 해주었습니다. 그 결과 러시아가 주도권을 쥐게 되었습니다. 이때 울릉도 삼림채벌권을 비롯한 각종 경제 이권들이 러시아로 넘어갔습니다. 고종은 환궁 후 10월 12일 황제 즉위식을 하고 대한제국을 선포하는 등 자주국가로서의 위상을 갖추려고 노력했습니다. 한국을 러시아에 뺏길 수도 있다는 위기감을 느낀 일본은 러시아를 축출하기 위해 러일전쟁을 일으키게 됩니다."

일본은 이규원이나 우용정의 보고서에 독도에 관한 언급이 전혀 없다는 것을 이유로 고종이 독도를 인식하지 못하고 있었다고 몰아붙이면서, 칙령 제41호의 석도는 독도를 가리키는 것이 아니라고 주장하고 있다. 한국으로서는 고종이 이규원이나 우용정의 보고서가 아니더라도 다른 경로를 통해 독도를 인식하고 있었다는 증거가 필요했다.

"고종이 러시아공사관에 있을 때 러시아 해도나 서구열강들의 해도를 보지는 않았을까요? 고종은 우리 영토에 관심이 많았잖아요. 당연히 세계열강들의 지도를 보며 우리 영토를 인식하려고 노력했을 것 같은데요. 혹시 고종이 서구열강들의 지도를 보았다는 기록은 없나요? 고종이 서양인들이 제작한 지도를 보았다면 당연히 지도에 나타난 울릉도와 독도를 확인했을 것 아닙니까?"

"글쎄요. 그런 기록은 보지 못했습니다. 한번 찾아보겠습니다."

김 변호사의 지적은 옳았다. 서구열강과 접촉하던 시절에 서양지도를 보지 않았을 리 없다. 당시는 서양문물에 호기심이 많던 시절 아닌가?

준 비 서 면

사건   독도 – 다케시마 케이스
원고   대한민국
피고   일본

원고는 다음과 같이 변론을 준비합니다.

다 음

1. 피고는 칙령상의 석도는 사건대상을 가리키는 것이 아니고 울릉도에 근접해 있는 관음도나 인근의 다른 바위섬들을 지칭하는 것이라고 주장합니다. 그러나 피고의 주장은 부당합니다.

첫째, 울릉도 주변에는 죽도와 관음도와 사건대상 등 세 개의 섬을 제외하고는 섬이라고 불릴 만한 것이 없습니다. 섬 주변의 암초들에 대해서는 무슨무슨 바위라고는 해도 섬이라고는 하지 않습니다. 여기저기 흩어져 있는 이런 바위들을 총칭하여 섬이라고 하지도 않습니다. 따라서 석도가 이런 바위들을 가리키는 것이라는 주장은 타당하지 않습니다.

둘째, 관음도는 나무가 무성하여 석도라고 불릴 이유가 전혀 없습니다. 주민들은 관음도를 깍새가 많이 서식한다고 하여 깍새섬, 깍개섬이라고 부르거나 울릉도의 목에 해당한다고 하여 섬목 또는 도항이라고는 불러도 돌섬, 독섬, 석도라고는 부르지 않습니다. 그러므로 칙령상의 석도가 관음도를 가리킨다는 주장도 부당합니다.

2. 1899년 〈황성신문〉 기사에는 '울릉도 주변의 섬 중에 현저한 것'이라고 하여 가장 먼저 우산도를 꼽고 그 다음으로 죽도를 꼽았습니다. 현저(顯著)하다는 것은 크고 높다는 것입니다. 우산도가 죽도보다 먼저 기재된 것은 우산도가 죽도보다 더 크고 높기 때문입니다. 울릉도 주변에 죽도보다 더 크고 높은 섬은 사건대상밖에 없습니다. 관음도는 죽도보다 훨씬 작은 섬입니다. 이러

한 관음도가 죽도보다 먼저 기재될 수는 없습니다. 따라서 〈황성신문〉상의 우산도는 사건대상을 가리키는 것이 명백합니다.

3. 1906년의 〈황성신문〉 기사상의 '동서 60리'라는 표현은 울도군의 관할구역을 표현한 것이 아니라, 울릉도의 동서 길이를 표현한 것입니다. 울릉도는 관용적으로 '동서 60리, 남북 40리, 합 200리'라고 표현되고 있었습니다. 〈황성신문〉상의 기사내용은 이러한 표현을 옮긴 것뿐입니다. 따라서 위 표현을 근거로 사건대상이 울도군의 관할에 포함되지 않았고 칙령상의 석도가 사건대상을 가리키는 것이 아니라고 주장하는 것은 부당합니다.

4. 피고는 이규원과 우용정의 보고서에 사건대상에 대한 언급이 없다는 점을 근거로 고종이 사건대상의 존재를 알 수 없었을 것이라고 주장합니다. 그러나 이는 1900년 전후의 시대상황을 전혀 고려하지 않은 편협한 주장입니다.

당시 원고는 서양열강들과 접촉하고 있었고 고종은 러시아대사관에 머무르다 환궁한 상태였습니다. 당시 고종은 서양열강이나 러시아 해도를 통해 동해상에 울릉도와 사건대상이 존재한다는 사실을 잘 알고 있었습니다. 특히 고종은 울릉도와 사건대상에 대해 관심이 많았습니다. 고종은 서양인들이 작성한 해도를 통해 울릉도와 사건대상을 정확하게 인식하고 이것을 칙령으로 구체화하여 발표했던 것입니다.

특히 전술한 바와 같이 석도라는 명칭은 리앙쿠르락의 'rocks'를 한문으로 표현한 것이라는 점에 유의하여 주시기 바랍니다.

증 거

1. 갑제22호증   관음도 사진
1. 갑제23호증의1   1895년《조선지지》
1. 갑제23호증의2   1861년〈대동여지도〉
1. 갑제23호증의3   1858년경〈대동방여도〉

2017. 2. 21.

원고 대한민국
소송대리인 김명찬

증거를 보겠습니다. '갑제22호증' 관음도 사진입니다. 보시는 바와 같이 관음도에는 수목이 무성합니다. 이러한 관음도가 돌섬 내지 독섬을 의미하는 석도라고 불릴 이유가 전혀 없습니다. 다음 '갑제23호증의1'은 1895년에 발간된《조선지지》입니다.

울릉도는 울진에 있으니 둘레가 200여 리 동서가 60여 리요 남북이 40여 리라.

1906년〈황성신문〉에 기재된 기사와 동일한 내용입니다. '갑제23호증의2'〈대동여지도〉와 '갑제23호증의3'〈대동방여도〉의 울릉도 지도에 기재된 내용 또한 동일합니다.

동서 60여 리 남북 40여 리 주 200여 리

결국 〈황성신문〉 기사는 이러한 관용적 표현을 그대로 옮겨 적은 것으로 울도군 전체의 관할을 표시한 것이 아닙니다. 이상입니다.

이스미 국장이 걱정스러운 듯이 물었다.

"이키 변호사, 어째 우리가 자꾸 밀리는 듯한 느낌이 드는데…… 내가 이상한 겁니까?"

"아닙니다. 한국쪽 변호사가 거세게 밀어붙이고 있습니다. 하지만 영토편입과 관련해서는 아직 결정적인 한 가지가 남아 있습니다."

"그게 뭡니까?"

이스미 국장이 고개를 앞으로 숙이고 마치 누가 들으면 안 된다는 듯이 조용한 목소리로 묻는다.

"국제법상 '묵인의 법리'입니다. 대한제국정부는 다케시마가 우리 영토로 편입된 사실을 알고도 아무런 조치를 취하지 않았습니다. 이것은 빠져나가지 못할 겁니다. 러시아학자 중에 이런 주장을 하는 학자가 있습니다."

불행히도 시마네현 고시 제40호는 일본이 한국을 보호국으로 만들었던 1905년 11월 17일 을사조약 이전에 발하여졌다. 만약 이 고시가 을사조약

이후에 발령되었다면 그것을 무효로 보기 위한 방법을 찾을 수 있을 것이다. 1905년 중반까지 한국은 법적으로 자주국가였음에도 불구하고 고종황제는 일본의 영토편입에 대해 실효적인 대응을 하지 않았다. 이러한 이유로 일본은 독도 영토편입이 합법적이라고 주장하는 것이다.

"그러니까 설사 무주지 편입이 적법하지 않더라도 묵인에 의하여 유효하다 그런 말이네요?"

"네. 그렇습니다."

"국장님, 우리가 도서를 영토로 편입시킬 때 외국에 통보한 적이 있습니까?"

"우리 대일본제국은 1872년 오키나와를 병합한 이후 총 8건의 도서 영토편입 조치를 취했습니다. 이중에 통보절차를 거친 것은 1876년 오가사와라제도를 편입시킬 때뿐이었습니다. 나머지 7건의 경우에는 통보절차가 일체 없었습니다."

오가사와라제도는 도쿄 동남쪽 1,000킬로미터 지점에 30여 개의 섬으로 이루어져 있다. 일본은 1876년 3월 내무성에 오가사와라 섬 사무소를 설치 운영하면서, 1876년 10월 오가사와라 섬에 시행할 신법령을 제정하고 10월 17일 일본에 있는 각국 공사관에 오가사와라 섬을 일본영토로 관리할 것이라고 통보했다.

"이때 통보를 한 것은 이 섬에 우리나라 사람들 외에 다른 나라 사람들도 일부 거주하고 있었기 때문입니다. 다른 섬들은 모두 무인도라서 별도로 통보할 필요가 없었습니다."

"아저씨, 저기 좀 보세요. 저기 뭐가 있어요!"

"뭐가 있다고 그렇게 호들갑이야?"

"저기요. 저기 뾰족하게 보이는 거요. 산 같은데요. 어제까지는 분명히 없었는데, 오늘 갑자기 나타났어요. 저게 뭐죠?"

"어디? 뭐가 있다는 거야? 아…… 저거! 독섬이야!"

"독섬이라고요?"

"그래, 독섬이지. 독섬은 오늘처럼 날씨가 좋은 날에만 보여! 자네는 이 섬에 온 지 얼마 안 돼서 독섬을 처음 본 모양이구만."

"예. 제가 보초로 올라온 지가 이제 4일째잖아요. 어제까지는 저섬이 안 보였는데…… 꽤 멀리 떨어져 있는 섬인가 보죠?"

"음…… 반나절은 가야 해."

"저 섬에도 사람이 사나요?"

"물이 안 나서 사람은 살 수가 없어. 말 그대로 독섬이야. 하지만 독섬은 우리에게 생명줄이나 다름없는 소중한 섬이야."

"소중하다고요? 왜요?"

"식량이 다 떨어져서 식구들을 먹일 수가 없을 때 우리가 기댈 곳은 독섬밖에 없다네."

"독섬에 뭐 먹을 것이 있나요?"

"그럼, 독섬에 강치가 많지."

"강치요?"

"그래, 강치. 아참, 자네는 한 번도 본 적이 없겠구만. 물에 사는 짐

승이야. 덩치가 송아지만 하고 지느러미로 기어 다니지. 독섬에 가면 그런 강치들이 셀 수 없이 많아. 그 놈 한 마리면 다섯 식구가 한두 달은 족히 먹을 수 있어. 그리고 강치에서 기름을 짤 수 있는데 그걸로 호롱불을 밝힌다네. 안그래도 조만간 강치 잡으러 간다던데…… 자네도 같이 감세나."

노인은 그렇게 말하고 바위 중턱으로 천천히 내려갔다. 무언가를 더 물어보고 싶었으나 갑자기 목소리가 나오지 않는다. 무슨 일이지……?

독도 재판에 몰입하고 있는 김 변호사는 자주 꿈을 꾸고 있었다. 주로 법정에서 변론을 하거나 소송자료를 읽는 꿈이었다. 고시공부를 할 때에도 공부하는 꿈을 꾼 적이 많았기 때문에 으레 그러려니 했다. 그런데 이번 꿈은 전혀 달랐다. 한 노인과 이야기를 나누던 자신의 모습이나 멀리서 바라본 독섬의 광경이 너무나 생생했다. 마치 단편영화를 본 것처럼…….

준 비 서 면

사건   독도 – 다케시마 케이스
원고   대한민국
피고   일본

피고는 다음과 같이 변론을 준비합니다.

다 음

1. 원고는 영토편입 고시가 지방 관보에 고시되었고 외국에 통보되지 않았기 때문에 국제법상 효력이 없다고 주장합니다. 그러나 국가차원의 고시나 외국에의 통보는 영토편입의 필수 요건이 아닙니다.

2. 1888년 국제법학회는 영토편입의 공표 방식은 각국의 관행에 따른 형식을 취해도 좋다고 선언하였습니다. 시마네현청 역시 국가기관이고 국제법은 국가의 의사표시 방법을 특정하고 있지 않으므로 시마네현 고시도 국제법적으로 문제가 없습니다.
　피고는 1900년을 전후하여 수차례 영토편입을 하였는데 그때마다 지방관서에서 영토편입 사실을 고시하였습니다. 내각의 결정에 기초하여 시마네현 지사가 고시한 것은 당시 피고가 취하고 있던 통상의 편입 방법에 따른 것으로 적법합니다.

3. 원고는 피고가 비밀리에 영토편입을 추진하였다고 하는데 결코 그렇지 않습니다. 사건대상이 영토로 편입된 사실은 1905년 2월 24일 시마네현 지방지인 〈산인신문〉에 '오키의 새 섬'이라는 제목으로 기사화되었고, 동경지학협회 〈지학잡지〉 제196호에도 '제국 신영토 다케시마'라는 제목으로 기사화되었습니다. 만일 피고가 영토편입 사실을 비밀에 부치고자 했다면 고시는 물론 기사화되지도 않았을 것입니다.

4. 결정적으로 원고는 사건대상이 피고의 영토로 편입된 사실을 알고도 일체 문제를 제기하지 않았습니다. 이는 국제법상 묵인에 해당하며, 영토편입을 묵인했던 원고가 지금에 와서 무효라고 주장하는 것은 '금반언의 원칙'상 허용될 수 없습니다. 1906년 3월 28일 피고는 울도군수 심흥택에게 사건대상이 피고의 영토로 편입된 사실을 알렸습니다. 심흥택은 즉시 보고서를 작성하였고, 대한제국 중앙정부에 전달되었습니다. 하지만 대한제국은 어떠한 문제제기도 하지 않았습니다. 귀 재판소는 1962년 캄보디아와 태국 사이의 프레아 비헤어 사원 사건(Case concerning the Temple of Preah Vihear)에서 묵인의 효력을 인정하여 동 사원이 캄보디아에 속한다고 판결한 바 있습니다. 사건대상에 대해서도 이러한 법리가 적용되어야 할 것입니다.

시암 당국은 지도에 대하여 동의하지 않는다든지 혹은 이와 관련하여 심각한 문제를 제기한다든지 반응을 보여야 했다. 그러나 시암 당국은 당시 혹은 수년간 그렇게 하지 않았다. 이는 묵인에 해당한다.

증 거

1. 을제21호증의1　1905년 2월 24일 〈산인신문〉 기사
1. 을제21호증의2　동경지학협회 〈지학잡지〉 제196호 관련기사
1. 을제21호증의3　1906년 4월 29일자 이명래 보고서와 참정대신 박제순의 지령문
1. 을제21호증의4　내부대신 이지용의 지령문

드디어 일본이 '무주지선점에 의한 영토편입' 세 번째, 네 번째 요건에 대하여 다투기 시작했다. 단순 반박이 아니라 오히려 대한제국이 영토편입을 묵인하였다며 공격을 가하고 있었다.

구수한 아메리카노 향기가 가득한 커피전문점 한쪽 구석 비교적 널찍한 자리에 네 사람이 커피를 마시며 이야기하고 있다.

"변호사님. '금반언의 원칙'이 뭐예요?"

한 교수가 김 변호사에게 물었다. 전공 분야가 다르니 법률용어를 모르는 것이 당연하다.

"이거 영광인데요. 매번 물어보기만 하다가……."

한 교수의 질문에 김 변호사가 미소를 짓고 답을 한다.

"금반언(禁反言)의 원칙이란 이미 표시된 스스로의 언행과 그로 인하여 형성된 상대방의 신뢰에 반하는 행위를 하여서는 안 된다는 원칙을 말합니다. 한국이 일본의 독도 영토편입 사실을 알고도 아무런 문제제기를 하지 않고 있다가 지금에 와서 이를 문제 삼는 것은 금반언의 원칙상 허용될 수 없다는 것입니다. 쉽게 말하자면 '그때 너네가 아무 말도 안 해서 문제가 없는 줄 알았는데 이제 와서 잘못되었다고 하면 안 되지 않느냐'는 겁니다."

"그럼, 한국이 문제제기를 하는 것 자체가 허용되지 않는다는 건가요?"

"한국이 묵인을 했다면 그렇다는 겁니다. 하지만 한국은 결코 묵인한 적이 없습니다."

대화를 듣고 있던 강지성 교수가 가방에서 몇 장의 종이를 꺼내며 말한다.

"자, 그럼 본론으로 들어갈까요? 일본의 도서편입 사례에 대해 설명하겠습니다. 일본은 1876년 오가사와라제도를 일본영토에 편입시켰습니다. 이것을 시작으로 2차 세계대전이 벌어지기 전까지 총 8건의 도서 영토편입 절차를 밟았습니다. 먼저 1898년 7월에 편입한 미나미도리시마(南鳥島, Marcus Island) 편입과정을 살펴보겠습니다."

미나미도리시마에 대한 영토편입은 미국과의 외교적 충돌 위기를 매끄럽게 처리했다는 점에서 일본이 가장 자랑스럽게 생각하는 사례이다. 미나미도리시마는 일본 최동단에 있는 섬으로 혼슈에서 1,800킬로미터 남동쪽에 위치하고, 한 변의 길이가 2킬로미터 정도되는 정삼각형 모양의 섬이다. 이 섬은 평탄하여 최고 해발고도가 9미터이고 사바나 기후대로 연평균 기온이 25도이다. 현재 이 섬에는 일본 기상청, 해상보안청, 해상자위대가 주둔하고 있을 뿐 민간인 거주자는 없다.

"이 섬의 편입과정입니다. 이걸 잘 보셔야 합니다."

강 교수가 서류 한 장을 탁자 가운데 펼쳐 보이며 한 단락을 손으로 가리켰다.

1864년 미국 선박이 미나미도리시마를 처음 발견한 이래 각국의 해도에 이 섬이 기재되었지만 소속은 확정되지 않은 상태였다. 1896년 미즈타니 신로쿠가 오가사와라 섬에서 노동자 20여 명을 이주시켜 옥사 등을 세우고 어로와 사냥에 종사하기 시작했다. 그는 1897년 4월 도쿄로 돌아와 동경부에 임대원을 제출했고 각의 결정을 거쳐 1898년 7월 24일 동경부 고시 제58호로 이 섬을 미나미도리시마라고 명명했다. 그리고 동경부 소속으로 삼아 오가사와라 도청 관할하에 둔다고 고시하였다. 이후 이 섬은 미즈타니에게 임대되었다.

"자, 어떻습니까? 뭐 느껴지는 것 없습니까?"

이미주 사무관이 재빨리 대답했다.

"독도 편입과정하고 똑같은 것 같은데요. 무인도에 집을 짓고 어로와 사냥을 한 뒤 임대원을 제출하고 각의에서 편입을 결정하고 지방도시에서 고시를 한다…… 그리고 임대원을 제출한 사람에게 임대된다는 과정이 독도하고 똑같은데요!"

강 교수가 힘차게 말을 받는다.

"맞아요. 일본이 19세기말과 20세기초에 무주지선점 논리로 편입한 섬들은 대부분 이런 논리구조를 갖추고 있습니다."

"그런데 미국과의 문제는 무엇이었습니까?"

한 교수가 물었다.

"미즈타니 신로쿠에 앞서 1889년 미국인 로즈힐이 이 섬에 먼저 도착했습니다. 그는 섬을 둘러보고 무주지라는 사실을 확인하고 미국 국기를 세워 영유의사를 표시해두고 하와이로 귀항했습니다. 귀항 즉시 미국정부에 점령허가원을 제출했지만 미국정부의 까다로운 심사 때문에 좀처럼 허가가 나지 않다가 1902년에야 겨우 허가를 받을 수 있었습니다."

하지만 이때는 이미 일본이 편입조치를 취하고 난 뒤였다. 로즈힐이 조류 포획사업을 목적으로 회사를 설립하고 출항을 서두르고 있다는 사실을 알게 된 일본정부는 발빠르게 움직였다. 주미공사를 통해 이 섬이 1898년 일본 동경부 소속으로 편입되었다는 사실을 알리고 분규가 발생할 수 있으니 로즈힐에게 내준 허가를 취소해달라고 요청한 것이다. 동시에 일본은 외무서기관을 군대와 함께 이 섬으로 파견하였다. 1902년 7월 30일 로즈힐이 도착했지만 일본군에 의해 상륙을 저지당했고 일주일 만에 하와이로 귀항해야만 했다.

"로즈힐이 먼저 깃발을 꽂았는데 일본이 가로채버린 거네요. 로즈힐이 아주 억울했겠는데요."

이미주 사무관의 말이 끝나자 강 교수가 또 다른 서류 한 장을 꺼내놓는다.

"다음은 일본이 1908년에 편입시킨 나카노도리시마 사례입니다."

1908년 4월 28일 아마다 데이사부로는 북위 30도 5분, 동경 154도 2분에 위치한 새로운 섬을 발견하였다며 오가사와라 도청 도사에게 도면을 첨부한 보고서를 제출하였다. 보고서에는 이 섬이 오가사와라 섬에서 560해리(1,037킬로미터) 떨어진 지점에 위치하고 있고, 섬의 둘레는 약 6.65킬로미터, 면적은 약 2.13평방킬로미터, 섬에는 인광이 퇴적되어 있고 조류포획사업이 유망하며 해도에 나와 있는 간지스도(Ganges Island)에 해당하는 것 같다는 내용이 기재되어 있었다.

1908년 5월 4일 오가사와라 도사로부터 보고를 받은 동경부 지사 아베 히로시는 내무성에 이 섬의 행정상의 소속을 정해달라고 요청하였다. 내무성은 각의에 영토편입을 건의하였고 내각은 1908년 7월 22일 영토편입을 결정하고 동경부에 영토편입 절차를 밟으라고 명하였다. 1908년 8월 8일 동

경부 지사는 고시 제141호로 이 섬을 나카노도리시마라고 명명하고 오가사
와라 도청 관할에 속한다고 고시했다.

"어떻습니까? 이것도 독도편입하고 똑같지요? 일본의 도서 영토
편입은 거의 같은 형식이었습니다. 하지만 나카노도리시마 편입의
문제점은 다른 데에 있습니다. 혹시 아시는 분?"

아무도 대답하지 않았다. 이 사무관만 고개를 작게 가로젓는다.

"없으시군요. 문제는 이 섬이 세상에 존재하지 않는다는 것이었습
니다. 일본은 영토편입 이후 이 섬을 찾는 데 심혈을 기울였지만 찾
을 수 없었습니다. 몇 차례의 탐사에도 불구하고 찾지 못하자 결국
1946년 해도에서 지워야 했습니다."

"아니, 어떻게 그런 일이 있을 수 있죠? 영토편입이라는 중차대한
일을 확인도 제대로 하지 않고…… 참 어이없는 일이네요."

준비서면

사건   독도 - 다케시마 케이스
원고   대한민국
피고   일본

원고는 다음과 같이 변론을 준비합니다.

다 음

1. 피고는 외국에의 통보는 영토편입의 필수요건이 아니라고 주장합니다. 피고는 1876년 오가사와라제도를 편입하면서 미국과 영국을 비롯한 12개국에 통보하였습니다. 피고가 당시 통보절차를 거친 것은 오가사와라제도에 다른 나라의 이해관계가 걸려 있었기 때문입니다.

사건대상에 대해서도 이해관계국이 존재합니다. 바로 원고입니다. 사건대상은 피고의 영토보다도 원고의 영토에 훨씬 더 가깝습니다. 따라서 피고는 원고에게 통보하고 이의가 있는지 조회했어야 합니다. 그러나 피고는 이러한 절차를 거치지 않았습니다. 피고가 영토편입 사실을 통보하지 않은 이유가 무엇일까요? 그것은 바로 원고에게 통보할 경우 원고의 반대에 부딪쳐 영토편입이 불가능할 것으로 예상했기 때문입니다. 만약 피고가 원고에게 영토편입 사실을 통보했다면 그 결과가 어떠했을지 생각해보시기 바랍니다. 요컨대 원고에게 통보하지 않고 이루어진 피고의 영토편입은 무효입니다.

2. 피고는 1895년 1월 21일 센카쿠제도에 대한 영토편입을 결정하였습니다. 오키나와현 지사는 1885년부터 영토로 편입시켜야 한다고 주장해 왔습니다. 하지만 피고는 청나라의 반대를 우려하여 영토편입을 미루고 있었습니다. 그러던 중 1894년 8월 1일 청일전쟁이 시작되었습니다. 9월 17일 황해해전에서 일본이 대승을 거두었고 11월 22일 청이 강화를 제안합니다. 이

러한 상황에서 피고의 전격적인 영토편입 결정이 이루어졌습니다. 청이 문제를 제기할 수 없는 상황을 이용한 것입니다.

　사건대상에 대한 영토편입 또한 조선의 외교권을 강탈하여 조선이 어찌할 수 없는 상황에서 이루어졌다는 점에 공통점이 있습니다. 피고는 1870년 이후 정한론(征韓論)을 국시로 내세우고 조선 침략을 개시하였습니다. 1875년 운양호 사건을 일으켜 강제로 수교하고, 외교권을 박탈한 상태에서 영토편입 절차를 진행하였습니다. 이러한 상태에서 이루어진 피고의 영토편입 조치는 불법 약탈행위로서 무효입니다.

3. 피고는 원고에게 영토편입 사실을 통보하였고 원고가 이를 묵인하였다고 주장하지만 사실이 아닙니다.

　첫째, 피고는 원고에게 영토편입 사실을 통보한 적이 없습니다. 피고는 1906년 3월 원고에게 영토편입 사실을 통보하였다고 하나 이는 영토편입의 통보라고 볼 수 없습니다. 피고는 지방관청 하급관리가 사건대상을 시찰하러 왔다가 풍랑을 만나 울릉도에 피항한 길에 울도군청에 들러 언급한 것을 통보라고 주장합니다. 그러나 국가 간의 중대한 영토문제를 지방현의 수장도 아닌 하급관리가 우연히 피항한 상태에서 지나가는 말로 언급한 것을 통보라고 할 수는 없습니다.

　둘째, 만에 하나 이를 유효한 통보라고 하더라도 원고는 결코 묵인하지 않았습니다. 당시 원고는 가능한 최선의 문제제기를 하였습니다.

증 거

1. 갑제24호증의1   〈산인신문〉 1906년 4월 1일자 기사

1. 갑제24호증의2   1906년 5월 1일자 〈대한매일신보〉 기사

1. 갑제24호증의3   1906년 5월 9일자 〈황성신문〉 기사

1. 갑제25호증의1   1904년 2월 28일자 〈르 쁘띠 파리지엥〉 삽화

1. 갑제25호증의2   1904년 6월 25일자 〈일러스트레이티드 런
                  던뉴스〉 모사화

1. 갑제25호증의3   사진

1. 갑제26호증의1   1870년 사다 하쿠보의 건백서(建白書)

1. 갑제26호증의2   1870년 야나기하라의 건백서

1. 갑제27호증의1   1876년 2월 26일 조일수호조규

1. 갑제27호증의2   1899년 11월 12일 조일양국통어규칙

1. 갑제27호증의3   1904년 2월 23일 한일의정서

1. 갑제27호증의4   1904년 8월 22일 외국인 용빙협정

1. 갑제27호증의5   1904년 5월 31일 각의 결정

1. 갑제27호증의6   1905년 11월 17일 한일협상조약

1. 갑제27호증의7   1905년 12월 21일 일본국 칙령 제240호

1. 갑제27호증의8   1906년 5월 고종의 밀서

1. 갑제27호증의9   1907년 7월 11일 고종의 칙서

2017. 3. 14.

원고 대한민국

소송대리인 김명찬

증거를 살펴보겠습니다. 먼저 '갑제24호증의1' 〈산인신문〉 1906년 4월 1일자 기사내용입니다. 원고가 영토편입 소식을 처음 들은 것은 1906년 3월 28일 일본 시마네현 제3부장 진자이 요시타로가 울도군청을 방문했을 때의 일입니다.

나는 대일본제국 시마네현의 산업을 권장하는 일에 종사하는 관원으로 귀도와 우리 관할에 속하는 다케시마는 서로 가까이 있고 또 귀도에 우리나라 사람이 체류하는 자가 많아 만사에 걸쳐 친절한 마음을 바랍니다. 귀도를 시찰할 예정이었으면 무언가 드릴 것을 가져왔을 터인데 이번 피난 때문에 우연히 귀도에 들르게 되어 아무 것도 드릴 것이 없으나 다행히 다케시마에서 잡은 강치를 증정하겠으니 받아주시면 기쁘겠습니다.

위 기사를 통해 두 가지 사실을 확인할 수 있습니다. 첫째, 진자이 요시타로는 영토편입 사실을 통보하기 위하여 울도군청을 방문한 것이 아니라 인사차 방문한 것이었습니다. '이번 피난 때문에 우연히 귀도에 들르게 되어'라고 되어 있습니다. 둘째, 그나마도 정식으로 영토편입 사실을 알린 것이 아니었습니다. 대화 도중에 언급된 말에서 겨우 추론할 수 있을 뿐이었습니다. 진자이 제3부장은 '귀도와 우리 관할에 속하는 다케시마는 서로 가까이 있고'라는 말만 했습니다. 이런 것을 통보라고 할 수는 없습니다. 결론적으로 피고는 원고에게 통보한 사실이 없습니다.

피고는 조선이 영토편입 사실을 알고도 이를 묵인하였다고 주장합니다. 그러나 조선은 결코 묵인하지 않았습니다. 조선은 당시 상황에서 가능한 최선의 방법으로 문제를 제기하였습니다. '갑제24호증의2' 1906년 5월 1일자 〈대한매일신보〉 기사와 '갑제24호증의3' 1906년 5월 9일자 〈황성신문〉 기사가 바로 그것입니다. 〈황성신문〉은 사안의 중대성을 감안하여 평소보다 네 배나 더 큰 활자를 사용하였고 내부대신 이지용의 지령문을 인용하고 있습니다.

울도군수 심흥택이 긴급보고서를 작성하여 강원도 관찰사 서리 이명래에게 보고하고, 이명래가 중앙정부에 보고하고, 참정대신 박제순이 조사명령을 내린 사실은 지난 번 피고가 제출한 증거를 통해 확인한 바 있습니다. 이러한 증거들을 통해 우리는 다음 사실들을 확인할 수 있습니다.

첫째, 울도군 군수와 강원도 관찰사 서리 및 참정대신과 내부대신 모두 사건대상이 원고의 영토라는 점을 명확히 인식하고 있다는 점입니다.

둘째, 이들 모두 사건대상이 일본영토로 편입된 사실을 전혀 모르고 있었다는 점입니다. 피고는 시마네현 고시가 있었고 지방신문에 기사를 내보내고 학회지에 관련 기사가 나갔으므로 국제법상 공표가 이루어졌다고 주장하지만 정작 가장 큰 이해당사국인 원고는 전혀 모르고 있었습니다.

셋째, 이들 모두 피고의 영토편입에 대하여 문제를 제기하였다는 점입니다. 피고는 시마네현 고시와 〈산인신문〉과 학회지에 기사가 나간 것을 두고 국제법상 공표에 해당한다고 주장합니다. 그렇다면 원고가 신문에 피고의 영토편입 조치의 부당함을 기사화한 것 또한 이의를 제기한 것이라고 봐야하지 않겠습니까?

(김명찬 변호사가 잠시 말을 멈추고 이키 변호사를 바라보자, 이키 변호사는 그의 시선을 피해 재판관들을 바라본다. 김 변호사도 재판관들을 바라보며 말을 잇는다.)

참정대신 박제순은 사건대상에 대한 피고의 영토편입 여부에 대하여 자세히 조사하여 보고하라고 명령했습니다. 이 명령은 어떻게 되었을까요? 당시 원고가 처해 있던 상황에 관하여 살펴보겠습니다.

먼저 '갑제25호증의1'은 1904년 2월 28일자 〈르 쁘띠 파리지엥〉에 실린 삽화입니다. 1904년 2월 9일 피고의 군대가 원고의 수도인 한성을 무력 점령하는 장면을 그린 삽화입니다. 무력으로 한성을 점령한 피고는 1904년 3월 11일 조선주답군을 창설하여 한성에 사령부를 설치하고 원고와 원고의 국민들을 무력으로 핍박하였습니다. 다음 '갑제25호증의2'는 1904년 6월 25일자 영국 〈일러스트레이티드 런던뉴스(The Illustrated London News)〉에 실린 모사화입니다. 일본 군인들이 대한제국 국민을 체포하여 사살하는 장면을 그린 것입니다. 다음 '갑제25호증의3'은 피고 군대의 학살에 저항하다 처참하게 살해된 대한제국 국민들을 찍은 사진입니다.

이상의 증거들은 1904년 2월경 원고가 이미 피고의 무력 지배하에 들어간 상태라는 사실을 보여주는 것입니다. 이러한 물리적 폭압상태에서 과연 원고가 어떤 방법으로 문제를 제기할 수 있었겠습니까?

다음은 피고 일본의 대한제국에 대한 법적인 폭압상태에 대해 살펴보겠습니다. 메이지유신을 거쳐 근대화에 성공한 피고는 1870년 조선과의 국교수립을 요청하였습니다. 당시 쇄국정책을 취하고 있던 조선은 서양에 의해 개화된 일본과의 수교를 거부하였습니다. 피고는 메이지정부를 인정하지 않는 조선의 태도에 분노하였고 급기야 조선을 정벌해야 한다는 정한론을 주장하기 시작했습니다. '갑제26호증의1' 사다 하쿠보의 건백서입니다.

조선은 불구대천의 적으로 반드시 정벌해야 하며 정벌하지 않으면 황제의 위엄이 서지 않습니다. 30개 대대의 병력만 동원하면 네 갈래 길로 공격하여 50일 내에 정복이 가능합니다. 지금 프랑스와 미국이 조선침공을 계획하고 러시아가 호시탐탐 노리고 있는데 우유부단하면 기회를 잃을 것입니다. 재정면에서도 군사비는 50일 이내에 회수가 가능하며 조선은 쌀, 보리 등 곡물이 풍부하고 조선인을 홋카이도 개척사업에 활용하면 일거양득입니다.

다음 '갑제26호증의2' 야나기하라의 건백서를 보겠습니다.

북은 만주에 연하고 서는 청과 접해 있는 조선을 우리의 영역으로 만들면 황국보전(皇國保全)의 기초로서 장차 만국경략진취(萬國經略進取)의 기본이 됩니다. 만약 다른 나라에 선수를 빼앗기면 국사(國事)는 끝장나고 말 것입니다.

드디어 1875년 8월 21일 피고 군함 운양호가 강화도 동남쪽 난지도 부근에 정박하고 보트에 군인을 태워 연안을 정탐하면서 강화도 초지진 포대로 접근해왔습니다. 초지진 포대에서 접근하지 말라고 경고하였으나 보트는 계속 접근하였고 초지진 포대는 경고 포격을 가했습니다. 그러자 운양호는 기다렸다는 듯이 초지진을 맹포격하였고 초지진은 초토화되었습니다.

하지만 피고는 여기에 그치지 않았습니다. 운양호는 뱃머리를 돌려 후퇴하는 척하면서 영종진에 맹포격을 가하고 육전대까지 상륙시켜 닥치는 대로 사람을 죽이고 불을 지르고 약탈하였습니다. 이 사건으로 조선은 전사자 35명, 포로 16명을 내고 수많은 무기를 빼앗겼지만 피고 일본은 경상자 2명에 불과했습니다. 조선의 군인들이 이 정도 피해를 입었으니 민간인들의 피해는 어떠했겠습니까?

운양호가 원고의 허가도 없이 연안에 접근하여 정탐한 행위는 일국의 영해를 침범하는 행위로서 명백한 위법행위입니다. 그럼에도 불구하고 피고는 이 포격전의 책임을 원고에게 전가하고 개항을 요구하였습니다. 그 결과가 바로 '갑제27호증의1' 1876년 2월 26일자 조일수호조규, 이른바 강화도조약입니다. 강화도조약은 피고 측의 힘의 논리가 일방적으로 적용된 완전한 불평등조약이었습니다. 제7조를 보겠습니다.

제7조 조선국 연해의 도서와 암초는 종전에 자세히 조사한 것이 없어 극히 위험하므로 일본국 항해자들이 수시로 해안을 측량하도록 허용하여 그 위치와 깊이를 재고 지도를 제작하여 양국의 배와 사람들이 위험을 피하고 안전을 도모하도록 한다.

이 조항이 조선의 영토고권을 침해하는 규정이라는 점에 대해서는 재판관들께서도 이의가 없으시리라 생각합니다. 이 조약에 의하여 피고는 원고의 영해에 마음대로 출입할 수 있게 되었습니다. 다음은 '갑제27호증의2' 1899년 11월 12일자 조일양국통어규칙입니다.

제1조 양국 의정 지방의 해변 3리 이내에서 어업을 하려는 양국 어선은 그

배의 방수, 소유주의 주소, 성명 및 탑승 인원수를 상세히 기록한 서류를 작성하여 일본 어선의 경우 일본영사관을 거쳐 개항장 지방관청에, 조선 어선의 경우 의정 지방의 군 혹은 구사무소에 제출하여 해당 선박의 검사를 거쳐 면허 감찰을 받아야 한다.

당시 원피고 간의 어업력은 월등한 격차가 있었습니다. 이 조약은 사실상 피고 측 어선들이 원고의 영해에서 마음대로 조업할 수 있는 근거를 마련한 것이다. 피고 측 어민들은 피고 측 영사관에 신청서를 제출하면 영사관에서 조선 관청과 협의하여 허가를 내주는 데에 반해, 조선 어민들은 직접 피고 일본 측 관할 사무소에 신청서를 제출해야만 하는 아주 불공평한 것이었습니다.

이 규정에 근거해 피고 측 어선들은 울릉도와 사건대상에서 마음대로 조업할 수 있게 되었습니다. 나카이 요자부로가 1903년 아무런 제한 없이 사건대상에 어사를 짓고 어업에 종사할 수 있었던 것도 이 통어규칙에 근거한 것이었습니다.

다음은 '갑제27호증의3' 1904년 2월 23일자 한일의정서입니다. 총 6개의 조문으로 되어 있습니다. 피고는 1904년 2월 8일 한성으로 진군하여 대한제국정부를 무력으로 위협한 뒤 이 조약을 체결하였습니다. 조약의 목적은 대한제국 영토에서 일본 군대가 자유롭게 활동하고 군사전략에 필요한 거점을 자유롭게 사용할 수 있도록 하는 것이었습니다.

제1조 한일 양제국 간에 항구불역의 친교를 유지하고 동양의 평화를 확립하기 위해 대한제국정부는 대일본제국을 확신하여 시설의 개선에 관해서는 그

충고를 수용하여야 한다.

제4조 제3국의 침해나 내란으로 인하여 대한제국 황실의 안녕과 영토보전에 위험이 있을 경우 대일본제국 정부는 속히 필요한 조치를 취해야 한다. 대한제국정부는 대일본제국정부의 행동이 용이하도록 충분한 편의를 제공하여야 하고, 대일본제국정부는 이러한 목적을 달성하기 위해 필요한 전략상 지점을 사용할 수 있다.

이 조약은 1904년 2월 8일 러일전쟁을 개시한 피고가 대한제국을 군사기지로 활용하기 위하여 체결한 것으로 대한제국은 이 조약에 의하여 일본의 병참기지로 전락하고 말았습니다.

다음은 '갑제27호증의4' 1904년 8월 22일 외국인 용빙(傭聘)협정, 이른바 제1차 한일협약입니다.

1. 대한제국정부는 일본정부가 추천하는 외국인 1명을 외교고문으로 초빙해 외교에 관한 중요한 업무는 모두 그의 의견을 듣고 시행해야 한다.

1. 대한제국정부는 외국과의 조약 체결, 기타 중요한 외교 안건, 즉 외국인에게 특권을 넘겨주거나 계약 등의 업무를 처리할 때는 미리 일본정부와 협의하여야 한다.

피고는 대한제국의 각종 이권이 러시아 등 타국에 넘어가는 것을 막고 대한제국이 다른 나라와 접촉하는 것을 원천봉쇄할 목적으로 이 조약을 강요하였습니다.

외국인을 외교고문으로 초빙하도록 하였기 때문에 객관적이고 공정한 자문이 가능한 것 아니냐고 반문할 수도 있을 것입니다. '갑제

27호증의5' 1904년 5월 31일자 피고 내각의 결정내용을 보겠습니다. 위 협정이 체결되기 80일 전의 일입니다.

외무부 관청에 고문관 1명을 넣어 이면에서 정부를 감독 지휘토록 할 것. 고문은 차라리 외국인으로 충원하여 제국 공사의 감독 아래 직무를 집행토록 하여 안팎으로 원활히 우리 목적 달성을 쉽게 할 것.

다음은 '갑제27호증의6' 1905년 11월 17일 한일협상조약입니다. 피고는 1905년 9월 5일 포츠머스조약 체결로 러일전쟁을 종결지은 뒤 궁궐을 포위하고 한일협상조약, 이른바 을사조약의 체결을 강요했습니다.

일본정부는 대한제국과 타국과의 사이에 현존하는 조약을 실행하는 임무를 맡고 대한제국정부는 지금부터 일본정부를 통하지 않고는 어떤 국제조약이나 약속도 맺지 않을 것을 약속한다.

보시는 바와 같이 그나마 형식적으로라도 존재했던 원고의 외교권이 완전히 박탈되었습니다. 이에 따라 1906년 1월 17일 대한제국 외부(外部)가 폐지되었습니다.

다음은 '갑제27호증의7' 1905년 12월 21일 일본국 칙령 제240호입니다. '대한제국에 통감부 및 이사청을 두는 건'입니다. 피고는 이 칙령에 기초하여 1906년 2월 1일 한성에 통감부를 설치하고 이토 히로부미를 초대통감으로 임명했습니다. 통감부가 설치되면서 대한제국정부는 완전히 형식적인 기관으로 전락했으며 통감부가 모든 업무를 처리하게 됩니다. 이뿐만이 아닙니다. 1906년 2월 9일 피고는 대한제국 주재 일본 헌병에게 군사경찰권 외에 행정 및 사법경찰권까지 부여하는 칙령을 공포하여 원고의 모든 국가 기능을 장악해 버렸습니다.

그리고 드디어 1906년 3월 28일 원고가 영토편입 사실을 알게 되었습니다. 이러한 상황에서 원고가 어떤 방식으로 문제를 제기할 수 있었을까요? 보시다시피 국가 대 국가로서의 문제제기는 불가능한 상황이었습니다. 참정대신 박제순의 조사 명령은 사실상 아무런 실효성도 없는 것이었습니다.

보고서를 작성한 울도군수 심흥택은 대한제국을 팔아먹은 매국노 을사오적 송병준의 사위 구연수로 교체되었고, 울릉도 사정에 밝았던 내부참사관 우용정은 1906년 6월 29일 영덕군수로 좌천되었습니다.

이러한 상황에서 대한제국이 할 수 있는 최선의 방법은 국민들에게 영토편입의 부당성을 알리는 것뿐이었습니다. 〈대한매일신보〉와 〈황성신문〉에 기사를 게재하는 것이 대한제국이 할 수 있는 최선의 문제제기였던 것입니다.

하지만 이것이 끝이 아니었습니다. 고종황제는 피고가 대한제국을 침범하여 국권을 유린하고 백성들을 핍박한다는 사실을 세계에 알리고 도움을 받고자, 1906년 5월 독일을 비롯한 세계 각국에 밀서를 보냈습니다. '갑제27호증의8'입니다.

본인은 독일의 호의와 지원을 기대하고 있습니다. 본인에게 파국이 닥쳤습니다. 이웃 강대국의 공격과 강압성이 날로 심해져 외교권을 박탈당하고 독립을 위협받고 있습니다. 본인은 폐하에게 고통을 호소하고 다른 강대국들과 함께 약자의 보호자로서 본국의 독립을 보장해줄 수 있는 우의를 기대합니다.

하지만 이미 피고 일본이 모든 조치를 취해놓은 상태였습니다. 청일전쟁으로 중국을 제압하고 러일전쟁으로 러시아를 제압한 뒤, 1905년 8월에는 '가쓰라-태프트밀약'을 체결하여 미국의 양해를 얻어둔 상태였습니다. 고종은 다른 수단을 강구해야만 했습니다.

지금으로부터 110년 전인 1907년 6월 15일 바로 이곳 헤이그에서 제2차 만국평화회의가 열렸습니다. 세계 46개국 247명이 참가하는 그야말로 세계적인 회의였습니다. 고종은 이 회의에 이상설, 이위종, 이준을 밀사로 파견하였습니다. 전세계에 대한제국의 참상을 알리고 도움을 청하기 위해서였습니다. 고종의 특명을 받은 세 명의 밀사는 만국평화회의에 참석할 방법을 찾기 위해 노력하였지만 피고의 방해공작으로 회의장에조차 들어갈 수 없었습니다. 하는 수 없이 그들은 회의장 밖에서 각국 대표들과 기자들에게 호소했습니다. 하지만 결과는 참혹했습니다. 이를 한탄한 이준은 애통함과 분함에 머나먼 이국땅 이곳 헤이그에서 분사하고 말았습니다.

고종과 밀사들의 이러한 노력은 피고의 분노를 자아냈고 가혹한 보복으로 이어졌습니다. 이토 히로부미는 위약의 책임을 물어 7월 19일 고종을 퇴위시켰고, 8월 9일 밀사들에 대한 궐석재판(闕席裁判)이 진행되었습니다. 피고의 분노가 얼마나 심했으면 밀사들이 귀국하지도 않은 상태에서 재판을 진행하였겠습니까? 어떤 판결이 선고되었는지 궁금하지 않으십니까? 밀사 대표였던 이상설에게는 교수형, 이위종과 이준에게는 종신형이 선고되었습니다.

고종은 퇴위당하기 8일 전인 7월 11일 국민들에게 의병으로 항거할 것을 간절히 촉구하였습니다. '갑제27호증의9' 고종의 칙서입니다.

온 백성들에게 권하노니 각기 의병으로 나서라. 슬프다. 나의 죄가 크고 허물이 많아 하늘의 도움을 받지 못하여 강학한 이웃나라가 넘보게 되고 역신이 국권을 농단하여 마침내 4천 년 종사와 3천 년 강토가 하루아침에 이적의 땅이 되려 하니 나의 이 실낱같은 목숨이야 아까울 게 없지만 오직 불쌍한 백성을 생각하니 애통하도다.

피고는 대한제국이 영토편입을 묵인하였다고 주장합니다. 그러나 대한제국은 묵인하지 않았습니다. 대한제국은 당시 상황에서 취할 수 있는 모든 방법을 동원하여 문제를 제기하였습니다.

존경하는 국제사법재판소 재판관님 여러분! 원고는 사건대상이 카이로선언상 '일본의 탐욕과 폭력에 의하여 강탈된 지역'에 해당한다고 주장한 바 있습니다. 이상의 증거들은 사건대상이 일본의 탐욕과 폭력에 의해 강탈된 지역이라는 점을 여실히 보여주는 것입니다. 이 점에 주목하여 주시기 바랍니다. 이상입니다.

변론을 마친 김 변호사는 서둘러 법정 밖으로 나와 화장실로 뛰어갔다. 쏟아져 나오는 눈물을 수습해야 했기 때문이다. 변론 내내 마음속에 격정이 일었지만 대한제국이 일본에게 유린당한 내용을 끝까지 성토했던 것이다.

한편 김명찬 변호사의 증거 설명을 듣고 있던 이키 변호사는 뭔가 이상하다는 생각을 하고 있었다. 학교에서는 후진적이던 조선이 일본의 식민지배를 통해 선진문물을 전수받아 문명적으로 개화했고 일본의 식민지배를 오히려 환영했다고 배웠다. 그런데 김 변호사의 주장 내용은 정반대였다.

김 변호사의 말을 다 믿을 수는 없지만 그가 제시한 증거들을 부정할 수는 없었다. 조작되지 않은 사실 그대로의 것이 틀림없었다. 강화도조약이나 조일양국통어규칙, 한일의정서, 한일협상조약 등은 명백한 불평등조약이었고 조선의 국권을 유린하는 것이었다.

이키 변호사는 허공을 바라보며 생각에 잠겼다.

'내가 모르는 뭔가가 있는 건가?'

그는 혼란스러웠다. 하지만 이내 마음을 가다듬었다. 자신은 지금 조국 일본을 대변하고 있는 것이다.

'다케시마 문제와 식민지배 문제는 별개다. 다케시마 문제에 집중해야 한다. 식민지배 문제는 이 재판의 쟁점이 아니다.'

이키 변호사는 고민을 거듭했다.

'한국은 1905년 다케시마 영토편입이 무효라고 주장하고 있다. 묵인을 한 것도 아니라고 한다. 한국이 제출한 증거들이 워낙 명확해서 재판관들도 한국이 묵인했다고 인정하지는 않을 것이다. 어떻게 해야 하나?'

결국 다케시마가 무주지였는지의 여부에 모든 것이 달려 있었다.

공포나 통고 부분은 차라리 사소한 문제에 불과했다. 무주지 요건이 깨져버리면 더 이상 어찌해볼 도리가 없게 된다.

'그래. 여기에 모든 것을 걸어야 한다. 더 이상 물러날 곳은 없다.'

○

준 비 서 면

사건 독도 - 다케시마 케이스
원고 대한민국
피고 일본

피고는 다음과 같이 변론을 준비합니다.

다 음

1. 원고는 1905년경 대한제국의 국민들이 사건대상을 인식하고 이를 이용하고 있었다고 주장하지만 사실이 아닙니다. 사건대상은 주로 피고 국민들에 의하여 이용되고 있었습니다.

2. 피고가 사건대상을 영토에 편입하게 된 직접적인 계기는 나카이 요자부로가 '량코도 영토편입 및 임대원'을 제출했기 때문입니다. 그는 1903년경부터 사건대상에 어사를 짓고 강치잡이를 하고 있었고 안정적인 사업운영을 목적으로 임대를 청원하였습니다. 그가 제출한 임대청원서를 통해 당시 상황을 엿볼

수 있습니다. 당시 울릉도 거주민들은 피고 측 어민들에게 고용되어 일꾼으로 투입되었을 뿐입니다. 사건대상이 원고의 영토로서 원고의 국민들에 의하여 상시 이용되고 그들에 의해 기득권이 형성되어 있었다면 어떻게 이런 일이 가능했겠습니까?

3. 사건대상은 무주지였던 것이 분명합니다.

증 거

1. 을제22호증   량코도 영토편입 및 임대원

2017. 3. 28.

피고 일본

소송대리인 이키 유스케

한국은 '무주지선점에 의한 영토편입'의 부당성에 쐐기를 박을 마지막 카드를 준비하고 있었다.

"독도 문제와 관련해서 태정관 지령이 이슈가 되고 있던데요. 태정관 지령은 어떤 의미가 있습니까?"

김 변호사가 한 교수에게 태정관 지령에 대하여 묻고 있다.

"태정관 지령은 그 동안 감춰져 있다가 1987년 일본 교토대학의 호리 가즈오 교수의 발표로 세상에 알려졌습니다. 태정관은 메이지 시대 일본 최고국가기관으로 조선의 의정부에 해당하는 기관입니다.

의정부에 영의정이 으뜸이듯이 태정관의 으뜸은 우대신이었습니다. 태정관 지령은 메이지시대 국가최고기관인 태정관이 울릉도와 독도가 일본 땅이 아니라는 것을 공식적으로 확인한 문서라는 점에서 역사적으로 매우 중요한 의미가 있습니다."

"태정관 지령에 독도에 대한 내용이 포함되어 있습니까?"

"태정관 지령에 부속된 문서에 마쓰시마(松島, 송도)에 대한 상세한 설명이 있습니다. 태정관 지령에 나오는 마쓰시마가 독도를 가리키는 것인지 논란이 있었는데, 2006년에 우르시자키 목사에 의해 태정관 지령의 부속지도인 〈이소다케시마 약도(磯竹島 略圖)〉가 공개되면서 독도를 가리킨다는 것이 명확해졌습니다."

〈이소다케시마 약도〉에는 이소다케시마, 마쓰시마, 오키 섬이 그려져 있다. 이 세 섬이 바로 울릉도, 독도, 오키 섬이다. 마쓰시마 부분에는 큰 섬 두 개와 주변의 작은 암초들까지 상세하게 그려놓았는데, 위성지도와 비교해보면 마쓰시마가 동도와 서도로 구성되어 있는 독도를 가리킨다는 것을 대번에 알 수 있다.

"일본은 태정관 지령에 대해 어떻게 대응하고 있나요?"

"일본은 태정관 지령에 대한 언급을 아예 회피하고 있습니다. 최근 일본이 태정관 지령을 조작하고 있다는 의혹이 있습니다."

"태정관 지령을 조작하다니요?"

"세종대 독도종합연구소의 호사카 유지 박사가 2005년 일본 국립공문서관에 가서 〈일본해내다케시마외일도 지적편찬방사〉 원본의 열람을 신청했는데, 읽기 어려운 초서체로 바꿔 쓴 필사본을 원본인 것처럼 제시했다고 합니다."

"아니 왜요? 어차피 다 공개된 내용인데?"

"원본에 〈이소다케시마 약도〉가 첨부되어 있기 때문입니다. 〈이소다케시마 약도〉는 어떻게든 은폐하고 싶었던 거죠. 태정관 지령은 두 가지 형식의 문서로 확인할 수 있는데, 하나는 〈공문록〉이고 다른 하나는 〈태정류전〉입니다. 원본기록들을 모아놓은 것이 〈공문록〉인데, 여기에는 결재품의서와 첨부자료가 원문 그대로 편철되어 있습니다. 〈태정류전〉은 이러한 공문록을 정서하여 옮겨 적은 것입니다."

 준 비 서 면

사건   독도 - 다케시마 케이스
원고   대한민국
피고   일본
원고는 다음과 같이 변론을 준비합니다.

다 음

1. 피고는 나카이 요자부로의 임대청원을 계기로 사건대상을 영토에 편입시킨 것이라고 주장합니다. 하지만 이는 겉으로 드러난 것일 뿐 실질은 러일전쟁을 위한 것이었습니다. 이러한 사실은 임대원 접수 전후의 사정을 살펴보면 확연히 드러납니다.

2. 당시 피고는 러시아와 전쟁 중이었습니다. 1904년 2월 8일 피고는 인천항에 정박했다가 출항하던 러시아 순양함 바리아그

호와 코리츠호를 기습 공격하여 침몰시키고 다음날 러시아 태평양함대의 본대가 있는 뤼순항을 공격하여 러시아 전함 2척과 순양함 1척을 침몰시켰습니다. 피고로부터 선전포고도 없이 기습을 당한 러시아정부는 발틱 함대에 응전명령을 내렸습니다.

피고는 러시아의 발틱 함대가 태평양으로 오고 있다는 정보를 입수하고 전투를 준비하고 있었습니다. 전투를 준비하던 피고는 동해 한가운데에 있는 사건대상에 망루와 전신을 설치하는 등 군사적으로 활용해야 할 필요성을 절실하게 느끼고 있었습니다. 그때 마침 나카이 요자부로가 임대를 청원한 것입니다. 피고는 나카이의 청원을 이용하여 즉시 사건대상을 영토에 편입시켰습니다. 피고는 전쟁에서 이겼고 그 대가로 러시아로부터 남부 사할린을 할양받았습니다.

요컨대 피고는 1905년경 사건대상이 원고의 영토임을 알면서도 러일전쟁을 승리로 이끌기 위해 불법적으로 영토편입 절차를 밟은 것입니다.

3. 피고는 19세기 말부터 20세기 초에 태평양에 있는 많은 섬들을 영토로 편입시켰습니다. 피고는 주로 무주지선점에 의한 영토편입 방식을 이용했는데, 이러한 방법으로 피고는 세계 6위에 해당하는 광활한 해양영토를 확보할 수 있었습니다.

피고는 당시 태평양에 있는 섬들을 무차별적으로 영토에 편입시켰습니다. 피고의 이러한 탐욕적인 영토편입은 형식화되었고 급기야 부실을 초래하였습니다. 피고가 1908년에 편입 고시한 태평양의 나카노도리시마는 아예 존재하지도 않는 섬이었습니다. 어떻게 이런 일이 일어날 수 있었겠습니까?

사건대상에 대해서도 마찬가지였습니다. 사건대상이 원고의 영토라는 사실을 몰랐다는 피고의 주장이 거짓이라는 점은 1877년 태정관 지령에 의해 확인할 수 있습니다.

증 거

1. 갑제28호증   오쿠하라 헤키운,《다케시마 및 울릉도》
1. 갑제29호증의1   〈태정류전〉제2편 2A-9-太-318
1. 갑제29호증의2   〈이소다케시마 약도〉

2017. 4. 7.

원고 대한민국
소송대리인 김명찬

증거를 보겠습니다. 먼저 '갑제28호증' 오쿠하라 헤키운이 쓴《다케시마 및 울릉도》라는 책자입니다. 그는 이 책에서 나카이 요자부로가 피고 정부에 량코도 영토편입 및 임대원을 제출하게 된 경위에 관하여 상세히 기록하고 있습니다.

나카이 요자부로는 량코도가 조선 영토라고 믿어 조선정부에 임대청원을 하기로 결심하고 1904년 고기잡이가 끝나자마자 곧바로 상경하였다. 그는 오키 섬 출신의 농상무성 수산국 직원 후지다와 상의하고 마키 보쿠신 수산국장을 만나 사정을 설명하였다. 마키 국장 역시 이에 찬성하고 해군 수로부에 량코도의 소속 확인을 요청하였다.

당시 나카이 요자부로는 대한제국정부에 임대청원서를 제출할 생각이었습니다. 사건대상에 어사를 짓고 어업활동을 하던 자가 이를 대한제국의 영토로 생각하고 있었다는 사실은 매우 중요한 의미가 있습니다. 누구보다도 현지 사정을 잘 알고 있었을 것이기 때문입니다. 그런데 피고 측 관리가 그를 설득합니다.

기모쓰키 가네유키 해군성 수로부장은 나카이 요자부로에게 '그 섬의 소속은 확실한 증거가 없소. 한일 양국에서 거리를 측정해보면 일본 쪽이 10해리나 더 가깝소. 게다가 일본인 가운데 그 섬의 경영에 종사하는 사람이 있는 이상 일본영토로 편입하는 것이 타당하오'라고 하였고 나카이 요자부로는 조선정부에 제출하려던 임대청원서를 내무성, 농무성, 외무성에 제출하였다.

기모쓰키 수로부장은 '그 섬의 소속은 확실한 증거가 없고 일본 쪽이 10해리나 더 가깝다'고 거짓말을 했습니다. 그는 그해 2월 시작된 러일전쟁에서 승리하기 위해 전쟁준비를 하고 있던 해군장군이었습니다.

나카이로서는 거절할 이유가 없었습니다. 조선정부에 임대청원을 하는 것보다는 자국 정부가 훨씬 더 우호적일 테니까요. 게다가 정부 관리들이 오히려 더 적극적이었습니다. 그는 관리들의 말에 따라 일본정부에 임대청원서를 제출하였습니다. 그러나 손바닥으로 하늘을 가릴 수는 없는 법! 진실은 스스로 드러나게 되어 있습니다. 내무성은 나카이 요자부로의 청원에 대해서 부정적인 반응을 보였습니다.

이 시국에 즈음하여 대한제국의 영토로 의심되는 황막한 일개 불모의 암초를 얻음으로써 두루 지켜보는 여러 외국에 일본이 한국 병탄의 야심이 있다는 의혹을 갖게 하는 것은 이익이 극히 적음에 비해 사태는 결코 용이하지 않다.

완곡한 어조로 '한국영토로 의심된다'고 표현했습니다. 내무성의 지적은 타당했고 이것으로 나카이의 청원은 받아들여지지 않는 듯 했습니다. 그러나 피고 정부관리들은 포기하지 않았습니다.

외무성 야마좌 엔지로 정무국장은 '이 시국이야말로 그 섬의 영토편입을 시급히 필요로 하고 있소. 망루를 건축해서 무선 또는 해저 전신을 설치하면 적 함대를 감시하는 데 더 없이 좋지 않겠소. 특히 외교상 내무성과 같은 고려는 필요치 않소. 빨리 원서를 외무성에 회부시키시오'라고 하며 나카이를 독려하였다.

야마좌 정무국장의 발언은 사건대상이 피고의 영토로 편입된 실질적인 이유가 무엇이었는지 여실히 보여주고 있습니다. 바로 러일 전쟁에 대비하여 군사적으로 이용할 목적이었던 것입니다. 목적은 수단을 정당화한다고 했던가요? 피고 정부는 전쟁에서 승리하기 위해 사건대상을 무주지로 둔갑시켰습니다.

(여기까지 설명을 마친 김 변호사가 좌중을 둘러보며 잠시 숨을 고른다.)

내무성은 나카이의 청원에 부정적이었습니다. 내무성은 왜 부정적인 반응을 보였을까요?

그것은 바로 사건대상이 원고의 영토라는 사실을 잘 알고 있었기 때문입니다. '갑제29호증의1' 〈태정류전〉 제2편 2A-9-太-318을 보겠습니다. 바로 여기에 울릉도와 사건대상이 피고의 영토가 아니라고 선언한 태정관 지령이 수록되어 있습니다.

태정관은 메이지 시대 최고국가기관이었습니다. 메이지유신으로 근대화에 박차를 가하고 있던 피고는 근대화의 일환으로 1876년 전국적인 지적편찬 사업을 실시하였습니다.

1876년 10월 5일 내무성 지리국이 시마네현에 울릉도의 소속에 관하여 질의하라고 권고하자, 10월 16일 시마네현이 울릉도와 사건대상을 시마네현의 지적에 포함시켜도 되는지 질의서를 제출합니다. 1877년 3월 17일 내무성은 5개월에 걸친 검토 끝에 다케시마와 사건대상이 피고의 영토가 아니라고 결론내리고 최고국가기관인 태정관에 어떻게 처리할 것인지 질의서를 제출합니다. 3월 20일 태정관은 내무성의 질의를 검토한 후 결재품의서를 만들어 우대신에게 올립니다. 3월 29일 우대신이 결재품의서대로 지령을 발하였고, 4월 9일 시마네현에 도달되었습니다. 〈태정류전〉 1면입니다.

명치 10년(1877년) 3월 29일
일본해내 다케시마외일도(竹島外一島)를 판도외(版圖外)로 정한다.

내무성 질의
다케시마 관할의 건에 대해 시마네현으로부터 별지 질의가 있어 조사하였는데, 해당 섬은 원록 5년(1692년) 조선인이 입도한 이래, 별지 제1호 구정부(에도막부) 평의의 지의, 제2호 역관에의 달서, 제3호 해당국으로부터 온 서간, 제4호 본방 회답 및 구상서에서 보는 바와 같이 원록 12년(1699년)에 외교교섭이 끝나 본방과 관계 없다고 사료됩니다만 판도의 취사는 중요한 사안이므로 만약을 위해 이 건에 대해 질의합니다. 3월 17일 내무.

질의한 다케시마외일도 건은 본방과 관계 없음을 명심할 것. 3월 29일.

다음은 '갑제29호증의2' 태정관 지령의 부속지도인 〈이소다케시마 약도〉를 보시겠습니다. 이소다케시마는 울릉도, 사건대상은 마쓰시마라고 되어 있습니다. 마쓰시마 부분을 확대해서 위성사진과 비교해 보겠습니다. 어떻습니까? 마쓰시마와 사건대상의 모습이 정확하게 일치하지 않습니까? 이상입니다.

한국이 준비한 마지막 카드는 두 장이었다. 첫 번째 카드는 비밀리에 불법적으로 이루어질 수밖에 없었던 숨은 이유를 폭로하는 것이었다. 김 변호사의 증거설명이 진행되는 동안 러시아 국적의 이바노프 재판관은 내내 침통한 표정을 감추지 못하였다. 두 번째 카드는 바로 태정관 지령이었다.

"드디어 올 것이 왔습니다."

이키 변호사와 이스미 국장이 법정을 나서고 있다.

"이키 변호사, 대책은 있는 거요?"

"최선을 다해 봐야죠. 어느 정도 논리는 세워 놨습니다."

제5부
◇◇◇◇◇◇

태정관지령

한국은 러스크 서한의 증명력을 배제시키기 위하여 1905년 일본의 독도편입이 무효라고 주장한다. 당시 일본은 독도가 한국령이라는 사실을 알고 있으면서도 러일전쟁을 승리로 이끌기 위해 통고 등의 절차도 거치지 않은 채 악의적으로 영토편입절차를 밟았다는 것이다. 그러나 일본은 당시 독도가 무주지 상태로 방치된 채 일본 국민들에 의하여 실효지배되고 있었고 아울러 독도편입 사실을 한국에 통보하였으나 한국이 이를 묵인하였다고 항변한다. 이에 한국은 영토편입사실을 정식으로 통보받은 적도 없고, 그럼에도 불구하고 충분한 문제제기를 하였다고 반박하고 아울러 태정관 지령을 증거로 제시하며 독도가 한국령이라는 사실을 일본이 이미 알고 있었다고 주장하는데......

"시마네현 다케시마연구소는 태정관 지령이 2개의 울릉도를 착각하여 내려진 잘못된 결론이라고 주장하고 있습니다."

"무슨 말이죠?"

김 변호사와 한 교수가 태정관 지령에 대해 이야기하고 있다.

"제국주의 시대에 유럽 선박들이 세계 각지를 항해하다가 해도에 없는 섬을 발견하면 발견한 사람이나 배의 이름을 따서 이름을 붙이고 해도에 표시하곤 했습니다. 그런데 울릉도에 대해서 재미있는 일이 생겼습니다."

"재미있는 일이라뇨?"

"서양인 중에 울릉도를 처음 발견한 사람은 1787년 울릉도에 도착한 프랑스 탐험가 라 페루즈입니다. 그는 영국 육군사관학교 교수 다줄레가 울릉도를 처음 확인했다는 이유로 '다줄레 섬'이라고 명명하고 경도와 위도를 측량하여 해도에 표시했습니다."

2년 뒤인 1789년 영국의 제임스 컬넷이 이끄는 아르고노트호가 영국 선박으로서는 처음으로 울릉도를 발견하고 '아르고노트 섬'이라고 이름 붙였다. 그런데 컬넷의 측량기구에 이상이 있었는지 아르고노트 섬이 한반도에 더 가까운 것으로 측량되었다. 이로 인해 당시 서양인이 작성한 해도에는 동해상에 두 개의 섬이 존재하게 된다.

아르고노트 섬과 다줄레 섬

1840년경 일본에 밀정으로 들어가 있다가 네덜란드에 귀국한 독일인 의사 시볼트는 아르고노트 섬 옆에 울릉도를 가리키는 일본 명칭 다케시마라고 써넣고, 다줄레 섬 옆에는 독도를 가리키는 일본 명칭 마쓰시마라고 써넣었다. 그가 가지고 있던 일본지도에는 동해상에 두 개의 섬이 그려져 있었기 때문이다.

다케시마(竹島, 울릉도)와 마쓰시마(松島, 독도)

그러다가 1847년 프랑스 포경선 리앙쿠르호가 독도를 발견하여 리앙쿠르락이라고 명명하고 해도에 표시했다. 이렇게 해서 서양인이 그린 해도에는 동해상에 세 개의 섬이 존재하게 된다.

아르고노트 섬(다케시마), 다줄레 섬(마쓰시마), 리앙쿠르락

이후 아르고노트 섬이 잘못 측량된 사실이 밝혀지면서 해도에서 지워졌고 더불어 다케시마라는 이름도 같이 지워졌다. 서양인의 해도에는 두 개의 섬만 남게 된다.

다줄레 섬(마쓰시마, 울릉도), 리앙쿠르락(독도)

"이렇게 해서 일본인들은 당초 다케시마라고 불리던 울릉도를 마쓰시마라고 부르게 됩니다. 예전에 말씀드린 대로 독도는 량코도라고 불렀습니다."

시마네현 다케시마연구소는 주장하기를, 1869년 이후 동해에 세

개의 섬이 그려진 지도가 발행되면서 혼란이 야기되었는데 태정관 지령상의 〈다케시마외일도〉는 세 개의 섬 중에 리앙쿠르락을 제외한 나머지 두 섬을 가리키는 것이라고 했다. 즉 〈다케시마외일도〉란 아르고노트 섬과 다줄레 섬을 가리키는 것이라는 주장이다. 이 주장의 결론은 태정관 지령상 일본영토가 아니라고 결론지어진 〈다케시마외일도〉는 진짜 울릉도와 가짜 울릉도를 가리키는 것이기 때문에 독도와는 무관하다는 것이다.

"그럴싸한데요?"

"하지만 공문록에 다케시마와 마쓰시마가 너무 자세하게 설명되어 있고 어떻게든 감추고 싶었던 〈이소다케시마 약도〉까지 공개되어 버렸습니다. 이런 상황에서 태정관 지령이 두 개의 울릉도를 가리키는 것이라고 주장하기는 어려울 겁니다. 태정관 지령의 공개로 일본의 다케시마 고유영토설은 더 이상 유지되기 어려워졌습니다. 울릉도와 독도가 일본의 영토가 아니라고 선언해놓은 상태에서 독도가 일본의 고유영토라고 주장할 수는 없을 테니까요."

"일본이 태정관 지령에 대해 어떻게 반박하고 나올까요?"

"글쎄요. 저도 정말 궁금합니다."

태정관 지령 때문인지 일본 소송팀의 분위기가 한껏 가라앉아 있다. 이스미 국장과 이키 변호사가 준비서면을 작성하다 말고 논쟁을 하고 있다.

"1905년 다케시마를 편입한 것이 오히려 역효과를 낳고 있습니다."

이키 변호사의 말에 이스미 국장이 정색하며 되묻는다.

"그게 무슨 말이오?"

"이걸 한번 읽어보세요. 영토편입 조치가 없었던 상황을 가정하여 써본 것입니다."

다케시마는 역사적으로 무인도였고 한일 양국 모두 다케시마에 큰 관심이 없었다. 다케시마 자체의 경제적 이용가치가 크지 않았기 때문이다. 울릉도에 대해 공도정책을 실시했던 한국은 다케시마를 알지 못했고 이용하지도 않았다. 하지만 일본 국민들은 울릉도의 풍부한 자연자원을 이용하기 위하여 자주 왕래하였고, 자연스럽게 항로상에 있는 다케시마를 경유하며 이용해왔다. 다케시마 자체의 이용가치는 낮았지만 19세기 말 일본 어민들이 강치의 수익성을 확인하고 강치잡이를 목적으로 출어하기 시작하였다. 그들은 다케시마에 어사를 짓고 강치잡이를 하는 등 이 섬을 실효적으로 경영하기 시작했다. 이러한 상태는 1946년 맥아더라인이 선포되기 직전까지 지속되었다.

"어떻습니까?"
"음…… 하고 싶은 이야기가 뭡니까?"
"한국은 1905년 영토편입이 무주지선점 요건을 갖추지 못했다고 하여 집중 공격하고 있는데 만만치 않습니다. 영토편입 조치 때문에 우리는 무주지선점론에 집중할 수밖에 없습니다. 만약 영토편입 조치가 없었더라면 무주지선점론이 아닌 다른 이론을 주장할 수 있었을 겁니다."
"다른 이론이라니요?"
"고유영토론을 주장할 수도 있고 취득시효에 의한 영유권주장을 해볼 수도 있습니다. 사실 이것이 더 설득력이 있습니다."
이키 변호사의 가상 논리는 명쾌했다. 다케시마는 일본의 한반도

식민지배와는 무관하게 오랜 옛날부터 일본 국민들에 의하여 이용되어 왔다는 내용으로, 이런 논리가 소송에 훨씬 유리하다는 주장이다.

"1905년의 영토편입 조치는 성급했던 것 같습니다. 내무성의 판단이 더 옳았습니다. 사실 굳이 영토편입 조치를 취할 필요도 없었습니다. 그냥 그대로 이용해도 누가 뭐라고 할 상황이 아니었습니다."

이키 변호사의 말을 듣는 이스미 국장의 표정이 영 좋지 않다.

"그러면 무주지선점 법리 외에 고유영토론이나 취득시효를 주장하면 되지 않겠소?"

"그게 쉽지 않습니다. 1905년 영토편입 당시 무주지선점 요건을 강조하기 위해 과거의 역사기록들을 무시해 버렸거든요. 무주지선점을 주장하다가 고유영토였다고 주장하기도 뭐하고, 그렇다고 취득시효를 주장하기도 뭐합니다."

"이키 변호사, 우리는 해낼 수 있소. 다시 한 번 잘 검토해봅시다."

국장은 스물거리며 올라오는 짜증을 꾹 참으며 차분한 말투로 이키 변호사를 격려했다. 하지만 속으로는 이키 변호사에 대한 경계를 늦추지 말아야겠다고 다짐하고 있었다.

다음날 이스미 국장은 외무성으로 발걸음을 옮겼다. 아무래도 외무대신에게 알리는 것이 낫겠다고 판단한 것이다.

"각하, 아무래도 변호사를 교체하는 것이 좋을 것 같습니다. 이키 변호사가 많이 흔들리고 있습니다."

"흔들리다니요?"

"다케시마가 우리 영토라는 소신이 흔들리고 있는 것 같습니다. 한국 측 변호사가 제시하는 증거들 때문에 적잖이 동요하고 있습니다."

외무대신이 잠시 생각하더니 입을 열었다.

"이키 변호사는 남방참다랑어 사건 때 이미 실력이 검증된 사람입니다. 지금까지 별 문제없이 잘 이끌어오지 않았습니까? 조금 더 지켜보기로 합시다."

사실 이키 변호사가 써내는 서면상으로는 아무 문제가 없었다. 하지만 이스미 국장이 보기에는 뭔가 확신이 부족한 느낌이었다. 처음에 써내던 서면과 요즘에 써내는 서면을 비교해보면 그 기세가 달랐다. 외무대신의 말에 더 이상 이야기하지 못하고 물러나왔지만 국장은 내심 꺼림칙했다.

'괜찮을까? 더 늦으면 후회할 일이 생길지도 모르는데……'

"태정관 지령은 고유영토론을 위협하고 있습니다. 태정관 지령이 두 개의 울릉도를 가리키는 것이라는 다케시마연구소의 주장은 설득력이 떨어집니다. 고유영토론은 포기하고 무주지선점론에 집중하는 것이 좋지 않을까요?"

이키 변호사가 이스미 국장의 의견을 구했다.

"조선이 다케시마를 실효지배했다는 증거는 없습니다. 조선은 사람이 살 수 없는 다케시마에 관심이 없었습니다. 반면 우리는 일찍이 다케시마의 존재를 알고 이용해 왔습니다. 단지 다케시마가 지리적으로 조선에 더 가까웠기 때문에 조선 영토일 것이라고 추정했을 뿐입니다. 하지만 정작 조선은 그 존재조차 모르고 있었고 이용하지도 않았습니다. 우리는 사실을 확인하고 다케시마를 편입시킨 것입니다."

이스미 국장이 한 가지 예를 들었다.

서로 이웃한 두 집이 있다. 어느 날 두 집의 경계지점에서 샘을 발견하게 되었다. 샘을 처음 발견한 사람은 샘을 이용해왔지만 이웃집에 더 가까웠기 때문에 이웃집 샘일 것이라고 생각했다. 그런데 실제 이웃집은 샘이 있는 것도 모르고 이용하지도 않고 있었다. 그러던 어느 날 이웃집 사람이 샘을 발견하고 자기 집에 더 가까우니 자기네 것이라고 주장한다. 같이 이용하면 좋겠지만 같이 이용할 수는 없는 상황이다. 이 샘은 과연 누구의 소유라고 보아야 할까?

○ 준 비 서 면

사건　독도 - 다케시마 케이스
원고　대한민국
피고　일본

피고는 다음과 같이 변론을 준비합니다.

다 음

1. 원고는 태정관 지령을 증거로 제시하면서, 피고가 1905년 영토편입 당시 사건대상이 원고의 영토라는 사실을 알고 있었다고 주장합니다. 그러나 태정관 지령은 사건대상이 원고의 영토라고 인정한 것이 아닙니다.

2. 태정관 지령은 단순히 '다케시마외일도는 본방과 관계 없다는 것을 명심할 것'이라고 하여 사건대상이 피고의 영토가 아니라고 선언하였을 뿐입니다. 피고의 영토가 아니라고 한 사건대상이 원고의 영토도 아니었다면 무주지였던 것이 맞습니다. 단순히 사건대상이 피고의 영토가 아니라고 한 태정관 지령을 근거로 사건대상이 원고의 영토였다고 판단할 수는 없습니다.

3. 그리고 한 걸음 더 나아가 무주지인 사건대상이 피고의 실효지배하에 있었다면 피고의 영토로 평가되어야 할 것입니다.

2017. 4. 21.

피고 일본

소송대리인 이키 유스케

"일본이 다케시마연구소의 아르고노트 섬 논리를 주장하지는 않았네요. 하지만 무주지선점 논리도 포기하지 않은 것 같은데요?"

일본 측의 준비서면을 살펴본 한 교수가 김 변호사에게 의견을 물었다.

"그것뿐만이 아닙니다. 오히려 고유영토론을 주장할 수 있는 복선까지 깔아놓았습니다."

"복선이라니요?"

"정리하자면 이렇습니다. 태정관 지령은 독도가 일본영토가 아니라고 했을 뿐 한국영토라고 한 것은 아니다…… 한국이 이 섬을 실효적으로 지배한 사실이 없다면 이 섬은 결론적으로 무주지였던 것이 맞다…… 무주지인 이 섬이 어느 나라의 영토인지는 역사적으로 어느 나라가 더 우월한 실효지배를 해왔는지에 따라 결정되어야 한다…… 이러한 검증과정을 거쳐 우월한 실효지배를 한 나라가 이 섬의 주인으로 결정되어야 한다…… 대략 이런 논리를 주장할 수 있는 복선을 깔아놓았습니다."

한 교수가 고개를 끄덕이며 심각한 표정을 짓는다.

"만만치 않은 논리입니다. 어차피 일본도 물러설 수 없는 싸움이니만큼 끝까지 해보자는 것이겠지요."

'변호사들은 모두 이런 식으로 생각하나? 똑같은 것을 읽으면서 어떻게 저렇게 생각할 수 있담?'

김 변호사는 준비서면을 다시 읽어보았다. 이키 변호사가 쓴 준비서면의 활자들이 진을 치고 노려보고 있는 듯했다.

"한 교수님. '안용복 사건'이 그렇게 중요한가요?"

소송 전략을 수립할 때 김 변호사가 한 질문이다.

"그럼요. 울릉도와 독도에 대해 안용복 사건이 지니는 의미는 아무리 강조해도 지나치지 않습니다. 사건 자체도 중요하지만 그 결과도 잘 살펴보아야 합니다."

"안용복 사건을 계기로 이루어진 결과라면 도해금지령이잖아요?"

"그것뿐만이 아닙니다. 안용복 사건을 계기로 조선과 일본 사이에 울릉도에 대한 영유권논쟁이 벌어졌습니다. 이 논쟁을 우리는 울릉도쟁계(鬱陵島爭界)라고 하고, 일본은 다케시마일건(竹島一件)이라고 합니다. 논쟁 결과 일본에서는 도해금지령이 내려졌고 조선에서는 수토정책이 재개되었습니다."

안용복 사건은 조선이 울릉도와 독도를 재인식할 수 있는 계기가 되었다. 1694년 숙종은 장한상으로 하여금 울릉도 일대를 조사하게 했고, 장한상은 조사를 마치고 〈울릉도사적〉이라는 보고서를 제출했다. 여기에 독도를 조망한 이야기가 쓰여 있다. 장한상의 건의로 1697년 수토제도가 재개되어 조선은 삼척영장과 월송만호로 하여금 3년에 한 번씩 순시선단을 편성하여 번갈아가며 수토하게 했다.

안용복 사건에 대해서는 한국과 일본 모두 자체 기록을 가지고 있다. 두 나라의 기록을 대비하여 살펴보면 당시의 상황을 거의 복원할 수 있다. 〈숙종실록〉에는 1693년 11월 18일 기록부터 1697년 3월 28일 기록까지 모두 13회에 걸쳐 안용복 사건과 울릉도쟁계에 대해 기록하고 있다. 일본에는 〈공문록〉, 〈죽도지서부(竹島之書附)〉, 〈기죽도사략(磯竹島史略)〉 등의 기록이 있다.

안용복은 조사를 받으면서 호키주 태수로부터 울릉도와 독도가 조선 땅이라는 서계를 받았는데 대마도주가 빼앗아갔다고 진술하였고 학자들은 안용복이 정말 서계를 받았는지에 관하여 치열한 논쟁을 벌이고 있다.

"아까 말씀 중에 나온 삼척영장과 월송만호는 뭔가요?"

"삼척의 영장(營長)과 월송포의 만호(萬戶)라는 관직 명칭입니다. 이들이 번갈아 수토관으로 파견되어 울릉도를 수검하였습니다."

한 교수는 안용복 사건과 울릉도쟁계의 맥을 짚어주었고 김 변호사는 이에 따라 자료를 검토하였다.

준 비 서 면

사건   독도 - 다케시마 케이스
원고   대한민국
피고   일본

원고는 다음과 같이 변론을 준비합니다.

다 음

1. 피고는 태정관 지령이 사건대상을 원고의 영토로 선언한 것은 아니라고 주장합니다. 그러나 태정관 지령은 사건대상을 원고의 영토라고 선언한 것이 분명합니다.

2. 태정관 지령은 1690년대에 벌어진 원피고 사이의 영유권논쟁 결과 사건대상이 원고의 영토로 판명된 사실을 재확인한 것입니다. 이러한 사실은 〈태정류전〉에 기재된 내용을 통해 분명하게 드러납니다.

(1) 시마네현은 내무성에 질의서를 제출할 때 '유래의 대략'을 별지로 첨부하였습니다. 그 내용 중에 울릉도와 사건대상에 관한 설명이 있습니다. 울릉도는 다케시마, 사건대상은 마쓰시마로 되어 있습니다.

이소다케시마(礒竹島, 기죽도) 혹은 다케시마(竹島)라고 부른다. 오키국의 북서 120리 정도에 있다. 둘레는 대략 10리이다. 산은 험준하고 평지는 적다. 하천이 세 줄기 있고 폭포가 있으나 골짜기가 깊고 수목과 대나무가 울창하여 그 원천을 알기 어렵다. 눈에 많이 띄는 식물로는…… 다음으로 섬이 하나 더 있다. 마쓰시마(松島, 송도)라 한다. 둘레는 30정(3.3킬로미터)이다. 다케시마와 같은 항로에 있다. 오키 섬과의 거리는 80리 정도이다. 수목이나 대나무는 거의 없다. 다케시마와 마찬가지로 어류와 짐승을 잡을 수 있다.

피고는 1897년 사건대상을 처음 발견하고 1905년 영토로 편입시켰다고 주장하지만, 태정관 지령은 1876년경 피고가 이미 사건대상을 마쓰시마라고 부르고 있었다는 사실을 증명하고 있습니다. 즉 피고가 1897년 처음으로 사건대상을 발견하였다는 것은 거짓말입니다.

(2) 또한 유래의 대략에는 1690년대에 울릉도 및 사건대상에 대한 원피고 간의 영유권논쟁이 있었다는 사실, 그 결과 이 섬들이 조선의 영토로 인정되었다는 사실, 그리고 1696년 1월 28일 도해금지령이 내려지게 되었다는 사실들이 기록되어 있습니다.

겐로쿠(元祿) 5년(1692년) 상륙하는 조선인들이 약간 있었는데 그 사정 헤아릴 수 없을 뿐만 아니라 배 안의 인원이 적어 돌아와 이를 보고하였다. 다음 해 막부의 명을 받아 무기를 싣고 갔더니 그 사람들이 무서워서

숨고 도망갔는데 남은 두 사람이 있어 포박하여 돌아왔다. 명이 있어 에도에 보고하고 조선에 송환하였다. 동년 그 나라로부터 다케시마는 조선에 가깝다고 하여 조선에 속한다고 하였다. 막부는 논의를 거쳐 이 섬이 일본 관내에 있다는 증거가 없으면 조선에 어렵(漁獵)의 권리를 주어야 한다고 하였다. 그 나라에서 이를 받아들였다. 이에 따라 동 9년(1696년) 병자 1월 도해를 금지하였다.

보시는 바와 같이, 피고는 1696년경에도 울릉도와 사건대상이 원고의 영토라는 사실을 알고 있었습니다.

(3) 〈태정류전〉 별지 제1호 '구정부 평의의 지의'에는 도해금지령이 내려진 경위에 대하여 기술하고 있습니다. 이것은 에도막부의 노중이 대마도주에게 울릉도 도해금지의 취지를 시달하면서 이 사실을 조선에도 전달하라고 지시하였던 일을 기록한 것입니다. 노중은 대마도주에게 도해금지령을 내린 경위와 판단근거 등에 관하여 자세히 설명하고 있습니다.

대마도주가 에도성에 작별인사차 갔더니 백서원에 노중 4명이 열좌한 가운데 노중(老中) 도다 야마시로 태수가 다케시마 건에 대해 각서 1통을 건네주면서, 예전부터 호키주 요나고 마을의 양가가 다케시마에 도해하여 고기잡이를 했는데 조선인도 그 섬에 와서 고기잡이를 하고 있어, 일본인과 섞이는 것은 무익한 일이므로 앞으로 요나고 마을의 양가가 도해하는 것은 금지한다고 말씀하셨다. ……그러면 조선의 울릉도가 아닌가? 그리고 원래 일본인이 거주하든가 이쪽에서 취한 섬이라면 지금에 와서 넘겨주기 어려운 것이지만 이에 관한 증거도 없으니 이쪽에서는 관여하지 않는 것이 어떤가? ……원래 취한 섬이 아니기 때문에 돌려준다고 하는 것도 사리에 맞지 않는다

(4) 도해금지령을 하달받은 대마도주는 원고에게 이 사실을 통지하였습니다. 별지 제2호 '역관에의 달서'가 바로 그것입니다.

거기에 가는 것이 본방에서는 아주 멀고 귀국에서는 가깝습니다. 양국인이 서로 섞인다면 반드시 밀무역 등의 폐단이 생길 것입니다. 이에 즉시 명을 내려 그곳에 가서 고기 잡는 것을 영구히 금지시켰습니다.

(5) 이상의 기록을 종합하여 보면, 태정관 지령은 1690년대에 진행된 원피고 간의 영유권논쟁 및 도해금지령에 대한 역사적인 고증을 거쳐 발하여진 것으로 울릉도 및 사건대상이 원고의 영토라는 사실을 적극적으로 선언한 것이 분명합니다. 이러한 취지는 3명의 태정관 참의가 우대신 이와쿠라 도모미에게 올린 결재품의서에 잘 나타나 있습니다.

본국의안(本局議按)
별지와 같이 내무성이 품의한 일본해내 다케시마외일도에 관한 지적편찬의 건. 겐로쿠 5년(1692년) 조선인 입도한 이래 에도막부와 조선정부와의 논쟁 결과 일본과 관계가 없다고 결론을 내리고 질의해온 바 다음과 같이 지령을 내리는 것에 대해 품의합니다. 3월 20일.

3. 1987년 태정관 지령을 처음 공개한 호리 가즈오 교수는 다음과 같이 논평하였습니다.

메이지유신 이후 일본정부가 다케시마(독도)에 독자적 관심을 표시한 적은 전혀 없었다. 그리고 인식의 정도에 차이는 있지만 일본정부 관계자, 기관 전부가 이 섬을 울릉도와 같이 조선령으로 본 것은 명백하다.

증 거

1. 갑제30호증   1987년《조선사연구회논문집》제24호
                   〈1905년 일본의 다케시마 영토편입〉

2017. 5. 3.

원고 대한민국
소송대리인 김명찬

"이키 변호사. 막부의 도해금지령은 다케시마와는 무관한 것입니다. 한국은 도해금지령이 울릉도뿐만 아니라 다케시마에 대한 도해금지를 포함한 것이라고 주장하고 있는데, 이것을 분명히 지적해야 합니다. 더군다나 도해금지령이 내려진 것도 울릉도를 조선의 영토로 인정해서가 아니라 막부의 쇄국정책으로 인한 것이었습니다."

"그게 무슨 말이죠?"

"도쿠가와 이에야스는 평화주의자였습니다. 히데요시와는 달리

전쟁을 달갑게 여기지 않았습니다. 히데요시의 조선정벌을 내심 반대하기도 했습니다. 그는 일본이 오랫동안 전란을 겪은 만큼 내실을 다져야 한다고 생각했고 쇄국정책을 실시했습니다. 이에야스의 뜻을 이어받은 에도막부는 굳이 조선과 분쟁을 일으키고 싶지 않았던 것뿐입니다. 또 다시 조선과 전쟁을 치르면서 국력을 낭비해서는 안 된다고 생각한 것이지요.”

이스미 국장의 설명에서 이키 변호사는 논쟁을 풀어갈 실마리를 찾을 수 있었다. 이키 변호사로서는 이스미 국장의 해박한 지식과 열정에 탄복하지 않을 수 없었다.

한서현 교수의 설명으로 한국 소송팀의 회의가 시작되었다.

“안용복은 1차 도일로 2년간 옥살이를 하고 풀려난 뒤, 1696년 5월 사람들을 모아 다시 울릉도에 갔습니다. 그곳에서 일본 어민들이 여전히 울릉도에 침범하여 조업하는 것을 보고 일본으로 건너갔습니다. 일본 어민들의 불법도해 사실을 고발하려는 목적이었습니다. 하지만 에도막부는 이 문제가 도해금지령으로 이미 종결되었다는 이유로 안용복 일행을 그냥 돌려보냅니다.”

8월 6일 안용복은 강원도 양양 땅으로 돌아왔고 서울로 압송되어 비변사에서 조사를 받게 된다. 숙종은 무단월경죄와 관원사칭죄를 범한 안용복에 대한 처결을 잠시 미루고 일본에 건너간 도해역관의 귀국을 기다렸다. 1697년 1월 10일 역관들이 도해금지령 필사본을 가지고 귀국했다. 도해금지령이 사실로 밝혀졌고 덕분에 안용복은 사형을 면하고 귀양을 가는 것으로 감형되었다. 안용복은 귀양지에서 생을 마감한 것으로 전해지고 있다. 안용복에 관한 이야기는 안용복의 참수를 반대했던 남구만의 문집《약천집》과 이익의《성호사설》에 기록되었고《동국문헌비고》와《만기요람》에도 수록되었다.

"안용복 사건을 계기로 '우산도는 왜가 말하는 송도(마쓰시마)'라는 개념이 확립되었습니다. 안용복 사건은 조선이 독도를 정확하게 인식하는 중요한 계기였습니다."

"조선 조정이 도해금지령 발령 사실을 안 것은 1년 뒤였습니다. 그것도 도해역관이 필사본을 가져와서야 알게 된 건데 시간상으로 봤을 때 너무 늦은 것 아닌가요?"

설명을 듣고 있던 이미주 사무관이 물었다.

"대마도주가 중간에 농간을 부렸기 때문입니다. 대마도주는 울릉도를 어떻게든 차지하고 싶어 했습니다. 1407년과 1614년 두 번이나 울릉도 이주를 청원했다가 거절당한 일이 있었습니다. 대마도주는 안용복을 돌려보내면서 어떻게 해보려고 했던 것입니다."

"1696년 1월에 도해금지령이 내려졌는데 어떻게 그해 5월에 울릉도에서 일본인들을 만날 수 있었던거죠?"

"날카로운 질문입니다. 이 문제도 한일 간에 뜨겁게 논의되고 있는 쟁점 중의 하나입니다. 도해금지령이 늦게 전해진 것은 일본에서도 마찬가지였습니다. 도해금지령이 돗토리번에 전달된 것은 1696년 8월 1일로 무려 6개월이나 지난 뒤의 일이었습니다. 도해금지령이 내려졌다는 사실을 몰랐던 일본 어민들이 1696년에도 울릉도로 도해하였고 안용복과 마주칠 수 있었던 것입니다."

수첩에 한 교수의 설명 사항을 메모하고 있던 김 변호사가 물었다.

"1697년 1월 도해역관이 돌아오고 난 이후의 상황을 조금 더 설명해주시면 안 될까요?"

"네, 도해역관이 돌아오고 1697년 3월 안용복은 유배지로 떠납니다. 이후 대마도에서 도해금지령을 알리는 정식 서계가 도착했고 1698년 3월 예조참의 명의로 답서를 보냅니다. 그리고 1699년 1월 대마도주가 재차 서계를 보내오면서 울릉도쟁계는 종료되었습니다."

"안용복에 대한 조선의 평가는 어땠나요?"

"안타깝게도 당시 안용복은 그저 죄인에 불과합니다. 〈숙종실록〉 숙종22년 1696년 10월 13일자 기록을 보시지요."

영부사 남구만이 말하기를…… 안용복이 금령을 무릅쓰고 재차 사단을 일으킨 죄는 진실로 죽어 마땅하나 대마도의 왜인이 울릉도를 죽도라 칭하고 에도막부의 명이라 거짓말하여 우리 백성들의 울릉도 왕래를 금지하게 하려고 중간에서 농간을 부린 사실이 안용복으로 인하여 모두 드러났으니 이것 또한 하나의 쾌사입니다. 안용복에게 죄가 있고 없는 것과 죽여야 하고 죽이지 말아야 하는 것은 천천히 의논하여 처리할 일입니다.

태정관 지령과 도해금지령을 둘러싼 한일 간의 본격적인 공방이 시작되었다. 태정관 지령은 일본의 최대 아킬레스건으로 일본으로서는 어떻게든 이를 무마시켜야만 한다. 이후 양국 간 치열한 공방이 전개되었다. 핵심 쟁점은 도해금지령에 독도가 포함되는지의 여부였다. 과연 일본은 태정관 지령을 무마시킬 수 있을 것인가.

준 비 서 면

사건   독도 - 다케시마 케이스
원고   대한민국
피고   일본

피고는 다음과 같이 변론을 준비합니다.

다 음

1. 원고는 태정관 지령이 1696년에 있었던 도해금지령에 대한 고증을 거쳐 이루어진 것으로, 도해금지령 자체가 울릉도와 사건대상을 원고의 영토로 인정한 것이기 때문에 태정관 지령 또한 다케시마외일도가 원고의 영토임을 선언한 것이라고 주장합니다.

2. 원고는 도해금지령의 취지를 왜곡하고 있습니다. 도해금지령은 울릉도에 대한 도해만을 금지하였을 뿐 사건대상으로의 도해를 금지한 것은 아닙니다. 이는 도해금지령 자체로 명백합니다.

예전에 마쓰다이라 신타로가 이나바주 호키주 태수로 있을 때 호키주 요나고 마을의 무라카와 이치베에, 오야 진기치가 다케시마에 도해하여 지금에 이르기까지 고기잡이하고 있더라도 향후 다케시마 도해는 금지한다는 분부가 있었던 바 이를 잘 지키시기 바랍니다.

3. 요컨대 태정관 지령이 사건대상을 원고의 영토라고 선언한 것이라는 원고의 주장은 부당합니다.

증 거

1. 을제23호증   다케시마 도해금지령

2017. 5. 17.

피고 일본

소송대리인 이키 유스케

준 비 서 면

사건   독도 – 다케시마 케이스
원고   대한민국
피고   일본

원고는 다음과 같이 변론을 준비합니다.

다 음

1. 피고는 도해금지령이 울릉도 도해만을 금지한 것일 뿐 사건 대상으로의 도해를 금지한 것은 아니라고 주장합니다. 그러나

도해금지령은 사건대상에 대한 도해금지를 포함한 것입니다.

2. 에도막부가 편찬한 《기죽도사략》 1695년 12월 24일자 기록입니다. 에도막부가 돗토리번의 에도 관저에 다음과 같이 질의하였습니다.

이나바국과 호키국에 부속한 다케시마는 언제부터 두 나라에 속하게 되었습니까?
다케시마 외 두 나라에 속한 섬이 있습니까?

　돗토리번의 답변입니다.

다케시마는 이나바국과 호키국에 부속된 일이 없습니다.
다케시마와 마쓰시마인데 두 나라에 속해 있지 않습니다. 그 외 부속하는 섬은 없습니다.

3. 이것뿐만이 아닙니다. 《조선왕조실록》에도 이에 관한 기록이 있습니다. 〈숙종실록〉 숙종22년 1696년 9월 25일자 기록입니다. 안용복이 다시 일본에 건너갔을 때의 정황에 대한 진술기록입니다.

왜선(倭船)도 많이 와서 정박하여 있으므로 뱃사람들이 다 두려워하였습니다. 제가 앞장서서 '울릉도는 본디 우리 지경인데 왜인이 어찌하여 감히 지경을 넘어 침범하였는가? 너희들을 모두 포박하여야 하겠다' 하고 뱃머리에 나아가 큰 소리로 꾸짖었더니, 왜인이 말하기를 '우리들은 본디 송도(松島)에 머무르고 있는데 우연히 고기잡이하러 나왔다. 이제 본소(本所)로 돌아갈 것이다' 하였습니다. 이에 '송도는 자산도(子山島)로서 그것도 우리나라 땅인데 너희들이 감히 거기에 머무르는가?' 하였습니다. ……

이어서 저에게 말하기를 '두 섬은 이미 너희 나라에 속하였으니 뒤에 혹 다시 침범하여 넘어가는 자가 있거나 도주가 혹 함부로 침범하거든 국서(國書)를 만들어 역관(譯官)을 정하여 들여보내면 엄중히 처벌할 것이다' 하고, 양식을 주고 차왜를 정하여 호송하려 하였으나 제가 데려가는 것은 폐단이 있다고 사양하였습니다.

송도는 마쓰시마, 즉 사건대상을 가리키고 자산도는 우산도의 와전된 표현으로 역시 사건대상을 가리키는 것입니다. 우산도의 우(于) 자가 자(子) 자와 비슷하여 일어난 현상입니다. 안용복은 '송도는 자산도요. 그곳 역시 우리나라 땅인데'라고 말하여 사건대상이 조선의 영토임을 분명히 선언하고 있습니다.

안용복은 또 도주가 '두 섬은 이미 조선에 속하였다'고 말하였다고 진술하고 있습니다. 두 섬은 바로 울릉도와 사건대상을 가리킵니다. 도주의 말은 바로 도해금지령에 의하여 울릉도와 사건대상이 조선의 영토로 인정되었다는 것입니다.

4. 결론적으로 도해금지령은 울릉도뿐만 아니라 사건대상을 포함한 것이고, 도해금지령에 기초한 태정관 지령 역시 두 섬이 원고의 영토임을 선언한 것으로 보아야 하는 것입니다.

증 거

1. 갑제31호증   《기죽도사략》 1695년 12월 24일, 25일자
1. 갑제32호증   〈숙종실록〉 1696년 9월 25일자

2017. 5. 26.

원고 대한민국

소송대리인 김명찬

준 비 서 면

사건   독도 – 다케시마 케이스
원고   대한민국
피고   일본

피고는 다음과 같이 변론을 준비합니다.

다 음

1. 원고는 도해금지령이 사건대상에 대한 도해금지를 포함한 것이라고 주장하며 〈숙종실록〉을 증거로 제출하였습니다. 그러나 〈숙종실록〉에서 안용복이 말한 자산도는 사건대상을 가리키는 것이 아닙니다.

〈숙종실록〉 1696년 9월 25일자 안용복의 진술내용입니다. 원고는 직전 준비서면에서 이 부분을 의도적으로 생략 처리하였습니다.

이튿날 새벽 배를 끌고 자산도에 들어가니 왜인들이 막 가마솥을 걸고 물고기를 조리고 있었습니다. 제가 막대기로 때려 부수고 큰 소리로 꾸짖으니 왜인들이 거두어 배에 싣고 돛을 올리고 돌아가므로 제가 배를 타고 뒤쫓았는데 갑자기 광풍을 만나 표류하는 바람에 오키 섬에 도착했습니다.

   첫째, 사건대상은 바위섬이라 배를 끌고 들어갈 수가 없습니다. 그럼에도 불구하고 안용복은 배를 끌고 들어갔다고 진술하였습니다. 둘째, 울릉도에서 사건대상까지는 약 90킬로미터 거리로, 당시 적게 잡아도 하루는 배를 타고 가야 하는데 안용복은 새벽에 떠나 아침밥 먹을 시간에 도착했다고 진술하였습니다.
   위 두 가지 사실에 비추어볼 때, 안용복이 말한 자산도는 사건대상을 가리키는 것이 아니라 울릉도에서 2킬로미터 거리에 있는 죽도를 가리키는 것이 분명합니다. 배를 끌고 들어가 댈 수 있고 새벽에 출발하여 아침밥 먹을 때에 도착할 수 있는 섬은 울릉도 근처에 죽도밖에 없기 때문입니다.

2. 원고는 안용복이 말한 자산도가 사건대상을 가리키는 것이 아님에도 불구하고 우산도가 와전되어 자산도가 되었다는 식의 억지 주장을 하고 있습니다.

3. 결론적으로 안용복 사건은 울릉도에 국한된 것으로 사건대상과는 무관하며, 이를 계기로 발하여진 도해금지령 또한 울릉도에 국한된 것으로 사건대상과는 무관합니다.

2017. 6. 2.

피고 일본

소송대리인 이키 유스케

 준 비 서 면

사건   독도 – 다케시마 케이스
원고   대한민국
피고   일본

원고는 다음과 같이 변론을 준비합니다.

다 음

1. 피고는 안용복이 말한 자산도는 사건대상을 가리키는 것이 아니라 울릉도에서 2킬로미터 거리에 있는 죽도를 가리키는 것이라고 주장합니다. 그러나 2005년 5월 16일 오키 섬 촌장이었던 무라카미의 집에서 발견된 〈겐로쿠9병자년조선주착안일권지각서(元祿九丙子年朝鮮舟着岸一卷之覺書)〉라는 문서는 자산도가

사건대상을 가리키는 것임을 증명하고 있습니다.

2. 각서에는 안용복이 오키 섬에 도착한 당시의 정황이 자세히 기록되어 있습니다. 피고는 안용복이 말한 자산도가 울릉도에서 2킬로미터 떨어진 죽도를 가리키는 것이라고 주장하지만, 안용복은 자산도가 울릉도에서 50리 떨어져 있다고 진술하였습니다. 죽도는 울릉도에서 불과 2킬로미터 거리에 있어 육안으로 얼마든지 보이는 섬입니다. 안용복이 육안으로 보이는 죽도를 가리켜 50리나 떨어져 있다고 말하지는 않았을 것인 바, 자산도는 죽도를 가리키는 것이 아닙니다.

3. 우산도의 우(亐) 자가 잘못 읽혀 자(子)산도, 천(天)산도, 간(干)산도라고 와전된 것은 피고 학자들도 인정하는 사실로 논쟁거리가 되지 않습니다.

증 거

1. 갑제33호증의1   〈겐로쿠9병자년조선주착안일권지각서〉
1. 갑제33호증의2   〈조선지팔도(朝鮮之八道)〉

2017. 6. 14.

원고 대한민국
소송대리인 김명찬

증거를 보겠습니다. '갑제33호증의1' 〈겐로쿠9병자년조선주착안일권지각서〉입니다. 이 문서는 오키 섬의 촌장이었던 무라카미의 집에서 발견된 것입니다. 중요 부분을 살펴보겠습니다.

대나무 섬을 다케시마라고 하는데 조선국 강원도 동래부 안에 울릉도라는 섬이 있고 이것을 대나무 섬이라고 합니다. 팔도지도에 적혀 있고 그것을 가지고 있습니다.
강원도에 자산(소우산)이라는 섬이 있는데 이것을 마쓰시마라고 합니다. 이것도 팔도지도에 적혀 있습니다.
다케시마에서 조선까지는 30리이고 다케시마에서 마쓰시마까지는 50리라고 말했습니다.

자산이라는 글자 옆에 가타카나로 '소우산'이라고 적혀 있다는 점도 유의하여 봐주시기 바랍니다. 조선에서는 사건대상을 소우산도라는 이름으로도 불렀습니다.
다음은 '갑제33호증의2' 〈조선지팔도〉입니다. 조선의 팔도 명칭이 적혀 있습니다. 강원도 밑에 적혀 있는 이 부분을 잘 봐주십시오.

이 도에 다케시마와 마쓰시마가 있다.

이상입니다.

준 비 서 면

사건 독도 – 다케시마 케이스
원고 대한민국
피고 일본

피고는 다음과 같이 변론을 준비합니다.

다 음

1. 원고는 도해금지령이 울릉도뿐만 아니라 사건대상에 대한 도해금지를 포함하는 것이라고 주장합니다. 하지만 이는 1696 년 1월 28일자 도해금지령을 유추 내지 확장해석하는 것으로서 부당합니다. 도해금지령은 막부의 명령으로 형법에 해당하며 이러한 법령은 죄형법정주의의 원칙상 엄격하게 해석되어야만 합니다. 원고는 막부의 다케시마 도해금지령이 사건대상을 포함하는 것이라며 법령의 문언적 의미를 뛰어넘는 해석을 하고 있습니다. 원고는 샌프란시스코 강화조약의 해석과 관련하여 문언적 해석의 중요성을 강조한 바 있습니다.

2. 에도막부의 도해금지령이 사건대상에 대한 도해를 금지한 것이 아니라는 결정적인 증거가 있습니다. 하마다번의 하치에 몽에 대한 사형판결문을 증거로 제출합니다.

3. 위 사형판결문은 1836년 12월 23일에 선고된 것으로, 하마다 번의 하치에몽이라는 해운업자에게 참수형을 선고한 것입니다. 그가 울릉도를 왕래하면서 밀무역을 하였다는 이유였습니다.

가장 가까운 마쓰시마에 도항한다는 명목으로 다케시마에 건너가 밀무역을 하였다.

　위 판결문은 당시 울릉도로의 도항은 금지되어 있었지만 사건대상으로의 도항은 허용되고 있었다는 것을 보여주고 있습니다. 마쓰시마에 도항한다는 명목으로 다케시마에 건너갔다는 것은 마쓰시마로의 도항이 허용되고 있음을 의미하기 때문입니다. 즉 당시 사건대상으로의 도항은 적법한 것이었습니다.
　위 판결문은 도해금지령이 사건대상과는 무관하다는 점과 피고 국민들이 사건대상에 도해하여 어업에 종사하는 등 이 섬을 실효지배하고 있었다는 사실을 보여주는 유력한 증거입니다.

증 거

1. 을제24호증　　1836년 12월 23일자 하치에몽 판결문

2017. 6. 23.

피고 일본

소송대리인 이키 유스케

준 비 서 면

사건   독도 – 다케시마 케이스
원고   대한민국
피고   일본

원고는 다음과 같이 변론을 준비합니다.

다 음

1. 피고는 하치에몽에 대한 사형판결문을 근거로 당시에 사건 대상으로의 도해가 허용되고 있었고 피고 어민들이 사건대상을 이용하고 있었다고 주장합니다. 그러나 이는 사실이 아닙니다.

2. 피고 일본의 어민들은 1900년 이전에는 사건대상만을 목표로 도해하지 않았습니다. 이와 관련하여 돗토리번의 답서를 증거로 제출합니다.

3. 사건대상이 원고의 영토라는 점은 밀수업자 하치에몽도 인정한 사실입니다. 하치에몽이 그린 〈다케시마방각도〉를 증거로 제출합니다.

증 거

1. 갑제34호증의1 《죽도지서부》 1696년 1월 25일자 각서와 별지

1. 갑제34호증의2 〈다케시마방각도〉

2017. 6. 30.

원고 대한민국

소송대리인 김명찬

　증거를 보겠습니다. 에도막부는 도해금지령을 발하기 한 달 전인 1695년 12월 24일 돗토리번의 에도관저에 울릉도에 관해 질의하였고, 12월 25일자 답변을 통하여 사건대상 마쓰시마에 대하여 알게 되었습니다. 막부는 사건대상에 대해 보다 자세한 정보를 요청하였고, 1696년 1월 25일 돗토리번의 에도관저는 각서와 별지로 이루어진 답서를 제출하였습니다. '갑제34호증의1'《죽도지서부》1696년 1월 25일자 기록을 보겠습니다. 각서에 답변요지를 기재하고 별지에 부연 설명하는 형식으로 되어 있습니다.

〈각서〉

1. 후쿠우라에서 마쓰시마까지 80여 리

1. 마쓰시마로부터 다케시마까지 40여 리

〈별지〉

1. 호키국으로부터 마쓰시마까지 120리 정도입니다.

1. 마쓰시마로부터 조선까지는 8, 90리 정도라고 알고 있습니다.

1. 마쓰시마는 어떤 주에도 부속되는 섬이 아닙니다.

1. 마쓰시마는 다케시마로 도해하는 도중에 있기 때문에 들러서 어로를 합

니다. 다른 번으로부터 어로하러 간다는 이야기는 듣지 못했습니다. 단 이즈모, 오키 사람들은 요나고 사람들의 배로 간다고 들었습니다. 이상.

확인 결과 마쓰시마는 피고의 어느 주에도 부속하는 섬이 아니었습니다. 그리고 피고 어민들은 마쓰시마만을 목표로 출항한 적이 없었습니다. 오로지 울릉도로 도해할 때 경유하는 것에 불과했습니다. 이것은 울릉도 도해가 금지되면 피고의 국민들이 마쓰시마에 갈 일이 없었다는 것을 의미합니다.

피고는 피고 어민들이 도해가 허용되어 있던 마쓰시마에 도해하여 이를 이용하였다고 주장하나 보시는 바와 같이 피고의 국민들은 사건대상만을 목표로 도항하지는 않았습니다. 당시 사건대상은 울릉도와 분리되어 독자적인 어로나 개발의 대상이 아니었습니다. 아직 바다사자의 상품가치가 알려지기 전이었기 때문에 피고의 어민들이 목숨을 걸고 불법 도항할 이유가 전혀 없었습니다.

하치에몽 역시 마찬가지였습니다. 마쓰시마에 도항한다는 것은 핑계일 뿐 정작 목적은 다케시마에 가는 것이었고 밀무역을 하였기 때문에 처형당했던 것입니다.

다음은 '갑제34호증의2' 〈다케시마방각도〉입니다. 이 지도는 하치에몽이 조사를 받으면서 스스로 그린 지도입니다. 하치에몽은 참수되었지만 사건대상과 관련하여 매우 중요한 유산을 남겼습니다. 〈다케시마방각도〉를 보겠습니다.

조선, 울릉도, 사건대상은 모두 같은 빨간색으로 칠해져 있는 반면, 오키 섬이나 일본 본토는 노란색으로 칠해져 있습니다. 하치에몽은 이 지도를 통해 사건대상이 조선의 영토임을 증언하고 있습니다.

울릉도와 사건대상을 자주 오가던 하치에몽은 누구보다도 현지 사정에 밝았을 것입니다.

사람은 누구나 죽음을 앞두고 진실을 말하게 되어 있습니다. 울릉도에 밀항한 것 때문에 처형당할 처지였던 하치에몽은 살아남기 위해서라도 울릉도와 사건대상이 일본 영토라고 생각하여 도항했다고 진술할 수 있었을 것입니다. 그러나 그는 그렇게 하지 않았습니다. 그가 죽음을 앞둔 마지막 순간에 사건대상을 조선의 영토로 표현하였다는 점에 주목하여 주시기 바랍니다. 이상입니다.

김 변호사와 한 교수가 식사를 하면서 하치에몽에 대해 이야기하고 있다.

"TV에서 아이즈야 하치에몽이 일본에서 선지자로 추앙받고 있다는 내용이 방영된 적이 있는데 혹시 보셨나요?"

김 변호사의 물음에 한 교수가 수저를 내려놓으며 대답한다.

"네. 저도 봤어요. 하치에몽이 에도막부 시대에 해외로 진출하는데 선봉적인 역할을 한 개화의 선구자였다는 취지였죠? 일본에서는 동상까지 세워 기리고 있던데요. 밀무역으로 사형당한 사람이 지금은 영웅으로 추앙받고 있더라구요."

"밀무역이라니요?"

"하치에몽은 하마다번의 해운업자였습니다. 어선으로 위장한 배에 일본도나 화약 등의 무기를 싣고 울릉도에 건너가 조선의 암상인에게 팔고, 돌아올 때는 울릉도에서 나는 향나무나 고급목재를 실어다가 일본의 여러 사찰에 팔았습니다. 울릉도 도라지를 조선 인삼이라고 속여 폭리를 취하기도 했습니다. 오사카 봉행이 이 사실을 알고 추적했고, 체포한 일당 중 한 명을 풀어주고 미행하여 은신처를 일망타진했습니다. 이 사건으로 막부는 하마다번의 중신 2명에게는 할복을, 다른 중신 3명과 하치에몽에게는 참형을 선고했습니다."

"하마다번 중신들이 5명이나 처벌받았다고요? 왜요?"

"하치에몽은 하마다번의 영주가 에도막부의 행정책임자인 노중으로 있다는 점을 악용했습니다. 하마다번의 중신들에게 영주가 도해 면허를 내주기로 약속했다고 속여 울릉도 도항을 묵인해달라고 청탁한 겁니다. 재정 압박을 받고 있던 중신들은 많은 세금을 바치겠다는 하치에몽의 말에 울릉도 도해를 묵인해줬습니다. 하치에몽의 도해를 방조했다는 명목으로 처벌받은 겁니다."

"어떻게 그런 사람이 선구자로 추앙받을 수 있죠?"

"글쎄요. 일본이 독도를 실효지배했다는 근거를 만들기 위해 영웅을 만들어내는 것 아니겠어요?"

한 교수는 문득 조선의 안용복을 떠올렸다. 죄인으로 몰려 귀양지에서 죽었지만 오늘날 장군으로 추앙받고 있다는 점에서 하치에몽과 비슷하다는 생각이 들었다. 하지만 두 사람은 동기가 확연히 달랐다. 한 사람은 국익을 위하여 활동했지만 다른 사람은 순전히 사욕을 위하여 활동했던 것이다.

잠시 흔들리는 듯했던 이키 변호사는 어느새 마음을 가다듬고 냉정을 되찾고 있었다.

"막부의 도해금지령이 다케시마를 포함한 것이었는지에 대한 판단은 이제 재판관들의 몫이 되었습니다. 이제부터는 조선이 울릉도조차 실효지배하지 못했다는 점을 공격해야 합니다. 조선이 울릉도를 실효지배하지 못했다는 것은 더 멀리 떨어져 있는 다케시마도 실효지배하지 못했다는 것을 의미하기 때문입니다."

이스미 국장은 이키 변호사가 다시금 투지를 불사르고 있다는 것을 느낄 수 있었다. 여간 다행스러운 일이 아니었다.

"조선은 울릉도를 무인도로 내버려두고 실효지배하지 못했지만 우리는 울릉도를 이용하며 실효지배하고 있었다는 점을 주장 입증할 생각입니다. 국장님 생각은 어떻습니까?"

"옳은 말입니다. 우리가 울릉도를 실효지배하고 있었다는 사실만 확실하게 밝혀낼 수 있다면 승산은 우리에게 있는 것 아니겠소?"

제6부
◇◇◇◇◇◇

공도정책

일본은 태정관 지령은 울릉도와 독도가 일본 영토가 아니라고 했을 뿐 한국 영토라고 선언한 것은 아니라고 항변하였다. 이에 한국은 태정관 지령이 1696년 도해금지령에 대한 고증을 거쳐 이루어진 것으로, 도해금지령 자체가 울릉도와 독도가 조선의 영토임을 전제로 한 것이기 때문에 태정관 지령도 결국 두섬이 한국 영토임을 선언한 것이라고 반박한다. 그러자 일본은 도해금지령은 울릉도에 대한 것일 뿐 독도와는 무관하다고 주장한다. 한국은 당시 기록 등을 근거로 도해금지령이 독도를 포함한 것이라는 사실을 밝혀나간다. 하지만 일본은 이에 승복하지 않고 새로운 쟁점을 제기하는데……

재판의 쟁점이 점차 과거로 이행하다 보니 누구보다도 한서현 교수에 대한 의존도가 높아지고 있었다. 김 변호사는 오늘도 약속된 시간에 맞추어 한 교수의 방을 찾았다. 오늘 특별히 설명 들어야 할 내용은 조선의 쇄환(刷還)정책에 관한 것이었다.

"조선은 해금(海禁)정책을 통해 바다를 관리했습니다. 바다와 섬은 통제의 대상이었지 개발의 대상이 아니었습니다. 조선은 백성들의 울릉도 거주를 금지하고 불법 이주민은 강제로 소환하는 쇄환정책을 실시했습니다."

"쇄환정책요?"

"네. 쇄환정책을 공도(空島)정책이라고도 하는데, 말 그대로 사람이 살지 못하도록 섬을 비워두는 정책을 말합니다. 쇄환은 섬을 비우기 위해 섬에 살고 있는 사람들을 본토로 데려온다는 뜻입니다."

"섬을 비워둔다…… 왜 그런 정책을 취한 거죠?"

"울릉도에 관리와 군사를 파견하려면 많은 비용과 위험이 따르기 때문입니다. 고려 말부터 조선 초까지 왜구가 창궐하면서 노략질을 많이 했습니다. 울릉도에 우리 백성들이 살고 있으면 당연히 관리를 파견하고 군사를 보내 보호해야 하는데, 울릉도가 멀기 때문에 위험부담이 컸습니다. 이러한 위험과 비용을 감수하느니 차라리 섬을 비워두는 것이 낫다고 판단한 것입니다."

"조선이 쇄환정책을 취했다면 실효지배가 이루어졌다고 주장하기 어려운 것 아닌가요?"

김 변호사가 근심어린 표정으로 물었다.

"쇄환정책이라는 것이 섬을 그냥 내버려두는 정책이 아닙니다. 섬을 비워두되 계속 관리하는 정책입니다. 섬을 그냥 내버려둘 경우 왜구의 소굴이 되어 더욱 기승을 부릴 수 있기 때문에 정기적으로 섬을 시찰해서 왜구들이 자리 잡지 못하게 했습니다. 더군다나 대마도주는 울릉도를 몹시 차지하고 싶어 했습니다."

울릉도 태하항에 황토구미라는 지역이 있다. 조선은 3년마다 울릉도에 관리를 파견하여 섬의 현황을 살피게 하였다. 파견된 관리가 정말 울릉도에 갔다 온 것인지를 확인하기 위하여 울릉도에서 나는 황토와 향나무를 증거물로 가져오게 했는데, 이때 황토를 파내던 언덕이 큰황토구미, 작은황토구미라는 지명으로 남아 있다. 9가지 맛이 난다고 해서 황토구미라고 불렸다는 속설도 있다.

"그리고 쇄환정책을 펼쳤다고 하여 울릉도에 사람이 살지 않았던 것도 아니예요."

"그건 무슨 말이죠?"

"쇄환정책이 마무리된 뒤에도 부역이나 세금을 피해 울릉도로 도망가 살던 백성들이 있었습니다. 조정에서는 이러한 제보가 있으면 즉시 군사를 파견해 잡아오도록 했지만 시간이 흘러 관리가 소홀해지자 울릉도로 도망가 사는 사람들이 늘어났습니다. 중종 1511년 이후로는 삼척영장을 파견한 기록이 없습니다."

임진왜란 때 일본군이 울릉도에서 양민들을 학살했다는 기록도 있고, 이순신 장군 때문에 바닷길이 막혀 고국 땅으로 돌아가지 못한 일본인들이 울릉도에서 생을 마감했다는 기록도 있다. 어쨌든 임진왜란 이후 울릉도는 다시 무인화되었지만, 그래도 어부들은 해산물이 풍부한 울릉도와 독도까지 물고기와 전복을 잡으러 다녔다.

"특히나 울릉도 산삼이 좋다고 하여 산삼을 채취하러 가는 일도 있었습니다. 그러다가 안용복 사건이 일어난 것입니다."

○

준 비 서 면

사건　독도 – 다케시마 케이스
원고　대한민국
피고　일본

피고는 다음과 같이 변론을 준비합니다.

다 음

1. 원고는 하치에몽이 〈다케시마방각도〉를 통하여 사건대상을 원고의 영토로 인식하고 있었다고 주장합니다. 하치에몽 역시 사건대상이 지정학적으로 원고의 영토에 더 가깝기 때문에 그렇게 생각한 것뿐입니다.

2. 도해금지령이 내려진 것도 울릉도가 원고의 영토에서 더 가깝기 때문입니다. 하지만 도서에 대한 영유권은 거리의 원근(遠近)에 의하여 결정되는 것이 아니라 실효지배 여부에 따라 결정되는 것입니다. 원고는 울릉도를 원고의 영토로 실효지배하고

있었다고 주장하지만 실상은 그렇지 않습니다.

3. 도해금지령이 발하여진 당시의 상황을 살펴보면 울릉도가 피고의 실효지배하에 있었다는 사실을 알 수 있습니다.

(1) 〈태정류전〉에 수록되어 있는 시마네현의 질의서에는 피고가 1600년대에 78년 동안 울릉도에서 벌목과 어업에 종사하면서 울릉도를 실효지배한 사실이 기재되어 있습니다.

이 섬은 영록 연간에 발견되었다고 합니다만 구 돗토리번 때 원화 4년(1618년)부터 겐로쿠 8년(1695년)까지 대략 78년간 같은 번영 내 호키주 요나고 마을의 상인 오야 규우에몬과 무라카와 이치베에가 에도막부의 허가를 얻고 매년 도해하여 섬의 동식물을 어획하여 내지에서 판매하고 있었습니다. 이것에 대해서는 확증이 있습니다. 현재까지 고서나 오래된 서신이 전하고 있기 때문에 별지와 같이 유래의 대략과 지도를 덧붙여 우선 보고합니다.

(2) 다음은 1693년 11월 1일 안용복과 박어둔을 조선에 인도하기 위하여 부산 절영도에 도착한 대마번의 정관 다다 요자에몽(귤진중)이 조선에 전달한 서계입니다.

귀역의 바닷가에 고기 잡는 백성들이 본국의 다케시마에 배를 타고 왔기에 토관이 국금을 상세히 알려준 뒤에 다시 오면 안 된다고 단단히 일렀음에도 올봄에 어민 40여 명이 다케시마에 들어와 다시 고기를 잡으므로 토관이 그중 두 명을 잡아두고 증질로 삼으려고 했습니다.

그런데 본국 번주목이 재빨리 에도에 이 사실을 알려 이들을 대마도에 맡겨서 고향에 돌려보내도록 했으니 지금부터는 이 섬에 결단코 배를 용납하지 못하게 하고 더욱 금제를 보존하여 두 나라의 교의에 틈이 발생하지 않도록 해주십시오.

서계에서 보는 바와 같이 대마도주는 '본국의 다케시마'라고 하여 울릉도를 피고의 영토로 인식하고 있습니다. 피고 측 국민들이 울릉도에서 80여 년간 벌목과 어업에 종사하고 있었기 때문에 울릉도를 당연히 피고의 영토로 생각할 수밖에 없었던 것입니다.

(3) 이 서계에 대한 답서는 〈숙종실록〉 권26 숙종20년 1694년 2월 23일자에 수록되어 있습니다.

우리나라에서는 어민을 금지 단속하여 외양(外洋)에 나가지 못하도록 했으니 비록 우리나라의 울릉도일지라도 또한 아득히 멀리 있는 이유로 마음대로 왕래하지 못하게 했는데 하물며 그 밖의 섬으로 나가게 했겠습니까?

지금 이 어선(漁船)이 감히 귀경(貴境)의 다케시마에 들어가서 번거롭게 거느려 보내도록 하고 멀리서 서신으로 알리게 되었으니 이웃나라와 교제하는 정의(情誼)는 실로 기쁘게 느끼는 바입니다.

바다 백성이 고기를 잡아서 생계로 삼게 되니 물에 떠내려가는 근심이 없을 수 없지만 국경을 넘어 깊이 들어가서 난잡하게 고기를 잡는 것은 법으로서도 마땅히 엄하게 징계하여야 할 것이므로 지금 범인(犯人)들을 형률에 의거하여 죄를 과하게 하고 이후에는 연해(沿海) 등지에 과조(科條)를 엄하게 제정하여 이를 신칙하도록 할 것입니다.

조선은 위 서계에서 '귀경의 다케시마'라는 표현을 사용하여 다케시마가 피고의 영토임을 인정하고 있습니다.

4. 이상 살펴본 바와 같이 1600년대의 울릉도는 피고에 의해 실효지배되고 있었습니다.

증 거

1. 을제25호증의1   다케시마 도해허가 서신
1. 을제25호증의2   마쓰시마 도해허가 서신
1. 을제25호증의3   〈은주시청합기〉
1. 을제25호증의4   1693년 11월 대마도주의 서계
1. 을제25호증의5   〈숙종실록〉 권26 숙종20년 1694년 2월 23일자
1. 을제25호증의6   1870년 〈조선국교제시말내탐서〉

2017. 7. 13.

피고 일본

소송대리인 이키 유스케

증거를 보겠습니다. 먼저 '을제25호증의1' 다케시마 도해허가 서신입니다.

호키국 요나고에서 다케시마로 지난해 배가 건너간 일이 있었는데 이번에도 건너가고 싶다고 요나고의 상인 무라카와 오치베와 오야 진기치가 신청하여 위에 보고했더니 이의가 없다는 분부가 있었는 바 그 뜻대로 도해를 허가합니다.

이 서신은 에도막부 시대인 1620년대에 발부된 것입니다. 이 서신에 근거하여 무라카와 집안과 오야 집안은 78년간 울릉도를 경영하였습니다. 피고의 본토에서 울릉도에 가기 위해서는 반드시 사건대상을 경유하게 됩니다. 이처럼 피고의 국민들이 다케시마 도해허가를 받아 울릉도에서 상시적으로 어업활동에 종사하였다는 사실은 1600년대에 피고가 울릉도와 사건대상을 실효지배하고 있었다는 명백한 증거입니다.

다음은 '을제25호증의2' 마쓰시마 도해허가 서신입니다. 이것은 1660년에 작성된 것으로 아베 켄하치로 마사시게가 오야 큐에몽에게 보낸 것입니다.

내년 귀하의 배가 다케시마로 도해할 때 마쓰시마에도 처음으로 도해한다는 건에 대해 무라카와 이치베와 의논하셨다니 잘 하셨습니다. 자세한 내용은 신하인 가메야마 쇼자에몽으로부터 연락이 갈 것이니 여기서는 상세하게 말씀드리지 않겠습니다.

오야 가문의 배가 울릉도에 도해하고 나아가 사건대상 마쓰시마에도 도해한다는 사실이 기재되어 있습니다. 이 기록 또한 당시 피고의 국민들이 울릉도를 실효적으로 이용하면서 사건대상까지 이용하고 있었다는 사실을 보여줍니다.

다음은 '을제25호증의3' 〈은주시청합기(隱州視聽合記)〉입니다. 〈은주시청합기〉는 1667년 사이토 호센이라는 지방관이 돗토리번주의 명령으로 오키 섬을 순시하고 오키 섬의 지리, 역사, 인구, 명승, 고적, 고사, 의례 등에 관하여 기록한 보고서입니다.

은주는 북해 가운데 있고 오키 섬이라 한다. 여기서부터 남쪽으로 35리를 가면 운주미수관에 이르고, 남동쪽으로 40리를 가면 박주적기포에 이르며, 서남쪽으로 58리를 가면 석주온천진에 이르고, 북동쪽으로는 갈 수 있는 땅이 없다. 북서쪽으로 이틀 낮 하룻밤을 가면 마쓰시마가 있고 또 하루 낮 길에 다케시마가 있다. 속칭 이소다케시마라고 하는데 대나무, 물고기, 물개가 많다. 이 두 섬은 사람이 살지 않는 땅으로, 고려를 보는 것이 운주에서 은주를 바라보는 것 같다. 그런즉 일본의 북서쪽 끝은 이 주로서 끝을 삼는다.

이 기록에서 우리가 주목하여야 할 부분은 '이 두 섬은 사람이 살지 않는 땅'이라는 점입니다. 당시 울릉도와 사건대상은 전혀 사람이 살지 않는 상태였고 조선에 의하여 이용되지도 않는 상태였습니다. 이러한 상태에서 피고는 울릉도와 사건대상을 이용한 것입니다. 과연 조선과 일본 중에 어느 나라가 울릉도와 사건대상을 실효지배하고 있었다고 봐야 하는 것입니까?

다음은 '을제25호증의6' 1870년 〈조선국교제시말내탐서〉입니다.

1868년 메이지유신에 의하여 수립된 메이지유신 정부는 조선과 국교를 맺기 위하여 외무성 직원들을 파견하여 조선의 상황에 대해 조사하였습니다. 이들의 보고서에 울릉도와 사건대상을 조사한 내용이 기록되어 있습니다.

이 건에 대해서 마쓰시마(사건대상)는 다케시마(울릉도)와 이웃한 섬으로, 마쓰시마의 건은 지금까지 게재된 서류가 없다. 다케시마의 건에 대해서는 겐로쿠 무렵 이후 얼마 동안 조선으로부터 거류를 위해 사람을 보내고 있었는데 이전과 같이 무인이 되었다. 죽목 또는 큰 대나무를 산출하고 인삼 등도 자연 그대로 나고 물고기도 상응하게 있다고 한다.

'다케시마의 건에 대해서는 겐로쿠 시대 이후 조선에서 잠시 사람을 보내두었으나 이전과 같이 무인도가 되었다'고 되어 있습니다. 이 문서 역시 울릉도가 무인도라고 기술하고 있습니다.

1677년에 쓰여진 〈은주시청합기〉나 1870년에 작성된 〈조선국교제시말내탐서〉 모두 울릉도와 사건대상을 무인 상태라고 기술하고 있습니다. 이 기술을 통하여 우리는 조선이 울릉도와 사건대상을 전혀 이용하지 않고 방치하고 있었다는 사실을 알 수 있습니다. 조선은 울릉도에 대하여 공도정책을 실시하였고 이는 1870년대까지 200년간 계속되었습니다.

울릉도가 이러한 상태였으니 사건대상은 어떠했겠습니까? 피고는 당시 사건대상이 무주지 상태라는 점을 확인하고 이를 영토에 편입시켰던 것입니다. 이상입니다.

일본 측 준비서면을 받은 한국 소송팀은 당혹스러웠다. 일본의 대응이 예상했던 것과 완전히 달랐기 때문이다.

원래 일본은 다케시마 도해면허증, 마쓰시마 도해면허증이라는 표현을 사용하고 있었다. 그런데 다케시마 도해허가 서신, 마쓰시마 도해허가 서신이라고 표현을 바꿔버렸다.

〈은주시청합기〉 또한 울릉도와 독도가 일본의 영토라는 증거로 제시했던 것인데, 단순히 울릉도와 독도가 무인 상태였다는 것을 입증하는 증거로만 사용했다. 〈조선국교제시말내탐서〉 또한 일본에게 불리한 증거였는데 지금은 오히려 공격용으로 사용되었다.

"일부 몰지각한 학자들 때문에 〈은주시청합기〉가 우리를 공격하는 재료가 되고 말았습니다."

"네? 그게 무슨 말씀이세요?"

이스미 국장의 탄식에 이키 변호사가 묻는다.

"〈은주시청합기〉를 발견하고 우리는 쾌재를 불렀습니다. 〈은주시청합기〉의 마지막 문장이 울릉도가 우리나라 땅이라는 뜻으로 해석되었기 때문입니다."

此二島無人之地 見高麗如自雲州望隱州 然則日本之乾地 以此州爲限矣.

(차이도무인지지 견고려여자운주망은주 연즉일본지건지 이차주위한의)

이들 두 섬은 무인도로서 고려를 보는 것이 운주로부터 은주를 보는 것과 같다. 그렇다면 곧 일본의 북서쪽 끝은 이 섬(울릉도)으로 한다.

처음에 학자들은 설문해자상 물 가운데 사람이 살 수 있는 곳을 주(州)라고 한다면서 마지막 문장의 주가 가리키는 것은 울릉도라고 해석했다.

"울릉도가 우리 일본의 북서쪽 마지막 땅이라고 해석되는 겁니다. 울릉도가 우리 일본 땅으로 해석된다면 다케시마는 더 말할 필요도 없는 것이었지요."

한국은 당황했고 이러한 견해가 정론으로 굳어져가는 듯했다. 그런데 정작 일본 내부에서 반론이 대두되었다.

"일부 몰지각한 학자들이 나타나기 시작했습니다. 오니시 도시테루 교수가 그 시작이었죠."

주(州)라는 글자는 원래 강 한가운데 생긴 모래톱을 가리키는 상형문자이다. 농업이 시작된 옛날 관개가 용이한 주(州)에 사람이 모였다. 사람이 모이면 나라가 생긴다. 그래서 상고 시대의 중국에서는 사람이 모인 땅 곧 나라를 주(州)로 표현했다.

반면 섬을 가리키는 도(島)나 도(嶋)는 산과 새가 합쳐진 회의문자로 철새가 쉬는 바다나 호수 안의 작은 산을 말한다. 즉 섬을 가리키는 것으로, 여기에는 사람이 있어도 좋고 없어도 좋다. 마쓰시마나 다케시마는 도이지만 주는 아니다. 따라서 여기의 주는 울릉도를 가리키는 것이 아니라 은주를 가리키는 것이다.

이러한 해석에 의하면, 일본의 북서쪽 끝은 은주가 되고 만다.

이 두 섬은 사람이 살지 않는 땅으로 고려를 보는 것이 운주에서 은주를 바라보는 것 같다. 그런즉 일본의 북서쪽 땅은 이 주(은주)로서 끝을 삼는다.

"나름 일리가 있어 보이는데요. 학자들이 승복했나요?"
"이따위 해석론에 굴복할 수는 없죠. 논쟁은 계속되었습니다. 그런데 여기에 나고야대학의 이케우치 사토시 교수가 찬물을 끼얹어 버렸습니다."

〈은주시청합기〉는 보고서다. 이 보고서의 문장 가운데 66개의 주(州) 자가 모두 나라(國)라는 뜻인데 단지 한 군데만 섬(島)의 뜻으로 읽어야 한다는 것은 보고서의 성격상 타당하지 않다. 보고서는 누가 읽어도 내용이 명확해야 하기 때문이다. 따라서 여기의 주는 은주를 가리키는 것으로 보아야 한다.

그는 통계학적 방법을 동원하여 〈은주시청합기〉에 나타난 주 자를 모두 해석하고 이런 주장을 내놓았다. 누구도 반박하지 못한 채 논쟁은 끝이 나버렸다.
"도대체 이런 사람들도 일본인이라고 할 수 있는 겁니까? 나라야 어찌 되든 말든 신경도 안 쓰는 이런 사람들을 말입니다."
이스미 국장의 이야기를 듣고 있는 이키 변호사의 마음에 씁쓸함이 감돌았다. 국익도 국익이지만 진리를 추구하는 학자들의 학자적 양심은 존중되어야 한다는 생각이 들었기 때문이다. 어쨌든 〈은주시청합기〉에 대한 해석론이 이렇다면 〈은주시청합기〉를 섣불리 들이댈 수는 없는 노릇이었다.

김명찬 변호사와 한서현 교수도 도해면허증과 관련된 전후 상황을 파악하는 데에 주력하고 있었다.

"일본은 다케시마 도해면허증과 마쓰시마 도해면허증을 울릉도 및 독도에 대한 실효지배의 유력한 증거로 제시하고 있는데…… 이것이 좀 이상해요. 면허증이라기보다는 편지처럼 보이는데요?"

김 변호사가 다케시마 도해면허증을 살펴보며 한 교수에게 묻는다.

"에도 시대의 행정은 노중(老中)이 통치자인 쇼군의 의중을 물어 이를 편지 형태로 각 번에 하달하는 방식이었기 때문에 그렇습니다."

"노중이 뭔가요?"

"막부시대에 정무를 총괄하던 관직으로 최고 행정담당관을 말합니다. 당시 에도막부는 가신이나 각 지방의 수장 중 신임할 수 있는 사람을 중앙으로 불러들여 행정을 맡겼습니다. 우리나라로 치면 청와대 비서실에 해당한다고 볼 수 있습니다."

"편지에 날짜만 있을 뿐 연도가 나와 있지 않습니다. 직인이나 관인도 없고 서명도 없는 이런 문서가 효력이 있나요?"

"그것 말고도 몇 가지 문제점이 더 있습니다. 이 편지는 오야 집안에서 보관하던 건데 일본정부에는 이 문서가 없습니다. 이 서신이 진짜인지 가짜인지 증명할 길이 없다는 겁니다. 오야 집안에서는 면허장의 기능을 하는 것이기 때문에 관에서 보관할 필요가 없다고 주장하지만 의문입니다. 또 오야 집안에서는 면허장을 받은 것이 1618년이라고 주장했는데 네 명의 노중 가운데 나가이와 이노우에 두 사람은 1622년에 노중이 되었습니다. 시기가 안 맞습니다. 일본은 오야 집안이 착각한 것이라면서 실제 면허장이 발부된 것은 1625년경이라고 궁색한 변명을 내놓고 있습니다."

"여기 내용을 보면 '이번에도 건너가고 싶다'고 되어 있는데 1회용 도해면허 아닌가요?"

김 변호사가 자료를 가리키며 말했다.

"그렇습니다. 그런데도 오야 집안과 무라카와 집안은 이 면허장을 가지고 번갈아가며 78년 동안 울릉도와 독도를 경영했다고 주장하고 있습니다. 일본은 이것이 울릉도와 독도를 실효지배한 증거라고 주장하고 있고요."

결정적으로 다케시마 도해면허는 당시 에도막부의 정책기조와 부합하지 않는다. 에도막부 시대에 접어든 1614년 부산 동래부와 대마번 간에 일본인의 울릉도 도항과 입거를 더욱 철저히 금지하기로 합의했고, 대마도주가 울릉도 거주를 청원했다가 거절당한 일도 있었다. 불과 10년도 안 돼 울릉도 도해를 허가했다는 것은 전혀 앞뒤가 맞지 않는다.

어느 정도 정리가 되자 김 변호사가 화제를 돌렸다.

"대마도주에게 보내는 답서에 '귀경의 다케시마'라는 표현이 들어간 이유가 뭡니까?"

"1694년 1월경의 일이었습니다. 당시 조정은 장희빈을 앞세운 남인들이 장악하고 있었는데 이들은 이 문제에 대해 소극적이었습니다. 이들은 '우리나라의 울릉도'라는 표현과 '귀경의 다케시마'라는 이도이명(二島二名)의 계책을 생각해냈습니다."

"이도이명의 계책이라니요?"

"대마도주가 보낸 서신에는 '본국의 다케시마'라고만 기재되어 있을 뿐 울릉도라는 말이 전혀 없습니다. 이 점을 이용해서 일본이 지칭하는 다케시마가 울릉도를 가리킨다는 것을 모르는 척한 것입니다."

"왜요?"

"당시 조정은 치열한 당파싸움을 하고 있었습니다. 신경 쓸 여력이 없었을 수도 있고 적당히 넘어가려고 했는지도 모릅니다. 이것에 대해 당시 사관(史官)이 의견을 피력해놓은 것이 있습니다."

사신(史臣)은 논한다. 왜인들이 말하는 죽도란 곳은 곧 우리나라의 울릉도인데 울릉이란 칭호는 신라·고려의 사서와 중국사람의 문집에 나타나 있으니 그 유래가 가장 오래되었다. 섬 가운데 대나무가 많이 생산되기 때문에 또한 죽도란 칭호가 있지만 실제로 한 섬의 두 명칭인 셈이다.

왜인들은 울릉이란 명칭은 숨기고서 다만 죽도에서 고기 잡는다는 이유를 구실로 삼아서 우리나라의 회답하는 말을 얻어서 그 금단(禁斷)을 허가받은 후에 이내 약속한 서계를 가지고서 점거할 계책을 삼으려고 했으니 우리나라의 회답하는 서계에 울릉이란 명칭을 든 것은 그 땅이 본디 우리나라의 것임을 밝히기 위한 것이다.

왜인들이 반드시 울릉이란 두 글자를 지우려 하면서도 끝내 죽도가 울릉도가 된 것을 드러나게 말하지 않은 것은 대개 그 왜곡이 자기들에게 있음을 스스로 걱정했기 때문이다.

아! 조종(祖宗)의 강토(疆土)는 남에게 줄 수가 없으니 명백히 분변하고 엄격히 물리쳐서 교활한 왜인으로 하여금 다시는 마음을 내지 못하도록 할 것이 의리가 분명한데도 주밀하고 신중한 데에 지나쳐서 다만 견제하려고 한 것이 범인들에게 과죄(科罪)하는 말과 같이 더욱 이웃나라에 약점을 보였으니 이루 애석함을 견디겠는가?

"일본이 먼저 저급한 속셈을 드러낸 것이니 그것을 역이용하려고 한 것인데 오히려 분명하게 선을 그어주는 것이 더 좋지 않았겠냐는 평이네요. 그래서요? 그 뒤에는 어떻게 됐나요?"

"한 달 뒤에 세상이 바뀌어버렸습니다. 갑술환국으로 장희빈이 폐비되고 인현왕후 민씨가 복위되면서 남인정권이 몰락하고 서인들이 집권하게 됩니다. 서인들은 이 일에 대해 강경한 입장이었습니다."

그때 대마도에서 사신이 들어와 답서를 반환하면서 울릉도라는 표현을 삭제해달라고 요청했다. 그렇지 않아도 답서를 회수하려고 마음먹고 있던 조정에서는 당장에 답서를 회수하고 이를 고쳐주었다. 다케시마는 울릉도의 다른 이름이고 조선 영토가 분명하니 다시는 일본 어민들이 울릉도를 오가며 사단을 일으키는 일이 없도록 하라는 것이었다. 대마도 사신 입장에서는 혹 떼려다 혹 하나 더 붙인 셈이 되었는데 〈숙종실록〉에 이에 관한 기록이 있다. 영의정 남구만이 숙종에게 아뢴 말이다.

동래 부사의 보고에 왜인이 또 말하기를 '조선 사람은 우리의 죽도에 마땅히 다시 들어오는 것을 금지해야 할 것이다'라고 하는데 신이 《지봉유설(芝峰類說)》을 보니 왜인들이 의죽도(礒竹島)를 점거했는데 의죽도는 곧 울릉도라고 했습니다. 지금 왜인의 말은 그 해독이 장차 한정이 없을 것인데 전일 왜인에게 회답한 서계가 매우 모호했으니 마땅히 접위관을 보내어 전일의 서계를 되찾아와 그들이 남의 의사를 무시하고 방자하게 구는 일을 바로 책망하는 것이 좋겠습니다.

강 교수가 일본 측 준비서면을 손에 든 채 김 변호사의 방에 들어와 묻는다.

"일본이 울릉도가 무인도로 방치되어 있던 것을 가지고 자꾸 물고 늘어지는 것 같은데요?"

"네. 그렇습니다. 임진왜란 이후 울릉도가 무인도로 있었던 것을 가지고 무주지였다는 식으로 주장하고 있습니다."

"그렇죠. 이걸로 한번 반박해보면 어떨까요? 일본이 처음 영토로 편입시킨 섬 기억하죠?"

"네. 오가사와라군도라고 하셨잖아요?"

"맞아요. 오가사와라군도를 편입시킬 때 일본이 공도상태로 방치한 일이 있었습니다."

이 섬들은 1593년에 일본 사람 오가사와라가 처음 발견했다고 하여 오가사와라군도라고 이름 붙여졌다. 하지만 쇄국정책을 추진했던 에도막부는 이 섬을 계속 방치해두었다. 일본은 1862년 1월에야 비로소 관리를 파견하여 현지 실태조사를 하는 등 관리를 시작했다. 방치해둔 사이 미국과 영국이 서로 주인이라고 싸우고 있었기 때문이다. 일본정부는 1862년 9월 30여 명의 지원자를 모집하여 이주시키는 등 적극적으로 개척정책을 실시했다. 하지만 이후 외국과 충돌이 잦아지자 개척을 중지하고 주민들을 모두 철수시켰다. 그 후 1874년 본격적으로 영토편입을 추진했는데 당시 일본은 1593년 일본인이 최초로 이 섬을 발견한 뒤 계속 이용해왔다는 논리로 다른 나라들을 압박하였다.

준 비 서 면

사건　독도 - 다케시마 케이스
원고　대한민국
피고　일본

원고는 다음과 같이 변론을 준비합니다.

다 음

1. 피고는 울릉도와 사건대상이 무인도로 방치되고 있었고 그 기간 동안 피고의 실효지배하에 있었다고 주장합니다.

2. 우선 다케시마 도해허가 서신이나 마쓰시마 도해허가 서신은 증거가 될 수 없습니다.

첫째, 다케시마 도해허가 서신에는 관인도 찍혀 있지 않고 하물며 서명도 없습니다. 개인 간의 편지에도 서명이나 도장을 찍는데 아무 것도 없는 이런 것을 공문서로 인정할 수는 없습니다.

둘째, 작성 시기 또한 맞지 않습니다. 위 허가서는 1618년에 작성된 것이라고 하는데 편지에 기재된 4명의 노중 중 2명은 1622년에야 노중이 되었습니다.

셋째, 울릉도와 사건대상에 대한 도해허가 서신은 에도막부의 대조선정책과 상충되는 것입니다. 불과 4년 전인 1614년 에도막부는 대마번을 통해 부산 동래부와 울릉도에 왜인의 출입과 거주가 금지되어 있다는 점을 재확인한 바 있습니다. 같은 해 대마도주가 울릉도에서 살 수 있도록 청원했다가 거절당한 일도 있었습니다. 이러한 에도막부가 1618년에 도해허가를 내주었을 리가 없습니다. 특히 에도막부는 1620년 대마도주에게 울릉도에 몰래 도항하여 거주한 와시자카 야자에몽 부자를 체포하라는 명령을 발하기도 하였습니다. 이처럼 강경한 입장을 가진 에도막부의 외교정책 기조에 비추어볼 때 다케시마 도해면허는 있을 수 없는 일입니다.

넷째, 설사 위 편지들이 도해허가 서신이 맞다고 하더라도 그 내용상 일회용 도해허가에 불과합니다. 피고의 국민들이 일회용 도해허가를 가지고 수십 년간 울릉도와 사건대상을 경영한 것 자체가 불법입니다. 불법행위를 실효지배의 증거로 삼을 수는 없습니다.

다섯째, 피고는 울릉도와 사건대상에 대한 도해허가 서신이 사건대상에 대한 실효지배의 증거라고 주장하나 피고의 국민들이 울릉도나 사건대상에 도해하기 위해서는 허가를 받아야만 했다는 점에 주목할 필요가 있습니다. 피고의 국민들이 울릉도나 사건대상으로 도해할 때 허가가 필요했다는 사실은 이 섬들이 피고의 영토가 아닌 타국의 영토였다는 반증입니다. 자국 영토에 가는 데 허가를 받을 필요는 없기 때문입니다.

여섯째, 피고는 1696년 1월 28일 당시 사건대상은 도해금지령의 대상이 아니었기 때문에 도해가 항시 허용되고 있어 피고 어민들이 상시적으로 이용하고 있었다고 주장한 바 있습니다. 그런데 이번에는 아베서한이 사건대상에 대한 도해허가 서신이라면서 증거로 제출하였습니다. 즉 사건대상으로 도해하기 위해서는 허가가 필요하다는 것입니다. 피고는 논리적으로 상충되는 주장을 하고 있는 바, 둘 중 하나는 거짓이 분명합니다.

3. 피고는 〈은주시청합기〉를 근거로 울릉도와 사건대상이 무인 상태로 방치되어 있었다고 주장합니다. 하지만 〈은주시청합기〉에서 우리가 주목해야 하는 부분은 '일본의 북서쪽 끝은 이 주로서 끝을 삼는다'는 마지막 문장입니다.

〈은주시청합기〉는 피고 영토의 북서쪽 끝이 오키 섬이라는 점을 선언하고 울릉도와 사건대상이 원고의 영토라고 기술한 것입니다. 운주에서 은주를 바라보는 것처럼 이 두 섬에서 고려(한반도)가 보인다는 것은, 운주에서 보이는 은주가 운주에 속하는 것처럼, 두 섬이 고려 즉 조선의 영토에 속한다는 뜻이기 때문입니다.

〈은주시청합기〉는 1677년에 기술되었습니다. 에도막부의 도해금지령이 발하여지기 19년 전의 일입니다. 피고가 이미 이 시점에도 울릉도와 사건대상의 존재를 인식하고 또한 두 섬이 원고의 영토라는 사실을 알고 있었다는 점을 간과해서는 안 될 것입니다.

4. 피고는 1693년 11월 대마도주의 서신과 이에 대한 원고의 답서를 울릉도에 대한 피고의 실효지배의 증거로 제시하였습니다. 피고는 초기 정황만을 근거로 위와 같이 주장하나 이후 경과는 완전히 상반되는 내용입니다. 〈숙종실록〉 권27 숙종20년 1694

년 8월 14일자 기록입니다. 원고의 답서를 받아 대마도로 돌아 갔던 다다 요자에몽은 1694년 여름 다시 부산으로 들어와 대마 도주의 서계를 전하며 위 답서를 고쳐달라고 요청했습니다.

우리의 서계에는 일찍이 울릉도를 언급하지 않았는데 회서에는 갑자기 '울릉' 두 글자를 거론했습니다. 이는 알기 어려운 바이니 삭제하여 주시 기 바랍니다.

그렇지 않아도 처음 답서가 애매한 면이 있음을 알게 된 원고 는 답서를 고쳐주었습니다.

우리나라 강원도의 울진현(蔚珍縣)에 속한 울릉도란 섬이 있는데 본현의 동해 가운데 있고 파도가 험악하여 뱃길이 편리하지 못하기 때문에 몇 해 전에 백성을 옮겨 땅을 비워놓고 수시로 공차(公差)를 보내어 왔다갔 다하여 수검(搜檢)하도록 했습니다. 본도(本島)는 봉만(峰巒)과 수목을 내 륙에서도 역력히 바라볼 수 있고 무릇 산천의 굴곡과 지형이 넓고 좁음 및 주민의 유지(遺址)와 나는 토산물이 모두 우리나라의 《여지승람(輿地 勝覽)》이란 서적에 실려 있어 역대에 전해 오는 사적이 분명합니다. 이번에 우리나라 해변의 어민들이 이 섬에 갔는데 뜻밖에 귀국(貴國) 사람 들이 멋대로 침범해와 서로 맞부딪치게 되자 도리어 우리나라 사람들을 끌고서 강호(江戶)까지 잡아갔습니다. 다행하게도 귀국 대군(大君)이 분명 하게 사정을 살펴보고서 넉넉하게 노자를 주어 보냈으니 이는 교린(交隣) 하는 인정이 보통이 아님을 알 수 있는 일입니다. 높은 의리에 탄복하였 으니 그 감격은 이루 말할 수 없습니다. 그러나 우리나라 백성이 어채(漁

採)하던 땅은 본시 울릉도로서 대나무가 생산되기 때문에 더러 죽도(竹島)라고도 하였는데 이는 곧 하나의 섬을 두 가지 이름으로 부른 것입니다. 하나의 섬을 두 가지 이름으로 부른 상황은 단지 우리나라 서적에만 기록된 것이 아니라 귀주(貴州) 사람들도 또한 모두 알고 있는 것입니다.

그런데 이번에 온 서계(書契) 가운데 죽도를 귀국의 지방이라 하여 우리나라로 하여금 어선이 다시 나가는 것을 금지하려고 하였고 귀국 사람들이 우리나라 지경을 침범해와 우리나라 백성을 붙잡아간 잘못은 논하지 않았으니 어찌 성신(誠信)의 도리에 흠이 있는 일이 아니겠습니까? 깊이 바라건대 이런 말뜻을 동도(東都)에 전보(轉報)하여 귀국의 변방 해안 사람들을 거듭 단속하여 울릉도에 오가며 다시 사단을 야기하는 일이 없도록 한다면 서로 좋게 지내는 의리에 있어 이보다 다행함이 없겠습니다.

원고가 답서를 고쳐 전달하자 당황한 다다 요자에몽은 네 가지 사항에 관하여 이의를 제기하였습니다. 그 중의 하나가 과거 울릉도에 조업하러 갔다가 표류한 피고 측 어민들을 돌려보낼 때 울릉도에 침범한 것에 관하여 아무런 문제를 제기하지 않았던 것은 피고의 실효지배를 묵인한 것 아니냐는 내용이었습니다. 〈숙종실록〉 숙종21년 1695년 6월 20일자 기록입니다.

삼가 살펴보건대 양국이 통호(通好)한 이후에 죽도를 왕래하던 어민들이 표류하여 귀국 땅에 이르면 예조참의(禮曹參議)가 표류민을 되돌려 보내는 일로 폐주(弊州)에 서신을 보낸 것이 모두 세 차례입니다. 우리나라의 변방 백성들이 그 섬에 가서 고기잡이한 실상은 귀국이 일찍이 알고 있던 바인데 아주 오래 전에 우리 백성들이 그 섬에 가서 고기잡이한 것을 범월이나 침섭(侵涉)한 것으로 여겼다면 일찍이 종전 세 차례의 서신 가운데에서는 어찌하여 범월과 침섭의 뜻을 말하지 아니하였습니까?

이에 대해 조선은 다음과 같이 답변하였습니다.

세 차례에 걸쳐서 표류해온 왜인이 있어 혹은 울릉도에 고기잡이하러 왔다고 하고 혹은 죽도에 고기잡이하러 왔다고 하였는데 아울러 귀선(歸船)에 태워 귀도(貴島)로 돌려보내고 범월 침섭으로 책망하지 않았던 것은 전후의 일이 나름대로 각각 의의를 가지고 있기 때문입니다. 두왜(頭倭)가 왔을 때 신의로써 꾸짖었던 것은 침월의 정상이 있었기 때문이었고 표류해온 배가 정박하였을 때 다만 돌아가는 인편에 딸려 보내도록 하였던 것은 물에 빠져 죽을 뻔하다 살아남은 목숨이 빨리 송환시켜 주기를 원해 살려 보내는 일이 급하므로 다른 것은 물어볼 여지가 없었기 때문이었으며 이웃나라와 친근(親近)하는 예의로서 당연한 일이었습니다. 어찌 우리 국토를 허용할 의사가 있어서였겠습니까?

5. 피고는 〈조선국교제시말내탐서〉의 일부 내용을 발췌하여 증거로 제출하였습니다. 피고가 증거로 제출한 보고서의 제목이 바로 〈죽도송도조선부속시말(竹島松島朝鮮附屬始末)〉입니다. 즉 다케시마와 마쓰시마가 조선에 부속한 전말이라는 의미로 울릉도와 사건대상이 원고의 영토라는 것을 전제로 쓰인 보고서입니다. 위 보고서를 원고의 이익으로 원용하는 바입니다.

6. 피고는 과거 울릉도와 사건대상이 무인상태로 비어 있었고

피고가 실효적으로 이용하였다고 주장합니다. 그러나 위에서 살펴본 바와 같이 원고가 위 두 섬을 비워두었을지언정 영토를 포기하거나 방기한 것은 아니었습니다. 즉, 원고가 쇄환정책을 실시하여 비록 두 섬이 비어 있었다고 하더라도 원고의 영유권이 부인될 수는 없습니다. 이는 피고가 무주지선점 법리에 의하여 영토편입시킨 오가사와라군도 사례에 비추어볼 때에도 명백합니다. 피고는 1593년 오가사와라군도를 처음 발견하였지만 1862년까지 269년 동안 이 섬을 방치해두고 있었습니다. 이후 개척정책을 실시하여 국민들을 이주시키기도 했지만 이내 철수시켜 다시 무인상태가 되었습니다. 피고가 오가사와라군도를 오랜 세월 동안 방치하고 개척정책을 실시하다가 다시 공도로 만들었다고 하여 이 섬을 포기하거나 방기한 것은 아니었습니다. 마찬가지로 원고가 울릉도와 사건대상을 비워두었다고 하더라도 이 섬들은 여전히 원고의 영토인 것입니다.

증 거

1. 갑제35호증의1　〈광해군일기〉 권82 광해군6년 1614년 9월자 기록
1. 갑제35호증의2　〈숙종실록〉 권27 숙종20년 1694년 8월 14일자 기록
1. 갑제35호증의3　〈숙종실록〉 숙종21년 1695년 6월 20일자 기록

2017. 7. 19.

원고 대한민국
소송대리인 김명찬

증거를 보겠습니다. '갑제35호증의1' 〈광해군일기〉 권82 광해군6년 1614년 9월자 기록입니다.

울릉도에 왜노(倭奴)의 왕래를 금지하라는 뜻으로 전일 예조의 서계 가운데 이미 사리에 근거하여 회유하였습니다. 그런데 지금 대마도의 왜인이 아직도 울릉도에 와서 살고 싶어 하여 또 서계를 보내었으니 자못 놀랍습니다. 본도가 우리나라에 소속되었음은 〈여지승람〉에 기록되어 있는 바, 방물(方物)을 거두기도 하고 도민을 조사 정리하기도 한 전고(典故)가 명확합니다. 이 일을 회답하는 서계 가운데 갖추어 기재하고 의리에 의거하여 깊이 꾸짖어서 간사하고 교활한 꾀를 막는 것이 편리하고 유익할 듯합니다.

여기서 우리는 대마도주가 원고에게 울릉도 거주청원을 하고 거절당한 사실에 주목해야 합니다. 이는 원고가 울릉도에 대하여 확고한 영유권을 행사하고 있었다는 사실을 증명하는 것이기 때문입니다. 이상입니다.

그날 저녁 한국 소송팀은 모처럼 회식자리를 가졌다. 우려했던 울릉도 실효지배 변론이 나름 성공적이었다고 평가하면서…….

같은 시각, 이키 변호사는 호텔 방에 틀어박혀 서류를 검토하고 있었다.

'됐다. 이 정도면 울릉도가 수백 년간 무단 방치되고 있었다는 사실이 각인되었을 것이다. 이제부터는 다케시마다.'

이키 변호사는 즉시 준비서면을 작성하기 시작했다.

'이 사건의 쟁점은 다케시마 실효지배 여부다. 그 동안 울릉도 실효지배를 문제 삼은 것은 조선의 울릉도 관리가 허술하고 소홀했다는 것을 각인시키기 위한 것이었다. 이제 다시 다케시마로 돌아간다. 한국에는 다케시마 실효지배를 입증할 만한 증거가 없다. 결국 다케시마는 무주지가 되는 것이다.'

제7부
◇◇◇◇◇◇

독도 실효지배

일본은 도서영유권은 단순히 지리적인 원근에 의해 정해지는 것이 아니고 실효지배 여부에 의해 정해져야 한다면서, 조선은 을릉도조차 무인도로 방치하며 이용하지 않은 반면 일본은 울릉도까지 실효지배하였다고 주장한다. 울릉도가 일본의 실효지배하에 있었다면 독도는 당연히 일본 영토로 인정될 것이라는 계산이었다. 한국은 울릉도가 공도정책에도 불구하고 수토제도에 의해 계속 관리되고 있었다는 전제하에 일본의 울릉도 실효지배 주장을 분쇄해 나간다. 하지만 정작 일본이 노리는 것은 따로 있었으니……

준비서면

사건   독도 - 다케시마 케이스
원고   대한민국
피고   일본

피고는 다음과 같이 변론을 준비합니다.

다 음

1. 원고는 사건대상이 원고의 영토로서 관리되었다고 주장하지만 원고 측의 역사자료들은 원고의 주장과는 다른 양상을 보이고 있습니다. 원고는 울릉도에 대하여 쇄환정책을 실시하였고 이로 인하여 울릉도는 무인화되었습니다. 무인화된 울릉도에 대한 원고의 관리는 소홀해졌고 울릉도는 거의 무단 방치되었습니다.

  울릉도에서 사건대상까지가 92.5킬로미터입니다. 울릉도가 이러한 상황이었는데, 울릉도보다 훨씬 더 멀리 떨어져 있는 사건대상은 어떠했겠습니까?

2. 조선은 사건대상이 실재하는지조차 제대로 모르고 있었습니다. 〈신증동국여지승람〉 권45 울진현 우산도울릉도 조의 기록입니다.

무릉이라고도 하고 우릉이라고도 한다. 두 섬은 현의 동쪽바다 가운데 있다. 세 봉우리가 곧게 솟아 하늘에 닿았으며 남쪽 봉우리가 약간 낮다. 바람과 날씨가 청명하면 봉우리 머리의 수목과 산 밑의 모래톱이 역력히 보이고 순풍이면 이틀에 도달할 수 있다. 일설에 우산과 울릉은 원래 한 섬으로서 지방은 100리다.

첫째, 원고는 사건대상을 전통적으로 우산도라고 불렀다고 주장한 바 있습니다. 그런데 〈신증동국여지승람〉은 우산과 울릉이 원래 한 섬이라고 기재하고 있습니다. 우산도는 울릉도의 별칭에 불과합니다.

둘째, 설사 울릉도와 우산도가 다른 섬이라고 하더라도 여전히 의문입니다. 〈신증동국여지승람〉에는 바람과 날씨가 청명하면 봉우리 머리의 수목과 산 밑의 모래톱이 역력히 보인다고 되어 있습니다. 이는 울릉도에서 우산도의 수목과 산 밑의 모래톱이 보인다는 뜻입니다. 이미 여러 번 언급된 바와 같이 사건대상은 바위덩어리로 수목이 없으며 모래톱 또한 없습니다. 우산도는 결코 사건대상을 가리키는 명칭이 될 수 없습니다.

셋째, 〈신증동국여지승람〉에 첨부된 〈팔도총도〉에는 우산도가 울릉도와 거의 같은 크기이고 한반도와 울릉도 사이에 위치해 있습니다. 이후에 제작된 〈해동지도〉 또한 마찬가지입니다. 원고가 주장하는 대로 우산도가 사건대상을 가리키는 것이라고 한다면 우산도는 울릉도의 동쪽에 위치하고 울릉도보다 훨씬 작은 섬이어야 합니다.

이러한 사실들은 원고 측 문헌들에 나타나는 우산도가 사건대상을 가리키는 것이 아니라는 것을 증명하는 것입니다. 원고는 1889년 〈황성신문〉 '울릉도사황'이라는 기사에 나오는 우산도가 사건대상을 가리킨다고 주장한 바 있지만, 보시는 바와 같이 우산도는 역사적으로 사건대상을 가리키는 표현이 아닙니다.

3. 원고는 사건대상을 인식하고 실효지배해 왔다고 주장하나 원고 측에서 제작된 수많은 지도들에는 사건대상이 표시되어 있지 않습니다. 단지 우산도라고 표현된 섬이 있는데 그 섬은 울릉도에서 2킬로미터 떨어져 있는 죽도를 가리키는 것에 불과합니다. 우산도라는 이름으로 그려진 고구마를 세워놓은 듯한 모습은 위성사진과 비교해 볼 때 죽도가 틀림없습니다.

4. 이상 살펴본 바와 같이 원고는 사건대상을 인식하지 못하고 있었습니다. 고로 사건대상은 도해금지령이 내려진 1696년뿐만 아니라 1905년경에도 무주지였던 것이 맞습니다. 오히려 객관적으로는 이를 인식하고 이용하고 있었던 피고의 영토라고 보는 것이 정확할 것입니다.

증 거

1. 을제26호증의1	1531년 〈신증동국여지승람〉
1. 을제26호증의2	〈팔도총도〉
1. 을제26호증의3	17세기 중엽 〈해동지도〉
1. 을제27호증의1	17세기 중엽 〈팔도여지도〉

1. 을제27호증의2   1736년 〈여지도〉

1. 을제27호증의3   1737년 〈광여도〉

1. 을제27호증의4   1740년 〈동국대전도〉

1. 을제27호증의5   1750년 〈조선지도〉

1. 을제27호증의6   1776년 〈지승〉

1. 을제27호증의7   1795년 〈동여도〉

1. 을제27호증의8   1800년 〈관동방여〉

1. 을제27호증의9   1822년 〈해좌전도〉

1. 을제27호증의10   1834년 〈청구도〉

1. 을제27호증의11   1861년 〈대동여지도〉

1. 을제27호증의12   1884년 〈울릉도〉

1. 을제27호증의13   1898년 〈조선지도〉

1. 을제27호증의14   1899년 〈대한전도〉

2017. 7. 25.

피고 일본

소송대리인 이키 유스케

증거를 보겠습니다. '을제27호증의1 내지 14'는 모두 원고 측 지도들입니다. 각 지도마다 울릉도가 그려져 있고, 울릉도 바로 옆에 고구마를 세워놓은 듯한 모습으로 작은 섬이 그려져 있는데, 그 안에 한자로 '우산'이라 쓰여 있습니다.

울릉도 위성사진과 비교해 보겠습니다. 여기 죽도가 있습니다. 각

지도상의 우산이라고 쓰인 섬과 그 위치나 모양을 한번 비교해보시기 바랍니다. 어떤가요? 죽도와 똑같지 않습니까?

　원고는 우산도가 사건대상을 가리킨다고 주장하지만 우산도는 울릉도 바로 옆에 있는 죽도에 불과합니다. 특히 김정호가 제작한 〈대동여지도〉는 원고가 역사 유산으로서 매우 자랑스럽게 생각하는 대표적인 지도입니다. 그런데 이 지도에는 사건대상이 아예 표시되어 있지 않습니다. 1861년에 제작된 지도에 사건대상이 표시되어 있지 않다는 점에 주목해주시기 바랍니다. 이상입니다.

준 비 서 면

사건　　독도 - 다케시마 케이스
원고　　대한민국
피고　　일본

원고는 다음과 같이 변론을 준비합니다.

다 음

1. 피고는 〈신증동국여지승람〉상의 기록을 근거로 원고가 사건대상을 인식하지 못하고 있었다고 주장합니다.
　첫째, 피고는 〈신증동국여지승람〉에 '우산과 울릉은 원래 한 섬으로서'라고 기재되어 있다는 점을 근거로 당시 원고 국민들이 울릉도와 사건대상을 구분하지 못하고 있었다고 주장합니다. 그러나 이 문구 앞에 '일설에 의하면'이라고 부기되어 있는 점, 첨부된 〈팔도총도〉에 우산도와 울릉도를 명확하게 두 개의 섬으로 표현하고 있다는 점은 당시 조선이 동해상에 두 개의 섬이 존재한다는 사실을 확실히 알고 있었다는 점을 증명하는 것입니다.

둘째, 피고는 〈신증동국여지승람〉의 '바람과 날씨가 청명하면 봉우리 머리의 수목과 산 밑의 모래톱이 역력히 보이고'라는 부분을 '바람과 날씨가 청명하면 울릉도에서 우산도의 봉우리 머리의 수목과 산 밑의 모래톱이 역력히 보인다'고 해석하여 우산도는 사건대상을 가리키는 것이 아니라고 주장합니다. 그러나 이는 피고의 오역에 불과합니다.

위 표현은 '바람과 날씨가 청명한 날이면 본토, 즉 한반도 동쪽에서 울릉도에 있는 수목과 바닷가의 모래톱이 보인다'는 뜻입니다. 이러한 사실은 이 문구 뒤에 바로 '순풍이면 이틀이면 도달할 수 있다'는 기록으로 더욱 분명해집니다. 당시 본토에서 울릉도까지가 배로 이틀 거리였기 때문입니다.

〈신증동국여지승람〉에 기재된 위 표현과 《고려사지리지》와 《세종실록지리지》에 기재된 '두 섬이 서로 거리가 멀지 않아 바람과 날씨가 청명하면 바라볼 수 있다'는 표현을 구별할 필요가 있습니다. 이것은 우산도와 울릉도가 서로 바라볼 수 있다는 표현이 맞습니다. '서로(相)'라는 표현이 쓰여 있다는 점에 유의하여야 합니다. 〈신증동국여지승람〉에는 '서로'라는 표현이 없습니다.

셋째, 피고는 우산도가 울릉도 옆에 있는 죽도를 가리킨다고 하지만 죽도는 울릉도에서 2킬로미터 거리에 있어서 항상 육안으로 볼 수 있습니다. 안개가 짙게 끼지 않는 한 항상 볼 수 있는 섬을 두고 위와 같이 표현하지는 않았을 것인 바, 우산도가 죽도를 가리킨다는 피고의 주장은 부당합니다.

넷째, 〈팔도총도〉에 우산도와 울릉도의 위치가 뒤바뀐 것은 우산도와 울릉도의 명칭에 대한 혼선에서 비롯된 것에 불과합니다. 교통과 통신이 발달하지 않은 시절이라 섬의 명칭에 혼란이 있었을 뿐입니다. 피고도 당초 사건대상을 마쓰시마라고 부르다가 량코도라고 부르고, 그 후에는 원래 울릉도를 가리키던 다케시마라고 호칭하는 등 섬의 이름과 관련하여 혼선을 일으킨 바 있습니다. 이는 본토에서 멀리 떨어져 있는 섬들에 대해 흔히 있을 수 있는 해프닝에 불과합니다.

2. 피고는 원고 측 지도들을 증거로 제시하면서 우산이라고 표기되어 있는 섬은 사건대상이 아니라 울릉도에서 2킬로미터 거리에 있는 죽도라고 주장합니다. 그러나 지도를 잘 살펴보면 우산도에 산봉우리가 표시되어 있음을 알 수 있습니다. 위 지도들은 산봉우리가 있는 지역에만 이러한 표시를 해두고 있습니다. 죽도는 평탄한 섬으로 일체 봉우리가 없는 바, 산봉우리를 표시할 이유가 없습니다. 우산도는 사건대상을 가리키는 것이 분명합니다.

증 거

1. 갑제36호증의1   《고려사지리지》
1. 갑제36호증의2   《세종실록지리지》
1. 갑제36호증의3   장한상의 〈울릉도사적〉
1. 갑제36호증의4   《만기요람》

2017. 8. 7.

원고 대한민국

소송대리인 김명찬

증거를 보겠습니다. 먼저 '갑제36호증의1' 1451년에 편찬된《고려사지리지》권58 '울진현 편'에 수록된 내용입니다.

울릉도가 있다. 현의 정동 바다 가운데에 있다. 신라 때는 우산국이라 했고 무릉 또는 우릉이라고도 했다. 지방은 100리다…… 우산과 무릉은 본래 두 섬으로 서로 거리가 멀지 않아 바람이 불고 날씨가 맑으면 바라볼 수 있다고 한다.

다음은 '갑제36호증의2' 1454년에 편찬된《세종실록지리지》에 수록된 내용입니다.

우산과 무릉 두 섬은 현의 정동 바다 가운데에 있다. 두 섬이 거리가 멀지 않

아 날씨가 맑으면 가히 바라볼 수 있다. 신라 때는 우산국 또는 울릉도라고
도 했는데 지방은 100리다.

《고려사지리지》에 수록된 내용과 《세종실록지리지》에 수록된 내
용은 비슷한 것 같지만 매우 다릅니다. 《세종실록지리지》에 수록된
내용이 훨씬 더 구체화되어 있습니다. 즉 우산과 무릉을 두 개의 섬
으로 명확하게 구분하여 인식하고 있는 것입니다. 이는 쇄환정책을
통해 두 섬에 대한 인식이 더욱 명확해졌다는 것을 의미합니다.

다음은 '갑제36호증의3' 1694년 장한상의 〈울릉도사적〉입니다.
1693년 안용복 사건이 일어난 직후의 일입니다. 숙종은 울릉도 일대
의 사정을 정확하게 파악하기 위하여 장한상을 파견하여 울릉도의
현황을 조사하도록 했습니다. 〈울릉도사적〉은 울릉도에 다녀온 장한
상이 작성한 보고서입니다.

동쪽으로 5리 정도 떨어진 곳에 작은 섬 하나가 있는데 그리 높지 않고 바다
대나무가 일면에 나 있다. 비가 그쳐 안개가 갠 날 산으로 들어가 중봉에 오
르면 남북의 양봉이 올려 보아야 할 정도로 높이 마주보고 있는데 이것을 삼
봉이라고 한다.
서쪽을 바라보면 대관령의 구불구불한 모습이 보이고 동쪽을 바라보면 바다
속에 섬 하나가 보이는데 그 크기는 울릉도의 3분의 1 미만이고 300여 리
에 불과하다.

조선의 1리는 400미터입니다. 5리는 2킬로미터이므로 5리 정도
떨어진 곳에 작은 섬은 현재의 죽도를 가리키는 것이 분명합니다.

그리고 동쪽바다 300여 리에 있는 섬 하나는 바로 사건대상을 가리킵니다. 300여 리는 120킬로미터인데 이 정도 멀리 떨어져 있는 섬은 사건대상밖에 없기 때문입니다. 장한상의 〈울릉도사적〉은 죽도와 사건대상을 구별하여 기술하고 있다는 점에서 중요한 의미가 있습니다.

다음은 '갑제36호증의4' 1808년에 편찬된 《만기요람》 '군정 편'의 기록입니다.

《여지지》에 이르기를 울릉과 우산은 모두 우산국 땅이다. 우산은 왜가 말하는 송도다.

《여지지》란 1656년에 저술된 유형원의 저서를 말합니다. '모두'라는 표현은 울릉도와 우산도를 구분하여 두 개의 섬으로 보았다는 것을 의미합니다. '우산은 왜가 말하는 송도다'라는 표현이 매우 중요합니다. 우산도가 바로 피고가 사건대상을 부르던 마쓰시마, 즉 송도라는 사실을 명확히 기록하고 있는 것입니다.

우리는 그 동안 재판 진행과정에서 피고가 사건대상을 마쓰시마, 송도라고 부른다는 사실을 수도 없이 확인한 바 있습니다. 조선은 우산도가 피고가 말하는 마쓰시마 즉, 사건대상이라는 사실을 정확하게 인식하고 있었습니다. 이상입니다.

준비서면

사건　독도 - 다케시마 케이스
원고　대한민국
피고　일본

피고는 다음과 같이 변론을 준비합니다.

다 음

1. 원고는 《고려사지리지》, 《세종실록지리지》, 〈울릉도사적〉 등을 통하여 사건대상을 명확하게 인식하고 있었다고 주장합니다.

2. 그러나 사건대상을 원고의 영토라고 하기 위해서는 단순히 이를 인식하고 있었다는 것만으로는 부족하고 이를 실효지배하고 있었는지의 여부가 중요합니다.

3. 원고는 사건대상이 실효지배하에 있었다는 사실을 입증하여야 합니다. 만일 원고가 이를 입증하지 못한다면 사건대상은 무주지 상태였던 것이 맞습니다.

2017. 8. 18.

피고 일본
소송대리인 이키 유스케

"한국이 어떤 증거를 내놓을지 정말 궁금하군요. 한국에는 다케시마 실효지배를 구체적으로 증거할 만한 자료가 없습니다."

이스미 국장이 이키 변호사를 바라보며 회심의 미소를 지었다.

"한 교수님, 교수님은 첫날 독도가 역사적으로 무인도였고 관심의 대상이 아니었기 때문에 독도에 대한 자료가 별로 없다면서 일본이 이것을 물고 늘어지는 것이라고 하셨습니다. 그런데 정말 자료를 찾아보니 그럴 만도 하다는 생각이 들었습니다. 우리에게 주어진 재료는 한정되어 있습니다. 이제 이것으로 얼마나 멋진 작품을 만들어낼 것인지 고민해야 합니다. 무엇보다도 객관적으로 드러난 역사적 사실에 적확(的確)한 의미를 부여하는 것이 중요합니다. 교수님께서 정말 많이 도와주셔야 합니다. 제가 다양한 관점으로 생각할 수 있도록 많은 이야기를 해주십시오."

김 변호사가 진지한 표정으로 부탁했다.

"최선을 다하고는 있지만 제가 얼마나 도움이 될지 모르겠네요."

한 교수가 가벼운 한숨을 쉬며 대답했다. 한 교수는 그날 이후 김 변호사에게 시시콜콜할 정도로 많은 이야기를 해주었다.

"우산국에 관한 최초의 기록은 《삼국사기》에 나옵니다. 512년 신라 제22대 지증왕 13년에 이사부가 우산국을 정복하여 복속시켰다는 이야기입니다."

이사부는 내물왕의 4대손 진골귀족으로 20대에 가야를 정벌하고 40대에는 군 최고지휘관인 병부령이 되었으며 70대에는 거칠부와 함께 국사를 편찬한 인물이다. 그야말로 문무를 겸비한 인재였는데 이사부학회가 있어 깊이 있는 연구가 이루어지고 있다.

지증왕 4년 503년 신라는 비로소 신라라는 국호를 사용하기 시작했다. '덕업일신망라사방(德業日新網羅四方)'의 신(新), 라(羅)를 따서 만들어졌다고 한다. 지증왕은 영토확장에 매진하였는데 울진을 거쳐 505년에 실직군, 지금의 삼척을 점령하고 512년에는 강릉까지 진출하게 된다. 강릉에서 북쪽으로 고구려와 경계를 이루고, 서쪽으로 백제와 경계를 이룬 신라는 고구려와 백제를 치기 전에 우산국을 정벌하여 후방을 튼튼히 할 필요성을 느꼈다. 만일 고구려나 백제가 우산국과 손을 잡고 쳐들어올 경우 후방이 교란될 가능성이 있기 때문이다. 고구려가 왜와 손을 잡지 못하도록 하기 위해서도 그 통로가 되는 우산국을 정벌해야만 했다. 이러한 이유로 신라는 이사부로 하여금 우산국을 정벌하게 했다.

우산국을 복속시킨 신라는 법흥왕, 진흥왕을 거쳐 번성기를 누릴 수 있었고 태종 무열왕에 이르러 삼국을 통일하게 된다. 우산국 정벌은 삼국을 통일하기 위한 초석을 쌓는 것과 같은 중요한 의미가 있었다.

"당시 우산국이 그렇게 세력이 강했습니까?"

"전해져 내려오는 이야기에 의하면 우산국의 우해왕은 세력이 막강해서 대마도를 정벌하고 대마도주의 딸을 왕비로 삼았다고 합니다. 하지만 당시 청동기로 무장한 우산국이 철기로 무장한 신라를 이길 수는 없었습니다. 울릉도에 우산국 시대의 것으로 추정되는 고분과 유적들이 남아 있습니다."

"우리나라에는 사자가 없는데 어떻게 이사부가 나무사자를 만들 생각을 할 수 있었을까요?"

"불교의 탱화에 사자가 등장합니다. 인도에서 전래된 불교의 사자상을 본뜬 것입니다. 울릉도에는 뱀과 맹수가 없기 때문에 불을 뿜어내는 사자 형상을 보고 질겁했던 것입니다. 일본은 이사부 이야기에 사자 형상이 나오는 것을 들어 《삼국사기》의 기록이 허구라고 주장하고 있습니다."

"당시 신라에서 우산국으로의 항해가 가능했습니까?"

"쿠로시오 난류의 지류인 동한 난류가 북한 연안을 따라 남쪽으로 흐르는 북한 한류와 북위 37도에서 38도 사이 울진, 삼척 앞바다에서 충돌하여 울릉도 쪽으로 비스듬히 흘러가게 되는데, 편서풍이 불 때 이 흐름을 이용하여 울릉도로 쉽게 건너갈 수 있다고 합니다. 5~6월이나 10월이 그 시기인데, 505년 실직군주가 된 이사부는 우산국을 정벌하기 위해서 많은 연구를 했고 이러한 사실을 알아낸 것입니다."

《조선왕조실록》 곳곳에서 이러한 해류와 바람을 이용하여 울릉도로 항해한 사실이 확인되고 있다. 최근에는 거문도 사람들이 한반도의 동서를 오가며 무역을 한 사실에 대해 연구가 진행되고 있다. 거문도 사람들은 해류와 바람을 이용하여 한반도의 동서를 오가며 장사를 하였고 울릉도와 독도에서 해산물을 채집했다고 한다.

"동해바다에 섬이 몇 개나 있는지 아세요?"

"글쎄요."

"동해바다에 섬이라고는 울릉도와 독도밖에 없습니다. 한반도에서 가까운 연안에 있는 바위섬들을 빼고 조금 멀리 떨어진 바다에는 오로지 이 두 섬밖에 없습니다. 그럼 우리 역사상 동해에 섬이 두 개밖에 없다는 것이 기정사실화 된 것은 언제쯤일까요?"

"글쎄요?"

김 변호사는 궁금했다. 한 교수가 도대체 무슨 말을 하고 싶은 것일까?

"일본은 《조선왕조실록》에 등장하는 요도와 삼봉도 이야기를 들어 조선이 동해바다의 실상을 잘 모르고 있었다고 주장하고 있습니다."

"요도와 삼봉도요?"

"세종 때 동해상에 요도(蓼島)라는 섬이 있다는 풍문이 있어 찾으려고 노력한 일이 있었습니다. 요도는 이 섬이 여뀌 잎처럼 갸름하고 길쭉하게 생겼다고 하여 붙여진 이름입니다. 당시 쇄환정책을 실시하고 있었던 때이니만큼 울릉도와 우산도에 대해서는 잘 알고 있었을 겁니다. 그런데 동해상에 울릉도와 우산도 외에 제3의 섬이 있다는 소문이 났으니 실상을 확인하지 않을 수 없었던 것입니다. 더군다나 세종은 영토에 관심이 많았습니다. 4군 6진도 세종 때 설치된 것입니다. 1425년 3차 쇄환 이후인 1430년 함길도 함흥부에 사는 김남련이라는 사람이 요도에 다녀왔다는 제보가 들어왔습니다. 세종은 함길도 감사에게 요도의 정확한 위치를 조사 보고하라고 지시하였습니다."

그 뒤에도 양양 동쪽바다 가운데 요도가 있다는 제보가 있었고, 1438년 무릉도순심경차관으로 4차 쇄환을 실시했던 남회가 삼척 동산현 정상에서 먼 바다에 있는 요도를 봤다고 보고했다. 세종은 남회를 요도경차관으로 임명하고 요도를 찾으라고 했지만 찾을 수 없었다. 〈세종실록〉 권109 세종27년 1445년 8월 17일자 기록이다.

동해 가운데에 요도가 있다고 한 지가 오래고 또 그 산의 모양을 보았다는 자도 많다. 내가 두 번이나 관원을 보내어 찾아보았으나 찾지 못하였는데…… 남회(南薈)는 말하기를 '연전에 동산현(洞山縣) 정자 위에서 바다 가운데에 산이 있는 것을 바라보고 현리(縣吏)에게 물으니 대답하기를 이 산은 예전부터 있었다 하기에 아전을 시켜 종일토록 후망(候望)하게 하였더니 구름 기운이 아니고 실제 산이라고 하였습니다' 한다. …… 남회가 바다를 전부 후망하였으나 결국 찾지 못하고 돌아왔으니 요도는 허망한 것이다.

요도 사건 이후 25년쯤 지나 성종 시절에 이번에는 동해에 삼봉도가 있다는 소문이 돌았다. 성종원년 1470년 영안도에서 삼봉도로 부역을 피해 도망간 사람들이 있다는 제보가 들어오자 성종은 1472년 3월 박종원을 삼봉도경차관으로 임명하고 군복 등을 하사하였다. 드디어 박종원은 일본어와 여진어 통역사까지 동원하여 5월 삼봉도 수색에 나섰다. 하지만 울릉도만 확인하고 끝내 삼봉도는 찾지 못했다. 그 뒤에도 영안도 사람들이 배를 타고 가다가 삼봉도를 보았다는 제보가 여러 번 접수되었다. 1475년 5월에는 김한경을 비롯한 함경북도 경성 사람들이 배를 타고 가다 삼봉도를 보았는데 섬에 예닐곱 명의 사람들이 있었다고 보고했다. 같은 해 6월에는 함경도 영흥군에 사는 김자주가 삼봉도 그림을 그려왔다는 제보가 들어왔다. 〈성종실록〉 성종7년 1476년 10월 22일자 기록이다.

영안도 관찰사 이극균(李克均)이 치계(馳啓)하기를 "영흥 사람 김자주(金自周)가 말하기를 '삼봉도(三峯島)를 가보고 또 그 모양을 그려왔다'고 하므로 김자주를 보내어 바치게 합니다" 하였다. 명하여 물어보게 하니 김자주가 대답하기를 "경성(鏡城) 바닷가에서 배를 타고 4주(晝) 3야(夜)를 가니 섬이 우뚝하게 보이고 사람 30여 명이 섬 입구에 벌려 섰는데 연기가 났습니다. 그 사람들은 흰옷을 입었는데 얼굴은 멀리서 보았기 때문에 자세히는 알 수 없으나 대개는 조선사람이었는데 붙잡힐까 두려워 나아갈 수가 없었습니다"
하니 유의(襦衣) 두 벌을 하사하였다.

성종은 1479년 2차 삼봉도 수색대를 파견했다. 김자주도 포함되었
는데 수색대는 3개월 뒤 삼봉도에 갔다 왔다고 보고했다. 그런데 이
를 수상히 여긴 영안도 관찰사 이극돈이 조사한 결과 허위로 밝혀졌
다. 성종은 삼봉도를 찾으려고 심혈을 기울였다. 성종도 세종처럼 동
해상에 있는 섬이라면 조선의 영토인데 소홀히 넘어갈 수 없었던 것
이다. 하지만 동해상에 울릉도와 우산도 외에 제3의 섬은 실재하지
않았고 당연히 삼봉도 수색은 실패할 수밖에 없었다. 〈성종실록〉 권
125 성종12년 1481년 1월 9일자 기록이다.

지난번에 왕래한 자들 가운데 어떤 이는 '멀리서 보았다' 하고 어떤 이는 '보
지 못하였다' 하니 진실인지 거짓인지를 분변할 수가 없습니다. 지금 사람을
보내어 찾아보고 만일 끝내 이 섬이 없으면 처음에 이 말을 한 김한경(金漢
京)의 무리들이 말로 속이고 대중을 미혹하게 한 죄가 분명하니 극형에 처하
여 그 시체를 온 도(道)에 전하게 하여 여러 사람들에게 보인다면 어리석은
백성들도 삼봉도가 기필코 없다는 것을 알고 서로 선동하여 미혹됨이 저절
로 풀릴 것입니다.

요도나 삼봉도로 일컬어진 섬들은 아마 울릉도 아니면 독도였을
것이다. 요도는 길게 생겼다는 것으로 보아 울릉도를 말하는 것이고,
김자주가 말한 삼봉도는 섬 북쪽에 세 봉우리가 보이고 암석들이 흩
어져 있다고 말한 것으로 보아 독도를 가리키는 것으로 보인다.

"교통과 통신이 발달하지 않은 때라 울릉도와 독도를 놓고 이런 혼선이 빚어진 것입니다. 아르고노트 섬과 비슷한 에피소드라고 봐야죠. 일본은 요도나 삼봉도 이야기를 근거로 조선이 울릉도와 독도에 대해 명확한 지식이 없었다고 주장하고 있습니다."

"그래요? 제가 보기에는 요도나 삼봉도 이야기는 조선이 울릉도와 독도에 대해 명확한 인식을 갖고 있었다는 반증으로 보이는데요. 분명 세종과 성종은 울릉도와 독도가 아닌 제3의 섬으로서 요도나 삼봉도를 찾았다고 말씀하셨잖아요?"

김 변호사의 말에 한 교수가 고개를 끄덕이며 맞장구를 친다.

"맞아요. 세종과 성종은 쇄환정책을 통해 울릉도와 독도에 대해 정확한 인식을 갖고 있었기 때문에 제3의 섬으로서 요도와 삼봉도를 찾았던 것이고 동해바다에 제3의 섬은 존재하지 않는다는 결론을 얻은 것입니다."

"김한경 등이 울릉도나 독도를 삼봉도로 착각한 것이라고 변명하지 않았을까요? 충분히 있을 수 있는 일이잖아요?"

"당연히 그런 변명을 했겠지요. 그런 변명이 통하지 않은 이유를 생각해보아야 합니다. 울릉도나 독도를 요도나 삼봉도로 잘못 본 것 아니냐고 수차 확인했기 때문 아닐까요? 그들은 분명히 울릉도나 독도가 아닌 제3의 섬이라고 이야기했을 겁니다. 수색대를 파견하려면 많은 비용이 들어갑니다. 당연히 조정으로서는 모든 가능성을 염두에 두고 검토했을 겁니다. 요도와 삼봉도는 단순한 해프닝이 아니라 동해상에 울릉도와 독도 이외에 제3의 섬은 없다는 인식이 확립되는 계기였던 것입니다."

소파에 등을 기대며 김 변호사가 피곤한 목소리로 말한다.

"그렇군요. 그런데 동해안 높은 곳에서 울릉도가 보이나봐요? 남회가 동산현 정상에서 동해 한가운데 있는 섬을 보았다는 것이나 함경도 곳에서 동해에 있는 섬을 보았다는 것이 그런 이야기 아닌가요?"

"맞아요. 날씨가 좋은 날에는 동해안 높은 곳에서 울릉도가 보이고 울릉도에서도 대관령이 보인다고 합니다. 〈신증동국여지승람〉에도 동해안에서 울릉도가 보인다는 이야기가 나옵니다."

김 변호사는 독도가 역사적으로 한국의 실효지배하에 있었다는 서면을 작성하고 있었다. 과연 부족한 자료들을 가지고 제대로 된 서면을 작성해낼 수 있을 것인가?

준 비 서 면

사건   독도 - 다케시마 케이스
원고   대한민국
피고   일본

원고는 다음과 같이 변론을 준비합니다.

다 음

1. 사건대상을 포함한 울릉도 일대는 과거 우산국이라는 해상국가의 근거지였습니다. 우산국은 신라와 고려에 복속되어 조

공을 바쳐오다가 1004년경 여진족의 침입으로 멸망하였고 이후 고려의 영토로 편입되어 조선으로 이어졌습니다.

2. 고려 말부터 조선 초까지 왜구가 창궐하여 노략질을 일삼자, 조선은 울릉도와 독도에 대해 공도정책을 실시하였습니다. 공도정책이란 왜구의 노략질에 대비하여 섬을 비워두되 왜구가 정주하지 못하도록 주기적으로 점검하고 관리하는 정책을 말합니다. 조선은 3년에 한 번씩 이 지역에 수토관을 파견하여 관리해 왔습니다.

3. 공도정책에도 불구하고 이 지역에는 조선의 백성들이 하나 둘 모여 마을을 이루고 거주하게 되었습니다. 1592년 임진왜란 당시 일본군이 침입하여 양민들을 살상하는 바람에 무인화되고, 1600년대에는 일본 어민들이 도해하여 고기를 잡기도 하였습니다. 그러나 1696년 도해금지령으로 일본 어민들은 더이상 도해하지 않았고 조선은 수토정책을 통해 3년에 한 번씩 수토관을 파견하여 관리했습니다. 하지만 이러한 수토정책도 차츰 느슨해지기 시작하였고, 1800년을 전후하여 조선의 백성들이 울릉도로 이주하여 배를 만들고 해산물을 채취하였습니다. 이 시기에 거문도 어민들은 울릉도와 독도를 오가며 해산물과 물고기, 바다사자를 포획하였습니다.

4. 조선은 1882년 울릉도 개척정책을 실시하였습니다. 이후 많은 조선인들이 울릉도로 이주하였고, 해산물이 풍부한 사건대

상 인근 해역에서 어로와 수렵에 종사하였습니다.

5. 이상의 사실들이 원고 측 사서에 기록되어 있는 바, 이를 증거로 제출합니다.

증 거

1. 갑제37호증 《삼국사기》관련부분
1. 갑제38호증 《고려사》관련부분
1. 갑제39호증 《조선왕조실록》관련부분

2017. 8. 29.

원고 대한민국

소송대리인 김명찬

증거를 보겠습니다.
'갑제37호증'《삼국사기》권4 신라본기4 지증마립간13년 512년 6월자 기록입니다.

지증왕 13년 512년 여름 6월 우산국이 귀속해와 해마다 토산물을 공물로 바쳤다. 우산국은 명주의 정동쪽 해상에 있는 섬이고 울릉도라고도 한다. 그 섬은 사방이 100리인데 지세가 험하여 복속하지 않았다. 하슬라주의 군주가 된 이찬 이사부는 우산국 사람들이 우둔하고 성격이 몹시 거칠어 무력만으로는 항복시키기 어렵지만 계략을 쓰면 복속시킬 수 있다고 말했다. 그는 나무사자를 많이 만들어 군선에 나누어 실은 뒤 그 나라 해안에 도착해 '너희가 만약 항복하지 않는다면 이 맹수를 풀어 밟아 죽이도록 하겠다'고 말하자 무서워하며 항복했다.

다음은 '갑제38호증'《고려사》권1 세가1 903년의 일입니다. 903년 울릉도에서 사신 백길과 토두를 보내어 토산물을 공물로 바치자 이 두 사람에게 관직을 하사하였다는 내용입니다. 우산국은 고려의 속국으로 조공을 바치던 나라였습니다.

우릉도에서 백길과 토두를 보내어 토산물을 바치기에 백길을 정위로, 토두를 정조로 삼았다.

다음은《고려사》권4 세가4 현종9년 1018년 11월자 기록입니다. 우산국이 여진의 침입을 받아 국운이 쇄한 상태에서 고려가 도움을 주었다는 이야기입니다.

우산국이 동북 여진의 침입을 받아 농업을 폐하므로 이원구를 보내 농기구를 하사하였다.

다음은《고려사》세가5 덕종원년 1032년 11월자 기록입니다.

우릉성주가 아들 부어잉다랑을 보내 토산물을 바쳤다.

우산국에서 '우릉성'으로 명칭이 바뀌었습니다. 여진족에 의해 우산국이 멸망하고 이 일대가 자연스럽게 고려의 영토로 편입되었음을 알 수 있습니다. 다음은《고려사》권27 세가27 원종14년 1273년 2월자 기록입니다.

첨서추밀원사 허공을 울릉도 작목사로 삼아 이추와 함께 보냈다. 왕이 울릉의 작목을 파했다.

우릉성에서 울릉도로 명칭이 바뀌었습니다. 작목사란 배를 만들 나무를 벌목하는 책임자를 말합니다. 울릉도에는 좋은 나무들이 많은데 이를 벌목하여 배를 만든 사실을 알 수 있습니다. 원나라는 일본 원정을 계획하였고, 고려로 하여금 배를 만들게 하였습니다. 배를 만들기 위해 울릉도에 작목사를 파견했다는 이야기입니다. 다음은 《고려사》권134 열전47 신우5년 1379년 7월자 기록입니다.

이자용이 일본에서 돌아왔는데, 큐슈 절도사 원료준이 포로로 잡혀 있던 사람 약 230명을 돌려보내고 창검과 말을 바쳤다. 왜가 무릉도에 들어와 보름이나 머물다가 떠났다.

울릉도라고 하지 않고 '무릉도'라고 하고 있습니다. 울릉도가 무릉도라고도 불린 사실을 알 수 있으며, 고려정부가 무릉도에 대한 소식에 정통해 있음을 보여줍니다. 다음은《태종실록》권13 태종7년 1407년 3월자의 기록입니다.

정무(貞茂)가 무릉도를 청하여 여러 부락을 거느리고 가서 옮겨 살고자 하므로 임금이 말하기를 "만일 이를 허락한다면 일본 국왕이 나더러 반인(叛人)을 불러들였다 하여 틈이 생기지 않을까?" 하니, 남재(南在)가 대답하기를 "왜인의 풍속은 반(叛)하면 반드시 다른 사람을 따릅니다. 이것이 습관이 되어 상사(常事)로 여기므로 금할 수가 없습니다. 누가 감히 그런 계책을 내겠습니까?" 하였다. 임금이 "그 경내(境內)에서는 상사로 여기지만, 만일 월경(越境)해 오게 되면 저쪽에서 반드시 말이 있을 것이다" 하였다.

대마도주가 울릉도에 거주할 수 있도록 청하였으나, 태종이 추후 문제가 생길 것을 염려하여 이를 허락하지 않았던 일을 기록한 것입니다. 대마도주는 역사상 두 번 울릉도 거주를 청원하였습니다. 이것이 그 첫 번째 청원입니다. 두 번째 청원은 1614년 광해군 때의 일이었음은 이미 살펴본 바 있습니다. 대마도주가 울릉도를 조선의 영토로 인식하고 있고, 조선 태종 역시 울릉도를 조선의 영토로 확실하게 인식하고 있음을 알 수 있습니다. 대마도 사람들이 울릉도로 이주하는 것에 대해 태종은 '월경'이라는 표현을 쓰고 있습니다. 국경을 넘는다는 표현으로, 울릉도가 조선의 영토임을 명확히 한 표현입니다. 다음은 〈태종실록〉 권23 태종12년 1412년 4월자의 기록입니다.

의정부에 명하여 유산국도(流山國島) 사람을 처리하는 방법을 의논하였다. 강원도 관찰사가 보고하였다. "유산국도 사람 백가물(白加勿) 등 12명이 고성 어라진에 와서 정박하여 말하기를 '우리들은 무릉도에서 생장하였는데, 그 섬 안의 인호(人戶)가 11호이고, 남녀가 모두 60여 명인데, 지금은 본도로 옮겨와 살고 있습니다. 이 섬이 동에서 서까지 남에서 북까지가 모두 2식(息) 거리이고, 둘레가 8식(息) 거리입니다. 우마(牛馬)와 논이 없으나, 콩 한 말만 심으면 20석 혹은 30석이 나고, 보리 1석을 심으면 50여 석이 납니다. 대(竹)가 큰 서까래 같고, 해착(海錯)과 과목(果木)이 모두 있습니다'고 하였습니다. 이 사람들이 도망하여 갈까 염려하여, 아직 통주·고성·간성에 나누어 두었습니다."

쇄환정책을 채택하고 시행을 준비하던 중에 울릉도 백성들이 고성 어라진에 입항하자, 이들을 어떻게 처리할 것인지 의논한 것입니다. 쇄환정책을 실시하려고 하는 참에 이들을 울릉도로 다시 돌려보낼 수는 없었기 때문입니다. 울릉도에 조선의 백성들이 다수 거주하고 있었던 사실을 알 수 있습니다. 다음은 〈태종실록〉 권32 태종16년 1416년 9월 2일자 기록입니다.

김인우가 또 아뢰기를 "무릉도가 멀리 바다 가운데에 있어 사람이 서로 통하지 못하기 때문에 군역을 피하는 자가 혹 도망하여 들어갑니다. 만일 이 섬에 주접(住接)하는 사람이 많으면 왜적이 끝내는 반드시 들어와 도둑질하여, 이로 인하여 강원도를 침노할 것입니다" 하였다. 임금이 옳게 여기어 김인우를 무릉등처안무사로 삼고 이만(李萬)을 반인(伴人)으로 삼아, 병선 2척, 초공(抄工) 2명, 인해(引海) 2명, 화통·화약과 양식을 주어 그 섬에 가서 그 두목(頭目)에게 일러서 오게 하고, 김인우와 이만에게 옷(衣)·입(笠)·화(靴)를 주었다.

태종은 김인우를 무릉등처안무사로 삼아 무릉도를 조사하라고 명하였습니다. '무릉도안무사'라고 하지 않고 '무릉등처안무사'라고 한 부분에 유의하여야 합니다. 울릉도가 본도 이외에 여러 개의 부속섬으로 이루어져 있다는 점을 감안한 것입니다. 이른바 울릉도군도론이 표현된 것입니다. 김인우는 곧 출항하여 울릉도에 다녀왔습니다. 〈태종실록〉 권33 태종17년 1417년 2월 5일자 기록입니다.

> 안무사 김인우가 우산도에서 돌아와 토산물인 대죽(大竹)·수우피(水牛皮)· 생저(生苧)·면자(綿子)·검박목(檢樸木) 등을 바쳤다. 또 그곳의 거주민 3명을 거느리고 왔는데, 그 섬의 호수는 15구(口)요, 남녀를 합치면 86명이었다. 김인우가 갔다가 돌아올 때 두 번이나 태풍을 만나서 겨우 살아올 수 있었다고 했다.

이것이 바로 1차 쇄환에 해당합니다. 울릉도가 아니라 우산도에서 돌아왔다고 되어 있고 토산물을 가져왔다고도 기록되어 있습니다. 여기의 우산도는 울릉도를 가리키는 것입니다. 세계문화유산으로 등재된《조선왕조실록》은 실시간으로 작성된 것입니다. 조선이 창건되고 처음 울릉도 일대에 갔다 온 것이라 아직 현지 사정을 정확하게 모르고 있다는 것을 알 수 있습니다.

쇄환정책을 실시하기 위해서는 많은 비용과 위험이 따랐습니다. 쇄환정책을 계속 실시하여야 하는지에 관하여 조선 조정에서 많은 논의가 이루어졌습니다. 〈태종실록〉 태종17년 1417년 2월 8일자입니다.

> 모두가 말하기를 "무릉의 주민은 쇄출하지 말고, 오곡과 농기를 주어 그 생업을 안정케 하소서. 인하여 주수(主帥)를 보내어 그들을 위무(慰撫)하고 또 토공(土貢)을 정함이 좋을 것입니다" 하였다. 그러나 공조판서 황희만이 유독 불가하다 하며 "안치(安置)시키지 말고 빨리 쇄출하게 하소서" 하니, 임금이 "쇄출하는 계책이 옳다. 저 사람들은 일찍이 요역을 피하여 편안히 살아

왔다. 만약 토공을 정하고 주수를 둔다면 저들은 반드시 싫어할 것이니, 그들을 오래 머물러 있게 할 수 없다. 김인우를 그대로 안무사로 삼아 도로 우산·무릉 등지에 들어가 그곳 주민을 거느리고 육지로 나오게 함이 마땅하다" 하고, 인하여 옷(衣)·갓(笠)과 목화를 내려주고, 또 우산 사람 3명에게도 각기 옷 1습(襲)씩 내려주었다.

보시다시피 태종은 바로 이어 2차 쇄환을 실시했습니다. 김인우를 우산무릉등처안무사로 임명하고, 병선 2척에 수군들을 태워 울릉도로 보냈고, 김인우는 17명을 쇄환해 돌아왔습니다. 관직이 바뀌었습니다. 1차 쇄환을 다녀온 김인우의 보고로 울릉도 일대의 상황을 조금 더 자세히 알게 되었고, '우산무릉등처안무사'라고 해서 우산이라는 표현이 추가되었습니다. 무릉도와 우산도가 서로 다른 섬이라는 것을 파악하게 된 것입니다.

태종의 뒤를 이어 세종이 1425년 3차 쇄환을 실시합니다. 다시 김인우가 우산무릉등처안무사가 되어 군인 50명을 거느리고 군기와 3개월분의 양식을 갖추어 출항하게 됩니다. 3차 쇄환의 결과는 어떠했을까요? 〈세종실록〉 권30 세종7년 1425년 10월 20일자 기록입니다.

우산·무릉 등지에서 안무사 김인우가 본도의 피역(避役)한 남녀 20인을 수색해 잡아와 복명(復命)하였다. 처음 인우가 병선 두 척을 거느리고 무릉도에 들어갔다가 선군(船軍) 46명이 탄 배 한 척이 바람을 만나 간 곳을 몰랐다. 임금이 여러 대신들에게 이르기를 "인우가 20여 인을 잡아왔으나 40여 인을 잃었으니 무엇이 유익하냐. 이 섬에는 별로 다른 산물도 없으니 도망해 들어간 이유는 단순히 부역을 모면하려 한 것이로구나" 하였다. 예조참판 김

자지(金自知)가 계하기를 "지금 잡아온 도망한 백성을 법대로 논죄하기를 청합니다" 하니 임금이 말하기를 "이 사람들은 몰래 타국을 따른 것이 아니요, 또 사면령 이전에 범한 것이니 새로 죄 주는 것은 불가하다" 하고, 곧 병조에 명하여 충청도의 깊고 먼 산중 고을로 보내어 다시 도망하지 못하게 하고, 3년 동안 복호(復戶)하게 하였다.

두 가지 점에 주목할 필요가 있습니다. 먼저 무릉도를 '본도'라고 기술하여 무릉도, 즉 울릉도를 본도로, 우산도를 속도로 인식하게 되었음을 알 수 있습니다. 쇄환정책이 진행됨에 따라 울릉도 일대에 대한 인식이 매우 정확해지고 있습니다. 다음 세종은 '타국'에 잠입한 것이 아니라고 하였습니다. 이는 울릉도와 사건대상을 조선의 영토로 명확하게 인식하고 있다는 의미입니다.

마지막 4차 쇄환은 세종20년 1438년에 이루어졌습니다. 세종은 남회와 조민을 무릉도순심경차관으로 임명하여 최종적으로 66명을 쇄환했습니다. 4차 쇄환 때는 단순히 무릉도순심경차관이라고 하였는데, 쇄환정책을 통해 우산도에는 사람이 살지 않고 울릉도에만 사람이 산다는 사실을 알게 되었기 때문입니다. 〈세종실록〉 권82 세종 20년 1438년 7월 15일자 기록입니다.

호군 남회와 사직 조민이 무릉도로부터 돌아와 복명하고, 포획한 남녀 모두 66명과 거기서 산출되는 사철(沙鐵)·석종유(石鍾乳)·생포(生鮑)·대죽(大竹) 등의 산물을 바치고, 인하여 아뢰기를 "발선(發船)한 지 하루 낮과 하룻밤 만에 비로소 도착하여 날이 밝기 전에 인가를 엄습하온즉, 항거하는 자가 없었고, 모두가 본군 사람이었으며, 스스로 말하기를 '이곳 토지가 비옥 풍요하다는 말을 듣고 몇 년 전 봄에 몰래 도망해왔다'고 합니다. 그리고 그 섬은 사면이 모두 돌로 되어 있고, 잡목과 대나무가 숲을 이루고 있었으며, 서쪽 한 곳에 선박이 정박할 만하였고, 동서는 하루의 노정이고 남북은 하루 반의 노정이었습니다" 하였다.

이렇게 해서 쇄환정책이 일단락되었습니다. 1416년 1차 쇄환부터 1438년 4차 쇄환까지 무려 22년의 세월이 소요되었습니다.

하지만 쇄환정책이 마무리되었다고 하여 울릉도와 사건대상을 방치한 것도 아닙니다. 이후에도 계속적인 관리가 이루어졌습니다. 〈성종실록〉 권11 성종2년 1471년 8월자 기록입니다.

강원도 관찰사 성순조(成順祖)에게 하서(下書)하기를 "지금 듣건대, 영안도(永安道)에 사는 백성들 가운데 몰래 무릉도에 들어간 자가 있다고 하니, 사람을 시켜 가서 그들을 체포하고자 한다. 세종조(世宗朝)에 일찍이 이 섬의 사람들을 찾아내어 토벌하였는데, 지금 반드시 그때에 왕래한 자가 있을 것이니, 속히 찾아서 심문하도록 하라. 또 그곳에 가기를 원하는 자를 모집하고 아울러 선함(船艦)을 준비하여 아뢰라" 하였다.

쇄환정책이 마무리된 뒤에도 노역이나 세금을 피해 울릉도 일대로 도망가는 백성들이 있었던 것입니다. 조선은 이러한 제보가 있으면 즉시 군사를 파견해 잡아오도록 했습니다. 그래야만 공도정책이 유지될 수 있었기 때문입니다. 쇄환정책 실시 중에도 왜구들의 침략이 있었습니다. 〈태종실록〉 권34 태종17년 1417년 8월자 기록입니다.

왜적이 우산 무릉에서 도둑질을 했다.

우산과 무릉을 구분하여 표현했다는 점과 도둑질을 했다는 표현에 주목해야 합니다. 도둑질은 내 것을 빼앗아가는 것을 말합니다. 이는 조선이 우산도와 무릉도를 자국 영토로 인지하고 있었다는 것을 보여줍니다.

임진왜란 이후의 일들에 대해서는 그 동안 자세하게 살펴보았는 바 재론하지 않겠습니다. 이상의 기록들에서 보는 바와 같이 원고는 울릉도와 사건대상을 구분하여 인식하고 있었으며, 농기구를 하사하거나 작목사를 파견하고, 안무사와 수토관을 파견하는 등 실효적으로 지배하고 있었습니다. 울릉도와 사건대상은 원고의 실효지배하에 있었던 원고의 고유영토임이 분명합니다. 이상입니다.

법정에서 김 변호사의 설명을 듣고 있는 이스미 국장의 안색이 점점 굳어가고 있었다. 김 변호사의 설명이 예상했던 것보다 상세하고 체계적이었기 때문이다. 한국에는 다케시마와 관련된 자료들이 거의 남아 있지 않았다. 결정적인 자료들은 식민지시절에 대부분 소각되거나 일본으로 가져와 비밀리에 보관되고 있기 때문이다.

'남아 있는 자료만으로 이 정도까지 설득력 있는 설명이 가능했단 말인가?'

⊙ 준비서면

사건   독도 – 다케시마 케이스
원고   대한민국
피고   일본

피고는 다음과 같이 변론을 준비합니다.

다음

1. 원고는 원고 측의 역사자료들을 증거로 제시하며 사건대상을 실효지배해 왔다고 주장합니다. 그러나 위 증거들은 사건대상에 대한 실효지배의 증거가 될 수 없습니다.

　첫째,《삼국사기》를 보면 우산국이었던 울릉도가 512년 신라에 귀속되었다는 기록은 있지만 사건대상에 관한 언급은 전혀 없습니다.

　둘째, 원고는 사건대상이 과거 우산도라고 불렸다면서 우산도에 관한 자료들을 제시하고 있습니다. 그러나 원고가 제시한 자료에는 우산도가 어떻게 생겼는지, 그곳에 사람이 사는지, 산물은 무엇인지, 주변환경은 어떠한지 등에 대한 기록은 단 한 문장도 없습니다. 단지 우산도라는 명칭밖에 없습니다.

　셋째, 사건대상은 식수도 없고 나무 한 그루 자라지 않는 거대한 암석 덩어리로 사람이 거주할 수 없습니다. 그러나 원고가 제시한 자료상에 나타나는 우산도에는 사람이 거주하는 것으로 되어 있습니다. 어떻게 물 한 방울 나지 않고 식물이 자랄 수 없는 사건대상에 사람들이 거주할 수 있겠습니까? 원고가 말하는 우산도는 울릉도를 가리키는 것이거나 울릉도 인근의 다른 섬을 가리키는 것일 수는 있어도 결코 사건대상을 가리키는 것이 아닙니다.

2. 우산도란 명칭이 가장 먼저 나오는 〈태종실록〉의 기록입니다.

안무사 김인우가 우산도에서 돌아와 토산물인 대죽, 수우피, 생저, 면자, 검박목 등을 바쳤다. 또 그곳에 거주하던 사람 3명을 거느리고 왔는데 그 섬의 호는 15구요 남녀를 합치면 86명이었다.

　사건대상은 돌섬으로 식물이 자랄 수 없고 사람이 살 수 없는 척박한 땅입니다. 우산도는 결코 사건대상을 가리키는 것이 아닙니다.

2017. 9. 8.

피고 일본
소송대리인 이키 유스케

준 비 서 면

사건   독도 – 다케시마 케이스
원고   대한민국
피고   일본

원고는 다음과 같이 변론을 준비합니다.

다 음

1. 원고가 사건대상을 원고의 영토로 인식하고 이를 영토로서 관리하고 있었음에 반해, 피고는 사건대상을 피고의 영토로 생각하지 않고 오로지 원고의 영토로 생각하고 있었습니다.

2. 피고가 사건대상을 원고의 영토로 간주하고 있었다는 사실과 관련하여 피고 국가에서 제작된 지도들을 증거로 제출합니다.

3. 아울러 원고가 1800년대 이후 울릉도 및 사건대상을 실효지배한 사실에 관한 증거들을 추가로 제출합니다.

증 거

1. 갑제40호증의1   1778년 〈일본여지노정전도〉
1. 갑제40호증의2   1821년 〈대일본연해여지노정전도〉

1. 갑제40호증의3   1877년 육군 참모국 제작〈대일본전도〉

1. 갑제40호증의4   1880년 내무성 지리국 제작〈대일본국전도〉

1. 갑제41호증의1   1785년〈삼국통람여지노정전도〉

1. 갑제41호증의2   1811년 아사노 야에베 제작〈일본국도〉

1. 갑제41호증의3   1864년 에비스야 제작〈대일본국해륙전도〉

1. 갑제41호증의4   1872년, 1875년 나카지마 쇼 제작〈일본여
                    지전도〉

1. 갑제41호증의5   1882년 스즈키 게이사쿠 제작〈조선국전도〉

1. 갑제41호증의6   1886년 모리 고토이시 제작〈대일본해륙전
                    도〉

1. 갑제41호증의7   1894년 다나카 쓰구요시 제작〈신찬조선국
                    전도〉

1. 갑제41호증의8   1900년 아오키 고사부로 제작〈일청한삼국
                    대지도〉

1. 갑제42호증의1   프랑스 라페루즈함대 1787년 5월 27일자
                    항해일지

1. 갑제42호증의2   1880년 아마기호 보고서

1. 갑제42호증의3   1886년〈환영수로지〉울릉도조

1. 갑제42호증의4   1899년 10월 3일〈다카오서기생복명서〉

1. 갑제42호증의5   1902년 10월 16일 일본외무성〈통상휘찬〉
                    제234호 제46면

1. 갑제42호증의6   1905년 7월 31일 일본외무성〈통상휘찬〉
                    제50호

1. 갑제42호증의7   1902년 울도군 절목

2017. 9. 18.

원고 대한민국
소송대리인 김명찬

증거를 보겠습니다. 피고 측에서 제작된 일본 지도에 울릉도와 사건대상이 포함되어 있는지 유의하여 살펴보시기 바랍니다. 갑제40호증의1부터 4입니다. 보시는 바와 같이 이들 지도 어디에도 울릉도와 사건대상이 표시되어 있지 않습니다. 피고는 역사적으로 울릉도와 사건대상을 피고의 영토로 취급하지 않았습니다. 피고가 울릉도와 사건대상을 인식하지 못해서 그랬을까요? 아닙니다. 이미 살펴본 바와 같이 피고는 1600년대에 이미 사건대상의 존재를 알고 있었습니다. 그러면 피고는 울릉도와 사건대상을 어느 나라 영토로 보았을까요?

다음은 피고가 제작한 극동아시아 지도들입니다. 울릉도와 사건대상이 표시되어 있는지, 표시되어 있다면 어느 나라 소속으로 표시되어 있는지 유의하여 살펴보시기 바랍니다. 갑제41호증의1부터 8입니다.
보시는 바와 같이 이 지도들은 모두 울릉도를 다케시마, 사건대상을 마쓰시마라고 하여 원고의 영토로 표시하고 있습니다.
1785년에 제작된 〈삼국통람여지노정전도〉를 다시 한번 보겠습니다. 울릉도와 사건대상이 조선과 같은 색깔로 채색되어 있고 그 밑에 '조선의 것으로'라고 기재되어 있습니다.
1882년 스즈키 게이사쿠가 제작한 〈조선국전도〉도 다시 한번 보겠습니다. 다케시마와 마쓰시마 모두 조선의 영토로 되어 있습니다.

이쪽의 위성사진과 한번 비교해 보겠습니다. 지도상의 위치와 위성 사진상의 위치가 거의 일치하지 않습니까?

〈신찬조선국전도〉도 다시 한번 살펴보겠습니다. 조선영토는 노란색 으로 일본영토는 무색으로 하여 양국의 영토를 구분하고 있습니다. 울릉 도와 사건대상을 보시지요. 조선영토와 같은 노란색으로 채색되어 있 습니다.

다음은 원고가 울릉도와 사건대상을 실효지배하고 있었다는 사실 에 관한 추가증거들을 살펴보겠습니다. 먼저 '갑제42호증의1' 프랑 스 라페루즈함대의 1787년 5월 27일자 항해일지 내용입니다.

나는 이 섬을 제일 먼저 발견한 천문학자 르포트 다줄레의 이름을 따서 다줄 레 섬이라 명명했다. …… 우리는 이 작은 만에서 중국 배와 똑같은 모양으 로 건조되고 있는 배들을 보았다. …… 다줄레 섬에서 불과 110킬로미터밖 에 떨어지지 않은 육지에서 조선인 목수들이 식량을 가지고 와 여름 동안 배 를 건조한 뒤 육지로 가져가 파는 것으로 보였다.

다음은 '갑제42호증의2' 1880년 아마기(天城)호 보고서입니다. 아 마기호는 피고의 군함입니다. 당시 피고 정부에 수차 울릉도 개척 건의가 접수되자 정확한 정보를 파악하기 위해 아마기호를 파견하 였습니다.

울릉도(일명 마쓰시마) 이 섬은 일본 오키 섬으로부터 북서 4분의 3, 서 약 140리, 조선 강원도 해안으로부터 약 80리, 바다에 고립하여 전체 섬이 높고 험한 원추형의 구릉이 집합하여 수목이 덮고 있다. 그리고 그 중심은 북위 37도 22분, 동경 130도 57분, 최고산은 높이 4천 척, 섬의 둘레 18리, 그 형태는 거의 반원과 유사하며…… 죽서(竹嶼)는 이 섬의 근해에서는 최대로 섬의 동해안에 떨어져 있다…… 현재 섬에 거주하는 조선인은 140명이다. 봄여름 기간 이 섬에 와서 새로 어선을 제조하여 낡은 어선과 바꾸어 돌아간다고 한다. 이 어선들은 철류를 쓰지 않고 목재만으로 만든다고 한다.

원래 다케시마라고 부르던 울릉도를 마쓰시마라고 하여 명칭이 바뀌어 있습니다. 당시 피고 일본은 오랫동안 울릉도와 사건대상에 가지 않았기 때문에 과거에 쓰던 명칭조차 헷갈리고 있는 것입니다. 다음은 '갑제40호증의3' 1886년 피고 측 해군수로부에서 제작한 〈환영수로지〉 제2권 울릉도 조에 수록된 내용입니다.

봄과 여름철에는 조선인들이 이 섬에 건너와 조선식 배를 만들어 본토에 보내며 또 다량의 조개류를 수집하여 말린다. 조선인은 배를 만드는 데 쇠못을 사용하는 일이 매우 적고 모두 나무를 가지고 짜 맞추며……

다음은 '갑제40호증의4' 1899년 10월 3일 〈다카오서기생복명서〉에 기록된 내용입니다. 〈다카오서기생복명서〉란 피고 외무성에서 울릉도에 파견한 조사관 다카오 겐조가 작성한 보고서를 말합니다.

현재 토착민의 수는 2,000여 명으로 호수는 500호이며 농부와 어부가 각각 절반이고 선박을 건조하는 목공이 있습니다.

다음은 '갑제40호증의5' 1902년 10월 16일 일본 외무성 〈통상휘찬〉 제234호 제46면 '한국울릉도사정'이라는 제목의 글입니다.

　본도의 정동쪽 약 50해리에 작은 섬 세 개가 있다. 이를 리얀코 섬이라 하며 일본인은 마쓰시마라 한다. 그곳에서 다수의 전복을 산출하므로 본도에서 출어하는 사람이 있다. 그러나 이 섬에 식수가 없으므로 오랫동안 출어하는 것은 가능하지 않기 때문에 4, 5일 후 본도에 귀항한다.

　본도는 울릉도를 말하고 리얀코 섬은 사건대상을 말합니다. 울릉도 주민들이 사건대상에 출어하여 전복을 채취한다는 사실을 기록하고 있습니다. 다음은 '갑제40호증의6' 1905년 9월 3일 일본 외무성 〈통상휘찬〉 제50호에 '울릉도현황'이라는 제목으로 수록된 내용입니다. 1904년부터 울릉도 주민들이 사건대상에 출어하여 바다사자를 잡고 있다는 사실을 기록하고 있습니다.

　바다사자라고 칭하는 해수는 울릉도에서 동남 약 25리 위치에 있는 량코 섬에 서식하며, 작년 무렵부터 울릉도민이 그것을 포획하기 시작했다.

　다음은 '갑제40호증의7' 1902년에 만들어진 울도군 절목입니다. 절목이란 업무담당자 혹은 부서가 구체적으로 시행할 사항이나 절차를 조목별로 적은 것입니다.
　이 부분을 보시지요. 외국인에게 가옥과 전토를 매매하는 자는 사형에 처한다고 규정하고, 봄에는 보리 3말, 가을에는 콩 4말씩을 집집마다 내게 하여 군수와 그 밑의 향장 1명, 서기 1명, 사령 3명의 급료로 지급하도록 하고 있습니다. 각도의 상선으로서 울릉도에 와서 어채하는 사람에게는 10분의 1세, 외지로 출입하는 화물은 물건 값에 따라 100분의 1세를 거둬 경비에 보태라고 규정하고, 나무를 몰래 베어 파는 사람에게 세금을 물려 그 비용으로 선박을 구입하라고 규정하고 있습니다.

　울도군 절목은 1900년 10월 25일 대한제국 칙령 제41호에 의하여 군으로 승격한 울도군의 통치에 필요한 구체적 행정지침입니다. 대한제국정부가 울도군을 실효지배하고 있었음을 극명하게 보여주는 증거입니다. 울도군에 사건대상이 포함되어 있다는 사실은 이미 살펴본 바 있습니다. 이상입니다.

| ◯ | 준 비 서 면 |

사건　독도 - 다케시마 케이스
원고　대한민국
피고　일본

피고는 다음과 같이 변론을 준비합니다.

다 음

1. 원고는 울릉도와 사건대상을 실효지배했다는 증거로 '갑제42호증의1 내지 7'을 증거로 제출하였습니다. 그러나 위 자료

들은 울릉도에 대한 실효지배의 증거는 될 수 있어도 사건대상에 대한 실효지배의 증거는 될 수 없습니다.

2. 우선 위 자료들은 울릉도에 대한 것이지 사건대상에 관한 것이 아닙니다. 라페루즈함대의 항해일지나 아마기호 보고서의 내용은 모두 울릉도에 국한된 것일 뿐 사건대상과는 무관합니다.

3. 위 자료들 중 사건대상과 관련된 것은 1900년 이후의 것 중에 전복 채취를 위하여 사건대상에 간다는 이야기와 울릉도민들이 강치잡이를 시작했다는 정도입니다. 그러나 그 당시에는 원고의 어민들보다도 피고의 어민들이 더 적극적으로 사건대상을 이용하고 있을 때였습니다.

2017. 9. 29.

피고 일본

소송대리인 이키 유스케

김 변호사는 고민스러웠다. 이키 변호사의 지적은 타당했다.

'이를 어쩐다. 아무리 찾아봐도 딱 떨어지는 증거가 없는데……'

독도는 본토에서 멀리 떨어져 있는 무인도이기 때문에 본토에서 가까운 섬이나 유인도에 비해 실효지배 정도가 약해도 된다. 그래도 김 변호사가 제출한 증거들은 독도 실효지배를 입증하기에는 미흡했다.

'실효지배를 무엇으로 입증해야 하나?'

제8부
◇◇◇◇◇

현장검증

일본은 한국이 독도 실효지배를 입증하지 못하는 한 무주지로 평가되어야 한다고 주장한다. 한국은 독도 실효지배를 입증하기 위해 역사 자료를 총동원하여 증거로 제출하지만 일본은 한국이 제출한 자료들은 울릉도에 대한 것일 뿐 독도 실효지배의 증거가 될 수 없다고 반박한다. 한국과 일본 두 소송팀 모두 만만치 않은 상대의 공격에 각자 결정적인 증거를 찾기 위해 고민하는데…….

"이키 변호사, 요즘 표정이 영 안 좋아보여요. 무슨 일이라도 있어요?"

이스미 국장이 걱정스러운 얼굴로 물었다. 이키 변호사는 국장의 걱정스런 말에 쑥스러운 듯 작은 미소를 띠더니 이내 표정을 고치고 말한다.

"재판만 생각하면 가슴이 뭔가로 눌린 듯 답답합니다. 재판이 거의 막바지까지 왔는데 과연 우리가 이길 수 있을 것인지 영 불안하고 초조합니다. 자다가도 벌떡벌떡 일어나게 되네요. 이러다가 제 명대로 못 살 것 같습니다."

이키 변호사의 말을 듣고 있는 이스미 국장의 마음 한켠에 안타까움과 근심이 더해졌다. 불안한 것은 국장도 마찬가지였다. 자신과 별반 다를 것 없는 국장의 표정에 이키 변호사는 재빨리 소송 서류를 뒤적인다.

그랬다. 당초 계획한 수순대로 소송을 진행해왔지만 한국은 단계마다 맹렬한 기세로 공격해왔다. 처음 생각했던 것과는 양상이 완전히 달랐다. 더 큰 문제는 다케시마가 일본영토라는 확신이 흔들리는 것이었다. 김명찬 변호사의 주장이 정확한 것인지 꼼꼼하게 따져보고 증거자료들과 대조해 보았지만 모두 사실이었다. 무엇보다도 한국의 식민지배가 강압과 폭력에 의한 결과라는 것이 충격적이었다. 게다가 1905년의 다케시마 영토편입도 허점투성이였다.

지쳐 보이는 이키 변호사를 보며 이스미 국장 또한 답답함을 느꼈다. 다케시마 밀약을 폭로하며 승기를 잡았다고 좋아했던 것이 엊그제 같은데 어느새 수세에 몰리고 있었다. 결정적인 뭔가가 필요했다.

김명찬 변호사는 오늘도 집무실 책상 앞에 앉아 자료를 들여다보고 있다. 그때 핸드폰 벨소리가 울리고 하이톤의 목소리가 들려왔다.

"변호사님, 날씨가 이렇게 좋은데 뭐하세요?"

'한 교수입니다'라는 인사도 없이 활기차게 안부를 묻는 그녀의 목소리에 문득 창밖을 내다 보았다. 청명한 가을 날씨가 눈이 부실 정도였다.

"소송서류를 검토하고 있습니다. 뭐 빠진 것은 없는지 다시 한 번 살펴보고 있습니다."

"정말 대단한 김 변호사님이세요. 유리하게 흘러가는 것 아닌가요?"

"글쎄요. 아직 부족합니다. 마지막으로 쐐기를 박을 수 있는 뭔가가 있을 것 같은데…… 그게 뭔지 잡힐 듯 잡히질 않아요. 혹시나 해서 기록을 검토해보는 중입니다."

그랬다. 김 변호사는 한반도 동쪽 끝 독도가 한국영토였다는 마지막 단서를 찾고 있었다.

독도밀약의 등장은 가히 충격적이었다. 샌프란시스코 강화조약에 대해서도 사전에 치밀하게 준비했지만 일본도 만만치 않았다. 당초 우리에게 유리한 증거라고 생각했던 자료들을 공격자료로 제출한 것도 뜻밖이었다. 이 때문에 서면의 내용을 여러 번 수정해야만 했다. 그래도 다행히 소송은 전반적으로 유리하게 진행되는 것 같았다. 하지만 뭔가 부족했다.

"날씨도 좋은데 바람도 좀 쐬고 머리를 쉬게 해주세요. 그래야 뭐가 떠올라도 떠오르지 않을까요?"

"그렇긴 한데요, 딱히 뭐 할 일도 없고 해서요."

몇 가지 간단히 이야기를 나눈 뒤 전화를 끊었다.

그날 오후 내내 김 변호사는 자료를 뒤적이고 있었다. 저녁 무렵, 또 전화벨이 울렸다. 강지성 교수였다.

"김 변호사, 바다낚시 해본 적 있어요?"

"아뇨. 한 번도 못해봤습니다. 민물낚시는 가끔 다녔어요. 물론 재판 시작되고 나서는 한 번도 못 갔지만요. 벌써 2년이 다 되어가네요."

"그럼, 시간 한번 내요. 기분전환도 할 겸 바다낚시 한번 갑시다. 다음 주 토요일 어때요?"

김 변호사는 갑작스런 강 교수의 제안에 약간 당황스럽기도 했지만 딱히 거절할 이유도 없었다. 눈앞에 보이는 탁상달력을 대충 훑어보며 대답했다.

"뭐, 특별한 일정은 없는데요."

"잘 됐네요. 그럼 같이 가는 겁니다. 스트레스 해소로는 바다낚시가 그만입니다."

신경 써주셔서 감사하다는 인사를 하고 전화를 끊었다.

강 교수가 김 변호사에게 바다낚시를 권한 것은 한 교수의 부탁 때문이었다. 매일 집무실에 들어 앉아 있는 김 변호사가 안쓰럽다며 뭔가 재미있는 일을 만들어달라는 것이었다. 한 교수의 말을 듣고 보니 정말 김 변호사에게 휴식이 필요할 거라는 생각이 들었다. 어떻게 매일 자료만 파고 있는지 신기할 정도였다.

2017년 10월 7일 토요일 새벽 2시.

강 교수는 일찌감치 집을 나섰다. 방배동에 사는 김 변호사를 태우고 인천부두로 가야 하기 때문이다. 김 변호사는 집 앞에서 기다리고 있었다. 김 변호사를 태운 차는 인천 남항으로 향했다. 이른 새벽이라 막힘없이 잘 뚫린다.

새벽 4시 10분. 인천연안부두 주차장에 차를 두고 두 사람은 강 교수의 단골 낚시점으로 들어갔다. 강 교수가 승선명부에 두 사람의 이름을 적고 미끼와 낚싯바늘 등 필요한 물품들을 구입한다.

"멀미약도 하나 주세요."

강 교수가 멀미약 뚜껑을 따서 김 변호사에게 건네준다.

"오늘 낚시는 원해침선낚시라 3시간 이상 나가야 합니다. 먹어두는 것이 좋을 겁니다."

필요한 것을 모두 준비한 두 사람은 바로 옆에 있는 항구로 나가 '프로호'라고 쓰여 있는 배에 올라탔다. 부두에는 프로호 외에도 많은 낚싯배들이 불을 환하게 켠 채 손님들을 기다리고 있었다. 수많은 낚싯배와 낚시꾼들의 모습이 마치 시골 장날 같았다.

"사람들이 정말 많네요."

"토요일이라 그런가 봅니다. 22인승 배예요. 멀리 나가는 배라 승선인원이 적은 편입니다. 속도를 내기 위해 경량 소재로 만들어졌죠. 우리 자리는 여기네요."

"자리가 정해져 있습니까?"

"서로 좋은 자리를 차지하려고 하기 때문에 자리마다 번호를 매겨 놓고 추첨 방식으로 운영하고 있어요. 여기 구멍에 낚싯대를 꽂아둬요. 채비는 도착해서 준비하면 됩니다. 선실로 들어갑시다. 한참 가야 하니 눈도 좀 붙이고 쉬자구요."

김 변호사는 강 교수를 따라 선실로 들어갔다. 선장실 뒤쪽으로 8명 정도 누울 수 있는 공간이 있고 먼저 온 낚시꾼들이 휴식을 취하고 있었다. 선실이 낮아 허리를 숙이고 걸어야 했다. 강 교수가 자리를 잡고 앉으라고 한다. 5시 정각이 되자 배가 움직이기 시작했다. 어디선가 확성기 소리가 들려왔다.

"자, 이제 출발합니다. 3시간 30분 정도 나가야 합니다. 손님들께서는 모두 선실로 들어오셔서 휴식을 취하시고 절대 선실 밖으로 나가시면 안 됩니다. 사고의 위험이 있습니다."

선장이 천천히 후진하여 배를 돌리더니 이내 속도를 올리기 시작했다. 벌써 사방이 환해지고 있었다.

"오늘 날씨가 정말 좋은데요. 바다도 잔잔하고…… 바다가 김 변호사를 환영하나 봅니다."

김 변호사도 사람들 틈에 몸을 눕혔다. 강 교수는 벌써 잠이 들었는지 아무 말이 없다. 다른 낚시꾼들도 부족한 잠을 보충하고 있었다. 눈을 붙이려고 했지만 통통 튀는 배에서 잠을 잔다는 것이 쉬운 일은 아니었다. 눈앞에 재판기록들이 파노라마처럼 지나가고 많은 생각들이 머릿속을 헤집고 있었다.

얼마나 지났을까. 선실 창문으로 햇살이 들어왔다. 김 변호사가 몸을 일으켜 창밖을 바라본다. 수평선 위로 해가 솟아오르는 것이 보였다. 얼마 만에 바라보는 일출인가. 그리고 보니 2년 동안 너무 소송에만 매몰되어 있었던 것 같다. 낚싯배에서 바라보는 일출도 나름 괜찮았다. 자는 줄 알았던 강 교수가 말을 건다.

"김 변호사. 좀 자둬요. 그래야 낚시할 때 피곤하지 않아요."

"안 주무셨어요? 자고 싶은데 잠이 안 오네요. 배가 출렁거려서 잠들기가 쉽지 않은데요."

"처음에는 다들 그래요. 그럼 커피나 한잔 할까요?"

강 교수가 선실 뒤쪽에 놓여 있는 정수기 앞으로 걸어간다. 종이컵에 뜨거운 물을 받은 뒤 커피믹스를 뜯어 내용물을 붓고, 빳빳한 비닐봉지 끝으로 휘휘 저어 김 변호사에게 건네준다.

"자 여기요. 물을 먼저 받고 커피를 넣어야 더 맛있는 거 알죠? 커피 먼저 넣고 물을 부으면 잘 안 풀려서 맛이 덜해요."

"아, 네. 고맙습니다. 교수님께서 타주시는 커피라 그런지 더 맛있어 보이는데요."

두 사람은 정수기 옆에 앉아 커피를 마셨다.

"오늘만큼은 재판에 대해서는 아무 생각도 하지 말아요. 말 그대로 휴식을 취해봅시다."

강 교수가 어떻게 알았는지 김 변호사를 빤히 바라보며 이야기한다. 김 변호사는 알았다는 듯이 웃으며 고개를 끄덕였다.

"그런데 교수님. 원해침선낚시가 뭡니까?"

"원해침선낚시는 먼 바다 침몰된 배 위에서 하는 낚시를 말합니다. 침몰된 배는 고기들의 좋은 서식처가 됩니다. 물살을 피할 수도 있고 먹잇감도 풍부하기 때문이죠."

"그런데 꼭 이렇게 멀리 나가야만 하는 겁니까?"

"가까운 근해에는 어선들과 낚싯배들이 많이 다니기 때문에 고기들이 많지 않아요. 낚시꾼들은 큰 고기를 찾아 점점 더 멀리 나가게 되었어요. 그러다보니 원해침선낚시가 생겼습니다. 원해침선 낚싯배들은 이것만 전문으로 해요. 주5일제 근무로 바뀌면서 여가활동을 즐기는 사람들이 많이 늘어났으니까요."

"이렇게 아무것도 없는 바다에서 어떻게 포인트를 찾아가죠?"

김 변호사의 질문에 강 교수가 막힘없이 설명한다.

"선장마다 자기 포인트를 가지고 있습니다. GPS에 포인트를 표시해두고 찾아가는 거죠. 좋은 포인트를 가진 선장들은 손님이 많아요. 손맛을 보장해주니 손님들이 끊이지 않죠. 좋은 포인트 몇 군데만 알고 있으면 먹고 사는 것은 문제없다고 합니다. 나도 선생질 그만두고 낚싯배나 운영할까 봐요. 신경 쓸 일 없고 자연을 벗 삼아…… 얼마나 좋아요."

"포인트에 주인이 정해져 있나요?"

"망망대해 침선 포인트에 주인이 어디 있겠습니까? 아는 사람이 주인이죠. 하지만 포인트는 절대 비밀이라 누구에게도 알려주지 않는답니다. 선장들은 포인트를 찾아내기 위해 갖은 노력을 다하는데, 몇천만 원씩 주고 포인트를 사기도 하고 포인트 때문에 칼부림이 나기도 한답니다. 잘나가는 침선 배에 손님으로 위장해서 포인트를 도둑질하는 사람도 있다고 해요."

강 교수는 웃으면서 고개를 절레절레 저었다.

"포인트를 누구한테 사나요?"

"글쎄, 정확한 것인지는 모르겠지만 해군에 근무하는 군인들에게 포인트 정보를 입수한다고 합니다. 해군들은 레이더장비로 바다 속을 수시 정찰하기 때문에 어느 지점에 침선이 있는지 잘 알 수밖에 없겠지요. 그런 정보들이 거래된다는 이야기를 들은 적이 있습니다."

"정말 그럴 수도 있겠네요."

"잘나가는 음식점 비결은 며느리한테도 안 가르쳐준다고 하는데 낚싯배 선장들 사이에서는 이런 말이 있대요. 좋은 포인트는 아들한테도 안 가르쳐준다…… 하하하."

시계는 어느덧 8시 30분을 가리키고 있었다. 3시간 넘게 엔진소리도 요란하게 바다를 가르던 배가 서서히 멈추기 시작했다. 엔진소리가 잦아들더니 이내 선장이 안내방송을 한다.

"자! 10분 뒤에 시작합니다. 모두 준비하세요."

두 사람은 선실을 나와 바닷바람을 들이켰다. 시원한 바닷바람이 가슴을 뚫고 들어왔다. 멀미약을 먹었어도 넘실대는 파도에 어쩔 수 없이 속이 더부룩하고 답답했는데 가슴이 트이고 정신이 맑아지는 느낌이었다. 김 변호사는 가슴을 펴고 사방을 둘러보았다.

망망대해! 말 그대로 주변엔 아무것도 없었다. 끝도 없이 펼쳐진 바다만 존재할 뿐…….

"정말 아무것도 안 보이네요. 육지에서부터 얼마나 나온 건가요?"

"빨리 가면 1시간에 30킬로미터 정도 갈 수 있으니 100킬로미터 정도는 나온 거라고 봐야겠죠."

강 교수는 익숙한 솜씨로 채비를 준비하면서 김 변호사에게 이것저것 열심히 가르쳐주었다. 역시 선생은 선생이다.

"수심이 한 7, 80미터 정도 될 겁니다. 선장이 삐 하고 한 번 신호하면 채비를 내리고, 삐삐 하고 두 번 신호하면 걷어 올려야 합니다. 물살이 있어서 채비가 서로 엉킬 수 있으니 신호를 잘 따라야 합니다. 배에서는 선장이 곧 법이라는 거 아시죠? 선장이 침선 높이와 채비 높이를 어떻게 하라고 알려줄 겁니다. '3미터에 2미터'라고 하면 바닥에 있는 침선이 3미터 높이인데 채비는 바닥에서 2미터 정도 띄우라는 말입니다. 무슨 말인지 아시겠지요?"

“네.”

김 변호사가 대답했지만 알아들은 표정이 아니었다. 강 교수가 더 자세히 설명한다.

“채비를 내리면 봉돌이 쭉 내려가다가 바닥에 닿으면서 채비가 더 이상 내려가지 않아요. 그때 릴을 감아서 높이를 맞추는 겁니다. 채비가 일제히 내려가면 침선 안에 있던 물고기들이 먹이를 보고 먹게 되는 겁니다. 먼저 톡톡 하고 미끼를 건드리다가 훅 하고 삼켜요. 그때 챔질을 해야 합니다. 물고기가 먹이를 먹으려다 낚싯바늘이 느껴지면 뱉어버리기 때문에 챔질을 하지 않으면 잡을 수가 없습니다. 감각이 예민한 사람들이 잘 잡을 수 있습니다. 우리 변호사님 감각이 어떨지 모르겠네요. 공부만 하셔서 운동신경이 좋으실지…….”

강 교수의 농담 섞인 말에 김 변호사도 지지 않고 받아친다.

“그러는 교수님은 공부만 하지 않으셨나요?”

두 사람은 소리 내어 웃으면서 준비를 계속했다.

“채비를 내리고 1미터 내지 2미터 정도 감아올리고 그대로 기다리면 됩니다. 올렸다 내렸다 고패질을 하는 사람도 있는데 침선낚시에서는 고패질을 하지 않는 것이 좋습니다. 낚싯바늘이 걸릴 수 있기 때문입니다. 한 포인트에서 보통 5분 정도 머무르기 때문에 낚싯바늘이 걸려서 채비가 터져버리면 그 포인트에서는 더 이상 낚시를 할 수 없습니다.”

“고기가 걸리면 어떻게 해야 하나요?”

“여기 전동 릴의 레버를 젖히면 낚싯줄이 자동적으로 감기게 되어 있습니다. 낚싯대를 잘 잡고 고기가 올라오는 느낌을 즐기면 돼요. 자 그럼 시작해 볼까요?”

강 교수가 먼저 채비를 바다 속으로 입수시켰다. 김 변호사도 강 교수가 하는 대로 채비를 바다 속에 던져넣었다. 전동 릴이 돌아가면서 낚싯줄이 풀려나간다. 30미터, 40미터, 50미터…… 그러다 68미터에서 릴이 멈췄다. 봉돌이 바닥에 닿은 것이다. 그는 즉시 릴을 세 바퀴 감았다. 줄이 팽팽해지는 것이 느껴졌다.

'자. 이제 기다리라 이거지?'

김 변호사는 눈에 힘을 주고 바다 속에 있을 낚싯바늘에 신경을 집중시켰다. 그때 옆에서 윙 하는 전동 릴 돌아가는 소리가 들렸다. 강 교수가 희색이 가득한 얼굴로 낚싯대를 세우고 있었다.

"자. 걸렸습니다. 낚싯대 끝을 보세요. 타닥타닥 하는 것이 보이지요? 고기가 걸렸다는 겁니다. 자, 올라오네요. 옳지!"

강 교수가 낚싯대를 높이 들어 올리니 물고기가 배 위로 끌려 올라왔다.

"와! 엄청 크네요!"

강 교수가 익숙한 솜씨로 바늘을 빼고 물고기 주둥이에 엄지를 넣고 검지손가락으로 아래턱을 잡아 올렸다.

"한 35 정도 되겠네요. 그놈 참 이쁘게 잘생겼다."

김 변호사가 부럽다는 눈길로 바라본다. 그때였다. 낚싯대가 밑으로 끌리는 듯한 느낌이 들었다. 김 변호사는 전동 릴의 레버를 젖혔다. '지이이이이잉……' 전동 릴이 감기면서 낚싯바늘이 끌려오는 느낌이 들었다. 제법 묵직했다. 낚싯대가 밑으로 처박히는 것 같았다.

"낚싯대를 세워요. 낚싯대를 세워야 고기가 털리지 않아요. 옳지, 잘했어요. 낚싯대 끝이 심하게 타닥거리는 것을 보니 대물입니다."

전동 릴이 힘을 쓰며 물고기를 끌어낸다. 시꺼먼 물속에 허연 것이 보이더니 우럭이 물 위로 떠올랐다. 김 변호사는 강 교수가 하던 것처럼 낚싯대를 번쩍 들어 우럭을 배 위로 끌어 올렸다.

"와! 크다. 선무당이 사람 잡는다고 처음 나오는 사람들이 꼭 대물을 잡는다니까!"

강 교수는 김 변호사가 끌어 올린 우럭을 보면서 축하해주었다. 족히 50센티미터는 넘어 보였다.

"손맛이 어땠어요? 묵직했을 텐데."

"글쎄요. 끌어 올리느라 손맛이 어땠는지도 잘 모르겠는데요. 아무튼 묵직한 게 버둥거리는데 참 대단했습니다."

김 변호사는 자신이 끌어 올린 우럭을 자꾸만 바라보았다. 믿지 못하겠다는 듯 아직도 흥분된 표정이다.

즐거운 시간은 쏜살같이 지나갔다. 낚시를 하는 시간만큼은 재판과 관련된 여러 자료나 사실들에서 벗어나 오롯이 자기만의 시간을 즐길 수 있었다. 집까지 바래다준 강 교수에게 작별을 고했다.

"교수님, 오늘 정말 감사했습니다."

5시에 부두로 귀항해서 저녁도 안 먹고 곧바로 왔는데도 벌써 8시가 다 되어간다. 새벽에 출발하던 길과 달리 귀가길에는 주말 나들이 차량 때문에 시간이 많이 걸렸다.

"아 참, 교수님. 저희 집에서 식사라도 하고 가시지요."

강 교수는 운전석에 앉아 두 손을 저으며 대답했다.

"아니에요. 나도 빨리 집에 가서 식구들이랑 회 떠먹어야지요. 다들 기다리고 있을 텐데…… 김 변호사도 얼른 들어가서 가족들이랑 회도 먹고 매운탕도 끓여서 맛있게 드세요."

강 교수의 차가 멀어지는 것을 보고 김 변호사도 집으로 들어갔다. 항구로 돌아오는 배에서 강 교수가 낚싯배 총무에게 부탁해서 회도 뜨고 매운탕거리도 마련해주었다. 평상시와 달리 초인종을 누르는 그의 뒷모습에 한껏 힘이 들어가 있었다.

2017년 10월 10일 화요일 오후 2시.

한국 소송팀에 긴급 비상회의가 소집되었다.

"울릉도에서 독도가 보이나요?"

김 변호사가 이 사무관에게 물었다.

"예.《고려사지리지》와《세종실록지리지》에도 보인다고 되어 있듯이 날씨가 좋은 날에는 보입니다."

"울릉도 전역에서 독도를 볼 수 있습니까?"

"그건 아니고 울릉도 동쪽해안에서만 볼 수 있습니다."

"해안에서 보이는 건가요? 아니면 울릉도 성인봉 꼭대기에 올라가야 보이는 건가요?"

"울릉도에서 독도가 보이는가에 대해 한일 간에 논쟁이 붙은 적이 있습니다. 양국 학자들이 수학공식을 가지고 논쟁했는데, 대략 해발 86미터부터 독도가 보이기 시작해서 172미터에서 절반 정도, 496미터부터 독도 전체를 볼 수 있다고 합니다. 오히려 너무 높은 곳에서는 독도가 잘 안 보인다고 합니다."

"왜 그렇죠?"

"너무 높은 곳에서 독도를 내려다보면 바다가 배경이 되기 때문에 그렇다고 합니다. 이규원이 성인봉 꼭대기에서 독도를 발견하지 못한 것도 이러한 이유 때문일 거예요."

"울릉도와 독도의 해발이 얼마나 되죠?"

"울릉도 성인봉 꼭대기가 984미터, 독도는 168.5미터예요. 울릉도 남동해안 쪽은 대개 급경사로 해발 200~300미터 지대에 평탄한 곳이 많아 밭이 많아요. 밭에서 일하는 울릉도 사람들은 날씨가 좋은 날이면 독도를 보면서 밭일을 했다고 합니다."

"그럼 독도에서는 울릉도가 보이나요?"

"당연하죠. 울릉도가 독도보다 훨씬 크고 해발이 높아서 훨씬 더 크게 보입니다. 여기 사진이 있습니다. 이건 울릉도에서 독도를 찍은 사진이고, 이건 독도에서 울릉도를 찍은 사진입니다."

이 사무관이 준비된 사진자료들을 펼쳐 보였다. 사진은 울릉도에서 찍었다는 것을 강조하는 듯 동백나무 너머로 독도가 선명하게 찍혀 있었다. 김 변호사는 섬보다도 오히려 배경이 되는 푸르른 바다에 더욱 시선이 끌렸다. 정말 섬을 압도하는 바다풍경이었다. 그는 며칠 전 바다낚시 때에도 사방으로 끝없이 펼쳐진 바다를 보며 한순간 아무 말도 못하고 서 있었다.

'망망대해라는 것이 이런 것이었구나!'

바닷가를 여러 번 가보았어도 이와 같은 망망대해는 한 번도 본적도 없고 떠올려본 적도 없었다. 문득 얼마전에 꾸었던 꿈 속 풍경이 떠올랐다. 순간 전기가 온몸을 관통하는 듯한 짜릿한 전율이 느껴졌다. 그 풍경은 김 변호사가 지금껏 놓치고 있던 것이 무엇인지 확실히 일깨워주었다. 그는 소송팀원들에게 다급히 외쳤다.

"울릉군 일대의 역사를 재구성할 필요가 있습니다."

"네?"

"그러니까 울릉도와 독도를 하나로 보아야 합니다. 동해바다에 섬이라고는 울릉도와 독도밖에 없습니다. 그리고 두 섬은 서로 마주 보고 있구요. 지금까지 우리가 이 두 섬을 분리해서 생각한 것 자체가 인위적이고 잘못된 겁니다. 사실 독도에서 사람이 살았다고 보기는 어렵습니다. 식물도 자라기 어려운 독도에서 사람이 집을 짓고 장기간 체류한다는 것은 상식적으로 어려운 일입니다. 결국 독도는 무인도였다는 것이 이치상 맞습니다. 다만 독도는 울릉도 주민들에 의하여 상시 관리되었다고 보아야 합니다. 울릉도에 부속한 섬으로서 말이죠."

김 변호사가 잠시 말을 끊고 팀원들을 둘러보더니 다시 말을 잇는다.

"한번 상상해 봅시다. 울릉도에 하나둘 사람들이 모이기 시작하여 그 수가 수십 명, 수백 명에 이르게 됩니다. 그들은 주로 본토에서 세금과 부역을 피해 도망 온 사람들입니다. 때로는 죽을죄를 짓고 피신해온 사람도 있었을 겁니다. 이들은 조선 본토에서 자신들을 잡으러 오지는 않는지 긴장하며 살아갈 수밖에 없습니다. 조선은 쇄환정책 실시 이후 정기적으로 관리를 파견해서 왜구가 들어오지 못하도록 관리했고 울릉도로 도망친 사람들이 있다는 제보가 있으면 군대를 파견해 잡아왔습니다."

한 교수가 맞장구를 치며 그의 말을 받는다.

"맞아요. 그뿐만이 아니죠. 왜구들이 쳐들어오지 않는지도 살펴야 합니다. 왜구들은 살인, 방화, 강간, 약탈을 서슴치 않았으니 놈들로부터 자신과 가족을 지켜야만 했겠지요."

김 변호사가 한 교수의 맞장구에 힘을 얻었는지 그녀를 보며 물었다.

"한 교수님, 혹시 망망대해에 나가본 적 있으세요?"

"네? 글쎄요. 크루즈여행을 해본 적은 있습니다만."

"아, 잘 됐네요. 크루즈여행을 하면서 바다를 항해할 때를 생각해 보세요. 수시로 주변을 살펴보지 않았나요?"

"네? 그러고 보니 주변을 자주 살폈던 것 같아요. 바다가 신기하기도 했고 주변에 뭐가 있는지 궁금하기도 해서 그랬던 것 같아요."

"그것이 인간의 본능입니다. 바다에 나가게 되면 주변에 무엇이 있는지 자주 살펴보게 됩니다. 육지나 섬이 나타나지는 않는지, 다른 배들이 나타나지는 않는지 살피게 되는 것입니다. 이 사무관, 〈캐리비안의 해적〉이라는 영화를 본 적 있나요?"

"예."

"배에는 망루가 있고 그 망루에는 항상 망을 보는 사람이 있습니다. 육지나 섬이 나타나는지, 다른 배가 접근하지는 않는지 살피는 것이지요. 이들이 해적이라서 약탈할 대상을 찾기 위한 것만은 아닐 겁니다. 배를 타고 조업을 하는 어선들도 마찬가지입니다. 다른 어부들이 조업을 하고 있는 동안에도 한 명은 주변경계를 철저히 해야 합니다. 어선들끼리도 경쟁이 치열하기 때문에 자기 지역을 침범했다고 다투는 일이 많습니다. 심한 경우에는 목숨을 건 싸움이 일어날 수도 있었고, 먼 바다로 나간 경우에는 이웃나라 배와도 싸움이 날 수 있습니다."

김 변호사가 빠른 속도로 힘주어 설명한 것은 이런 얘기였다. 울릉도 주민들은 주변을 경계하며 살아야 했던 상황이었다. 그들은 자연스럽게 방위조직을 갖추게 되고 조선 본토에서 수토군이 오지는 않는지, 왜구들이 쳐들어오지는 않는지 바다를 항상 감시해야 하는 입장이었다. 무릇 경계는 높은 곳에 올라가서 하는 것이 일반적이다. 더 먼 곳을 볼 수 있기 때문이다. 울릉도에서 주변을 두루 살필 수 있는 높은 곳에 망루가 설치되었을 것이고, 비가 오나 눈이 오나 그곳에 서서 주변 섬들을 살펴보고 망망대해를 바라보았을 것이다. 망망대해의 특성상 사방이 모두 트여 있어 뭔가가 나타나면 곧바로 눈에 띄기 마련이다.

"울릉도 주변에는 관음도, 죽도, 독도 등 비교적 큰 섬들이 몇 개 있고 나머지는 바위 암초들뿐입니다. 그들은 이 섬들과 암초의 존재를 너무나 잘 알고 있었을 겁니다. 만약 관군이나 왜구들이 오는 것을 발견하면 어떻게 했을까요?"

"글쎄요. 도망가거나 싸우거나 둘 중에 하나겠지요?"

"아마 주로 도망가서 숨었을 겁니다. 왜구들이 올 경우 싸웠을 수도 있겠지만 관군이 오는 경우에는 무조건 숨었을 겁니다. 죄를 짓고 도망 온 사람들이 관군을 상대로 싸우기는 쉽지 않을 테니까요. 관군이 오는 것을 보고 깊은 산 속으로 숨기도 했겠지만 멀리 독도로 가서 숨었을 수도 있습니다. 관군들이 울릉도와 인근 가까운 섬들은 샅샅이 뒤질 테니까요. 실록에도 울릉도에 수토하러 가서 새벽에 엄습했다는 말이 나오잖아요. 낮에 가면 사람들이 보고 도망가기 때문에 새벽에 엄습한 것입니다."

울릉도에 사는 사람들은 관음도, 죽도, 독도를 항상 감시하고 관리할 수밖에 없었다. 당연히 이 섬들을 울릉도에 부속한 섬으로 인식했을 것이다. 일본에서 독도를 거쳐 울릉도로 가는 일본인들은 더욱 그렇게 느꼈을 것이다. 일본을 출발한 배가 울릉도로 가는 길목에 독도가 있다. 그러니 독도는 길을 잘 찾아가고 있다는 표지가 될 터이고 이들에게는 독도가 너무나 반가운 존재였을 것이다. 독도만 보이는 것이 아니다. 독도 너머로 울릉도가 모습을 드러내면 무사히 울릉도에 갈 수 있다는 안도감과 자신감이 저절로 우러났을 것이다.

"독도에서는 울릉도가 더 크게 보입니다. 당연히 독도를 울릉도의 부속 섬으로 인식할 수밖에 없었을 겁니다. 안용복이 독도를 자산도라 부른 것도 울릉도를 어미섬이라고 생각했기 때문일 겁니다."

김 변호사는 그 당시 그곳에 살았던 사람처럼 생생하게 장면들을 묘사해냈다. 그의 두 눈이 잔뜩 충혈되어 있었다.

"이 사무관, 울릉도에 처음 만들어진 마을들이 어디에 위치하고 있었는지, 항구들은 어떤 것들이 이용되었는지 조사해주세요. 그리고 식민지 시대에 독도가 어떻게 취급되었는지도요. 독도가 오키 섬 소속으로 되어 있었는지, 아니면 울릉도 소속으로 되어 있었는지 행정구역 관련해서 자세히 알아봐주세요."

이틀 뒤 이미주 사무관이 울릉도에 대해 설명하는 시간을 가졌다.

"울릉도에 대해 설명하겠습니다. 울릉도는 본도와 많은 부속섬으로 구성되어 있습니다. 즉 독도와 죽도, 깍새섬 그리고 삼선암, 일선암, 공암, 딴바우, 북저바우, 청도 등 34개의 부속 바위섬이 있습니다. 잘 아시는 바와 같이 광무4년 1900년에 칙령 제41호로 울릉도를 울도군으로 개칭하면서 강원도에 편입되었는데 처음에는 남면과 북면 2개의 면으로 편제되었습니다."

1906년에는 강원도에서 경상남도로 편입되었고 남면 일부와 북면 일부가 서면으로 편성되면서 세 개의 면으로 재편되었다. 1907년 융

희 원년에는 울도군에서 울릉군으로 개칭되었고, 1915년에는 군제(郡制)가 폐지되고 도제(島制)로 변경되면서 울릉군청이 울릉도청으로, 군수가 도사(島司)로 개편되었다. 일본식 행정체계로 일원화된 것이다. 대한민국정부 수립 이후인 1949년 경상북도 울릉군으로 환원되어 오늘에 이르고 있다.

일본 해군성 수로부가 1907년 3월에 발행한 〈조선수로지〉에 독도에 대한 기술이 있다. 이 수로지는 1904년 11월 군함 쓰시마 호의 실사를 토대로 작성된 것이다. 하지만 일본은 독도가 〈조선수로지〉에 들어가 있는 것이 못마땅했는지, 3개월 뒤에 발행한 〈일본수로지〉에 독도를 편입시켰고 1905년 시마네현 소관으로 편입되었다는 해설을 덧붙였다.

1910년 한일합병 이후에는 아예 〈조선수로지〉를 없애고 전부 〈일본수리지〉에 편입시켰다. 1916년에 발행된 〈일본수로지〉에는 독도를 다케시마라는 명칭으로 다루었고, 첨부된 해도에는 독도가 다케시마라는 이름으로 일본 북서안상에 그려져 있다. 설명을 마친 이 사무관이 질문이 있는지 묻자 김 변호사가 얼른 질문을 한다.

"그러니까 1907년 3월 일본이 〈조선수로지〉를 작성할 때 독도를 포함시켰는데, 3개월 뒤에 〈일본수로지〉를 만들면서 일본에 포함시켰고 그 뒤에는 아예 〈조선수로지〉를 없애버렸다는 말이네요. 〈조선수로지〉에 독도를 편성시켰다는 것은 당초 독도가 조선의 영토라고 생각했다는 것이겠죠?"

"네, 그렇습니다. 그리고 일본은 1914년 행정구역을 개편하면서 독도를 울릉도와 함께 경상북도에 편입시켰습니다. 아참! 우리에게 아주 유리한 증거가 하나 있습니다. 2012년에 국토해양부에서 복원한 일본군사지도인데 독도가 조선 영토로 되어 있습니다."

"잘됐군요. 그런데 식민지 시대에 독도의 명칭은 어땠나요?"

"민족문화 말살정책의 일환으로 창씨개명이 대표적이잖아요. 일본 이름을 쓰게 하고 일본어만 사용하도록 강요했고 당연히 독도도 다케시마로 불렸습니다. 그런데 식민지 때엔 독도가 화제가 된 적은 없는 것 같습니다. 독도에 관한 기사가 거의 없었습니다."

"해방 이후에는요?"

"1947년 〈대구시보〉 기사에 독도 기사가 처음 등장하긴 하지만, 정작 독도라는 명칭이 전 국민들에게 널리 알려진 것은 아이러니하게도 1948년 미공군 폭격사건 때문이었습니다."

"울릉도에서 독도까지 거리가 90킬로미터 가까이 되는데, 울릉도 주민들이 독도를 왕래했을까요?"

"1988년 7월에 울릉도에서 독도까지 뗏목 항해가 이루어졌습니다. 울릉도 삼나무로 만들어진 뗏목은 해류와 바람을 타고 72시간 만에 무사히 독도에 도착했습니다. 당시 항해에 이덕영, 이경남, 장철수, 이헌필, 김유길 등 다섯 명이 참가했습니다. 울릉도에서 독도로의 뗏목 항해는 그후로도 몇 차례 더 시도되었고 대부분 성공했습니다. 뗏목 항해의 목적은 울릉도 사람들이 독도를 상시적으로 이용했음을 증명하기 위한 것이었는데, 실제로 울릉도에서 독도로의 항해는 울릉도를 등지고 가기 때문에 방향을 잃을 염려가 없다고 합니다."

준 비 서 면

사건   독도 – 다케시마 케이스
원고   대한민국
피고   일본

원고는 다음과 같이 변론을 준비합니다.

다 음

1. 사건대상은 울릉도에서 육안으로 보이는 섬입니다. 울릉도 일대는 난류와 한류가 교차하는 지역이라 안개가 많고 강수량이 많지만 날씨가 맑은 날에는 육안으로 볼 수 있습니다. 1년에 30일 정도 관찰이 가능합니다. 사건대상은 지리적으로 울릉도에서 87.4킬로미터, 오키 섬에서 157.5킬로미터 떨어져 있습니다. 울릉도에서는 사건대상이 보이지만 오키 섬에서는 전혀 보이지 않습니다. 사건대상에서도 울릉도는 보이지만 오키 섬은 보이지 않습니다.

2. 사건대상이 울릉도에서 육안으로 관찰되는 섬이라는 사실은 사건대상이 울릉도에 부속된 섬으로 취급될 수밖에 없고, 울릉도에 대한 실효지배가 사건대상에 대한 실효지배를 포함한다는 것을 의미합니다.

3. 피고는 1905년 사건대상을 시마네현에 편입시킨 것을 시작으로 한반도를 식민지로 만들었습니다. 피고는 식민지 기간 내내 사건대상을 울릉도에 부속한 도서로 취급하였습니다. 즉 사건대상은 피고 측 시마네현이 아닌 원고 측 경상남도에 속해 있었습니다.

4. 원고는 1945년 8월 15일 독립하였는데 독립 당시 사건대상은 원고 측 행정구역에 속해 있었습니다. 원고가 피고의 식민 지배를 받다가 독립한 시점에 사건대상이 원고 측 행정구역에 포함되어 있었다는 사실은 현상승인의 원칙에 비추어볼 때 매우 중요한 의미가 있습니다. 현상승인의 원칙에 대해서는 전술한 바 있습니다.

5. 이상 살펴본 바와 같이 원고와 피고는 역사적으로 사건대상을 울릉도에 부속한 섬으로 취급해 왔습니다. 따라서 사건대상에 대한 영유권문제는 울릉도와 분리하여 고찰해서는 안 됩니다. 울릉도가 원고의 영토로서 원고에 의해 실효적으로 지배되어온 사실은 지금까지 충분히 살펴보았고 피고 또한 울릉도가 원고의 영토라는 점에 대해서는 이의가 없습니다. 울릉도에 부속한 사건대상은 울릉도와 그 운명을 같이 하는 바, 사건대상은 당연히 원고의 영토입니다.

증 거

1. 갑제43호증의1   울릉도에서 찍은 독도 사진
1. 갑제43호증의2   독도에서 찍은 울릉도 사진
1. 갑제44호증의1   1907년 〈조선수로지〉
1. 갑제44호증의2   1936년 〈지도구역일람도〉

2017. 10. 13.

원고 대한민국
소송대리인 김명찬

증거를 보겠습니다. 《고려사지리지》와 《세종실록지리지》에 울릉도와 우산도는 거리가 멀지 않아 쾌청한 날이면 서로 바라볼 수 있다고 기록되어 있었습니다. '갑제43호증의1'은 울릉도에서 사건대상을 찍은 사진이고, '갑제43호증의2'는 사건대상에서 울릉도를 찍은 사진입니다. 어떻습니까? 사진에서 보는 바와 같이 울릉도와 사건대상은 서로 육안으로 볼 수 있는 섬으로서 사건대상은 울릉도에 부속한 섬이 분명합니다. 사건대상에서 울릉도가 보이는 것 역시 확실합니다. 사건대상에서 오키 섬이 보일까요? 전혀 보이지 않습니다. 물론 오키 섬에서도 사건대상이 보이지 않습니다.

참고사진을 몇 장 보겠습니다. 이 사진들은 피고가 러시아와 영토분쟁을 벌이고 있는 북방 4개 섬 중 하보마이군도와 시코탄 섬을 찍은 사진입니다. 피고의 영토인 북해도 해안에서 찍었습니다. 피고는 위 두 섬이 북해도 해안에서 육안으로 관찰되는 섬이라는 것을 이유로, 위 섬들은 북해도에 부속될 뿐 쿠릴열도에 속하지 않으며 당연히 피고의 영토라고 주장하고 있습니다.

다음 '갑제44호증의1'은 1907년 3월 피고가 편찬한 〈조선수로지〉입니다. '제5편 일본해 및 조선 동안' 편에 사건대상에 대해 기술하고 있습니다. 이 책자는 1904년 11월 군함 쓰시마 호의 실사를 토대로 작성되었습니다. 우리가 주목할 부분은 1904년 11월 실사를 거쳐 1907년에 작성된 〈조선수로지〉에 사건대상이 포함되어 있는 이유입니다. 피고는 1905년 2월 22일 사건대상을 피고의 영토로 편입시켰습니다. 그 이유는 오직 하나, 1904년 11월 실사 당시 사건대상이 원고의 영토였기 때문입니다.

다음 '갑제44호증의2'는 피고 정부가 1936년에 발행한 〈지도구역일람도〉입니다. 이 일람도는 피고 참모본부 직속의 육지측량부가 제작한 것입니다. 일본 및 일본이 점령한 조선, 대만 등의 지역을 구역별로 표시하고 있습니다. 2차 세계대전이 끝나고 이 일람도는 유엔군이 사건대상을 원고의 영토로 인정하는 데 근거자료로 사용된 바 있습니다. 보시는 바와 같이 굵은 선으로 조선구역과 일본구역이 구분되어 있습니다. 사건대상과 울릉도가 여기 조선구역 안에 정확하게 표시되어 있습니다. 이 일람도 또한 피고 정부가 사건대상을 원고의 영토로 간주했다는 유력한 증거입니다. 이상입니다.

준 비 서 면

사건   독도 – 다케시마 케이스

원고   대한민국

피고   일본

피고는 다음과 같이 변론을 준비합니다.

다 음

1. 원고는 사건대상이 울릉도에서 육안으로 관찰되는 섬으로서 울릉도에 부속한 섬이기 때문에, 울릉도에 대한 원고의 실효지배는 당연히 사건대상에 대한 실효지배를 포함하는 것이라고 주장합니다.

2. 원고의 위와 같은 주장은 울릉도에서 사건대상이 쉽게 상시적으로 관찰된다는 점을 전제로 할 때에만 유효합니다. 울릉도에서 사건대상이 관찰될 수도 있습니다. 그러나 이는 흔히 일어나는 일이 아니고 날씨가 아주 좋을 때, 그것도 높은 지대에 올라갔을 때에만 가능한 일입니다. 이처럼 아주 예외적인 사실을 근거로 사건대상이 울릉도에 부속한 섬이라고 주장하는 것은 부당합니다. 원고가 증거로 제출한 사진은 특수망원렌즈를 장착한 카메라로 얼마든지 조작할 수 있는 것입니다. 이 사진들은 사건대상을 육안으로 볼 수 있다는 증거가 될 수 없습니다.

3. 원고는 피고가 식민지 시절에 사건대상을 울릉도에 부속한 섬으로 취급하고 원고의 영토인 경상북도에 편입하여 관리하였다는 사실을 근거로 사건대상이 울릉도에 부속한 섬이라고 주장합니다. 그러나 이는 부당한 주장입니다. 행정은 효율성을 생명으로 합니다. 피고는 사건대상이 오키 섬보다는 울릉도에 더 가깝기 때문에 울릉도에 편입시켜 관리한 것뿐입니다. 당시 한반도는 피고의 영토였습니다. 피고의 입장에서는 울릉도나 오키 섬이나 모두 피고의 영토이기 때문에 사건대상이 어느 쪽에 편입되더라도 상관없었습니다. 〈지도구역일람도〉 또한 마찬가지입니다. 사건대상이 울릉도에 더 가깝다는 이유로 울릉도와 같이 조선의 경상북도에 편입되어 있었기 때문에 행정구역에 따라 작성된 것뿐입니다. 효율적인 영토관리를 위하여 편성된 행정구역과 그에 따라 그려진 지도를 이유로 위와 같은 주장을 하는 것은 부당합니다.

4. 1907년 3월 〈조선수로지〉는 1904년 조사를 기초로 제작된 것입니다. 당시는 사건대상을 피고의 영토로 편입하기 전이었습니다. 무주지인 사건대상을 원고의 영토로 추정했던 이유에 대해서는 전술한 바 있습니다. 피고는 1907년 6월 〈일본수로지〉를 편찬하면서 사건대상을 제4권 제3편 '본주 및 북서안' 부분에 편입시켰습니다.

증 거

1. 을제28호증의1   1907년 6월 〈일본수로지〉

1. 을제28호증의2   1916년 〈일본수로지〉

2017. 10. 24.

피고 일본

소송대리인 이키 유스케

"이 사무관님, 울릉도에서 독도가 가장 잘 보이는 시기와 시간이 어떻게 되는지 조사해주세요."

이 사무관이 싱긋 웃으며 대답한다.

"그렇지 않아도 미리 조사해 두었습니다."

"아, 그래요? 감사합니다. 하루 중 어느 때가 가장 잘 보이나요?"

"멀리 있는 섬은 해가 뜰 때 또는 해가 진 직후, 어스름 빛 하늘을 배경으로 할 때 가장 잘 보인다고 합니다. 독도는 울릉도 동쪽에 있으므로 해가 질 때보다는 해 뜨기 직전부터 해 뜬 후 수분간이 가장 잘 보인다고 합니다."

"그럼 일 년 중 가장 잘 보이는 시기와 조건은 어떻습니까?"

"일 년 중에는 늦은 여름부터 초가을에 가장 잘 보인다고 합니다. 그리고 울릉도 주민들은 비나 눈이 오기 전후에 잘 보인다고 말합니다."

기상과 관련되는 것 같아 이 사무관은 미리 자료를 찾아보았다. 그런데 여름과 겨울에는 아무래도 비나 눈이 많이 오기 때문에 독도를 볼 수 있는 확률이 낮고 봄 가을에 확률이 높다고 한다. 특히 가을철 확률이 제일 높았다. 풍향과 관련하여 분석해놓은 자료도 있었는데 북풍 내지 북동풍이 불 때 독도를 볼 수 있는 확률이 더 높다고 한다. 결론적으로 울릉도의 북동쪽과 동쪽에 상대적으로 차고 깨끗한 공기가 자리 잡았을 때 잘 보인다는 것인데, 울릉도와 독도가 위치한 동해 중부지역에 고기압이 위치하고 있을 때가 잘 보이는 날의 85퍼센트를 차지했다고 한다.

"울릉도에서 독도가 가장 잘 보이는 곳은 어딥니까?"

"내수전 일출전망대와 천부리 독도전망대가 가장 좋습니다."

김 변호사는 속으로 깊이 숨을 들이마셨다. 무언가 결단을 내려야 할 때 자신도 모르게 나오는 작은 버릇이었다.

현장검증 신청서

사건   독도 – 다케시마 케이스
원고   대한민국
피고·   일본

원고는 다음과 같이 현장검증을 신청합니다.

다 음

1. 피고는 원고가 역사적으로 사건대상이 존재한다는 사실조차 모르고 있었다고 주장해 왔습니다. 그러나 사건대상은 날씨가 쾌청할 때 울릉도에서 보이는 섬입니다. 눈에 보이는 섬을 인식하지 못했다는 것은 있을 수 없는 일입니다.

2. 사건대상이 울릉도에서 보이는 섬이라는 사실은 사건대상이 울릉도의 행정관할에 속한다는 주장과도 밀접하게 관련됩니다.

3. 이에 원고는 다음 사항의 확인을 위하여 현장검증을 신청합니다.

- 울릉도에서 사건대상이 보이는지
- 울릉도에서 한반도 본토가 보이는지
- 어떠한 조건에서 볼 수 있는지
- 울릉도에서 얼마나 바다로 나가야 사건대상을 볼 수 있는지
- 피고는 1900년 칙령 제41호의 석도가 관음도를 가리키는 것이라고 주장하고 있는 바, 과연 관음도가 석도라고 불릴 만한 섬인지
- 울릉도 주변에 관음도, 죽도, 사건대상 외에 섬이라고 불릴 만한 섬이 있는지
- 피고는 우산도가 울릉도 근해의 죽도를 가리키는 것이라고 주장하고 있는 바, 죽도가 날씨가 쾌청한 날에만 보이는 섬인지
- 죽도에 산봉우리가 있는지
- 관음도, 죽도, 사건대상의 식물 자생상태가 어떠한지
- 사건대상에서 울릉도와 오키 섬이 보이는지

4. 현장검증 방법으로는 다음을 제안합니다.

- 울릉도에서의 육안 관찰
- 울릉도에서 사건대상까지 항해

- 사건대상 및 관음도, 죽도 현지 관찰

2017. 10. 31.

원고 대한민국

소송대리인 김명찬

한국 측 현장검증 신청서를 받아 본 이키 변호사와 이스미 국장이
대화를 나누고 있다.

"현장검증이 법적으로 근거가 있는 것이오?"

"근거는 있습니다."

국제사법재판소 규정 제44조 ① 재판소는 대리인, 법률고문 및 변호인 외의
자에 대하여 통지할 경우에는 그 통지가 송달될 지역이 속하는 국가의 정부
에 통지하여야 한다.

② 위 규정은 현장에서 증거를 수집하기 위한 조치를 취하여야 할 경우에도
같다.

제50조 재판소는 재판소가 선정하는 개인, 단체, 관공서, 위원회 또는 다른
단체에게 조사의 수행 또는 감정의견의 제출을 위탁할 수 있다.

"ICJ가 현장검증 신청을 받아들일까요?"

"1949년 코르푸해협 사건과 1962년 프리비헤어사원 사건을 진행
하면서 현장조사 신청과 증인신문 신청을 받아들인 바 있습니다. 반
면 1966년 남서아프리카 사건의 경우에는 굳이 현장검증을 할 필요

가 없다는 이유로 신청을 기각하기도 했습니다."

"이번에는 어떨 것 같습니까?"

"지금까지 각 쟁점별로 팽팽한 주장들이 오갔지만 어느 한쪽의 주장을 일방적으로 받아들일 수는 없는 상황입니다. 재판관들도 사건 대상과 주변 현황을 직접 살펴봐야 할 필요성을 느끼고 있을 겁니다. 아무래도 받아들일 가능성이 높은 것 같습니다."

"그럼 현장검증은 누가 하게 됩니까?"

"규정에서 보는 것처럼 사실상 재판부에 전적인 재량권이 부여되어 있다고 보시면 됩니다. 아마 재판관들 중에 몇 명을 수명재판관으로 임명해서 그들로 하여금 현장검증을 실시하게 하고 조서를 제출하게 할 가능성이 높습니다."

이스미 국장이 습관처럼 몸을 숙이며 은근한 목소리로 물었다.

"현장검증을 하게 되면 어떨 것 같소? 우리한테 유리하겠소?"

"한국이 주장하는 것처럼 울릉도에서 육안으로 다케시마를 볼 수 있다면 우리에게 불리합니다. 하지만 다케시마가 보이지 않는다거나 쉽게 볼 수 없는 상황이라면 오히려 우리에게 유리할 수도 있습니다."

"그래요. 현장검증을 막을 방법은 없겠소? 현장검증은 어쨌든 우리에게 득보다는 실이 많을 것 같은데……."

"글쎄요. 지금까지의 상황으로 봐서는 받아들여질 가능성이 높은 것 같습니다."

이스미 국장이 난감하다는 표정을 짓는다. 한국 소송팀이 현장검증을 신청할 것이라고는 전혀 생각하지 못했다.

"만약 현장검증을 하게 되고 수명재판관들이 울릉도에 머물게 되면 우리에게 불리한 상황이 전개될 수도 있소. 울릉도에는 독도박물관 등 독도와 관련된 관광지들이 많으니 이런 것들에 의해 재판관들의 생각이 바뀔 수도 있지 않겠소. 이키 변호사, 뭔가 방안을 강구해야 합니다."

"수명재판관들이 울릉도에 머물 때 이러한 주변환경들과 접촉할 수 없도록 방지하는 조치는 가능합니다."

"아, 그래요? 그렇다면 반대로 수명재판관들이 오키 섬에 도착해서 다케시마기념관 등 다케시마와 관련된 것들을 보게 만들 방법은 없겠소?"

"글쎄요."

이키 변호사의 방을 나온 이스미 국장은 곧바로 외무성에 전화를 걸었다. 다케시마에 주둔하고 있는 제3호위대군 지휘관을 통해 다케시마에서 울릉도가 보이는지 확인하여 보고할 것을 지시했다. 그리고 한 시간 뒤 보고가 들어왔다. 날씨가 좋은 날에는 보인다는 것이었다.

현장검증 신청에 대한 반대의견

사건   독도 - 다케시마 케이스
원고   대한민국
피고   일본

피고는 원고의 현장검증 신청에 대하여 다음과 같이 반대의견을 제출합니다.

다 음

1. 본 사안의 경우 현장검증이 진행될 필요가 없는 바, 원고의 현장검증 신청은 기각되어야 합니다.

2. 본 사안의 핵심 쟁점은 사건대상에 대한 영유권이 원피고 중 어느 나라에 귀속되는가의 문제입니다. 영유권의 귀속은 무엇보다도 역사적 국제법적인 권원이 가장 우선되어야 합니다. 특히 분쟁 대상이 섬인 경우에는 더욱 그렇습니다. 섬에 관한 영유권 분쟁의 경우, 분쟁대상과 양 분쟁국과의 거리는 중요한 고려요소가 아닙니다.

3. 귀 재판소는 일찍이 말레이시아와 싱가포르 간에 영토분쟁지역이었던 페드라브랭카 섬 사건의 경우, 이 섬이 말레이시아로부터 약 15킬로미터, 싱가포르로로부터 약 40킬로미터 떨어져 있어 말레이시아가 지리적으로 더 가까웠지만 실효지배의 관점에서 싱가포르의 영토로 판결한 바 있습니다.

4. 원고의 현장검증 신청은 역사적 국제법적인 고려와 무관한 지리적인 요소와 관련되는 것으로 지정학적인 요인에 의하여 본 사건의 본질을 왜곡시킬 가능성이 농후합니다. 고로 원고의 현장검증 신청은 기각되어야 합니다.

2017. 11. 7.

피고 일본

소송대리인 이키 유스케

 현장검증 신청에 대한 추가의견

사건   독도 – 다케시마 케이스
원고   대한민국
피고   일본

원고는 현장검증 신청의 필요성에 대하여 다음과 같이 추가의
견을 제출합니다.

다 음

1. 본 재판의 핵심쟁점 중 하나가 바로 사건대상이 울릉도에 부
속한 섬으로 볼 수 있는가의 여부입니다. 지금까지의 재판과정
에서 사건대상을 울릉도에 부속한 섬으로 본 역사적 자료들이
다수 증거로 제출되었습니다. 이는 원고 측 자료뿐만 아니라 피
고 측 자료에서도 마찬가지였습니다.

- 피고가 전통적으로 울릉도를 죽도(竹島, 다케시마)라고 부르면서 사건
  대상을 이와 쌍을 이루는 송도(松島, 마쓰시마)라고 부른 일
- 〈은주시청합기〉에서 사건대상만 언급해도 되는데 울릉도를 같이 언급
  한 일

- 안용복이 사건대상을 자산도(子山島)라고 칭하여 울릉도를 어미섬으로, 사건대상을 아들섬으로 간주한 일
- 에도막부가 돗토리번의 에도관저에 울릉도에 대해 질의하였을 때, 에도관저에서 울릉도뿐만 아니라 묻지도 않은 사건대상에 대하여 같이 답변한 일
- 〈조선국교제시말내탐서〉에서 '송도와 죽도가 조선에 부속된 전말'이라고 하여 두 섬을 묶어 보고서를 작성한 일
- 태정관 지령과 관련하여 내무성이 시마네현 지사에게 울릉도에 대해 질의하라고 권고하였음에도 불구하고, 시마네현 지사가 울릉도와 사건대상을 묶어 같이 질의하고, 태정관이 '다케시마외 일도의 건'이라고 하여 두 섬 모두에 대해 지령을 발한 일
- 1902년 피고가 작성한 〈통상휘찬〉에 사건대상을 울릉도에 부속한 섬으로 취급하면서 울릉도를 본도라고 칭한 일
- 피고가 식민통치 시대에 사건대상을 시마네현이 아닌 울릉도에 부속시켜 원고 측 경상도에 소속시킨 일

2. 위와 같이 많은 자료들이 사건대상을 울릉도에 부속한 섬으로 취급하고 있는 바, 그 이유가 무엇인지 확인할 필요가 있습니다. 이는 현장검증을 통해서만 확인 가능합니다.

3. 피고는 재판과정에서 대한제국 칙령 제41호의 석도는 관음도를 가리키는 것이라고 주장하였고, 과거 안용복이 말한 자산도는 울릉도에서 2킬로미터 거리에 있는 죽도를 가리키는 것이라고 주장하였습니다. 그리고 원고 측 사서에 등장하는 우산도

는 죽도 내지 울릉도 근처의 바위섬들을 가리키는 것일 뿐 사건대상과는 무관하다고 주장했습니다. 이러한 피고의 주장들이 타당한지의 여부를 확인하기 위해서도 현장검증이 꼭 필요한 바, 원고의 현장검증 신청을 인용하여 주시기 바랍니다.

2017. 11. 14.

원고 대한민국

소송대리인 김명찬

ICJ는 현장검증 신청을 받아들일 것인지에 관하여 치열한 논쟁을 거듭하였다. 일본 국적의 오와다 히사시는 극력 반대 입장이었다. 결국 표결에 부쳐졌고 9대7로 인용 결정되었다. ICJ는 재판관 세 명을 수명재판관으로 지정하고 양국에 이 사실을 통보하였다.

준 비 서 면

사건   독도 – 다케시마 케이스

원고   대한민국

피고   일본

피고는 다음과 같이 변론을 준비합니다.

다 음

1. 원고의 현장검증 신청이 받아들여졌는 바, 공정한 현장검증을 위하여 몇 가지 제안을 하고자 합니다.

2. 피고의 국민들은 과거 울릉도까지 항해를 많이 해왔으며 도중에 사건대상을 경유하여 항해하였습니다. 실제 항해 시 사건대상을 경유하게 되는지의 여부와 오키 섬에서 얼마나 바다로 나가야 사건대상을 육안으로 볼 수 있는지에 관하여 확인할 필요가 있습니다.

3. 또한 원고 측 증거자료에는 사건대상을 가리키는 우산도에 사람이 거주하고 있었다고 기재된 부분이 있고 또 배를 끌고 자산도에 들어갔다는 부분이 있는 바, 사건대상에 사람이 거주할 수 있는지 또 배를 접안할 수 있는지 확인할 필요가 있습니다.

4. 이에 아래와 같이 현장검증사항의 추가를 신청합니다.

- 오키 섬에서 울릉도로 항해할 때 사건대상을 경유하게 되는지
- 오키 섬에서 얼마나 나가야 사건대상을 볼 수 있는지
- 사건대상에 사람이 살 수 있는지
- 사건대상에 현대적인 접안시설을 제외하고 과거 배를 접안할 수 있는 백사장 등이 존재하는지

5. 현장검증 방법과 관련하여 피고 측 시마네현 오키 섬에서 사건대상까지 항해한 후 사건대상에 도착하여 사건대상에 관한 현장검증을 실시한 뒤에 울릉도로 갈 것을 제안합니다.

6. 마지막으로 공정한 현장검증을 위하여 몇 가지 조치가 필요할 것 같습니다. 울릉도에는 사건대상과 관련한 많은 관광시설들이 있습니다. 수명재판관들이 이러한 환경에 노출될 경우 재판과 관련하여 편견이 형성될 수 있습니다. 이에 수명재판관들이 이러한 환경에 노출되지 않도록 합리적인 조치가 이루어졌으면 합니다. 구체적으로 다음과 같습니다. 피고가 제안하는 것 외에도 공정한 현장검증을 위하여 재판부에서 적절한 방법을 강구해주시기 바랍니다.

- 수명재판관들은 울릉도에서 정해진 숙소와 현장검증을 위하여 정해진 장소와 경로 이외에는 출입할 수 없다.
- 수명재판관들은 숙소와 현장검증 장소 및 경로에서 재판관계자 외 다른 사람들과 접촉해서는 안 된다.
- 원고 측은 현장검증 사실을 일체 비밀로 하고 원고 측 국민들이 재판과 관련하여 어떠한 영향력도 행사할 수 없도록 적절한 조치를 취하여야 한다.

2017. 11. 30.

피고 일본

소송대리인 이키 유스케

일본 소송팀의 서면을 받아본 재판부는 양국 소송대리인에게 상세한 현장검증 일정표를 작성 제출하라고 요청하고 수명재판관들의 숙소 및 이동경로 등에 대해서도 세심한 논의를 거치는 등 현장검증과 관련한 사전 합의절차를 진행하였다.

국제사법재판소는 현장검증을 위하여 세 명의 수명재판관 외에 서기관 2명과 수행원 3명 등 총 8명의 현장검증단을 구성하였다. 재판부의 주재로 양측의 합의가 도출되었고 현장검증 일정과 경로, 현장검증 대상 사항, 수명재판관들의 숙소와 행동반경 등 상세한 내용들이 모두 결정되었다.

재판부는 원고가 신청한 사항 중 울릉도에서 한반도 본토가 보이는지의 여부는 재판의 쟁점이 아니라는 점, 울릉도 주변에 섬이라고 불릴 만한 것이 있는지의 여부는 지도와 위성사진을 통해 얼마든지 확인 가능하다는 점을 들어 검증사항에서 제외시켰다. 피고의 신청사항 중에서는 오키 섬에서 울릉도로 항해하는 도중 사건대상을 경유하게 되는지의 여부는 항로를 어떻게 잡느냐에 따라 결론이 달라지기 때문에 현장검증에 적합하지 않다며 제외시켰다.

한일 양국은 결정된 내용에 따라 차질 없이 현장검증이 이루어지도록 철저히 준비했다. 그리고 마침내 현장검증이 시작되었다.

2018년 1월 8일 일본 오키 섬 사이고 항.

세 명의 수명재판관과 한일 양국 소송대리인 그리고 관계자들이 일본이 제공한 경비정에 올랐다. 드디어 첫 번째 현장검증 절차가 시작되었다.

▶ 현장검증 방법 : 오키 섬에서 사건대상으로의 항행
▶ 현장검증 사항
　- 오키 섬에서 얼마나 가야 사건대상을 볼 수 있는지의 여부

마침내 경비정이 출발했다. 경비정은 빠른 속도로 물살을 가르며 동해바다로 나아갔다. 배가 출발한 지 2시간쯤 지나자 이키 유스케 변호사가 자리에서 일어나 수명재판관들에게 현장검증 절차진행을 요청하였고 수명재판관들의 합의에 의하여 절차진행이 결정되었다.

"사이고 항에서 90킬로미터 떨어진 지점까지 왔습니다. 잠시 후 106킬로미터 지점을 전후하여 사건대상이 보이기 시작할 것입니다. 사건대상은 진행방향 정면 12시 방향으로 나타날 것입니다."

추운 겨울이었지만 바다는 잔잔했다. 재판부는 한일 양측에 기상정보를 분석하여 1월 중 가장 일기가 좋은 때로 일정을 잡으라고 요구하였고 한일 양국은 가능한 모든 기술력을 동원하여 가장 날씨가 좋을 것으로 예상되는 일자를 뽑아 합의하였다. 수명재판관들이 서기관과 수행원들에게 조서에 기재할 사항과 현장검증 진행방법에 대해 상세하게 지시한다.

"서기관은 현재의 좌표를 확인하고 사건대상이 보이기 시작하는 시점의 좌표를 확인하여 조서에 기재해주시기 바랍니다. 수행원은 현장검증 진행과정을 모두 녹화하세요."

모두 자리에서 일어나 독도가 나타나기를 기다린다. 잠시 후 드디어 독도가 시야에 나타났다. 김 변호사는 가슴 속 깊은 곳에서 뜨거운 무언가가 북받쳐 오르고 등줄기가 오싹해지는 느낌을 받았다. 눈동자에 눈물이 어려 시야가 흐려지는 것을 느낀 김 변호사는 안경을 벗고 눈물을 훔쳐냈다.

'독도야! 드디어 너를 보는구나.'

김 변호사는 문득 이키 변호사를 바라보았다. 순간 두 사람의 눈이 마주쳤다. 이키 변호사도 가슴 뭉클한 감동을 느끼는 듯했다. 이 순간만큼은 이키 변호사의 마음이 어떠할지 짐작할 수 있었다. 수명재판관 중 한 명이 서기관에게 사건대상이 보이기 시작한 지점의 좌표를 확인하라고 지시하였고 조서에는 다음 사실이 기재되었다.

'오키 섬에서 사건대상 방향으로 106킬로미터 나아간 지점에서 사건대상이 육안으로 보이기 시작했다.'

경비정이 독도의 동도 선착장에 도착했다. 자위대 소속 군인들이 중무장을 한 채 삼엄하게 경계하고 있었다. 일본 소송팀이 앞장서고 수명재판관들의 뒤를 이어 한국 소송팀이 내렸다. 겨울바람이 무척 매서웠다. 일행은 옷깃을 여미고 곧장 계단을 따라 동도 '우산봉'에 있는 등대로 향하였다. 등대를 지나쳐 철탑 앞에 도착하자 수명재판관들이 현장검증 절차 개시를 선언했다.

▶ 현장검증 방법 : 사건대상에서의 육안 관찰
▶ 현장검증 사항
　- 사건대상에서 울릉도와 오키 섬이 보이는지
　- 사건대상에서의 식물 자생상태 등 자연환경이 어떠한지

- 사건대상에 사람이 살 수 있는지
- 사건대상에 현대적인 접안시설을 제외하고 배를 접안할 수 있는 환경
  인지

"원고 측 먼저 진술하시기 바랍니다."

수명재판관의 지시에 따라 김명찬 변호사가 진술하기 시작했다.

"원고가 현장검증을 요청한 사항은 사건대상에서 울릉도와 오키섬이 보이는지의 여부와 식물 자생상태 등 자연환경에 대한 부분입니다. 먼저 북서쪽을 바라봐주시기 바랍니다."

다소 흐릿하긴 했지만 울릉도가 당당한 모습으로 시야에 들어왔다.

"저기 보이는 섬이 바로 울릉도입니다. 사건대상에서 울릉도가 확연하게 보인다는 사실을 조서에 남겨주시기 바랍니다. 그럼 이번에는 오키 섬이 보이는지 살펴보도록 하겠습니다. 남동쪽을 보겠습니다."

일제히 남동쪽을 향해 돌아선다. 남동쪽으로는 망망한 바다와 파란 하늘이 끝없이 펼쳐져 있을 뿐 아무것도 보이지 않았다.

"보시는 바와 같이 남동쪽으로는 섬 그림자 하나 보이지 않습니다. 사건대상에서 피고의 오키 섬은 전혀 보이지 않습니다. 이 점을 조서에 명확하게 남겨주시기 바랍니다. 그리고 보시는 바와 같이 사건대상은 돌섬으로 거의 식물이 자랄 수 없습니다. 섬 자체가 암석으로 덮여 있다는 점을 기재해주시기 바랍니다. 이 섬이 돌섬, 석도라고 불린 이유와 관련됩니다. 이상입니다."

패기 넘치는 김 변호사의 목소리가 바닷바람에 울려 퍼졌다. 수명재판관이 잠시의 틈도 없이 "다음 피고 측 진술하시기 바랍니다"라고 말하자 이키 변호사가 진술을 시작했다.

"피고는 우선 사건대상이 사람이 살 수 있는 환경인지에 관하여 현장검증을 신청하였습니다. 주변을 둘러봐 주시기 바랍니다. 사건대상은 명칭 그대로 커다란 바윗덩어리로 토사가 거의 없어 나무가 자랄 수 없습니다. 척박한 자연환경으로 물질문명이 발달하지 않은 과거에는 도저히 사람이 살 수 없었을 것입니다. 원고에게 과거 사건대상이 무인도였다는 점을 인정하는지 묻고 싶습니다."

이키 변호사가 김명찬 변호사를 바라본다. 김명찬 변호사가 수명재판관들을 향하자, 현장검증을 지휘하고 있는 수명재판관이 고개를 끄덕인다. 김 변호사가 발언한다.

"상시적으로 사람이 살지 않았을 것이라는 점은 인정합니다. 그러나 일 년 내내 거주하지는 않더라도 생필품을 갖추어 올 경우 몇 개월은 충분히 지낼 수 있는 곳이라는 점을 지적하고자 합니다. 울릉도 주민들은 해산물을 채취하기 위하여 이곳에서 수개월씩 머무르며 생활했다는 기록들이 있기 때문입니다."

"네. 알겠습니다. 피고 측 인정합니까?"

수명재판관이 이키 변호사에게 묻는다.

"네. 인정합니다. 다음으로 사건대상에 현대적인 접안시설을 제외하고 배를 접안할 수 있는 백사장 등이 존재하는지에 대하여 진술하도록 하겠습니다. 보시는 바와 같이 사건대상은 돌섬으로 접안시설을 만들기 전에는 배를 직접 접안할 수 있는 여건이 아니었습니다. 현대적인 접안시설 이외에 백사장 등 배를 접안할 수 있는 자연환경이 아니라고 조서에 기재하여 주시기 바랍니다. 이상입니다."

"네. 원고 측, 이에 관하여 할 말 있습니까?"

김 변호사가 주변을 다시 한번 둘러보고 준비해온 내용을 진술한다.

"큰 배 같은 경우에는 직접 해변으로 접안할 수 없지만 작은 배들은 충분히 접안할 수 있습니다. 소형 나룻배 등은 접안할 수 있다고 기록되어야 할 것 같습니다."

"피고 측 어떻습니까?"

"소형 나룻배가 접안할 수 있다는 점은 인정합니다."

"원피고 추가 진술하실 것 있습니까?"

김 변호사와 이키 변호사 모두 고개를 저었다.

"없습니까? 서기관, 현장검증 장면이 정확하게 녹화되었는지 확인해보세요. 그리고 주변환경도 모두 녹화해두세요. 자 그러면 사건대상에서의 현장검증은 이것으로 마치도록 하겠습니다."

매서운 겨울바람이 몰아치고 있었으므로 여유롭게 진행할 수 있는 상황이 아니었다. 일행은 서둘러 마무리하고 차례로 계단을 내려갔다. 계단을 따라 내려온 일행은 다시 경비정에 올랐다. 독도에서 울릉도를 향해 출발할 시간이 된 것이다. 일행이 모두 탑승하자 경비정이 움직이며 앞으로 나아갔다. 울릉도의 모습이 점점 크고 선명해진다. 그렇게 2시간 정도 지나자 도동항의 모습이 시야에 들어오기 시작한다. 경비정이 도동항에 도착하자 모두 정해져 있는 숙소로 이동하여 여장을 풀었다.

2018년 1월 9일 오전 10시.

도동항 숙소 앞에 세워져 있는 버스에 모두 탑승했다. 버스는 울

릉도 일주도로를 타고 천부리로 이동하는 데 불과 10여 분 만에 도
착한다. 2016년 울릉도 일주도로가 완공되면서 내수전 일출전망대
부터 천부리까지 도로가 개통되었기 때문이다.

▶ 현장검증 방법 : 관음도 육안 관찰

▶ 현장검증 사항

　- 관음도가 석도라고 불릴 만한 섬인지

　- 관음도의 식물 자생상태

　버스가 섬목 주차장에 도착하여 일행들을 내려주었다. 관음도 매
표소 옆 계단을 올라가니 엘리베이터가 나타난다. 7층 높이의 엘리
베이터를 타고 올라가자 나무계단이 나타나고 그곳을 지나니 보행
연도교 입구가 보인다. 보행 연도교는 길이 140미터, 폭 3미터, 높이
37미터이다. 일행이 보행 연도교를 지나갈 때에는 마치 공중을 떠가
는 듯한 느낌이었다.

　연도교 끝에 나타난 오르막 나무계단을 통해 드디어 관음도로 들
어선다. 계단 좌우로 동백나무가 울창하다. 나무계단은 상당히 가파
르고 길었다. 계단이 끝나고 흙길이 나타난다.

　"자, 그럼 관음도에 관하여 현장검증을 실시하도록 하겠습니다.
원고 측 진행하세요."

　"네. 시작하겠습니다. 일본은 칙령상의 석도가 관음도를 가리키는
것이라고 주장하고 있습니다. 관음도가 과연 석도라고 불릴 만한 섬
인지 살펴보겠습니다. 관음도는 면적 7,140평방미터, 높이 약 100미
터, 둘레 약 800미터의 조그만 섬입니다. 그리고 방금 지나와서 아시

겠지만 울릉도와 거의 붙어 있습니다. 실제 다리 밑으로는 20미터 정도 떨어져 있습니다. 이러한 이유로 울릉도 사람들은 관음도를 울릉도의 목에 해당한다고 하여 섬목 또는 도항이라는 이름으로 불렀습니다. 실제 관음도는 울릉도에 붙어 있는 것이나 마찬가지입니다. 이 점을 조서에 명확하게 남겨주시기 바랍니다.

관음도는 사람이 살지 않는 무인도로 사람의 왼쪽 발바닥 모양과 비슷하게 생겼습니다. 주변을 한번 둘러보시기 바랍니다. 관음도에는 동백나무, 참억새, 부지깽이나물, 쑥 등 야생식물들이 매우 많습니다. 겨울이라 풀이 많지 않지만 섬 전체에 많은 식물이 자생하고 있음을 알 수 있습니다. 관음도는 사건대상 독도와는 달리 흙으로 덮여 있기 때문에 돌섬이라고 불릴 이유가 전혀 없습니다. 따라서 1900년 대한제국 칙령상의 석도가 관음도라는 주장은 부당합니다. 울릉도 주민들은 관음도를 깍새섬이나 깍개섬이라고는 불러도 돌섬이라고 부르지는 않습니다."

관음도가 깍새섬이라고 불리는 이유는 이렇다. 울릉도 개척 당시 경상북도 경주에서 입도한 사람이 배를 타고 고기를 잡다가 풍랑을 만나 이 섬에 올라온 일이 있었다. 추위와 굶주림에 떨다가 밤에 불을 피워놓으니 깍새가 날아들었다. 이것을 잡아 구워 먹었는데 맛이 좋아 자주 깍새를 잡으러 왔고 이후 깍새섬, 깍개섬이라 부르게 되었다고 한다.

"이 섬에 깍새가 사는 것도 동백나무를 비롯한 나무와 풀들이 많기 때문입니다. 관음도가 깍새섬으로 불린다는 사실 또한 이 섬이 돌섬으로 불릴 수 없다는 점을 의미하는 것입니다. 이상입니다."

"피고 측 하실 말씀 있습니까?"

이키 변호사는 반박할 말을 찾고자 사방을 둘러보았지만 눈으로 명백하게 보이는 사실들을 반박할 수는 없었다. 이키 변호사가 이스미 국장을 보며 의견을 구하였다. 하지만 이스미 국장도 특별히 할 말이 없는 것 같았다.

"없습니다."

"원고 측 더 하실 말씀 있습니까?"

"없습니다."

"그럼 관음도에서의 현장검증을 마치도록 하겠습니다. 서기관은 관음도를 일주하며 주변 환경을 모두 녹화해두시기 바랍니다."

현장검증을 마친 일행은 관음도를 한 바퀴 돌아보고 다시 연도교를 통해 매표소로 내려왔다.

점심식사를 마친 일행은 오후 2시가 되어 도동항으로 이동하였다. 항구에 도착하자 서기관이 일행들을 보고 말한다.

"다음 현장검증 대상은 죽도입니다. 도동항에서 경비정을 타고 죽도로 이동하겠습니다. 20분 정도 소요된다고 합니다."

죽도가 가까이 다가온다. 사방이 깎아지른 절벽으로 마치 커다란 요새 같은 느낌이었다. 죽도 선착장에 배가 멈추자 배에서 내린 일행들은 달팽이 계단을 따라 위로 올라갔다. 계단이 끝나고 평평한 길에 이르자 '울릉도관광지 죽도지구'라고 쓰인 입간판이 나타난다. 매표소를 지나친 일행은 유럽풍으로 지어진 관리사무소 건물을 지나 죽도전망대 쪽으로 이동하였다. 해변 산책길을 따라 걷다 보니 오전에 방문한 섬목과 보행 연도교, 관음도가 시야에 들어온다.

해변을 따라 설치된 보행로와 바다풍경, 그리고 겨울바람이 일행을 맞이해주었다. 겨울 날씨치고는 따뜻한 편이다. 조금 나아가자 전망대가 나타나고 삼선암과 관음도를 소개하는 안내판이 보인다. 전망대에 이르자 수명재판관들이 절차를 진행한다.

▶ 현장검증 방법 : 죽도에서의 육안 관찰
▶ 현장검증 사항
　- 죽도는 날씨가 쾌청한 날에만 보이는 섬인지
　- 죽도의 식물 자생상태가 어떠한지
　- 죽도에 산봉우리가 있는지

"원고 측 시작하세요."

"네. 시작하겠습니다. 죽도에서 현장검증할 사항은 죽도가 날씨가 쾌청할 때에만 보이는 섬인지, 죽도의 식물 자생상태는 어떤지, 죽도에 산봉우리가 있는지 등에 관해서입니다. 먼저 주변을 둘러봐 주시기 바랍니다. 이미 오면서 느끼셨겠지만 죽도는 울릉도에서 불과 2킬로미터 거리에 있습니다. 저동항에서 4킬로미터, 도동항에서 7킬로미터 거리입니다. 수직에 가까운 절벽 위에 평평하게 수평을 이루는 직육면체 모양으로, 절벽은 여러 가지 형태의 기암괴석들로 이루어져 있습니다. 울릉도에서 가까운 죽도는 울릉도 동쪽 해안에서 얼마든지 육안으로 볼 수 있습니다. 짙은 안개가 끼지 않는 한 언제라도 볼 수 있는 섬입니다. 피고는 원고 측 역사서에 등장하는 우산도가 죽도를 가리키는 것이라고 주장합니다. 그러나 역사서를 보면 우산도는 날씨가 맑고 청명한 날에만 볼 수 있다고 기록되어 있습니다. 매일 육안으로 확인할 수 있는 죽도를 두고 이렇게 표현하지는 않았을 것입니다. 죽도가 울릉도에서 특별한 사정이 없는 한 항상 관찰 가능한 섬이라는 점을 조서에 남겨주시기 바랍니다.

다음은 죽도에 산봉우리가 있는지 확인하도록 하겠습니다. 죽도의 면적은 20만 7,818평방미터, 해발고도는 116미터이고 울릉도에 부속한 섬 중에 사건대상과 함께 가장 큰 섬에 해당합니다. 최고 해발고도가 116미터라는 사실은 죽도에 산이 없다는 이야기입니다. 주변을 한번 둘러봐 주시기 바랍니다. 산봉우리라고 할 만한 것이 전혀 없습니다. 이러한 죽도를 지도에 그리면서 산봉우리를 표시하지는 않았을 것입니다. 죽도는 산봉우리라고 할 만한 언덕조차 없는 평평한 섬이라는 점을 조서에 남겨주시기 바랍니다.

마지막으로 죽도의 식물 자생상태에 대해 말씀드리도록 하겠습니다. 죽도는 그 이름만으로도 아실 수 있듯이 대나무가 많이 자생하여 대섬, 대나무섬, 댓섬이라고도 합니다. 죽도에는 단맛이 많이 나는 수박과 더덕, 울릉도에서만 나는 산마늘(명이)이 많고 소를 방생하여 키울 만큼 목초지가 발달해 있습니다. 또한 토질이 좋아 많은 나무들이 자생하고 있습니다. 죽도 또한 관음도와 마찬가지로 흙으로 덮여 있기 때문에 돌섬이라고 불릴 이유가 전혀 없습니다. 이 점을 조서에 남겨주시기 바랍니다. 이상입니다."

"피고 측 진술하세요."

이스미 국장과 이키 변호사가 김 변호사의 진술 내용을 귀담아듣고 반박할 내용을 찾았으나 특별히 반박할 내용은 없었다. 이키 변호사가 진술한다.

"안용복 사건과 관련하여 한 가지 진술하도록 하겠습니다. 〈숙종 실록〉에서 안용복은 배를 끌고 자산도에 들어갔고 새벽에 출발하여

밥 먹을 때 도착하였다고 진술하였습니다. 원고 측이 진술하는 바와 같이 이 섬은 도동항에서 7킬로미터 거리에 있습니다. 당시의 항해기술을 감안해 보면, 딱 새벽에 출발해서 아침밥 먹을 때 도착할 수 있는 거리입니다. 그리고 배를 댈 수 있는 곳도 있습니다. 이러한 점에서, 안용복이 말한 자산도는 이 섬 죽도를 가리키는 것이 맞습니다. 진술 내용을 조서에 남겨주시기 바랍니다."

"원고 측 하실 말씀 있습니까?"

"실록에는 왜인들이 먼저 송도에 머무르고 있다고 말하자 안용복이 송도는 자산도라고 말한 것으로 되어 있습니다. 송도는 마쓰시마, 당시 사건대상을 가리키던 이름이었습니다. 피고가 자산도가 죽도를 가리키는 것이라고 주장하려면 왜인들이 말한 송도가 죽도라는 사실을 먼저 밝혀야 할 것입니다. 그리고 피고는 안용복이 새벽에 출발하여 아침밥 먹을 때 도착하였다고 하는데, 실록에는 단순히 기름을 달이고 있었다고 되어 있지 아침밥을 먹고 있었다는 이야기는 없습니다. 피고의 주장은 실록의 내용과 부합하지 않습니다."

김 변호사의 이야기를 듣던 이키 변호사가 손을 들어 발언하려 하자 수명재판관이 만류하며 이야기한다.

"지금은 현장검증을 하는 것이지 변론을 하는 것이 아닙니다. 그런 내용은 현장검증이 끝나고 나중에 법정에서 진술해 주시기 바랍니다. 현장검증에 관한 진술만 해주시기 바랍니다. 피고 측 추가 진술하시겠습니까?"

"죽도에는 자연적으로 배를 댈 수 있는 곳이 있다고 기재해 주십시오. 이것은 현장 상황과 관련된 것이기 때문에 가능할 것입니다."

"네, 인정합니다. 원고 측 더 하실 말씀 있습니까?"

수명재판관이 김 변호사를 바라보자 그가 고개를 가로젓는다.

"없습니까? 자. 그럼 죽도에서의 현장검증도 모두 마치도록 하겠습니다. 그럼 다시 배로 이동하겠습니다."

일행은 전망대를 나와 다시 산책로를 따라 죽도를 한 바퀴 돌았다. 넓은 더덕밭을 지나 선착장이 보이기 시작할 무렵 아름드리 동백나무가 눈앞에 나타났다.

2018년 1월 10일 오전 10시.

일행들이 모두 도동항에 모여 있다. 수명재판관들이 현장검증 실시를 선언한다.

▶ 현장검증 방법 : 경비정을 타고 독도 방향으로 항해

▶ 현장검증 사항

　- 울릉도에서 얼마나 배를 타고 나가야 사건대상을 육안으로 볼 수 있는지

"오늘은 울릉도에서 얼마나 배를 타고 나가야 사건대상이 육안으로 관찰 가능한지에 대한 현장검증을 실시해야 합니다. 현장검증 방법은 형평성을 고려하여 같은 경비정을 타고 나가기로 정해져 있습니다. 현장검증의 모든 과정은 비디오 녹화를 통하여 기록으로 남기게 됩니다."

일행이 경비정에 올라타자 배가 출발하기 시작한다. 30분쯤 지나자 김 변호사가 판사에게 발언권을 요청한다.

"배를 타고 출발한 지 30분 정도 지났습니다. 약 30킬로미터 지점부터 사건대상이 보이기 시작할 것입니다. 정확한 좌표를 조서에 남겨주시기 바랍니다."

그리고 한 가지 덧붙였다.

"뒤쪽을 보시면 울릉도가 보입니다. 울릉도에서 사건대상을 향해 항해하는 어부들은 울릉도를 등지고 배를 저어가면 사건대상에 도달할 수 있기 때문에 길을 잃을 염려가 없습니다. 또 사건대상에서 울릉도로 항해하는 것은 울릉도를 보고 가면 되므로 당연히 더 쉬운 일이라는 점은 의심의 여지가 없을 것입니다. 이 내용을 조서에 남겨주시기 바랍니다."

"피고 측 반대 변론하세요."

이키 변호사는 울릉도에서 배를 타고 30킬로미터는 나와야 다케시마를 볼 수 있는데, 당시의 항해 기술로는 30킬로미터도 먼 거리라 사건대상을 상시적으로 조망하기 어렵다는 말을 하고 싶었다. 하지만 어제 재판관으로부터 지적이 있었던 터라 이런 진술을 할 수는 없었다.

"……없습니다."

잠시 후 드디어 독도가 보이기 시작했고 서기관은 좌표를 확인하고 조서에 기록하였다.

"항구로 돌아가도 되겠습니까?"

"네."

2018년 1월 13일 오후 2시.

'오늘은 독도를 볼 수 있을 것인가?'

오늘이 벌써 3일째다. 울릉도에서 직접 독도를 볼 수 있는지 검증하기로 한 마지막 날이다. 합의된 날짜는 3일뿐이었다. 오늘도 독도를 보지 못한다면…….

김 변호사는 초초한 마음으로 일행을 따라 전망대로 향했다. 지난 이틀간은 일기가 좋지 않아 독도를 볼 수 없었다. 다행히 오늘은 날씨가 쾌청하다.

1년에 50일 정도 맑은 날이고 그 중 40일 정도는 독도를 볼 수 있다고 했다. 김 변호사가 제출한 서면에는 1년에 30일 정도만 관찰이 가능하다고 기재되어 있었다. 현장검증을 염두에 둔 김 변호사가 보고된 일수 중 가장 적은 일수를 기재했던 것이다.

현장검증 일정을 합의하는 과정에서 독도 조망시간을 일출 전후 시간으로 관철시키려고 노력했었다. 하지만 일상생활이 가능한 낮 시간으로 정해야 한다는 피고 측의 반발로 결국 오후 2시부터 3시까지로 정해지고 말았다.

3일째가 되다 보니 재판관들도 경로를 훤히 꿰고 있다. 숙소 앞에서 도보로 도동 약수공원까지 걸어간 뒤 그곳에서 케이블카를 타고 독도전망대로 올라간다. 케이블카에서 내려 계단을 오르면 3층 스카이라운지가 나오고 동해바다가 모습을 드러낸다. 김 변호사는 스카이라운지로 나가자마자 초조한 마음으로 한 방향을 뚫어지게 바라보기 시작했다. 바로 독도가 있는 방향이다.

 어제까지는 안개인지 구름인지 모를 희뿌연 무언가만 있었고 독도는 보이지 않았다. 그런데 오늘은 어제와는 달리 파란 하늘과 푸른 바다가 시야에 들어왔다. 순간 김 변호사의 입 안에서 작은 외마디 탄성이 터져 나왔다. 그의 시야 끝에, 거기에 뭔가가 있었다. 분명 어제와는 다른 무언가가 그곳에 있었다.

 김 변호사는 스카이라운지에서 최대한 바다쪽을 향해 몸을 붙였다. 주변 사람들에게 저걸 보라고 손가락으로 가리킬 생각도 하지 못한 채 그저 바라만 보았다. 두 눈에 뜨거운 눈물이 맺히다 뺨을 타고 흘러내렸지만 닦을 생각도 하지 못했다.

 '저기, 독도가 보인다!'

작가후기

　독도 영유권에 관한 가상 재판은 한일 간 독도분쟁의 쟁점이 무언지 명확하게 알 수 있다는 점에 그 효용성이 있다. 실제 국제사법재판소에서의 서면은 이 소설에서의 서면과는 다르다. 이 소설에서는 대한민국과 일본의 소송제도의 틀에 맞추어 쟁점을 하나하나 다투어 나가는 형식을 취했다. 이러한 방식이 쟁점을 명확히 하는 데 훨씬 유리하기 때문이다. 어떠한 소송방식을 취하더라도 궁극적으로 주장과 입증이라는 소송의 본질적 측면은 동일하기 때문에 큰 문제는 없다. 이 소설상의 서면들을 통합하면 국제사법재판소에서 통용되는 양식이 된다.

　그리고 가상 재판을 통하여 한일 양국 모두 독도분쟁을 객관적으로 바라볼 수 있다는 점도 장점으로 꼽고 싶다. 필자 또한 어느 한쪽에 치우치지 않고 객관적으로 서술하려고 최대한 노력하였다. 감정적 민족주의가 아닌 냉철한 이성으로 이 문제를 바라봄으로써 한국과 일본의 독자들 모두 스스로 합리적인 결론에 도달할 수 있을 것이라고 믿는다.

　독도는 그 동안 한일 양국 위정자들에 의하여 정치적으로 이용되어 온 것이 사실이다. 영토문제는 국민들의 감정을 건드려 정치적으로 이용하기 딱 좋은 소재이다. 한일 양국의 위정자들에 의해 휘둘리지 않기 위해서라도 두 나라의 지식인들은 독도문제의 본질을 꿰뚫고 있어야 할 것이다.

필자는 이 소설을 통하여 양국 모두 스스로의 논리를 되돌아보고 앞으로 이를 충분히 보완할 수 있기를 바란다. 소설에서 독도 재판은 아직 완결되지 않은 상태이다. 현장검증 이후 판결까지 아직 충분한 기회가 남아 있다. 현장검증 결과에 기초하여 기존의 주장을 재검토하고, 새로운 논리와 새로운 증거를 제시하며 추가적인 변론이 진행될 수 있다. 독도문제를 연구하는 한일 양국 전문가들은 스스로의 연구가 독도문제에 어떠한 역할과 기여를 하는지 그 의미에 대해 궁금할 수밖에 없다. 비록 졸필이지만 이 소설이 그러한 의미를 찾는 데 조금이나마 도움이 되었으면 한다.

두 나라가 독도분쟁을 평화롭게 해결하는 데 이 책이 조금이나마 기여할 수 있으리라 생각한다. 21세기 세계는 전에 없던 평화시대를 구가하고 있다. 20세기에는 두 차례의 세계대전을 거치면서 큰 고통을 겪었지만, 그에 반하여 평화시대를 맞이하여 큰 발전을 이룩해낸 것도 사실이다. 물론 그 동안 국지적인 분쟁들이 있었고 앞으로도 없을 수는 없을 것이다. 하지만 지금 인류는 전쟁 이외에 분쟁을 해결할 수 있는 새로운 방법들을 모색하고 있다.

국제사법재판소 또한 그러한 취지에서 만들어진 기구이다. 국제사법재판소를 전제로 한일 간 모의재판을 해보는 것도 좋은 방법이라고 생각한다. 모의재판을 통해 결론을 생각해 봄으로써 양국 간의 새로운 발전 패러다임이 구축될 수 있다는 것이다. 이 글이 한일양국의 독도분쟁을 평화적으로 해결할 수 있는 단초가 될 수 있다면 무엇보다도 큰 보람이겠다.

마지막으로 한국인인 필자 입장에서 이 책이 주는 제일 큰 가치는 이것이다. 소설에서처럼 대한민국이 독도를 빼앗긴 상황에서 독도를 찾아올 수 있다면, 현재 상황에서는 우리가 독도를 빼앗길 염려가 없다고 확신할 수 있게 된다는 점이다. 다시 말해 재판에서 이길 수 있다는 확신을 갖게 된다면 어떠한 도발에도 굳이 양보할 이유가 없다. 또한 독도 개발을 주저할 이유도 없다. 당장 한국은 일본과 배타적경제수역의 경계획정 문제를 해결해야만 한다. 한국이 독도 영유권에 대해 확신을 갖는다면 결코 양보할 이유가 없을 것이다.

이 책의 모든 내용은 필자의 것이 아니다. 그 동안 독도에 대하여 고민하고 성과를 만들어내신 모든 분들의 결과물들을 취합한 것이다. 이분들 모두가 소설 속의 강 교수와 한 교수였음을 밝혀둔다. 이분들의 애국적인 충정과 노고에 진심으로 감사드린다. 필자가 주로 참조한 책들은 다음과 같다.

《독도의 진실》, 강준식
《태정관지령이 밝혀주는 독도의 진실》, 정태만
《독도 분쟁의 국제법적 이해》, 이석우 엮음
《우리 역사 독도》,《대한민국 독도》, 호사카 유지

아울러 편집과 디자인을 담당해준 관계자분들께 감사드리며, 이 책을 쓰는 동안 네 아이를 돌보며 뒷바라지해준 아내와 노심초사 격려해주신 양가 부모님께 머리 숙여 인사드린다.

2013년 10월 강정민

독도반환 청구소송

초판 1쇄 발행 | 2013년 11월 20일

지은이   강정민
책임편집   강희재
디자인   디자인하늘소

펴낸곳   바다출판사
발행인   김인호
주소   서울시 마포구 서교동 401-1 5층
전화   322-3885(편집), 322-3575(마케팅부)
팩스   322-3858
E-mail   badabooks@gmail.com
홈페이지   www.badabooks.co.kr
출판등록일   1996년 5월 8일
등록번호   제 10-1288호

ISBN 978-89-5561-684-2 03810